中国专门史文库
编辑委员会

作者简介

邱绍雄 湖南临湘人，1960年1月出生，湖南理工学院中文二级教授。

近三十年来，致力于研究中国古代商贾小说和中国当代股市小说，出版《中国商贾小说与经商管理艺术》丛书（中国经济出版社，1995年），《中国商贾小说史》（北京大学出版社，2004年），《中国古代白话商贾小说精选》（广东人民出版社，2000年），《中国当代股市题材小说研究》（北京大学出版社，2016年），《中国当代股市小说史》（中国社会科学出版社，2018年）。研究成果《中国当代股市题材小说研究》和《中国当代股市小说史》分别于2013年和2015年获得国家社科基金后期资助，在中国古代商贾小说研究和中国当代股市小说研究上形成了自己的特色和优势。

湖北省学术著作出版专项资金
Hubei Special Funds for Academic Publications

中国专门史文库

中国商贾小说史

邱绍雄 著

武汉大学出版社
WUHAN UNIVERSITY PRESS

图书在版编目(CIP)数据

中国商贾小说史/邱绍雄著．—武汉：武汉大学出版社，2021.10
中国专门史文库
湖北省学术著作出版专项资金资助项目
ISBN 978-7-307-21999-1

Ⅰ.中…　Ⅱ.邱…　Ⅲ.小说史—研究—中国　Ⅳ.I207.409

中国版本图书馆 CIP 数据核字(2020)第 239847 号

责任编辑:蒋培卓　　责任校对:汪欣怡　　版式设计:马　佳

出版发行：**武汉大学出版社**　(430072　武昌　珞珈山)
(电子邮箱：cbs22@whu.edu.cn　网址：www.wdp.whu.edu.cn)
印刷：武汉中远印务有限公司
开本:720×1000　1/16　印张:19.5　字数:288 千字　插页:3
版次:2021 年 10 月第 1 版　2021 年 10 月第 1 次印刷
ISBN 978-7-307-21999-1　定价:86.00 元

总　　序

冯天瑜

人类历史是一个有机整体的发展历程，社会、经济、政治、文化等要素彼此交融、相互渗透在这个整体之中，起伏跌宕、波澜壮阔地向前推进。因此，历史研究不能满足于现象的“个体描述”，而应当关注“总体历史”，关注社会综合结构(社会形态)的演化，从而发现历史大势及其规律，诚如太史公所称，他治史绝非满足于枝节性的记载，其宏远目标是“究天人之际，通古今之变”。

然而，“总体”由“专门”综合而成，“一般”植根于“个别”之中，对于“总体历史”的认识、对于社会结构的真切把握，必须建立在历史现象分门别类的深入辨析的基础之上。太史公通过“本纪”探究自五帝、夏、商、周、秦，直至汉武帝的纵向专史进程；通过“世家”开辟横向的列国专史；又以八“书”，并述礼、乐、律、历、天官、封禅、河渠、平准，开文化、科技、财经等专门史之先河；“大宛列传”“货殖列传”实为民族史、中外交通史、商业史之雏形……正是有了诸多专门史具体而微的考实，太史公方能造就整体史学大业，“成一家之言”。《汉书》以下的正史又将《史记》的

“书”扩设为“志”(律历志、礼乐志、刑法志、食货志、天文志、地理志、艺文志，等等)，形成较为翔实、细密的专史篇章。

中国史学有着深厚的专门史传统，不仅表现在《史记》《汉书》等正史为其保留较充分的展开空间，而且自成格局的专志也纷至沓来，如后魏郦道元《水经注》是专论山川地理的志书发轫，两宋以下，各种专史（如金石志、画谱、学案、盐政、畴人传等）相继从通史中独立出来，斐然成章，构筑一个大的学术门类。中国的专史之早成、之丰硕，置之古代世界史坛，亦足称先进。

时至近现代，随着学术分科向广度与深度拓展，专门史更成为历史研究蓬勃兴盛的领域。20 世纪前半叶，商务印书馆出版王云五主编的《中国文化史丛书》，在“大文化”名目下，囊括了各类专门史论著，从《文学史》《美术史》到《财政史》《赋税史》《中外交通史》，以至《赌博史》《娼妓史》，尽纳其中，反映了古今中西文化激荡之际的民国学界专史研究的实绩。20 世纪 80 年代，上海人民出版社推出新的《中国文化史丛书》，收入“文化热”时期的数十种论著（包括《小学史》《甲骨史》《杂技史》《园林史》《染织史》等以往少见的分科史著)，是我国专门史成果的又一次结集。

近年来，专门史研究有新的发展，在高等教育的一级学科历史学之下，设置专门史二级学科，多所大学及科研院所设立经济史、文化史、社会史等专门史研究机构，探究领域有所拓展，新史料的开掘、新方法的运用皆有创获，人才成长、论著涌现，蔚然大观。武汉大学出版社推出的《中国专门史文库》便在此种新气象之下应运而生。

本文库以几种早年蜚声学坛的专史作为引领篇什，更多地选入近十年来的专史佳品，其中又分两类，一为曾经出版，现经作者认真修订补充，二为新作。本文库拟分数辑，分批推出，期以共襄专门史研习之大业。

书于武昌珞珈山

2011 年 10 月 19 日

序　　言

自从人类社会出现私有制和社会分工之后，人类的商品交换和买卖活动就成为人类社会的基本活动。专门从事商品交换和买卖的商人在传统中国是一个特色鲜明的社会群体。在漫长的历史发展过程中，他们以自己独特的精神风貌、思维方式和价值取向创造了中国传统的商贾文化。

所谓商贾小说是指以商人为主人公、以商人经商求利活动为主要表现内容的小说。在中国，这些商贾小说对研究中国商贾文化有特殊的意义和价值。因为中国传统文人以言利言商为耻，习惯于对“经商求利者”采取不屑一顾的鄙薄态度，很少在自己的“道德文章”里客观公正地表现商人的生活和思想，而中国商贾小说的主体是一些白话通俗小说，它们原本就是被传统文人视为难登大雅之堂的“下里巴人”，它们对同样受轻贱贬抑的商人生活和思想有丰富而独到的表现，其真实、客观和丰富程度是中国其他任何“道德文章”所难以比拟的，在“耻言商耻言利”的中国古代社会，它是原生态地保留中国商人文化最丰富的矿藏，从小说这个角度表现了中国传统的商人文化。

《中国商贾小说史》旨在探寻中国商贾小说发展的历史线索，探索中国商贾小说发展的特征和规律，探讨中国商贾小说的思想意义和文学价值，从小说这个角度发掘中国传统的商贾文化。

中国商业的发展在某种程度上决定了中国商贾小说的发展，所以《中国商贾小说史》首先要探寻中国商业发展的线索，把握各个历史时期中国商业发展的概貌和特点。

中国思想文化的发展变化在某种程度上左右着中国商人的生活和命运，对中国商贾小说的发展有直接的影响，所以《中国商贾小说史》要分析中国各个历史时期思想文化的发展。

中国商贾小说是中国小说的一个部分、一个分支，中国商贾小说的发展变化与整个中国小说的发展变化有紧密的联系，所以《中国商贾小说史》要把握中国小说发展的概貌，努力在整个中国小说发展的大背景下来分析、研究中国商贾小说的发展和变化。

在上述背景分析的基础之上，《中国商贾小说史》力求在比较中研究和把握中国各个历史时期商贾小说的概貌和特色。

从中国商贾小说的具体描写出发，分析小说中的“商人行为”所表现出来的中国传统商人文化精神，挖掘表现在中国商贾小说中的中国商贾文化，这是全书的重点。因此中国商贾小说史可以说是中国传统商贾文化精神的形成史、发展史。

从中国文化和社会发展来看，把“中国商贾小说”作为专门的研究对象来进行研究，进而创建“中国商贾小说学”，有独特的文化价值和现实意义。

中国发展社会主义市场经济，这是生产关系、经济基础的历史性变革，它必然要求建构一种与市场经济相适应的新的文化精神。从中国的国情出发，我认为这种新的文化精神最主要的特点是“儒商互补”，吸收中国传统文化（以“儒”为代表，崇“理”）和现代文化、外来文化（以“商”为代表，重“欲”）的优点，同时剔除两者的弱点，形成一种古今中外交融的“合金”式文化。这种“合金”式文化最理想的境界是“理欲并重”，既重社会秩序和公德，也尊重个人的权利和价值，以推动社会生产力的发展和整个社会的进步。在中国传统文化结构中，人们常说“儒道互补”，也就是说儒家入世，道家出世，各有特色，可以互相补充。但在对待个人的欲望和权力、利益上，儒、道、佛都不能互补，因为三者有惊人的一致性，或者是“轻欲”，或者是“去欲”，或者是“罪欲”，对人类与生俱来的“欲”都缺乏一种正确的态度。这种“轻欲”文化观念的缺陷，在于它不利于激活作为生产力主要因素的人的活力和创造力。与儒、道、佛“轻欲”“去欲”“罪欲”不同，商人以经商求利为职业，倡导着一种“重欲”“重利”的文化观念，与儒、道、释等中国传统主体文化唱对台戏。但商人“重欲”的价值取向如果发展到“纵欲”，造成整个社会的“人欲横流”，对社会同样是十分有害的。因为在这种文化观念的指导下，人们不择手段，唯利是图，采取种种违背人类正义的方式来满足一己之私欲，“欲”就会变成“祸”，变成“害”。因此我们说“儒商互补，理欲并重”是中国文化今后发展的一个方向。“中国商贾小说学”从小说这个角度挖掘中国传统的商贾文化，有十分明显的文化价值。

从中国社会的发展来看，我们发展社会主义市场经济，要求现代中国人普遍具有成熟的市场意识和商业精神，但在中国古代社会，既有文化上的“轻利”“轻欲”，又有政治经济制度上的“轻商”“抑商”，这种文化与政治经济的抑制、碰撞不仅使得中国商品经济发展举步维艰，也使得中国商贾文化难以茁壮成长。正因为如此，在现实生活中，中国市场上充斥着唯利是图的“奸商”，目光短浅、小富即安的“小商”和“土商”，而鲜见以义求利的“德商”，志向远大、开拓创新的“巨商”和“儒商”。市场经济要求我们培育新的中国商人文化精神，提高中国人对市场和市场规律的认识，提高中国人对市场经济的适应性，从“人”——生产力的主要因素这个角度来为中国市场经济发展添加活力。正是在这里，“中国商贾小说学”找到了自己与社会发展的联系。我们是在中国这块古老的土地上建立和发展市场经济的，因而不能忽略中国国情这个特定的环境和民族文化心理这个悠久的传统。中国商贾小说植根于中华民族几千年的社会经济生活，它所表现的价值观念、道德规范和生意经验，突出表现了“儒商互补，理欲并重”特色，对于今天发展社会主义市场经济的中国人来说是一种非常有生命力的传统，是我们今天发展商品经济难以拒绝的历史和不可缺少的借鉴。

目　　录

第一章

中国商贾小说的萌芽

——唐代商贾小说

第一节 先秦至隋唐的商业和小说概貌

在人类刚刚脱离动物界的时候，人类的劳动只能维持其自身最低限度的生存，没有剩余产品，也就没有可以用来交换的东西，所以这时的人类生活中还没有商品和商品交换。随着社会生产力的发展，在原始社会后期，人类社会发生了第一次大规模的社会分工，即畜牧业与农业的分离。随着社会生产力水平的提高，社会有了剩余产品。人们从自己的实际生活中逐步认识到：用自己有的去换自己没有的，以自己善于生产的去换自己不善于生产的，这对自己来说是一件非常合算的事情，有利于发挥自己的长处，能够更好地满足自己的消费需求。《淮南子·齐俗训》中有如下记载：“尧之治天下也，水处者渔，山处者木，谷处者牧，陆处者农，地宜其事，事宜其械，械宜其用，用宜其人，泽皋织网，陵阪耕田，得以所有易其所无，以所工易其所拙。”这时人类既有了交换的意愿，也有了交换的条件，于是就产生了商品交换。《易经·系辞下》记载：“庖牺氏没，神农氏作，列廛于国，日中为市，致天下之民，聚天下之货，交易而退，各得其所。”也就是说，我国在神农氏时代已经有了原始的集市。

人类社会产生商品交换和商品生产的条件主要有两个：一是社会分工，二是生产资料和劳动产品为不同的所有者所有。其中，社会分工是商品交换存在的基础，生产资料和劳动产品为不同所有者所有是商品交换存在的决定条件。《孟子·公孙丑下》说：“古之为市也，以其所有易其所无者，有司者治之耳。”

在父系氏族公社时期，人类社会发生了第二次大分工：手工业和农业分离了。随着手工业从农业中分离出来，人类社会便出现了以交换为目的的商品生产。如《史记·货殖列传》所说“虞而出之，工而成之，商而通之”。在我国的商朝出现了商人阶层。《古史考》记载，商朝末年，辅佐周文王的吕尚，在遇文王前，曾“宰牛于朝歌，市饭于孟津”，从事过经商贸易活动。恩格斯把不从事产品生产而只从事产品交换的商人阶层的出现看作第三次社会大分工。随着商人阶层的出现，社会上也就产生了一种专门从事商品交换的经济事业——商业。

商代和西周的商业主要控制在官府手中。官府役使商业奴隶从事商品买卖、贩运等活动，商业经营收入归奴隶主官府所有，这就是《国语·晋语四》所说的“工商食官”。在春秋时期，这种“工商食官”的格局逐渐被打破，到战国时代已经不复存在。

在春秋后期和战国时期，随着私营工商业的发展，工商食官格局被打破了，社会上涌现出了一批富至“千金”“巨万”的自由大商人，如周之白圭，秦之吕不韦，越之计然、陶朱，鲁之子贡、猗顿，郑之弦高，等等。白圭富国，计然强兵，弦高救国，这些壮举都已成为后世的美谈。白圭还被后世誉为“治生之祖”。

自由大商人的出现标志着商人地位的提高，他们不仅富甲天下，而且还可以跻身于统治阶级的政治舞台。鲍叔牙和管仲是中国历史文献记载中最早跻身政治界的商人。他们曾在南阳合伙做买卖。后来鲍叔当上了齐国的大夫，向齐桓公推荐了管仲。吕不韦原是个“家累千金”的“阳翟大贾”，他把商业上的投机方法运用到政治上来。他到赵国的国都邯郸经商，结识了作为“质子”留在那里的秦公子异人(即子楚)，认为“奇货可居”，值得“投资”。后来异人回国被立为太子，接着继承王位，吕不韦因此出任秦国的相国，被封为文信侯，并取得了“仲父”的称号。春秋时代，各国统治者出于政治经济需要，分别对于商业和商人采取了笼络扶持的政策。商人也借助统治者的扶持而积极参与政治，关心国事。《左传·僖公三十三年》记载：郑国商人弦高矫郑君之命用十二条牛的私财犒劳秦师，机智地阻止了秦军对郑国的偷袭。春秋战国时代商人的这些行为，一方面大大改善了自身的形象，提高了自身的社会地位，推动了商业的发展；另一方面也说明我国古代商人已日渐走向成熟。

秦灭六国一统天下，秦始皇采取了一些有利于商品流通和商业繁荣的措施。首先是拆除各国的关津城堑和堤防的障碍，积极从事全国水陆交通建设，统一车轨，便利各地物资交流，商旅往来。其次是统一币制。秦统一中国后，便把货币法定为两种：一是黄金，称为上币，以镒为单位，作马蹄形；二是铜钱，称为下币，以半两为单位，圆形方孔。币制的统一，克服了货币流通中的混乱状况，给当时的商品交换以很大的方便。第三，是统一度量衡。秦统一后对各度量衡基本规定以十进计算，升斗、寸尺，各以十进，百斤为石，但仍以十六两为斤。全国范围内度量衡制度的统一，使计算大为方便。这些措施都为商业发展提供了有利的条件。但是，秦代商业并没有出现更大的发展，这主要是秦始皇的重本抑末政策限制了商品经济和商业的活跃。秦始皇在琅琊台的刻石辞里宣称：“皇帝之功，勤劳本事，上农除末，黔首是富。”为了加强对商人的管理，秦代将商人的户口进行专项登记，称为“市籍”，以区别于编户齐民的“户籍”。秦始皇三十三年，颁布了七科谪戍条例，让七种人到边防地区服苦役，其中四种人就是商贾及其后代：商人、曾经有过市籍的人和祖父母、父母曾经有过市籍的人。

汉代是我国封建社会的一个强盛时期，持续时间长达四百年之久。

汉代农业、手工业的发展，促进了商业的繁荣。各地区的物资交流相当活跃，商业有了一定的发展。但是，汉代进一步推行抑商政策，在社会地位上贬低商人，在人格上侮辱商人，在经济上排斥和打击商人。《史记·平准书》载："天下已平，高祖乃令贾人不得衣丝乘车，重租税以困辱之。孝惠、高后时，为天下初定，复弛商贾之律，然市井之子孙亦不得仕宦为吏。"把商人贬抑为下等人，把商业看成一种可耻的下等职业，在经济上采取算缗、算商车和告缗等手段，排斥、打击商人，削弱商业资本的力量，甚至直接没收商人的财产。汉代抑商政策已经制度化，商业的发展受到了很大的限制。

汉代的农业和手工业都曾在世界上占领先地位，出产的丝绸和瓷器赢得了世界上许多国家人民的喜爱和赞誉。汉代张骞、班超出使西域，疏通了"丝绸之路"，打开了对外贸易的大门，从此，我国与国外的贸易往来，史不绝书。从汉代至唐代，陆上丝绸之路一直是运销丝织物的主要通道。

魏晋南北朝时期在中国历史上出现了长期的分裂局面。由于封建割据，战争频繁，农民失去土地，人口大量减少，交通阻塞，手工业、商业的发展受到了影响。

三国时期，战事频繁，交通阻隔，商旅很少。西晋统一后，商业稍见恢复，官吏普遍参加商业投机。东晋时，官府的高级官员也参加商业投机，庄园主也经营商业，民间中小商业也很活跃。北朝自永嘉之乱后，十六国割据，战事频仍，经济遭到破坏，市场分裂。中原地区较大规模的商业活动几乎陷于停顿，货币停用，以谷帛交易。

南朝由于长江流域的迅速开发，整个南朝地区经济发展呈上升趋势，商业也随之繁荣，但是，南朝重要商业大部分受官僚地主垄断操纵。

唐宋时期的商业，是我国商业发展史上继春秋战国之后的又一个发展高峰。

唐代是我国封建社会经济、文化大发展的时代，也是国内商业发展的黄金时代。唐朝从公元618年立国，到907年灭亡，有二百九十年的历史。唐统一全国后，为了巩固封建统治，采取了一些缓和阶级矛盾的措施，促进了社会经济与文化的发展。初唐的均田制，与民休息，统治者施行了租庸调制和两税法等一系列有利于农业经济发展的措施，使农业生产力较之前代有了更大的提高。随着唐帝国政治上的统一与安定，商品经济在南北朝残破封闭的基础上得到了迅速的恢复和空前的繁荣。唐朝诗人姚合在诗歌《庄居野行》中描写了当时人们弃农从商的情形："客行野田间，比邻皆闭户。借问屋中人，尽去作商贾。"

大唐帝国成为当时亚洲地区经济、文化中心。都城长安在开元初人口超过百万，长安城东西长约9.7公里，南北长约8.6公里，城内有对称坐落的商业区——东市和西市。市内的店铺叫"肆"，出售同类货物的肆集中在同一区域，叫"行"。据《长安志》记载，长安东市有220行，这里聚集了四面八方的珍奇财货，"行"的四面都是供外地客商居住和存放货物的"邸"。西市的繁华程度比东市更甚，行的种类也更多。唐代洛阳的商业繁华仅次于长安，它的市称"南市"，有120行，3000多个肆。唐时国内最大商业城市有三个：一为南方海港城市番禺(广州)，一为长江与运河交汇处的江都、广陵(扬州)，一为运河到黄河的转运中心汴州(开封)，都集中在东南沿海及大运河沿线。苏州、杭州、洪州、江陵、成都、广州、越州、明州、泉州等都是隋唐时期著名的商业城市。以长安为中心，有五条陆路干线通往全国各主要城市。唐代建立了一些国际性的水路陆路商业通道，通过这些通道，可以抵达中亚、南亚、东南亚的一些国家。在这些国际通道中，最著名的是横贯亚洲的丝绸之路。这条自西汉时期就已开通的国际商业通道，至唐代又有了新的干线和支线，它在历史上起到了促进中国和亚欧非各国经济文化交流的作用。除了陆路交通，海上交通也很发达。西亚各国特别是阿拉伯商人大量来中国经商。广州及扬州是当时的重要港口和贸易城市，长安的胡商极多。唐代商贾小说中描写外国商人的作品为数众多，原因即在于此。

唐初沿袭旧制，城市实行严格的坊市制度。"坊"为居民住宅区，此处不得从事商业经营；“市”为商业区，此处四周围有围墙，使之与“坊”隔离。“市”门定时关启，“市”里还实行夜禁。这种坊市制度，虽然便利了市场管理，但也束缚了商业发展。唐朝中后期，这种约束被逐渐打破，在一些“坊”里也出现了商业店铺，这表明政府的抑商政策开始有所松动，也表明交易场所的扩大和商品流通的日益活跃。隋唐时代仍然继续推行重农抑商政策，并且这种政策又总是与官营商业垄断紧密相结合。因此，隋唐时代的商业虽较过去有了很大发展，但在整个社会经济中仍处于从属地位。

从整体上看，中国古代小说的发展有三个特点：一是从短篇到长篇，二是从文言小说到白话通俗小说，三是从笔记体到传奇体再到章回体。汉代已出现了中国文言小说的雏形，如《神异记》《洞冥记》《汉武内传》《汉武故事》《飞燕外传》等。到了魏晋南北朝，文言小说雏形出现了两股脉流。一股是“志怪”小说，以干宝的《搜神记》为代表，它以传闻中的神仙鬼怪为记录对象；另一股是“志人”小说，又称为“轶事”小说，以刘义庆的《世说新语》为代表，它以现实生活中的故事甚至是真人真事为记录对象。无论内容上是“志人”还是“志怪”，它们在形式上都是短篇体制，属于笔记体。唐传奇是继承魏晋小说的雏形而臻于成熟的，它将魏晋两股平行发展的脉流统一起来，由“志人”“志怪”分流的笔记体发展成“志人”“志怪”合流的传奇体。小说结构从六朝的“粗陈梗概”发展成有头有尾、内容丰富的长篇故事，标志着我国小说已进入成熟期。

唐代是我国小说发展的第一个高峰，与前代小说相比，唐代小说的“演进之迹”十分明显。从小说与生活的关系来说，此前的小说一直是“记异”“记事”，大多是对鬼神或人事的“忠实记录”，唐代小说“变”在它不再是“记实”，而是自觉地、有意识地进行小说创作，正如明代学者胡应麟在《少室山房笔丛》中所说的那样，“至唐人乃作意好奇，假小说以寄笔端”，有意识、有目的地记叙奇行异事，借小说的形式来表达自己的思想。从它的内容来说，唐代小说虽“源于志怪”，而且不离搜奇记逸，也不乏志怪内容，但已从记叙鬼怪之“奇事”，转变为描写人世间之“奇事”，直接、广泛地面向现实人生。

唐代小说中以商贾生活为题材的作品有五十多种。这是唐代以前的小说很少涉及的内容，也是同时代的诗歌、散文反映得不够充分的生活。唐代商贾小说在中国小说史上第一次较为集中地反映了商贾生活，对后代的商贾小说有较大影响，我们可以称之为中国商贾小说的萌芽期。

处于中国商贾小说萌芽期的唐代商贾小说有一股神仙鬼怪气，这是它受魏晋小说影响的结果，它塑造了一批神仙鬼怪商人，这是后来的商贾小说中难以见到的；它有一股人间烟火味，这是它极力摆脱魏晋小说影响的结果，它塑造了一批充满人间烟火味的商人形象，这在后来的商贾小说中得到了进一步发扬光大；唐代国力强盛，出现了一批国际性的大都市，外国商人云集，吸引着中国人的目光，唐代商贾小说中因此出现了一批闪耀着异域文化风采的外国商人形象，这是在后来的宋元商贾小说中难得一见的。

第二节　唐代弥漫着神仙鬼怪气的商贾小说

中国商人首先是以神仙或半人半仙的面目出现在中国古代小说中的。

唐代小说由于紧接在魏晋小说之后，受魏晋志怪小说影响的痕迹还比较明显，追求“奇”“异”，所以处于中国商贾小说萌芽期的唐代商贾小说与后来的商贾小说比较有一股浓烈的神仙鬼怪气，还有一种从魏晋沿袭下来的志怪色彩。这是唐代商贾小说的一个突出特色。

在唐代商贾小说中有不少经商求利的商人摇身一变，以一副神仙鬼怪的面目出现在世人面前，于是在唐代商贾小说中出现了不少神仙鬼怪商人。仙商合一，这是唐代商贾小说神仙鬼怪气的特点之一。

这些神仙商人看得透人世间的一切，因此他们不管是做人和做生意都有自己的特色，向肉眼凡胎的凡人商贾宣传着一种脱俗的思想和观念。

沈汾《续仙传·卖药翁》的主人公卖药翁做生意似乎不只是为

了赚钱："常提一大葫芦卖药，人告疾求药，得钱不得钱，皆与之无阻，药皆称有效。或无疾戏而求药者，得药，寻必失之，由是人不敢妄求，敬如神明。常醉于城市间，得钱，亦与贫人。"需要药的，不管付不付钱，他都给药；不需要药的，不管付没付钱，得到药又会失去。"谓人曰：'百余年人间卖药，过却亿兆之人，无一人肯把钱买药吃，深可哀哉！今之自吃却。'药才入口，足下五色云生，风起飘飘，飞腾而去。"这位卖药的商人仿佛是一个下到凡尘的仙人。

柳祥《潇湘录·益州老父》中的神仙商人心里，似乎还有比赚钱更重要的东西，这是人世间那些一辈子钻在钱眼里出不来的生意人似乎难以琢磨透的东西。"唐则天末年，益州有一老父，携一药壶于城中卖药，得钱即转济贫乏，自常不食，时即饮净水。如此经岁余，百姓赖之，有疾得药者无不愈。"他卖药是为了拯救病人，赚钱是为了救济穷人。之所以如此，是因为他对人生有自己的理解和认识。"每遇有识者，必告之曰：'夫人一身便如一国也，人之心即帝王也，傍列脏腑，即内辅也，外张九窍，即外臣也，故心有病则内外不可救之，又何异君乱于上、臣下不可正之哉？但凡欲身之无病，必须先正其心，不使乱求，不使狂思，不使嗜欲，不使迷惑，则心先无病。心先无病，则内辅之脏腑虽有病不难疗也，外之九窍，亦无由受病矣。'"最后，这位卖药商人露出了自己的神仙真面目："忽一日独诣锦川，解衣净浴，探壶中，惟选一丸药自吞之，谓众人曰：'老夫罪已满矣，今却归岛上。'俄化一白鹤飞去，衣与药壶并没于水，永寻不见。"

这些神仙商人以超人的力量参与商业经营，能世间凡人之所不能，生意做得与凡人商贾不同。

在徐铉《稽神录·逆旅客》中，一位贩卖皂荚的商人自己种植皂荚，贩卖的货物不依赖别人的供给，生意做得轻松洒脱。在这位神仙商人手里，商品的生产过程被神化了：

> 大梁逆旅中有客，不知所从来。恒卖皂荚百茎于市，其荚丰大，有异于常，日获百钱，辄饮而去。有好事者知其非常

> 人，乃与同店而宿，及夜，穴壁窥之，方见锄治床前数尺之地甚熟，既而出皂荚实数枚种之，少顷即生。时窥之，转复滋长，向曙则已垂实矣，即自采掇，伐去其树，锉而焚之，及明携之而去。自是遂出，莫知所之。

这个神仙商人能够在极短的时间里生产出质量极好的商品，表现了唐代商人对商品在生意中的重要作用的认识，他们知道商品是一切生意的基础，无货可市，便无利可图，是商品给他们带来了丰厚的利润。

在王仁裕《玉堂闲话·田令孜》中，神奇的商品具有神奇的魅力：

> 长安完盛日，有一家于西市卖饮子，用寻常之药，不过数味，亦不闲方脉，无问是何疾苦，百文售一服，千种之疾，入口而愈。常于宽宅中，置大锅镬，日夜锉斫煎煮，给之不暇。人无远近，皆来取之，门市骈罗，喧阗京国，至有赍金守门，五七日间未获给付者，获利甚极。

在唐代商贾小说中，那些品德高尚的神仙商人受到深情赞美。在《道藏》所载杜光庭《东明油客》中，挑担卖油的商人富有同情心，神通广大，救人急难：

> 东明油客，不知名氏，常负担卖油于侧近坊内，亲居观东偏门内数年。邻里比狎之，谨洁谦慎，未曾见其喜愠。一旦，邻居有负债者，客知其主陈牒征讼所司，将欲追捕，计无所出，议欲窜诸远邑。不然，虚系狴牢，郎数口无所赡给，必至殍殆。聚族号泣诀别。将去，客问之故，闻之默然良久，谓之曰：“勿用遁去，此有计矣。”即市致酪罐子一所，炭五斤，于其室穴地为炉，投药于罐内，以泥封之，然炭烧之，且曰：“待余却来，然后开之，勿得轻视。”仍教以火候，因荷担而去。其夕不复归，明日及午亦不至，火烛已冷，其家发罐视

之，即真金也。货而偿债三百余千。油客自此不知所在也。

这些神仙鬼怪商人谋财害命的为数也不少，折射出人世间奸商恶贾的影子。薛渔思《河东记·板桥三娘子》的主人公三娘子是一位富有的旅店老板。“唐汴州西有板桥店，店娃三娘子者，不知何从来，寡居，年三十余，无男女，亦无亲属。有舍数间，以鬻餐为业。然而家甚富贵，多有驴畜。往来公私车乘，有不逮者，辄贱其估以济之，人皆谓之有道，故远近行旅多归之。”每有客人到店，她就施展妖术，制作一种荞麦面烧饼，客人食后即变成驴子，以供她驱使和变卖。“偶于隙中窥之，即见三娘子向覆器下，取烛挑明之，后于巾厢中，取一副耒耜，并一木牛，一木偶人，各大六七寸，置于灶前，含水噀之，二物便行走，小人则牵牛驾耒耜，遂耕床前一席地，来去数出。又于厢中，取出一裹荞麦子，受于小人种之，须臾生，花发麦熟，令小人收割持践，可得七八升。又安置小磨子，硙成面讫，却收木人子于厢中，即取面作烧饼数枚。有顷鸡鸣，诸客欲发，三娘子先起点灯，置新作烧饼于食床上，与客点心，季和心动遽辞，开门而去，即潜于户外窥之，乃见诸客围床，食烧饼未尽，忽一时踣地，作驴鸣，须臾皆变驴矣，三娘子尽驱入店后，而尽没其货财。”后来，客人赵季和识破其诡计，巧用调包计使三娘子自食其饼，使三娘子自己也身变为驴。“以先有者易其一枚，彼不知觉也。”“乃拣所易者与啖之，才入口，三娘子据地作驴声，即立变为驴”，“路傍忽见一老人，拍手大笑曰：‘板桥三娘子，何得作此形骸。’因捉驴谓季和曰：‘彼虽有过，然遭君亦甚矣，可怜许，请从此放之。’老人乃从驴口鼻边，以两手擘开，三娘子自皮中跳出，宛复旧身，向老人拜讫，走去，更不知所之。”三娘子的妖术正是人世间奸商们不择手段诈取财利的一个象征。身怀妖术的三娘子正是现实世界里谋财害命的奸商恶贾的代表。

一些肉眼凡胎的商人在经商过程中，遇到了能量无限的神仙。商人在神仙超人力量的帮助下，生意做得与众不同，别具一格，能一般商人之所不能。商人遇仙，这是唐代商贾小说神仙鬼怪气的特点之二。

徐铉《稽神录·徐彦成》写商人徐彦成“恒业市木”，一次出外进货，但“无木可市，泊舟久之”。正在为难之际，“一日晚，有少年从二仆往来岸侧，状若访人而不遇者，彦成因延入舟中，为设酒食，宾敬之”。少年听徐彦成说“无木可市”时便说：“吾有木在山中，明当令出也。”“居一二日，果有材木大至，良而价廉，市易既毕，往辞少年，少年复出大杉板四枚，曰：‘向之木，吾所卖。今以此赠君，至吴，当获善价。’彦成回，始至秦淮，会吴帅殂，纳杉板为棺，以为材之尤异者，获钱数十万。彦成大市珍玩，复往汭口，以酬少年，少年复与交市，如是三往，颇获其利。间一岁，复诣之，村落如故，了无所见，访其里中，竟无能知者。”借助仙人的力量，这位木材商人在“无木可市”时能够进到“良而价廉”的木材，进的货恰好适应市场需求，能够卖出好价钱，表现了商人们贱进贵出的生意理想。

在徐铉《稽神录·杜鲁宾》中，商人做生意不斤斤计较，得仙人相助：

> 建康人杜鲁宾，以卖药为事。尝有客自称豫章人，恒来市药，未尝还直，鲁宾善待之。一日复至，市药甚多，曰：“吾欠君药钱多矣，今更从君求此，吾将还西，天市版木，比及再来，足以并酬君矣。”杜许之。既去，久之乃还，赠杜山桃木十条，委之而去，莫知所之。杜得之，不以介意，转移亲友。所存三条，命工人剖之，其中得小铁杵臼一具，高可五六寸，臼有八足，间作兽头，制作精巧，不类人力。

在卢肇《逸史·章仇兼琼》中，酒家生意做得好，做得有人情味，引来天上的神仙光顾：“有一鬻酒者，酒胜其党，又不急于利，赊贷甚众。每有纱帽藜杖四人来饮酒，皆至数斗，积债十余石，即并还之，谈谐笑谑，酣畅而去。”原来“此太白酒星耳，仙格绝高，每游人间饮酒，处处皆至，尤乐蜀中”。

借助神仙超人的力量奖惩人世间商人的善恶，善恶的标准来源于人世间现实生活，惩恶扬善的力量却来源于人世之外。人世之外的超人力量充当人类社会商业秩序的维护者，这是唐代商贾小说神仙鬼怪气的特点之三。

这种带有神仙鬼怪气的商贾小说在唐代商贾小说中的分量是比较重的。神仙在上天关注着人世间的商人，冥冥中对商人的善恶明察秋毫，谁在经商中胡作非为，谁就会遭到上天的惩罚报应。

有的商人忘恩负义、欺心赖账，受到惩罚。王毂《报应录·童安玗》中，商人童安玗贫穷时找人借钱做生意，赚钱发财后却赖账不还，欺心背义，上天报应不爽：

> 唐大中末，信州贵溪县乳口镇有童安玗者，乡里富人也。初甚贫窭，与同里人郭珙相善，珙尝假借钱六七万，即以经贩，安玗后遂丰富。及珙征所借钱，安玗拒讳之，珙焚香告天曰："童安玗背惠忘义，借钱不还。倘神理难诬，愿安玗死后作牛，以偿某。"词甚恳苦。安玗亦给言曰："某若实负郭珙钱，愿死作一白牛，以偿珙债。"未逾月，安玗死。死后半年，珙家牸牛生一白牯犊，左肋有黑毛，作字曰"童安玗"，历历然，远迩闻之，观者云集。珙遣人告报安玗妻，玗妻子并亲属等往视之，大以为耻，厚纳金帛，请收赎之。郭珙愤其欺负，终不允许。以牛母并犊，别栏喂饲。安玗家率童仆，持白梃劫取，珙多置人守御，竟不能获。

有的商人贪财招来祸患。佚名《灯下闲话·政及鬼神》中贾客林道恭贩盐时欺心掺假，马当庙里的神仙当林道恭的货船经过马当庙前时，作法使之沉没水中："贾客林道恭，不知何许人也。贸易往来江淮，因过马当庙前，遭风沈溺财货，脱命登岸，咨嗟未已。"这一切来自马当庙神仙的安排。"神曰：'虽居庙食，专切修持，遇行正直者，保往还安。流见为邪僻者，俾风波没溺。'相国曰：'此事是尔掌之，何没他贾客盐货？'神曰：'向者贾客林道恭，捣石膏末，搅杂盐货，欺负神明是非，便请速返庙堂。'神即罄折而没。"是非功过分明，报应丝毫不爽。

王仁裕《玉堂闲话·刘钥匙》中商人刘钥匙放债贪利，遭报应，变成牛犊：

陇右水门村有店人曰刘钥匙者，不记其名，以举债为家，业累千金。能于规求，善聚难得之货，取民间资财，如秉钥匙开人箱箧帑藏、盗其珠珍不异也，故有“钥匙”之号。邻家有殷富者，为钥匙所饵，放债与之，积年不问，忽一日，执券而算之，即倍数极广，既偿之未毕，即以年系利，略无期限，遂至资财物产，俱归钥匙。负债者怨之不已。后钥匙死，彼家生一犊，有“钥匙”姓名，在肷肋之间，如毫墨书出，乃为债家鞭棰使役，无完肤。钥匙妻、男广，以重货购赎之，置于堂家之内，事之如生。及毙，则棺敛葬之于野。

徐铉《稽神录·刘处士》中赖账的“市中人”被罚吹火：

刘尝卖银与市中人，欠其直，刘从易往索之。市人既不酬直，又大骂刘。刘归谓易曰：“彼愚人不识理于是，吾当小惩之！不尔，必将为土地神灵之所重谴也。”既夜，灭烛就寝。刘床前炽炭烧药。易寐未熟，暗中见一人就炉吹火，火光中识其面，乃向之市人也。迨曙，不复见。易后求之，问市人，云：“一夕梦人召去，逼使吹火，气殆不续。既寤，唇肿气乏，旬日乃愈。”

薛用弱《集异记·陈导》中“以商贾为业”的陈导负约招来火灾：

弁曰：“吾非人也，冥司使者。”导惊曰：“何故不得之楚。”弁曰：“吾往楚行灾，君亦其人也，感君之惠，故相报耳，然君须以钱物计会，方免斯难。”导恳苦求之，弁曰：“但俟吾从楚回，君可备缗钱一二万相贶，当免君家。”导许诺，告谢而别。是岁，果荆楚大火，延烧数万家，荡无孑遗。导自别弁后，以忧虑系怀，及移舟而返，既至豫章，弁亦至矣，导以悭鄙为性，托以他事，未办所许钱。使者怒，乃令从者，持书一缄与导。导开读未终，而宅内欻然火起，凡所财物悉尽，是夕无损他室，惟烧导家。弁亦不见，盖以导悭啬，负前约而致之也。

有的贪色亡身。戴孚《广异记·范俶》中在苏州开酒肆的商人范俶好色惹祸，丢掉了自己的性命：

范俶者，广德初于苏州开酒肆。日晚，有妇人从门过，色态甚异，俶留宿。妇人初不辞让，乃秉烛，以发覆面，向暗而坐。其夜与申宴私之好。未明求去，云失梳子，觅不得。临别之际，啮俶臂而去。及晓，于床前得一纸梳，心甚恶之，因而体痛红肿，六七日死矣。

皇甫枚《三水小牍·埋蚕受祸》中王公直为了赚钱枉害生灵，招来杀身之祸：

唐咸通庚寅岁，洛师大饥，谷价腾贵。民有殍于沟塍者。至蚕月，而桑多为虫食。叶一斤直一镮。新安县慈涧店北村民王公直者，有桑数十株，特茂盛荫翳。公直与妻谋曰："歉俭若此，家无见粮。徒极力于此蚕，尚未知其得失。以我计者，莫若弃蚕，乘贵货叶，可获钱千万。蓄一月之粮，则接麦矣。岂不胜为馁死乎？"妻曰："善。"乃携锸坎地，卷蚕数箔瘗焉。明日凌晨，荷桑叶诣都市鬻之，得三千文，市彘肩及饼饵以归。至徽安门，门吏见囊中殷血连洒于地，遂止诘之。

"尹曰：'王公直虽无杀人之辜，且有坑蚕之咎。法或可恕，情在难容。蚕者，天地灵虫，绵帛之本。故加剿绝，与杀人不殊。当置严刑，以绝凶丑。'遂命于市杖杀之。使验死者，则复为腐蚕矣。"

李隐《大唐奇事记·朱化》中的商人贪求厚利，遭到报应：

洛阳人朱化者，以贩羊为业。唐贞元初，西行抵邠宁，回易其羊。有一人见化谓曰："君市羊求利，当求丰赡。君见羊之小者，以为不可易也，殊不知小者不久而大也。自小而易，及货而大，其利不亦博乎？易之大者，其羊必少。易之小者，其羊必多。羊多则利厚也，羊少则利寡也。"化然之，乃告其人曰："尔知有小羊，我当尽易之。"其人数日乃引一羊主至，化遂易得小羊百十口。大小羊相杂为群，回归洛阳。行至关下，一夕，所易之小羊，尽化为鬼而走。化大骇，莫测其由。明年复往邠宁，见前言小羊之人，化甚怒，将执之诣官府。其人曰："我何罪也？"化曰："尔以小羊回易，我驱至关下，尽化为鬼，得非汝用妖术乎？"其人曰："尔贩卖群羊，以求厚利，杀害性命，不知纪极，罪已弥天矣。自终不悟，而反怒我，我即鬼也，当与群羊执尔而戮之！"言讫而灭。化大惊惧，寻死于邠宁焉。

在唐代商贾小说中，上天惩恶的力量无处不存在。中国传统文化对"利"的否定，在小说中大多表现为对商贾奸诈卑劣的品行与手段的揭露和抨击。小说中的商人贾客如果不是乐善好施、舍利求义，最终都免不了人财两空的悲惨结局。

当然，唐代商贾小说不是一味地反对商人求利，徐铉《稽神录·僧珉楚》承认"市人卖贩""利息有常"，较之"去利存义"和"化利为义"的传统观念无疑是一个进步。仙界有专司掠剩的掠剩鬼，他的职责是："凡吏人贾贩，利息皆有数常，过数得之，即为余剩，吾得掠而有之。"表现了这种信义与奸诈、公平与欺心之间的价值冲突。唐代商贾小说在这里表现出了明显的惩戒特色，借助人世之外的超人力量惩戒贪婪和淫邪，意在使人世间那些贪财好色的商人不敢欺心作恶。

似乎是为了鼓励商人们向善，唐代商贾小说还塑造了许多积德行善得到神仙青睐的商人形象。

薛渔思《河东记·龚播》中商人龚播救人急难，意外得到大笔金银：

龚播者，峡中云安监盐贾也。其初甚穷，以贩鬻蔬果自业，结草庐于江边居之。忽遇风雨之夕，天地阴黑，见江南有炬火，复闻人呼船求济急。时已夜深，人皆息矣，播即独棹小艇，涉风而济之。至则执炬者仆地，视之即金人也，长四尺余。播即载之以归，于是遂富。经营贩鬻，动获厚利，不十余年间，积财巨万，竟为三蜀大贾。

徐铉《稽神录·沽酒王氏》中以德为商的酒家免遭火灾：

建康江宁县廨之后，有沽酒王氏，以平直称。癸卯岁，二月既望夜，店人将闭外户，忽有朱衣数人，仆马甚盛，奄至户前，叱曰："开门！吾将暂憩于此。"店人奔走告其主，其主自出迎，则已入坐矣。主人因设，酒食甚备，又犒诸从者，客甚谢焉。顷之，有仆夫执绳百千丈，又一人执橛杙数百枚，前白："请布围。"紫衣可之，即出，以杙钉地，系绳其上，围坊曲人家使遍，良久白事讫，紫衣起至户外，从者曰："此店亦在围中矣。"紫衣相谓曰："主人相待甚厚，免此一店可乎。"皆曰："一家尔，何为不可？"即命移杙，出店于围外，顾主人曰："以此相报。"遂去，倏忽不见，顾视绳杙，已亡矣。俄而巡使欧阳进逻巡夜，至店前，问何故深夜开门，又不灭灯烛何也？主人具告所见，进不信，执之下狱，将以妖言罪之。居二日，建康大火，自朱雀桥西至凤台山，居人焚之殆尽，此店四邻皆为煨烬，而王氏独免。

在王毂《报应录·熊慎》中，商人熊慎之父不汲汲于利而以慈悲为怀，意外地得到了大笔钱财：

尝载鱼宿于江浒，闻船内千百念经佛声，惊而察之，乃船中诸鱼也，遂叹异而悉取放之，不复以渔为业。后鬻薪于石头，穷苦至甚，尝暮宿于江上，忽见沙中光焰高尺余，就掘之，得黄金数斤。明日，赍诣都市货之，市人云："此所谓紫磨金也。”酬缗数十万。

在徐铉《稽神录·广陵贾人》中，买卖双方的关系非常神秘：“广陵有贾人，以柏木造床，凡什器百余事，制作甚精，其费已二十万，载之建康，卖以求利。”“舟中所载柏木什器，都不复见”，“有人呼曰：‘尔无恨，当还尔价。’贾人所载既失，复归广陵，至家，已有人送钱三十万，置之而去”。弘扬着诚信不欺的中华传统商业道德。

值得注意的是，在唐代商贾小说中，这些积德行善的商人得到的奖赏不是“义士”等道德头衔，而是多得令人心跳的金银财宝，从中可见传统儒家文化与商贾文化的交融。这些唐代商贾小说虽然散发着神仙鬼怪气，但仍然有现实生活的依据，仍然是现实生活的一种特殊形式的反映。

第三节　唐代散发着人间烟火味的商贾小说

人间烟火味是唐代商贾小说的又一个突出特点，它离开了“搜奇记逸”，直面商界现实人生，体现了与现实生活的紧密联系。唐代商贾小说从唐代商贾现实生活出发，以写实的手法具体描述有关商人经商的故事，塑造了许多散发着人间烟火味的商人形象，由此反映商贾所处的社会现实。这些商人形象最大的特点在于他们是人而不是神。

正因为是人而不是神，这些商人为人处世的观念有现实生活依据。

重义轻利是中国传统文化中一条具有原则意义的价值取向；重农抑商是中国封建统治者一条根本性的经济政策。在这种经济文化环境里，商人受贬抑，社会地位低，不少商人身上似乎有一种与生俱来的自卑感，唐代商贾小说对此有形象的反映。柳祥《潇湘录》中的商贾小说《郑绍》写商人郑绍“丧妻后，方欲再娶”，这时有女人主动找上门来，“妾求佳婿，已三年矣，今既遇君子，宁无自得，妾虽惭不称，敢以金垒合卺，愿求奉箕帚，可乎?”这时郑绍大喜过望之余，心中仍有抹不去的担忧：“余一商耳，多游南北，惟利是求，岂敢与簪缨家为眷属也，然遭逢顾遇，谨以为荣，但恐异日为门下之辱。”郑绍怕门不当、户不对，怕自己的商人身份被人瞧不起，表现了其低贱的商人身份与渴求爱情的愿望之间的矛盾。“求利”的职业使他自贱自卑，表现了中国古代社会中商人一种有代表性的心态。这种心态与中国古代社会中商人受贬抑的社会地位有紧密联系。重义轻利，是儒家尚本轻末即重农抑商思想在道德观念上的集中体现。郑绍的自卑表明，正是“唯利是求”的价值取向使很多商贾成为不义之人而自贱和被贱。

正因为是人而不是神，这些商人形象具有普通人的感情，有我们能够理解的追求和欲望。

商人郑绍丧妻后再娶得美妇，心中仍然念念不忘经商求利，“经月余，绍曰：‘我当暂出，以缉理南北货财。’”妻子舍不得，说：“鸳鸯配对，未闻经月而便相离也。”又过了一个月，幸福美满的生活仍然留不住商人郑绍的求利之心，他又对妻子说：“我本商人也，泛江湖，涉道途，盖是常也。虽深承恋恋，然若久不出行，亦吾心之所不乐者，愿勿以此为嫌，当如期而至。”言辞诚恳，终于说服妻子同意他“橐囊就路”。经商求利似乎成了这个商人的天性，成为他生命的一部分，不管因为什么违逆了它，他都会心中“不乐”。为此他付出了沉重的感情代价。第二年春，待他回到家时，“但见红花翠竹，流水青山，杳无人迹”。中国传统农本社会以土地为中心，长期以来形成了安土重迁的民族心理。由于小农经济是以家庭为基本生产单位的，所以家庭的稳定对农业社会具有至关重要的意义。而夫妻的团聚、感情的和谐无疑又是家庭稳定的基础，因此中国传统文化特别重视家庭的稳定。商业特别是贩运性商业要求商人“泛江湖，涉道途”，抛家别妻，“多游南北”，这无疑与传统的家庭形式和家庭观念难以协调，违背了以夫妻团聚为基本条件的爱情要求，从而构成了对家庭稳定的威胁。导致郑绍这个商人婚姻失败和家庭解体的，实质上是商人的职业特点和利益追求与传统的家庭观念和情感模式之间的难以调和的对立。

柳祥《潇湘录·孟氏》描写独守空房的商妇，她的心理欲求是有生活依据的，她的耐不住寂寞，在商人妇中有一定的代表性。“维扬万贞者，大商也，多在于外，运易财宝，以为商。其妻孟氏者，先寿春之妓人也，美容质，能歌舞，薄知书，稍有词藻。孟氏独游于家园，四望而乃吟曰：‘可惜春时节，依然独自游。无端两行泪，长只对花流。’吟诗罢，泣下数行。”“妾有良人万贞者，去家已数载矣，所恨当兹丽景，远在他方，岂惟惋叹芳菲，固是伤嗟契阔，所以自吟拙句，盖道幽怀。”她耐不住寂寞的煎熬，红杏出墙，“自是孟氏遂私之，挈归己舍。凡逾年，而夫自外至，孟氏忧且泣，少年曰：‘勿尔，吾固知其不久也。’言讫，腾身而去，顷之方没，竟不知其何怪也”。商人夫妻长年离别，对家庭的稳固自然是不利的。

柳祥《潇湘录·赵倜》描写商妇的担惊受怕，丝丝入扣：

> 荆州有一商贾，姓赵名倜，多南泛江湖。忽经岁余未归，有一人先至其家，报赵倜妻云：“赵倜物货俱没于湖中，倜仅免一死，甚贫乏，在路即当至矣。”其妻惊哭不已。后三日，有一人，一如赵倜仪貌来，及门外大哭。其妻遽引入家内，询问其故。安存经百余日，欲再商贩，谓赵倜妻曰：“我惯为商在外，在家不乐。我心无聊，勿以我不顾恋尔。当容我却出，投交友。”俄而倜辇物货自远而至，及入门，其妻反乃惊疑走出，以投邻家，其赵倜良久问其故，知其事，遂令人唤其人。其人至，既见赵倜，奔突南走。赵倜与同伴十余人共趁之。直入南山，其人回顾谓倜曰：“我通灵虎也。勿逐我，我必伤尔辈。”遂跃身化为一赤色虎，叫吼而去。

孟棨《本事诗·卖饼者妻》从现实生活出发，表现商人夫妻的恩爱：

> 宁王曼贵盛，宠妓数十人，皆绝艺上色。宅左有卖饼者妻，纤白明媚，王一见注目，厚遗其夫取之，宠惜逾等。环岁，因问之：“汝复忆饼师否?”默然不对。王召饼师使见之，

其妻注视，双泪垂颊，若不胜情。时王座客十余人，皆当时文士，无不凄异。王命赋诗，王右丞维诗先成：“莫以今时宠，宁忘昔日恩。看花满眼泪，不共楚王言。”

皇甫氏《原化记·王叟》表现了人们对待财富的不同态度，具有现实生活的依据：

天宝中，相州王叟者，家邺城，富有财，唯夫与妻，更无儿女。积粟近至万斛，而夫妻俭啬颇甚，常食陈物，才以充肠，不求丰厚。庄宅尤广，客二百余户。叟尝巡行客坊，忽见一客方食，盘餐丰盛，叟问其业，客云：“唯卖杂粉香药而已。”叟疑其作贼，问：“汝有几财而衣食过丰也？”此人云：“唯有五千之本，逐日食利，但存其本，不望其余，故衣食常得足耳。”叟遂大悟，归谓妻曰：“彼人小得其利，便以充身，可谓达理。吾今积财巨万，而衣食陈败，又无子息，将以遗谁？”遂发仓库，广市珍好，恣其食味。

正因为是人而不是神，唐代商人的生存状态在唐代商贾小说中得到了真实的表现。

做生意有风险，这是商人生存状态的特点之一。

杨嗣复《报应记·杨媛征验》描写读书人受雇于商人，当账房先生，历尽风险：

宋衎，江淮人。应明经举，元和初，至河阴县。因疾病废业，为盐铁院书手，月钱两千。娶妻安居，不议他业。年余，有为米纲过三门者，因不识字，请衎同去，通管簿书。月给钱八千文。衎谓妻曰：“今数月不得八千，苟一月而致，极为利也。”妻杨氏甚贤，劝不令往。曰：“三门舟路，颇为险恶。身或惊危，利亦何救？”衎不纳，遂去。至其所，果遇暴风所击。彼群船尽没，惟衎入水，扪得粟藁一束，渐漂近岸，浮藁以出，乃活，余数十人皆不救。

因财招祸，这是商人生存状态的特点之二。

中国传统社会中的商人经济上富有但政治上弱小。从这种现实生活出发，唐代商贾小说表现了商人险恶的生存环境。李公佐的《谢小娥传》表现了商旅生涯险恶的一面："小娥姓谢氏，豫章人，估客女也，生八岁丧母，嫁历阳侠士段居贞，居贞负气重义，交游豪俊。小娥父畜牧巨产，隐名商贾间，常与段婿同舟货，往来江湖。时小娥年十四，始及笄，父与夫俱为盗所杀，尽掠金帛，段之弟兄，谢之生侄，与童仆辈数十悉沉于江，小娥亦伤胸折足，漂流水中，为他船所获，经夕而活，因流转乞食至上元县。"幸得谢小娥这个商人家庭长大的女人见过世面，处变不惊。她女扮男装，"佣保于江湖间"，访知仇人姓名，忍辱负重，终于得以"复父夫之仇"。

商人经商赚钱与官权有十分复杂的联系，这是中国传统商人生存状态的特点之三。

官商关系在古代中国权力本位的社会里一直是一个热闹而敏感的话题。唐代商品交换呈现繁荣景象，商人的经济实力空前增长。从唐代社会生活出发，唐代商贾小说对唐代商人的政治生活有比较深刻的反映。随着经济实力的增强，商人在社会生活中日趋活跃。赵自勤《定命录·卖䭔媪》中读书人马周穷愁落魄，"因至京，停于卖䭔媪肆"。卖䭔媪有比较广泛的社会联系，在马周向她"祈觅一馆客处"时，"媪乃引致于中郎将常何之家"。这一引荐使得马周有了用武之地，才能得以受到皇帝的赏识，"数年内，官至宰相，其媪亦为夫人"。小说表现了商人在当时的政治生活中的能耐。

商人是中国传统社会中一个特殊的社会群体。他们身上有两个明显的标记：经济上的富有与社会地位的低贱。暴发户拥有金钱，但缺少显贵的身份和社会对其自身价值的承认。在中国传统社会的农本文化价值体系中，人生的理想境界是富且贵。唐代商贾小说中商人"富而不贵"的命运遭际，反映着这个特殊群体在现实生活中被歧视、被压抑的处境。有雄厚财力的商人们并不满足富而不贵的地位，入仕为官，富贵并至，这是他们建立在身份等级观念之上的人生理想境界，是根植于其心灵深处的难以移夺的人生目标。在当时的历史条件下，商人若想改变命运，只有借助手中的金钱，跻入官吏行列。于是，作为这种社会现实的反映，唐代商贾小说描写唐代商人利用捐赠、行贿等手段设法攀附权贵，结交官吏，从而提高身价，“以富致贵”，千方百计地挤入官场，用金钱直接换取官爵和权力，“由富得贵”。安史之乱后，唐王朝中央权威日益衰微，朝纲紊乱，政治腐败，而工商业则进一步繁荣，豪商富贾势力大增，代表工商杂类利益的宦官在朝廷中权力愈来愈大，特别是宦官统率神策军为商贾子弟打开了一扇仕进之门。公元 882 年，穆宗以优待将士名义，非正式取消了工商杂类不得入仕的限制。于是商人行贿得官、以富求贵成为引人注目的社会现象。

尉迟枢《南楚新闻·郭使君》反映了唐代一些商人花钱买官的现实：

> 江陵有郭七郎者，其家资产甚殷，乃楚城富民之首。江淮河朔间，悉有贾客仗其货买易往来者。乾符初年，有一贾者在京都，久无音信，郭氏子自往访之，既相遇，尽获所有，仅五六万缗。生耽悦烟花，迷于饮博，三数年后，用过太半。是时唐季，朝政多邪，生乃输数百万于鬻爵者门，以白丁易得横州刺史。

小说涉及中国传统社会一个十分敏感的话题：官商之间的权钱交易，表现了古代中国社会中官商关系的基本特点。在“官本位”的古代中国，处于四民之末的商人习惯于千方百计往自己身上套上官权的光环，采用的手段大多是用钱财来贿官、买官。

晚唐诗人温庭筠长期流落在长安、扬州等商业繁荣的大都市，混迹于社会下层。他的小说《窦乂》描写商人窦乂无偿将一处宅院送给太尉李晟作击球场，然后利用这一关系为长安城里几位大富商的子弟在官府谋得官职，由此得到富商们二万贯的酬谢。“乂乃于两市选大商产巨万者，得五六人，遂问之：‘君岂不有子弟婴诸道及在京职事否?’贾客大喜，共语乂曰：‘大郎忽与某等致得子弟庇身之地，某等共率草粟之直二万贯文。’乂因怀诸贾客子弟名谒晟，皆认为亲故，晟忻然览之，各置诸道膏腴之地重职。乂又获钱数万。”诸贾客托窦乂为子弟买官，实际上就是花钱贿买尊贵的身份。商贾向权力的靠拢与渗透，常常有明显的功利目的。唐代商人不仅可以不贵而富，还可以以富得贵。而窦乂像一个官权掮客，以一个商人的精明，在有权人和有钱人之间牵线搭桥，操作沟通，得心应手，获利不菲。

在唐代商贾小说中，这些以富求贵的商人，在人生价值的选择上，最终又回到了他们所叛离了的农本文化的怀抱。马克思、恩格斯在《德意志意识形态》中指出：“统治阶级的思想在每一个时代都是占统治地位的思想。也就是说，一个阶级是社会上占统治地位的物质力量，同时也是社会上占统治地位的精神力量。支配着物质生产资料的阶级，同时也支配着精神生产的资料。因此，那些没有精神生产资料的人一般地是受统治阶级支配的。”小说所描写的商贾阶层正是这样一个“没有精神生产资料”的群体。在这个基础上产生的商贾阶层，虽然其商业行为在价值规律的作用下产生了背离了农本文化规范准则的客观效果，但在观念形态上不可能有自己独立完整的价值体系，只能是地主阶级的附庸。这些商人贾客就像一群弃家而又无路可投的孩子，最终还将回归于农本文化的家园，在官本位文化的价值坐标上去寻求其人生的归宿与精神的寄托。

在唐代商贾小说中，还有一些商人选择了与“以富求贵”相反的价值取向：“富而弃贵”。小说中有些官宦子弟或读书人经商致富后，放弃了对功名的追求。他们有的因为仕途失意而“下海”，有的偶逢机遇而涉足商界，但最终都因为获得了大笔钱财而放弃了仕进。

张读《宣室志·陆颙》描写读书人陆颙“其世以明经仕”，他自己本来选择的也是读书做官的人生道路：“及长，从本郡贡于礼部，既下第，遂为生太学中。”他在太学读书的时候，一群外国商人千方百计接近他，讨好他，“有胡人数辈挈酒食诣其门”。“旬余，群胡又至，持金缯为颙寿，颙始疑其有他，即固拒之。”“仅月余，群胡又诣其门。”原来他腹中的一条食面虫是稀世之宝，被胡商以“金玉缯帛约数万”的价格买去。“及明旦，胡人以十两重辇，金玉缯帛约数万，献于颙，共持金函而去。颙白此大富，致园屋为治生具，日食粱肉，衣鲜衣，游于长安中，号豪士。”胡商以此虫在海中招来珠宝无数，并赠陆颙数枚。“胡人谓颙曰：‘此可以致亿万之货矣。’已而又以珍贝数品遗于颙。”陆颙将珠宝“货于南越，获金千镒，由是益富。其后竟不仕，老于闽越中也”。小说表现由商而富的诱惑使陆颙这样的读书人放弃了仕而贵的追求。

温庭筠的小说《窦乂》的主人公大商人窦乂原本出身贵族，“诸姑累朝国戚，其伯检校工部尚书”，然而他从十三岁起便迷上了经商，由植树售木发家，最终成了一个兼营工场、店肆和房地产的大富商，并且一生乐此不疲。唐代商贾小说所描写的商贾的“弃贵”行为，实际上昭示了一种新的人生理想。这些商人在尘世中找到了一条既可避开污浊官场，又能实现自我价值的人生目标和生存方式，即在经营求利的工商活动中，满足物质的欲望，同时追求个性的发展，建立人格的尊严。唐代商贾小说中这方面的描写虽然很少，也不代表唐代商贾命运的主流，但它透露出了新型人生价值观念的萌芽。它明确表达了对官本位文化中身份等级观念的否定。小说所传达的这一信息尽管还很微弱，但它毕竟显示了一种对天经地义的官本位人生价值取向的怀疑。从文化史的角度看，唐人商贾小说中商贾“富而弃贵”的命运模式，显示了一种代表着新兴市民阶层的异质文化精神及其对传统人生价值观的挑战。

商人的金钱斗不过官吏的权力仍然是唐代一种普遍的社会现象。佚名《西京记·邹凤炽》极力表现大商人邹凤炽的富足：“西京怀德坊南门之东，有富商邹凤炽，肩高背曲，有似骆驼，时人号为邹骆驼。其家巨富，金宝不可胜计。常与朝贵游，邸店园宅，遍满海内，四方物尽为所收，虽古之猗、白，不是过也。其家男女婢仆，锦衣玉食，服用器物，皆一时惊异。尝因嫁女，邀诸朝士往临礼席，宾客数千，夜以供帐，备极华丽。及女郎将出，侍婢围绕，绮罗珠翠，垂钗曳履，尤艳丽者，至数百人，众皆愕然，不知孰是新妇矣。又尝谒见高宗，请市终南山中树，估绢一匹，自云：‘山树虽尽，臣绢未竭。’事虽不行，终为天下所诵。”但商人经济上的富足，有时也难保其政治上的平安，特别是当他们与政治权力发生冲突的时候。大商人邹凤炽尽管曾经那么富足，那么风光，其结局仍然十分可悲："后犯事，流瓜州，会赫还。及卒，子孙穷匮。"

正因为是人而不是神，这些商人的行为都能够在中国传统文化中找到根据。

中国传统文化重义轻利，而商人以经商求利为职业，因此，儒商关系、义利关系一直是中国文化关注的焦点。古代中国这种重仁义道德的文化环境催生了许多讲仁义的商人，唐代商贾小说对描写仁商义贾表现出很高的热情。

在唐代商贾小说中，我们可以看到两种正面描写的商业现象，一种是义士经商；一种是商人行义。在中国传统文化观念中，经商是一种下贱的职业，是君子所不为的，但如果经商不以营利为目的，而是以所营之利服务于"义"的实现，那么这种经商则可为义士所用，这种义士商人为唐代商贾小说所称道。牛肃《纪闻》中的商贾小说《吴保安》叙述主人公吴保安"任遂州方义尉"，他的同乡郭仲翔陷落敌营，"蛮夷利汉财物，其没落者，皆通音耗，令其家赎之，人三十匹"。为了筹钱从蛮营中赎出这位未曾见过面的朋友，吴保安经商赚钱，历尽艰辛：

> 保安得书，甚伤之。时元振已卒，保安乃为报，许赎仲翔。仍倾其家，得绢二百匹，往，因住巂州，十年不归，经营财物，前后得绢七百匹，数犹未至。保安素贫窭，妻子犹在遂州，贪赎仲翔，遂与家绝。每于人有得，虽尺布升粟，皆渐而积之。后妻子饥寒，不能自立，其妻乃率弱子，驾一驴，自往泸南，求保安所在。于途中粮尽，犹去姚州数百。其妻计无所出，因哭于路左，哀感行人。时姚州都督杨安居乘驿赴郡，见保安妻哭，异而访之。妻曰："妾夫遂州方義尉吴保安，以友人没蕃，丐而往赎，因住姚州。弃妾母子，十年不通音问。妾今贫苦，往寻保安，粮乏路长，是以悲泣。"安居大奇之，谓曰："吾前至驿，当候夫人，济其所乏。"既至驿，安居赐保安妻钱数千，给乘令进。安居驰至郡，先求保安。见之，执其手升堂。谓保安曰："吾常读古人书，见古人行事，不谓今日亲

睹于公，何分义情深，妻子意浅，捐弃家室，求赎友朋，而至是乎！”

为了经商赚够赎朋友的钱，吴保安无暇他顾，以致妻子饥馁，沿街乞讨。同样是经商营利，但价值目标不同，吴保安的经商求利成为中国传统文化所赞美的仁义之举。

唐代商贾小说从这种对经商求利行为进行道德评判的文化观念出发，肯定商人的正当经营，赞美商人的经营智慧。张鷟《朝野佥载·罗会》的主人公是“以剔粪自业”的长安商人罗会。他“世副其业，家财巨万”。他邀约一个名叫陆景阳的读书人到他家里去。陆景阳见其“馆舍甚丽，入内梳洗，衫衣极鲜，屏风毡褥烹宰，无所不有”。于是问他：“何为不罢恶事？”也即既然这么富裕，应该不再从事“剔粪”这种低贱之业，而罗会回答说：“吾中间停废一二年，奴婢死亡，牛马散失，复业已来，家途稍遂，非情愿也，分合如此。”罗会的回答，表面看是认为命中注定，但实际上却表现了这样一个观点：只要是正当的商业，只要能致富，绝无高低贵贱之分。小说中这种正当商业无贵贱之分的观念在古代中国是一种非常难得的思想。

韩琬《御史台记·裴明礼》赞扬了裴明礼的精明能干和善于治生。裴明礼贞观中拜殿中侍御史，官至太常卿。小说描写了他做官前善于治生理财的故事。他“收人间所弃物，积而鬻之，以此家产巨万”。从破烂王开始发家。然后他以低价购买荒地，种果树获得巨利。“又于金光门外，市不毛地，多瓦砾，非善价者。乃于地际竖标，悬以筐，中者辄酬以钱，十百仅一、二中，未浃洽，地中瓦砾尽矣。”巧妙地清除了荒地里的瓦砾。瓦砾清除尽后，“乃舍诸牧羊者，粪既积，预聚杂果核，具犁牛以耕之，岁余滋茂，连年而鬻，所收复至巨万”。花钱极少而获利甚丰。他经营获利后，“乃缮甲第，周院置蜂房，以营蜜，广栽蜀葵杂花果，蜂采花逸而蜜丰矣”。又获巨利。小说生动地表现了裴明礼经营理财的智慧和才华。

唐代商人是在中华这块古老的土地上经商求利，他们做人做生意自然而然地打上了中国传统文化的印记。沈汾《续仙传》中的商贾小说《李珏》描写了一位以信义经商的正面典型，塑造了一位“德商”形象：

> 李珏，广陵江阳人也。世居城市，贩籴自业。而珏性迥端谨，异于常辈。年十五，随父贩粜。父适他行，以珏专其事。人有籴之，与籴，珏即授之以升斗，俾令自量，不计时之贵贱，一斗只求两文利，以资父母。岁月既深，衣物甚丰。父怪而问之，具以实对。父曰：“吾之所业，同流者众，无不用出入升斗，出轻入重，以窥厚利，虽官司以春秋较推，然终莫断其弊。吾早悟之，但一升斗，出入皆用之，自以为无偏久矣，汝今更出入任之自量，吾不可及也。然衣食丰给，岂非神明之助也?”后父母殁世，及珏年八十余，不改其业。

李珏做贩籴生意，他不像很多同行那样用“出入升斗”，“出轻入重”，而是出入都用同样的升斗，而且充分信任顾客，“出入任之自量”。做生意不贪利容易得到消费者的青睐，日久天长，集腋成裘，获利并不比贪利者少。李珏做生意义利并重，以义求利，生动地体现了中国传统文化的特色。

李肇《唐国史补·刘颇偿瓮直》突出表现了商人舍财为人的高尚品德。“渑池道中，有车载瓦瓮，塞于道路，属天寒，冰雪峻滑，进退不得，日向暮，官私客旅群队，铃铎数千，罗拥在后，无可奈何。”情况十分危急，险情随时都有可能发生。这时，商客刘颇“扬鞭而至”，见此情况后，便问车中瓮值多少钱，回答说：七八千。于是刘颇慷慨解囊，立即“开囊取缣，立偿之”。然后，“便命僮仆登车，断其结络，悉推瓮崖下。须臾，车轻得进，群噪而前”。舍去价值七八千之缣，为众人排忧解难，免除了天寒地滑的情况下道路阻塞可能引发的严重事故。刘颇品德高尚，绝非唯利是图的商人。

薛用弱《集异记·李勉》描写中国商人见胡商病危而予以关怀；胡商死后又出资将其安葬；胡商所送之传国宝珠也不受，将其放入胡商口中随葬；后又告诉其子，让其子取走。这样的商人是多么善良、忠厚、仁义！

范摅《云溪友议·李义琛》赞美商人富有同情心，乐于助人，不图报答。读书人李义琛“少孤贫，无复生业，与再从弟义琰，三从弟上德同居，事从姑，定省如亲焉。武德中，俱进士。其有一驴，赴京，次潼关。大雨，投逆旅，主人鄙其贫，辞以客多，不纳”。“进退无所舍，徙倚门旁。”然而天无绝人之路，恰好“有咸阳商客见而引之”。这些商客同情、尊重、帮助贫穷的文人学士，“此三人游学者，今无所止，奈何睹其狼狈?”“乃引与同寐处”。不但为落魄书生出旅馆费用，与他们“同寐处”，又制止他们卖驴酬谢，并且“资以道粮”，可谓一而再，再而三提供帮助，品德何等高尚！而当书生们中举为官后对其报答时，“琛既擢第，历任咸阳，召商客，与之抗礼”，“客商不复识，但悚惧而退”。“琛语其由，乃悟。”这些帮助过李义琛兄弟的商人已“不复识”李义琛兄弟，说明他们做了好事、帮助了别人却并没有施恩图报的想法，十分难得。

郑还古《博异志·吕乡筠》描写洞庭贾客“常以货殖贩江西杂货，逐什一之利”，“利外有羡，即施贫亲戚，次及贫人，更无余贮”。佚名《阴德传·刘弘敬》中的百万富商，因其“利人之财不及怨，施人之惠不望报”，义嫁所买奴婢，最终感动上天，“延寿二十五载，富及三代”。

正因为是人而不是神，这些唐代商贾小说没有把商人美化、理想化，没有为之遮掩、粉饰，而是以现实生活为依据，表现了一些商人的贪婪凶残，具有很强的现实性。

景涣《野人闲话·章邵》描写了一个谋财害命的商人：“章邵者，恒为商贾，巨有财帛，而终不舍贪猥，诛求路岐。”他谋财害命，“其日，邵欲夜行，意有所谋也”。“邵只有子一人，年方弱冠，先父一程行，及困，于大树下憩歇，以伺其父；未间，且寝于树阴中。邵乃不晓是子，但见衣袱在旁，一人熟寐而已，遂就抽腰刀，刺其喉，取衣袱而前行。及天渐晓，见其衣袱，乃知杀者是己子也。”黑暗中商人章邵为谋财而杀死的竟然是他自己的亲生儿子。

句道兴《搜神记·侯光侯周》中两兄弟经商求利，弟弟因为嫉妒哥哥经商赚钱多，竟然将哥哥杀害："昔有侯光、侯周兄弟二人，亲是同堂，相随多将财物远方兴易。侯光货易多利，侯周遂乃损抑，即生恶心，在于郭欢地边杀兄，抛著业林之中，遂先还家。""兄忽然见弟，语欢曰：'杀我者，此人也。生时被杀，死亦怕他。'便即畏惧走出。""向侯光父母兄弟，遂即将侯周送县，一问即口承如法。"小说充分表现了由商品交换催发的人性中的恶。对于唐朝商人伴随着求利、贪利而产生的"恶"，唐代商贾小说常常是不遗余力地给予揭露和抨击，而诅咒式的宿命报应，是作者表达其价值评价和情感倾向的最常用的模式。

第四节　唐代闪耀着异域文化色彩的商贾小说

唐代中外经济文化交流繁荣，出现了长安这样的人口逾百万的国际性大都市。唐代商贾小说塑造了不少令我们耳目一新的外国商人形象，闪耀着异域文化色彩。

唐代商贾小说中的外国商人主要指来自中亚、西亚国家的商人，有时也指中国北方少数民族商人以及南粤地区的少数民族商人。他们的来源地包括波斯、大食、西域、回鹘、南越等地，其中，以波斯、大食商人最多。

当时外国商人来华主要有两条线路：一是西北从长安通往西域、中亚、西亚的陆路。隋朝时，炀帝就曾派官员监管其事，《旧唐书》卷六三《裴矩传》记载："大业初，西域诸蕃款张掖塞与中国互市，炀帝遣(裴)矩监其事。"二是东南沿海地区的水路。《唐国史补》卷下记载："南海舶，外国船也，每岁至安南、广州，师子国舶最大，梯而上下数丈，皆积宝货。至则本道奏报，郡邑为之喧阗。有蕃长为主领，市舶使籍其名物，纳舶脚，禁珍异，蕃商有以欺诈人牢狱者。舶发之后，海路必养白鸽为信。舶没，则鸽虽数千里亦能归也。"

安史之乱前，陆上丝绸之路十分活跃，位于中国西北部的长安和洛阳是陆上丝绸之路最易到达的地点。安史之乱后，中西亚陆上丝绸之路渐渐滞歇，中西亚的外国商人又开始利用东南海优越的航海条件不断来到中国，当时称为海上丝绸之路。广州是海上丝绸之路的第一站。外国商人由广州踏上中土，接着取道梅岭进入洪州，在洪州分成两路，一路取道长江，更多的是取道钱塘江以转入江苏，位于运河交通枢纽的扬州自然成了外国商人运输、散集货物的好地方。从扬州，外国商人又可经由运河上抵都城长安或洛阳。从以上的交通路线可以看出，外国商人从海上进入中国，一般是到中国的广州、洪州、扬州、长安、洛阳等几个城市。在唐代，这些城市成为外国商人云集的地方。

唐代商贾小说中的外国商人做人做生意都有自己的特色。

首先是这些外国商人的经营内容有特色。他们大多数是珠宝商，在中国开设珠宝店，出售中亚、西亚诸国的商品，不惜以几十万、几百万乃至上千万的金钱购买中国的金银、珠宝、玉器等。唐代商贾小说中有很多关于外国商人识宝、寻宝、进行珠宝交易的描写。

唐代商贾小说描写外国商人识宝、寻宝的作品大部分出自戴孚的《广异记》和张读的《宣室志》两部小说集。中国人获得宝物，希望卖给外国商人，以获取理想的价钱；外国商人发现宝物，则千方百计地买下来，或珍藏，或运回本国，从而得到更加优厚的利润。

其次是这些外国商人的经营才能非同一般。他们有一双识宝、识货的“火眼金睛”，表现出不同凡响的经商才能。他们见多识广，不仅能够识别世间的珍宝，而且可以鉴定来自仙界或水府、地府的宝物，甚至能详尽地指明珍宝的来历，几乎是无所不知、无所不晓。

牛肃《纪闻》中的商贾小说《水珠》描写被寺僧众人视为“凡物”“瓦砾不殊”的水珠，在来中国经商的西域商人眼中“诚值亿万”，因为它不是“凡石”，而是“水珠”：

大安国寺，睿宗为相王时旧邸也。即尊位乃建道场焉。王尝施一宝珠，令镇常住库，云值亿万。寺僧纳之柜中，殊不为贵也。开元十年，寺僧造功德，开柜阅宝物，将货之。见函封曰："此珠值亿万。"僧共开之。状如片石，赤色，夜则微光，光高数寸。寺僧议曰："此凡物耳，何得值亿万也！试卖之。"于是市中令一僧监卖，且试其酬直。

居数日，贵人或有问者，及观之，则曰："此凡石耳，瓦砾不殊，何妄索直！"皆嗤笑而去。僧亦耻之。十日后，或有问者，知其夜光，或酬价数千，价益重矣。月余，有西域胡人，阅市求宝，见珠大喜，偕顶戴于首。胡人贵者也，使译问曰："珠价值几何？"僧曰："一亿万。"胡人抚弄迟回而去。明日又至，译谓僧曰："珠价诚值亿万，然胡客久，今有四千万求市，可乎？"僧喜，与之谒寺主，寺主许诺。明日，纳钱四千万贯，市之而去。仍谓僧曰："有亏珠价诚多，不贻责也。"

僧问胡从何而来，而此珠复何能也。胡人曰："吾大食国人也。王贞观初通好，来贡此珠。后吾国常念之，募有得之者，当授相位。求之七八十岁，今幸得之。此水珠也。每军行休时，掘地二尺，埋珠于其中，水泉立出，可给数千人，故军行常不乏水。自亡珠后，行军每若渴乏。"僧不信，胡人命掘土藏珠，有顷泉涌，其色清冷，流泛而出。僧取饮之，方悟灵异，胡人乃持珠去，不知所之。

戴孚《广异记》中的商贾小说《紫羖羯》描写外国商人对一些稀罕的宝贝知根知底：

乾元中，国家以克复二京，粮饷不给。监察御史康云间为江淮度支，率诸江淮商旅百姓五分之一，以补时用。洪州，江淮之间一都会也，云间令录事参军李惟燕典其事。有一僧人请率百万，乃于腋下取一小瓶，大如合拳。问其所宝，诡不实对。惟燕以所纳给众，难违其言，诈惊曰："上人安得此物？必货此，当不违价。"有波斯胡人见之，如其价以市之而去。胡人至扬州，长史邓景山知其事，以问胡。胡云："瓶中是紫羖羯，人得之者为鬼神所护，入火不烧，涉水不溺，有其物而无其价，非明珠杂货宝所能及也。"又率胡人一万贯，胡乐输其财而不为恨。瓶中有珠十二颗。

戴孚《广异记》中的商贾小说《破山剑》写外国商人识货的本领神乎其神：

近世有士人耕地得剑，磨洗诣市。有胡人求买，初还一千，累上至百贯，士人不可。胡随至其家，爱玩不舍，遂至百万。已克明日持直取剑，会夜佳月，士人与其妻持剑共视，笑云："此亦何堪，至是贵价？"庭中有捣帛石，以剑指之，石即中断。及明，胡载钱至，取剑视之，叹曰："剑光已尽，何得如此？"不复买。士人诘之，胡曰："此是破山剑，唯可一用。吾欲持之以破宝山，今光芒顿尽，疑有所触。"士人夫妻悔恨，向胡说其事，胡以十千买之而去。

牛僧孺《玄怪录》中的《崔书生》描写开元大宝中，崔书生娶王母第三女玉卮娘子，娘子赠崔生白玉合子作为留念。"忽有胡僧扣门求食，崔生出见，胡僧曰：'君有至宝，乞相示也。'崔生曰'某贫士，何有见请？'僧曰：'君岂不有异人奉赠？贫道望气知之。'崔生因出合子示胡僧，僧起拜请曰：'请以百万市之。'遂将去。"小说中的胡僧不仅是僧人，同时又是商人，他们亦僧亦商，在传教的同时，寻求宝物，从事商业活动。

外国商人在商业经营上具有创新精神。他们在中国开设了不少波斯邸、胡店，从事金融业务，其性质类似于后世的钱庄。卢肇《逸史》中的《卢李二生》描写胡商开设的波斯邸不仅进行珠宝买卖，而且从事借贷、存款等多种业务：

又曰："公所欠官钱多少？"曰："二万贯。"乃与一拄杖曰："将此于波斯店取钱，可从此学道，无自秽身陷盐铁也。"才晓，前马至，二舅令李生去。送出门。

波斯见拄杖，惊曰："此卢二舅拄杖，何以得之？"依言付钱。遂得无事。

卢二舅让李生一次性取出二万贯，周转的资金数额巨大。值得注意的是，李生以卢二舅的一根拄杖作为凭证，就可以到波斯店取到钱，这根拄杖类似于今天银行使用的存折或其他凭据。

外国商人的生意做得别具一格，令人惊叹不已，更值得我们重视的是，这些外国商人在中华大地上倡导着一种具有旺盛生命力的商业文化精神。他们经商以诚信为本，讲究经商道德，把钱赚在明处。戴孚《广异记·宝珠》描写那些外国商人做生意不仅不欺诈瞒骗，而且还不利用交易对方的不识货以谋厚利：

> 咸阳岳寺后，有周武帝冠，其上缀冠珠，大如瑞梅，历代不以为宝。天后时，有士人过寺，见珠，戏而取之。天大热，至寺门易衣，以底裹珠放金刚脚下，因忘收之。翼日，便往扬州收债。途次陈留，宿于旅邸，夜闻胡斗宝，摄衣从而视之。因说冠上缀珠，诸胡大骇曰："久知中国有此宝，方欲往求之。"士人言已遗之。胡等叹恨，告云："若能至此，当有金帛相答。今往扬州，所债几何?"士人云："五百千。"诸胡乃率五百千与之，令还取珠。士人至金刚脚下，珠犹尚存，持还见胡。胡等喜抃，饮乐十余日，方始求市。因问士人，所求几何。士人极口求一千缗。胡大笑云："何辱此珠?"与众定其价，作五万缗。群胡合钱市之，及邀士人同往海上观珠之价。
>
> 士人与之偕行东海上。大胡以银铛煎醍醐，又以金瓶盛珠于醍醐中重煎。甫七日，有二老人及徒党数百人，齐持宝物，来至胡所求赎。胡执不与。后数日，复持诸宝山积，云欲购珠，胡又不与。至三十余日，诸人散去，有二龙女，洁白端丽，投入珠瓶中，珠女合成膏。士人问："所赎悉何人也?"胡云："此珠是大宝，合是二龙女卫护，群龙惜女，故以诸宝来赎。我欲求度世，宁顾世间之富耶?"因以膏涂足，步行水上，舍舟而去。诸胡各言："共买此珠，何为独专其利? 卿既往矣，我将安归?"胡令以所煎醍醐涂船，当得便风还家。皆如其言，大胡竟不知所之。

皇甫氏《原化记·魏生》突出表现了外商的忠厚诚信："唐安史定后，有魏生者，少以勋戚，历任王友，家财累万。然其交结不轨之徒，由是穷匮，为士旅所摈。因避乱，将妻入岭南。数年，方宁后归。舟行至虔州界，因暴雨息后，登岸肆目。忽于沙碛间，见一地，气直上冲数十丈。从而寻之，石间见石片如手掌大，状如瓮片，又类如石，半青半赤，甚辨焉。试取以归，致之书箧。及至家，故旧荡尽，无财贿以求叙录，假屋以居。市肆多贾客胡人等，旧相识者哀之，皆分以财帛。尝因胡客自为宝会。胡客法，每年一度与乡人大会，各阅宝物，宝物多者，戴帽居于坐上，其余以次分列。召生观焉。生忽忆所拾得物，取怀之而去，亦不敢先言之，坐于席末。食讫，诸胡出宝，上坐者出明珠四，其大逾径寸，余胡皆起，稽首礼拜。其次以下所出者，或三或二，悉是宝。至坐末，诸胡咸笑，戏谓生：'君亦有宝否？'生曰：'有之。'遂所出怀以示之，而自笑。三十余胡皆起，扶生于座首，礼拜各足。生初为见谑，不胜惭悚，后知诚意，大惊异，其老胡见此石，示有泣者。众遂求生，请市此宝，恣其所索。生遂大言，索百万。众皆怒之：'何故辱吾此宝？'加至千万乃已。潜问胡：'此宝名何？'胡云：'此是某本国之宝，因乱遂失之，已经三十余年。我王求募之，云获者拜相国。此归皆获厚赏，岂止于数百万哉！'问其所用，云：'此宝母也，但每月望，王自出海岸，设坛致祭之，以此置坛上。一夕，明珠宝贝等皆自聚，故名宝母也。'生得财倍其先资也。"我们从唐代商贾小说所刻画的外国商人形象整体来看，大部分的外国商人都属于正当经营者，他们诚实可靠，重信守义。

他们重商崇商，万里行贩，四海为家。皇甫氏《原化记·鬻饼胡》描写"胡客"为来中国经商，辗转奔波，路上花了五六年时间：

有举人在京城，邻居有鬻饼胡，无妻。数年，胡忽然病，生存问之，遗以汤药。既而不愈，临死告曰："某在本国时大富，因乱，遂逃至此。本与一乡人约来相取，故久于此，不能别适。遇君哀念，无以奉答。其左臂中有珠，宝惜多年，今死无用矣，特此奉赠，死后乞为殡瘗。郎君得此，亦无用处，今人亦无别者。但知市肆之间有西国胡客至者，即以问之，当大得价。”生许之。既死，破其左臂，果得一珠，大如弹丸，不甚光泽。生为营葬讫，将出市，无人问者。已经三岁，忽闻新有胡客到城，因以珠市之。胡见大惊曰：“郎君何得此宝珠？此非近所有，请问得处。”生因说之，胡乃泣曰：“此是某乡人也，本约同问此物，来时海上遇风，流转数国，故愆五六年。到此方欲追寻，不意已死。”遂求买之。生见珠不甚珍，但索五十万耳，胡依价酬之。生诘其所用之处，胡云：“汉人得法，取珠于海上，以油一石，煎二斗，其则削，以身入海不濡，龙神所畏，可以取宝，一六度也。”

薛用弱《集异记》中的商贾小说《李勉》描写一位波斯商人为经商求利最后老死中国，他们没有中国人安土重迁的观念，更不以经商求利为耻，不因自己的商人身份自卑：

司徒李勉，开元初作尉浚仪。秩满，沿汴将游广陵。行及睢阳，忽有波斯胡老疾杖策，诣勉曰：“异乡子抱恙甚殆，思归江都。知公长者，愿托仁荫，皆异不劳而获护焉。”勉哀之，因命登舻，仍给饘粥。胡人极怀惭愧。因曰：“我本王贵种也，商贩于此，已逾二十年。家有三子，计必有求吾来者。”不日舟止泗上，其人疾亟，因屏人告勉曰：“吾国内顷亡传国宝珠，募能获者，世有公相。吾炫其鉴而贪其位，因是去乡而来寻。近已得之，将归即富贵矣。其珠价当百万。吾惧怀宝越乡，因剖肉而藏焉。不幸遇疾，今将死矣。感公恩义，敬以相奉。”即抽刀决股，珠出而绝。勉遂资其衣衾，瘗于淮上。掩坎之际，因密以珠含之而去。既抵维扬，寓目旗亭，忽与群胡左右依随，因得言语相接。傍有胡雏，质貌肖逝者。勉即询访，果与逝者所叙契会。勉即究问事迹，乃亡胡之子。告瘗其所，胡雏号泣，发墓取而去。

外国商人重宝重财，经商求利不怕千辛万苦，不惧千艰万难。

戴孚《广异记》中的商贾小说《径寸珠》写一位波斯商人在扶风逆旅用二千钱购得一石，石中有宝珠。对于属于自己的财宝，他们是十分珍惜的，不到万不得已不肯脱手，为了藏宝，不惜伤身：

> 近世有波斯胡人，至扶风逆旅，见方石在主人门外，盘桓数日。主人问其故，胡云："我欲石捣帛。"因以钱二千求买，主人得钱，甚悦，以石与之。胡载石出，封外剖得径寸珠一枚，以刀破臂腋，藏其内，便还本国。
>
> 随船泛海，行十余日，船忽欲没。舟人知是海神求宝，乃遍索之，无宝与神，因欲溺胡，胡惧，剖腋取珠。

外国商人经商求利，敢于竞争。同出于戴孚《广异记》的《阆州莫徭》写一群西域商人竞买一个中间有宝物的象牙。利之所在，竞争在所难免，敢拼才会赢：

> 其牙酷大，载至洪州，有商胡求买，累自加直至四十万。寻至他人肆，胡遂以苇席覆牙。他胡问是何宝，而辄见避。主人除席云：'止一大牙耳。'他胡见牙色动，私白主人，许酬百万，又以一万为主人绍介。佯各罢去，顷间荷钱而至。本胡复争之云："本买牙者我也。长者参市，违公法。主人若求千百之贯，我岂无耶？"往复交争，遂相殴击。所由白县，县以白府。府诘其由，胡初不肯以牙为宝，府君曰："此牙会献天子，汝辈不言，亦终无益。"固靳，胡方白云："牙中有二龙相躩而立，可绝为筒。本国重此者，以为货当值数十万万，得之为大商贾矣。"洪州乃以牙及牙主二胡并进之。天后命剖牙，果得龙筒，谓牙主曰："汝貌贫贱，不可多受钱物。赐敕阆州，每年给五十千，尽而复取，以终其身。"

外国商人具有团队精神，在经商中通常结成团体。在一定的团体中，有的还拥有共同的经商规则，并进行定期或不定期的集会活动。《宝珠》中有这样的描写："夜闻胡斗宝，摄衣从而视之，因说冠上缀珠，诸胡大骇曰：‘久知中国有此宝，方欲往求之。’士人言已遗之。胡等叹恨。”《李勉》中有这样的描写：“既抵维扬，寓目旗亭，忽与群胡左右依随，因得言语相接。傍有胡雏，质貌肖逝者。”“诸胡”“群胡”的描写说明外国商人在经商活动中结成了一定的团体。这样的团体对于身处异国的外国商人来说是有积极意义的，它会无形中加强外国商人彼此间的联系，增强他们的力量。

唐代商贾小说不仅写外商来华经营，也描述了中华商贾远涉重洋，到海外经营发展的风采。

徐铉《稽神录·青州客》中的中国商人在海外有一段神奇的经历：

> 朱梁时，青州有贾客，泛海遇风，飘至一处，远望有山川城郭。海师曰：“自顷遭风者，未尝至此。吾闻鬼国在是，得非此邪！”顷之，舟至岸。因登岸，向城而去。其庐舍田亩，不殊中国。见人皆揖之，而人皆不见己。至城，有守门者，揖之，亦不应。入城，屋室人物甚殷。遂至王宫，正值大宴群臣，侍宴者数十，其衣冠器用丝竹陈设之类，多类中国。客因升殿，俯逼王座以窥之。俄而王有疾，左右扶还，亟召巫者视之。巫云：“有阳地人至此，阳气逼人，故王病。其人偶来尔，无心为祟，以饮食车马谢遣之可矣。”即具酒食，设座于别室，巫及其群臣皆来祀祝。客据案而食。俄有仆夫驭马而至，客亦乘马而归。至岸登舟，国人竟不见己。复遇便风得归。

卢求《报应记·贩海客》中有唐朝商人漂洋过海的记录：

> 唐有一富商，恒诵《金刚经》，每以经卷自随。尝贾贩外国，夕宿于海岛。众商利其财，共杀之，盛以大笼，加巨石，并经沉于海。平明，众商船发，而夜来所泊之岛，乃是僧院。其院僧每夕则闻人念《金刚经》声，深在海底。僧大异之，因命善泅者沉于水访之。见一老人在笼中读经，乃牵挽而上。僧

问其故，云："被杀，沉于海，不知是笼中，忽觉身处宫殿，常有人送饮食，安乐自在也。"众僧闻之，悉普加赞叹。

如此集中地描写中外商贾交流在中国商贾小说中是罕见的，这种描写表现了中外商业文化的交汇、融合，对中国社会的进步和发展具有重要意义。

从艺术上来看，唐代商贾小说最突出的特点是开始注重人物形象的塑造，不再是"搜奇记逸"，不再是"猎奇"，而是以人物形象刻画为中心，从以"事"为主到以"人"为主。明代学者胡应麟在《少室山房笔丛》中说："凡变异之谈，盛于六朝，然多是传录舛讹，未必尽幻设语。至唐人乃作意好奇，假小说以寄笔端。""实录"是排斥想象、虚构的，因此《搜神记》《世说新语》并不是创作，只能说是一种记录或编纂，作为小说的构成力比较薄弱。而唐人的"作意好奇"就完全不同了。所谓"作意"，就是强调作家自觉的主体意识，也就是指有意识的创作活动。所谓"好奇"，指作家已有了幻想、虚构的艺术思维、形象思维，注意到小说的形象性、传奇性。唐代小说的这种虚构性，迈出了小说创作的至为关键的一步，使唐代小说初步具备了近代小说的规模，使中国小说从此与历史剥离开来，走向独立发展的道路，这是很了不起的历史功绩。

唐代商贾小说塑造人物形象的手段以叙述为主，辅之以细节、心理、语言等各式各样的描写，用不多的笔墨把人物个性凸显出来。结构上已从六朝小说的"粗陈梗概"发展到有头有尾、结构完整的传记式故事性作品。语言文白夹杂，精练而不晦涩。它虽已不是"残丛小语"，但与后来的小说比较，大多篇幅短小，而其故事情节委婉曲折，波澜起伏，为塑造人物性格服务。

薛用弱《集异记》中的商贾小说《贾人妻》塑造了一个令人难以忘怀的"商妇"形象：

唐馀干县尉王立调选，佣居大宁里。文书有误，为主司驳放，资财荡尽，仆马丧失，穷悴颇甚。每丐食于佛祠，徒行晚归，偶与美妇人同路。

立因邀至其居，情款甚洽。翌日谓立曰：“公之生涯，何其困哉！妾居崇仁里，资用稍备，倘能从居乎?”立即悦其人，又幸其给，即曰：“仆之厄塞，阽于沟渎，如此勤勤，所不敢望焉。子又何以营生?”对曰：“妾素贾人之妻也，夫亡十年。旗亭之内，尚有旧业，朝肆暮家，日赢钱三百，则可支矣。”

立遂就焉。阅其家，丰俭得所。至于扃锁之具，悉以付立。每出，则必先营办立之一日馔焉。及归，则又携米肉钱帛以付立。日未尝阙，立悯其勤劳，因令佣买仆隶，妇托以他事拒之，立不之强也。周岁，产一子，唯日中再归为乳耳。凡与立居二载，忽一日夜归，意态遑遑，谓立曰：“妾有冤仇，痛缠肌骨，为日深矣。伺便复仇，今乃得志，便须离京。公其努力！此居处，五百缗自置，契书在屏风中。室内资储，一以相奉。婴儿不能将去，亦公之子也，公其念之！”言讫，收泪而别。立不可留止，则视其所携皮囊，乃人首耳，立甚惊愕，其人笑曰：“无多疑虑，事不相累。”遂挈囊逾垣而去，身如飞鸟。

她欲去还留，去而复返，假说“更乳婴儿，以豁离恨”，谁知“立回灯褰帐，小儿身首已离矣”。这位“贾人妻”敢爱敢恨，爱得无私，恨得无畏，人物性格鲜明，表现了唐代商贾小说高超的“写人”艺术。

总的来说，处于中国商贾小说萌芽期的唐代商贾小说虽然在一定程度上反映了当时商业的发展，但距现实生活的真实面貌还相差甚远；与唐代小说中其他题材的作品相比，还显得很不成熟。这突出地表现为作品数量有限，而且大都描写简略，篇幅短小；小说的道德意识浓重，艺术性不强。

唐人小说对商贾题材的相对冷漠，以及商贾生活描写的怪异化、道德化，源于中国农本文化价值信仰。中国古代自给自足的小农经济对市场的依赖性很小，商人和商业自从战国以来，一直处于被轻贱、被抑制的地位。到了唐代，虽然商业空前繁荣，商人的社会地位有所提高，但是统治者抑商的政策依然如故，社会上贱商的观念并未改变。唐高祖曾立下定制："工商杂类，不预士流。"作为贱民的工商业者不准入仕，也就无法跻身社会上层，以获得高贵的社会地位。

在中国传统文化的价值体系中，"义利之别"是作为最高的道德准则提出来的。孔子在《论语》中说："君子喻于义，小人喻于利。""义"所追求的是一种精神上的道德完善；而"利"作为义的对立概念，主要是指一己私利，所追求的是实在的物质利益。在中国传统文化体系中，商贾及其商业行为作为一种异质文化现象，集中地体现了"利"的价值取向，在多个层面上构成了与"义"的尖锐冲突，这又决定了它在农本文化占统治地位的社会里，必然要遭到来自正统道德观的强烈的抨击和否定。利与义的对立首先表现为这种商业与农业的冲突。这样一种文化氛围，给身属士君子者流的小说作者造成的直接影响，便是与商贾及其生活的隔膜和对其的偏见。由于这种隔膜和偏见，唐代小说家难于对商贾们苦心经营和富于冒险的丰富多彩的经商求利经历有深入全面的了解和体验，更难去准确、具体地理解和把握商人们的复杂的心理和性格。唐代处于中国封建社会的上升时期，维护这个社会的文化价值体系仍保持着强壮的生命力，而商人行为所显示出的价值取向，还远没构成可与农本文化抗衡的新文化体系。唐代浓重的农本文化社会环境和价值观念使得处于中国商贾小说萌芽期的唐代商贾小说萌芽破土得十分艰难，但它毕竟萌芽了，毕竟破土而出了，为中国传统的商贾文化培养了一个鲜活的生命载体。

第二章

中国商贾小说的形成
——宋元商贾小说

第一节　宋元的商业和小说概貌

公元960年北宋王朝的建立，结束了唐末五代以来地方势力长期分裂割据的混战局面。北宋初年实现了中原与南方的基本统一，形成了较好的商品流通环境。宋代科学技术的进步，农业、手工业生产的发展，为商品生产和流通提供了物质技术条件。宋代人口增长，城市市场扩大，为商品经济发展提供了广大的消费对象和广阔的市场。在农业、手工业发展的基础上，宋代商业经济得到了迅速发展，其规模远大于唐代。

宋代实行的行会制、专卖制和商税制等一系列经济政策对宋代商业的发展和繁荣产生了很大的影响。

手工业和商业行会在唐代已经存在，到宋代，其组织形式更加严密。政府通过工商业行会对手工业者和商人进行控制，同时工商业行会还有维护同行利益、统一商品价格、限制竞争、排斥非同行的其他同业者进入市场的职能。

宋代继续对盐、茶、酒、矾等商品实行专卖制度，而且宋朝专卖商品的范围进一步扩大，开创了对香、醋的专卖。北宋初年实行折中法。这种方法就是使商人用银或粮草等物，在指定地点纳给官府，换取定额盐、茶等物，到指定的地点运销。商人纳钱货入官叫入中，官府折给专卖品或现钱叫折中。北宋政和三年(1113)又实行引法。商人可交纳包括税钱在内的盐价领取盐引。盐引有长引、短引之分，销盐地区和缴销期限不同。长引可销外路，短引只能销于本路。长引缴销期限为一年，短引缴销期限为一季，并限定引盐的斤数和价格。因为政府限定了领引商人销盐地区、数量和时间，类似外出时所用“路引”，因而称为引法。专卖制度不仅使政府垄断了这些有利可图的商品买卖，独占高额利润，成为统治者解决财政危机的一项重要手段，又可以利用商人接济军需。富商大贾可以分到政府一部分专卖特权，更便于从事不等价交换，攫取高额利润，严重地影响了商业的正常发展。

宋朝特别重视商税收入，在汴京专门设立了“商税院”，作为征收商税的中央机关，负责全国商税的征收。同时，在全国各州县均设置了征收场所，较大的市镇也有设置的。北宋中期，全国征收商税的场所有近两千处。苛重的商税，对商品经济和正当商业的发展起着抑制、阻碍作用。

宋代商业发展的一个突出变化是城市坊市分区制度的打破。中国历史上长期实行“坊”(居民区)和“市”(商业区)相隔离的分设制度。自战国时期开始，中国城市中每一城内的区域分隔为若干块，居民居住的地方叫坊，经商的地方叫市。坊和市严格分开，周围用墙围起来，四面设门，定时启闭。北宋初年，这种带有抑商色彩的坊市制度被完全取消，所有居民市场都不再以墙垣圈围，不再有定时启闭的门禁制度。城内的市场也不再由官府设定，商人们可以自由地选择交易的地点，交易的场所大大增加。营业时间不像唐代那样仅限于中午至傍晚，还有早市与夜市。城市人口也空前增加，宋代大约有百分之十二至十五的人口集中于城镇。

宋代的海外贸易进一步繁荣，海路贸易超过了陆路贸易。我国东南沿海有一万八千多公里的漫长海岸线，有许多终年不冻的良港和海港城市。由于经济重心在宋代已经南移，南方沿海城市迅速发展起来，成为对外贸易的主要港口。造船技术的进步和罗盘针的使用，为海外贸易提供了有力工具。宋代外贸涉及东南亚、阿拉伯以及非洲等地的国家和地区共有五十多个，特别是同日本、高丽的贸易更为频繁。广州在当时就驻有外商数万人，最多时则超过十万。

在宋代，商业资本开始向生产领域渗透。商业资本同小商品生产者之间形成了一种不同于封建关系的货币关系，这是在宋代首先出现的一种新型经济关系。宋代工商业者对官府的依附性更为薄弱，自由度更大了。宋代农村的生产关系已发生明显变化，由授田制变为庄田制，农民对地主的人身依附被较自由的租佣关系所取代。地主和农民之间人身依附关系的松弛、佃户人身依附关系的弱化活化了宋代生产关系的基本因素，是宋代商品经济空前繁荣的重要原因。宋代商贾小说《志诚张主管》对当时社会人伦关系的发展和变化有形象的表现。

宋元以来商人地位已明显提高。清人沈垚在《费席山先生七十双寿序》中说："宋太祖乃尽收天下之利权归于官，于是士大夫始必兼农桑之业，方得赡家，一切与古异矣。仕者既与小民争利，未仕者又必先有农桑之业方得给朝夕，以专事进取，于是货殖之事益急，商贾之势益重。非父兄先营事业于前，子弟即无由读书以致身通显。是故古者四民分，后世四民不分。古者士之子恒为士，后世商之子方能为士，此宋、元、明以来变迁之大较也。"这表明中国社会结构发生了显著变化，商业在中国社会上的比重日益增加。

宋代商品经济上承盛唐的经济繁荣，形成了中国古代商品经济兴盛发达的高峰阶段。北宋至道末年，全国总收入的七分之一来自商业税收。

吴自牧《梦粱录》对南宋首都临安城商业繁荣状况作过细致描述：

> 自五间楼北至官巷南街，两行多是金银盐钞引交易，铺前

列金银器皿及见钱，谓之看垛钱。

又有府第富豪之家质库，城内外不下数十处，收解以千万计。

自大街及诸坊巷，大小铺席，连门俱是，即无虚空之屋。每日清晨，两街巷口浮铺上行百市，买卖热闹，至饭前市罢而收。

杭州大街，买卖昼夜不绝，夜交三四鼓游人始稀，五鼓钟鸣，卖早市者又开店矣。

都民骄惰，凡买卖之物，多于作坊行贩已成之物，转求什一之利，或有贫而愿者，凡货物盘架之类，一切取办于作坊，至晚始以所直偿之，虽无分文之储，亦可糊口，此亦风俗之美也。

从中可见宋朝都市商业的发达状况，大小铺席皆生意兴隆，大商品贸易数额之大都是“动以万计”，城内及郊区处处都有茶坊、酒肆、饭馆、各种点心果脯零食的店铺摊贩，以及买卖日用什物和珍奇玩好的商店、作坊店铺、“浮铺”、小贩，等等。唐代的邸店和柜坊，到了南宋已专业化，塌房规模之大和组织管理之完备，已具有近代货栈的形式，质库则又俨然成为一种钱庄的雏形，“则解以千万计”，可想见其规模之大。

宋代商业的繁荣造就了一大批富商。据史料记载，北宋首都汴京富商云集，家产十万贯以上者比比皆是，资产百万者已不足为鲜，一些从事海外贸易的富商年收入可达千万。商业资本的扩大和商品交换的更加频繁，使货币铸造量猛增，但也无法满足需求，世界上最早的纸币——交子在北宋时期应运而生。这些都大大便利了商业活动。

宋代经济的商品化倾向明显加强，从自然经济向商品经济大大跨跃一步。宋代商品经济的大发展，促使人们的思想观念，乃至整个社会风气发生了深层次的历史性的改变。以叶适、陈亮为代表的永嘉学派，提倡功利之学，反对空谈。在“义”“利”关系上敢于反对封建正统经济思想“贵义贱利”的教条，他们认为

“利”是“义”的物质内容，他们把求利看成是人的本性。在本末关系上，他们引证历史事实，并从工商的社会功能去说明“末”的重要性，进而批判“抑末”的思想。这种“义利”“本末”观念的转变，为商品经济的发展奠定了思想基础。随着社会经济的迅速发展，特别是商品经济的空前繁荣，人们逐渐改变了以前视经商为末业的传统观念，不再以经商为耻。基于统治者对商业的重视，更由于商利所在，宋代从商者越来越多，其中包括各级官员、宗室、僧侣、举人、地主以及手工业者，甚至还有一部分农民。商人的政治地位与前代相比有了一定程度的提高。例如：商人可以送其子弟进入官办的州县学就读；被允许参加科举考试和出任官职；可以通过向官府进纳钱粟而进入仕途。商贾在经济上较之前代更为独立，他们稍许摆脱了统治者的任意敲诈和勒索，可以进行独立的商品经营。

宋代商品经济的活跃发达是建立在封建小农经济和小商品生产的基础之上的，商业资本带有浓厚的封建性，并且还有传统“抑商”政策的制约。由于官营手工业的生产是非商品性生产，所以它的优先发展，无疑对其他商品性生产的手工业是一种压制和打击，因而限制了商品生产的发展。除大商人外，一般工商业者的社会地位仍比较低。

元代的商业是畸形发展的。元代统治者对生产与流通实行控制与垄断，对商品流通采取专卖政策，控制了国内贸易的日用必需品，许多商品都操纵在元朝政府手中。从全国来说，国内市场比宋代狭小，正当商业发展受到阻碍。贵族、官僚们为了享受奢侈生活和扩大财富，造成都市畸形发展。元代统治阶级为了追求奢侈无度的享乐，从国外进口大量奢侈品、消费品，因此，为贵族豪富服务的对外贸易很是发达。元代海上贸易比宋代更加繁盛。元代海外贸易主要港口为泉州、广州、庆元。泉州是元代中外商品的集散地，各国富商汇集于泉州者不可胜数。泉州成为当时世界贸易中心。

元代商业发展的一个突出表现是出现了正式的纸币。宋代出现了纸币的雏形——交子与会子，但还不能算真正意义上的纸币。元代统一后，在继承宋代会子的基础上，发行了各种钞币。其中，中统元宝交钞完全具备了纸币的一切特征，成为名副其实的正规纸币。在商业交易和纳税中，一律使用钞币。元朝沿用了宋朝的引法。官府设盐运司，售卖盐引。商人买引后，可到盐场领盐，到距盐场较远的“行盐区”运销。元代四川地区爆发了茶贩王小波、李顺领导的农民起义，湖北地区爆发了茶商赖文政领导的农民起义，从中可见商人力量之一斑。

中国小说发展到宋元时代开始雅俗分流。从语言等表现因素来看，中国小说的雅俗分流实际上就是文言、白话的分流。宋元之前的中国小说基本上只有用典雅的书面语言写成的文言小说，宋元话本的出现打破了中国小说由文言小说一统天下的局面，使中国小说中出现了一种新的文体——白话小说。这种白话小说诞生于市井，其作者多为市井细民及下层文人，听众也多是平民，结束了中国小说主要由贵族士大夫创作，也主要为贵族士大夫服务的历史。“为市井细民写心”，使宋元话本思想内容平民化，重在反映市井细民的愿望和情趣。与这种平民化的思想内容相适应，宋元话本采用的是接近普通百姓口语的白话，共同形成了白话小说“俗”的特色。它与以“雅”为特色的文言小说相辅相成，并行不悖，并且以其“俗”得到普通百姓的喜爱，发展迅速，开始成为中国小说的主流，这标志着中国小说开始走向平民化、世俗化。正如鲁迅在《中国小说的历史的变迁》中所说的那样，这“实在是小说史上的一大变迁”。

宋元时代特别是宋代是一个崇儒的时代，出现了程颢、程颐、朱熹等中国历史上著名的理学大师。这些理学家提出“尊天理，窒人欲”的口号，志在“革尽人欲，复尽天理”。他们视“欲”为洪水猛兽，对“欲”大加挞伐。程颐说：“养心莫善于寡欲，不欲则不惑。”朱熹则把理与欲完全对立起来，“人之一心，天理存则人欲亡；人欲胜则天理灭，未有天理人欲夹杂者”。至于什么是天理，朱熹也有明确的界定：“天理只是仁义礼智之总名。”理学家禁欲的目的是尊理，是为了维护严格的宗法等级制度和纲常秩序。在这种文化氛围中，各种传统的人伦秩序和道德规范被严格化和绝对化，所以从思想文化上来看，宋元时代可以说是一个“尊理”的时代，是一个

“窒欲”的时代。但是，随着社会生产力的进步，社会总是不断向前发展的。宋承唐后，社会生产力已有相当的发展，工商业已经成为国家一支十分重要的经济力量。商品经济日趋繁荣，所以从社会经济发展来看，宋元时代又是一个发现“人欲”的时代，一个张扬“人欲”的时代。宋元商贾小说重在表现商人的心灵在“理”和“欲”之间的摇摆，原因即在于此。

宋元商贾小说诞生在宋元这种特定的社会经济文化土壤中，思想内容必然带上宋元的时代特征，重在“为市井细民写心”，表现商人们的灵魂在理欲之间的徘徊，它既反映“理”的强盛，又反映“欲”的躁动；既赞美、肯定合理的人欲，同时也表现了过度放纵的“欲”与“祸”的联系，塑造了一些以理制欲、重理轻欲的商人形象，表现了欲对理的回归。它在中国商贾小说史上第一次较为细腻地表现了商人的内心世界，反映了商品交易的活跃对社会人伦关系变化的影响，标志着中国商贾小说的形成。

与唐代商贾小说比较来看，弥漫在唐代商贾小说中的那种浓重的神仙鬼怪气不见了，而肇始于唐代商贾小说中的那种人间烟火味在宋元商贾小说中则日趋浓厚。

明代嘉靖年间洪楩编刊的《清平山堂话本》是几种收刻宋元明初话本的著作中最早的一种，所录除个别篇章为明人所作外，大多为宋元话本的原始形态。《清平山堂话本》原名《六十家小说》，全书分《雨窗》《长灯》《随航》《欹枕》《解闲》《醒梦》六集，每集收小说十篇，共六十篇。它保存了早期话本二十六种。这些话本大部分是宋元作品，具有短篇白话小说草创时期质朴的风貌，从结构到文字都显得有点粗拙。明代天启年间冯梦龙的《古今小说》(即《喻世明言》)、《警世通言》、《醒世恒言》代表了话本向拟话本发展的最初阶段，而宋元白话商贾小说主要保存在《清平山堂话本》和“三言”中。

在中国小说史上，唐代是文言短篇小说繁荣的时期，而宋代则是白话短篇小说草创的时期。这两种文学现象，都是随城市经济发展、市民阶层崛起的“世运”而出现的。

中国古代文言小说在宋元时期的发展有自己清晰的轨迹。北宋是中国古代文言小说由复苏到发展的阶段；两宋之交，历经短暂的回落，至南宋中后期进入高峰；然后渐次下降，至元代而趋于衰微。相对于唐代文言商贾小说来说，宋元文言商贾小说的数量急剧减少，而且小说的道德色彩日益浓重，成就远不及唐代文言商贾小说。

第二节 宋代白话商贾小说

与唐代商贾小说比较，宋代白话商贾小说由文言变成了白话，篇幅变长了，结构变完整了，故事性变强了，对人物的刻画和描写也更细腻、更生动了，弥漫于唐代商贾小说中的神仙鬼怪气不见了。与后来明代、清代的白话商贾小说比较，宋代白话商贾小说主要在家庭、婚恋生活中表现商人，对商人的商业经营活动的描写则十分有限，不如明清白话商贾小说对商人生活表现得全面、丰富和深刻。

在思想内容上，宋代白话商贾小说植根于宋代丰富多彩的商人生活，突破了理学家陈腐的思想观念，肯定合理的人欲，表现出对中国传统文化观念的超越。人是生而有欲的，人的基本物质需求也是社会发展的一种动力。大胆地追求欲望的满足，是商人生活的一大特点。从商贾生活出发，宋代白话商贾小说塑造了一批突破封建伦理规范、大胆追求欲望满足的商人形象。宋代白话商贾小说肯定合理的“欲”，但是否定过度放纵的“欲”。人不能成为欲望的奴隶，不能无所顾忌地采取种种违背人类正义的方式来满足一己之私欲。既要考虑到社会中的个人的自由与发展，又要顾及由个人组成的社会的稳定和繁荣。理和欲结合起来才是人性的全部。宋代白话商贾小说塑造了一些纵欲无度的商人形象，表现放纵的欲望与飞来横祸的联系，表现出明显的罪欲倾向，只不过，这里的“欲”不是所有的人欲，而是过度放纵之欲。

宋代白话商贾小说为数不多，主要收录在《清平山堂话本》和冯梦龙的“三言”中。

《闹樊楼多情周胜仙》

见于《醒世恒言》第十四卷。小说是南宋人的作品，本事出自两宋之交淮安人廉布所作的《清尊录》，王明清《投辖录》也载有这个故事。小说描写商家子弟范二郎与周胜仙相爱，周父不同意，胜仙气厥而死，朱真盗墓，胜仙得以还阳，继续自己的爱情追求。

小说中的范二郎和周胜仙都出身于商人家庭。范二郎家是开酒店的："如今且说那大宋徽宗朝年东京金明池边，有座酒楼，唤作樊楼。这酒楼有个开酒肆的范大郎。兄弟范二郎。"周胜仙是一个做海外生意的商人的女儿。两人素不相识，在茶坊偶然相遇，一见钟情：

> 行到茶坊里来，看见一个女孩儿，方年二九，生得花容月貌。这范二郎立地多时，细看那女子。
>
> 那女子在茶坊里，四目相见，俱各有情。这女孩儿心里暗暗地喜欢，自思量道："若是我嫁得一个似这般子弟，可知好哩！今日当面挫过，再来那里去讨？"正思量道："如何着个道理和他说话？问他曾娶妻也不曾？"那跟来女子和奶子，都不知许多事。你道好巧！只听得外面水桶响。女孩儿眉头一纵，计上心来，便叫："卖水的，倾一盏甜蜜蜜的糖水来。"那人倾一盏糖水在铜盂里，递与那女子。那女子接得在手，才上口一呷，便把那个铜盂儿望空打一丢，便叫："好好！你却来暗算我！你道我是兀谁？"那范二听得道："我且听那女子说。"那女孩儿道："我是曹门里周大郎的女儿，我的小名叫作胜仙小娘子，年一十八岁，不曾吃人暗算。你今却来算我？我是不曾嫁的女孩儿。"这范二自思量道："这言语跷蹊，分明是说与我听。"这卖水的道："告小娘子！小人怎敢暗算！"女孩儿道："如何不是暗算我？盏子里有条草。"
>
> 对面范二郎道："他既暗递与我，如何我不回他？"随即也叫："卖水的，倾一盏甜蜜蜜糖水来。"卖水的便倾一盏糖水在手，递与范二郎。二郎接着盏子，吃一口水，也把盏子望空一

丢，大叫起来道："好好！你这个人真个要暗算人！你道我是兀谁？我哥哥是樊楼开酒店的，唤作范大郎，我便唤作范二郎，年登一十九岁，未曾吃人暗算。我射得好弩，打得好弹，兼我不曾娶浑家。"卖水的道："你不是风，是甚意思，说与我知道？指望我与你作媒？你便告到官司，我是卖水，怎敢暗算人！"范二郎道："你如何不暗算？我的盂儿里，也有一根草叶。"

女孩儿起身来道："俺们回去休。"看着那卖水的道："你敢随我去？"这子弟思量道："这话分明是教我随他去。"

女孩子周胜仙为了不错过这获得爱情的机会，就借和卖水人吵架，巧妙地把自己的身世、住址，还有那份浓浓的爱意传递给自己心爱的情郎。范二郎心有灵犀一点通。他们相爱相恋就是这么主动，这么直率，这么大胆。心意相通之后，他们知道，在那个礼法森严的社会里，还会有很多障碍横亘在他们追求幸福的道路上，考验着他们的爱情。"且说女孩儿自那日归家，点心也不吃，饭也不吃"，害上了相思病。后来周胜仙好不容易在母亲的主持下与范二郎定下婚约，却又遭到了海外经商归来的父亲的反对。"打脊老贱人！得谁言语，擅便说亲！他高杀也只是个开酒店的。我女儿怕没大户人家对亲，却许着他。你倒了志气，干出这等事，也不怕人笑话。"商人周大郎自己也看不起商人。"原来女孩儿在屏风后听得作爷的骂娘，不肯教他嫁范二郎，一口气塞上来，气倒在地。"她没有顺从父亲的意志，不惜以命抗争。在墓中，她被盗墓人"拖"回阳世，首先提出的要求是"你救我去见樊楼酒店范二郎"。她被盗墓人囚禁在家，趁邻居夜间失火逃走。获得自由后，她不先回家，而是直接去樊楼找范二郎。最后，她变成了鬼，也要到牢中去和范二郎相会。"奴两遍死去，都只为官人。今日知道官人在此，特特相寻，与官人了其心愿。"她是一个"情痴"，不顾一切、超越生死去追求心中的爱，偿心中的相思之愿。小说形象地表现了商人生活"重欲""重情"的特点，对宋代森严的礼教发起冲击。

《志诚张主管》

见于《京本通俗小说》。小说描写宋朝开封府开线铺的商人张士廉年过花甲，续娶王招宣府遣嫁的二十多岁的小夫人为妻。小夫人嫌张士廉年老，爱慕店中青年主管张胜。胆小怕事的张胜不敢接受，辞职回家。不久王招宣府发现小夫人曾经偷窃珠宝，商人张士廉的家财因此被查封，小夫人畏罪自缢身亡。死后小夫人的鬼魂仍然对张胜不能忘情，但不知底细的张胜仍然不为所动。

小说的主人公是宋朝开封府开线铺的商人张士廉，人称张员外。他年过六旬，因为有钱，娶妻不肯放低自己的要求："有三件事说与你两人：第一件，要一个人才出众，好模好样的；第二件，要门户相当；第三件，我家下有十万贯家财，须着个有十万贯房奁的亲来对付我。"经媒人撮合，他顺利地续娶王招宣府遣嫁的小夫人为妻。

小说中的小夫人是一个命运凄苦的女人。她先嫁给王招宣，"王招宣初娶时，十分宠幸；后来只为一句话破绽些，失了主人之心，情愿白白里把与人。只要个有门风的便肯"。被凄惨地赶出家门，后又受媒人之骗，转嫁给"年过六旬"的"白须老儿"。为此，她内心充满了不平和痛苦。"小夫人自思量：我恁地一个人，许多房奁，却嫁一个白须老儿，好不生烦恼。"

小说主要描写这对商人夫妻的家庭生活。年轻貌美的小夫人对自己的婚姻不满，爱慕店中雇请的青年主管张胜，以主母身份送给张胜十枚金钱和衣物银两。"小夫人道：'主管少待。'小夫人折身进去，不多时，递些物与李主管。把袖包手来接，躬身谢了。小夫人却叫张主管道：'终不成与了他，不与你。这物件虽不值钱，也有好处。'张主管也依李主管接取，躬身谢了。小夫人又看了一回，自入去。两个主管各自出门前去支持买卖。原来李主管得的是十文银钱，张主管得的却是十文金钱。当时张主管也不知道李主管得的是银钱，李主管不知张主管得的是金钱。"小夫人想以此来赢得张主管的欢心。

小夫人不安于命运不公平的安排，她要抗争。她不懈地追求张胜，追求她所理解的爱情和幸福，屡遭拒绝，仍不死心。"只因小夫人生前甚有张胜的心，死后犹然相从。”她爱得那么执着，那么理直气壮。她向往和追求理想的婚姻生活，体现了她力图摆脱任人摆布命运的愿望，表现了对她封建之“理”的蔑视。她执着和勇敢的追求形象地表现了市井细民做人的愿望。

中国传统文化是一种人伦文化。儒家文化的核心是一个“仁”字，“仁者，二人也”，从人与人之间的关系出发，意在形成一种理想的人伦秩序。关注人伦关系是中国文化的最大特点，因此，人伦关系的变化也就标志着中国社会的变化和中国文化的发展。小说中开“胭脂绒线铺”的张员外与他雇佣的主管之间的关系值得我们注意。开线铺的商人张员外生意做得有一定规模，“家有十万赀财，用两个主管营运”。“门前两个主管：一个李庆，五十来岁；一个张胜，年纪三十来岁。”他们这种老板与伙计的关系有这么几个特点：一是这种雇佣关系持续时间长，伙计对老板感恩戴德。“小夫人先叫李主管问道：‘在员外宅里多少年了？’李主管道：‘李庆在此三十余年。’夫人道：‘员外寻常照管你也不曾？’李主管道：‘一饮一啄，皆出员外。’却问张主管。张主管道：‘张胜从先父在员外宅里二十余年，张胜随着先父便趋事员外，如今也有十余年。’小夫人问道：‘员外曾管顾你么？’张胜道：‘举家衣食，皆出员外所赐。’”二是老板作为资本所有者在生意上对伙计严格管理，对生意控制严密；伙计作为雇佣者则要对老板的生意负责：“当日晚算了账目，把文簿呈张员外，今日卖几文、买几文，人上欠几文，都佥押了。原来两个主管，各轮一个在店中当值。”三是这种商业老板与伙计之间的雇佣关系是松散的，伙计有人身自主权：张员外新娶的小夫人送了很多东西给伙计张胜，张胜之母怕因此惹祸，叫儿子“明日便不要去”。“这张主管是个本分之人，况又是个孝顺的，听见娘说，便不往铺里去。张员外见他不去，使人来叫”，张胜之母托病应付。“张员外三五遍使人来叫，做娘的只是说未得好。张员外见三回五次叫他不来，猜道必是别有去处”，就不来叫了。他们老板伙计之间持续几十年的雇佣关系就这么轻易地结束了。四是雇佣关系松散、伙计人身自由来源于伙计经济上的独立。张胜不去张员外店里当伙计之后，何以为生呢？“不去营运，日往月来，手内使得没了，却来问娘道：‘不教儿子去张员外宅里去，闲了经纪。如今在家中，日逐盘费如何措置？’那婆婆听得说，用手一指，指着屋梁上道：‘孩儿，你见也不见？’张胜看时，原来屋梁上挂着一个包，取将下来。道：‘你爷养得你这等大，则是这件物事身上。’打开纸包看时，是个花栲栳儿。婆婆道：‘你如今依先做这道路，习爷的生意，卖些胭脂绒线。’”有生意作生活依靠，他们只要会经营，能够积累一定的资金，还可以自己当老板：“张胜自从开店，接了张员外一路买卖。其时人唤张胜做小张员外。”这种人伦关系的出现不正预示着中国社会的变化吗？

小说表现了小商人重钱财不重人情的为人之道。张主管母子先是不肯收留小夫人，怕惹麻烦。“小夫人道：‘不合信媒人口，嫁了张员外。原来张员外因烧煅假银事犯，把张员外缚去左军巡院里去，至今不知下落，家计并许多房产都封估了。我如今一身无所归着，特地投奔你。你看我平昔之面，留我家中住几时则个。’张胜道：‘使不得。第一，家中母亲严谨；第二，道不得瓜田不纳履，李下不整冠。要来张胜家中，断然使不得。’”后来他被小夫人手中的财宝所打动，同意收留小夫人：“小夫人将一串一百单八颗西珠数珠，颗颗大如鸡豆子，明光灿烂。张胜见了，喝采道：‘有眼不曾见这宝物！’小夫人道：‘许多房奁，尽被官府籍没了，则藏得这物。你若肯留在家中，慢慢把这件宝物逐颗去卖，尽可过日。’”见了这么贵重的宝物，张胜母子对小夫人的态度马上有了变化。“当日张胜道：‘小夫人要来张胜家中，也得我娘肯时方可。’”“婆婆听得说道：‘夫人暂住数日不妨。只怕家寒怠慢，思量别的亲戚再去投奔。’小夫人便从怀里取出数珠，递与婆婆。灯光下，婆婆看见，就留小夫人在家住。小夫人道：‘来日剪颗来货卖，开起胭脂绒线铺，门前挂着花栲栳儿为记。’张胜道：‘有这件宝物，胡乱卖动，便是若干钱。况且五十两一锭大银未动，正好收买货物。’”前后的变化是明显的，变化的原因也是明确的。

张主管在小夫人的情色“进攻”面前，立场较为坚定。“小夫人屡次来缠张胜，张胜心坚似铁，只以主母相待，并不及乱。”“只因小夫人生前甚有张胜的心，死后犹然相从。亏杀张胜立心至诚，到底不曾有染，所以不受其祸，超然无累。”不贪色，管得住心中的“欲”，就能远离生活中的“祸”。小说塑造了一个如何对待心中“欲魔”的榜样人物，在胆小怕事的小商人中有一定的代表性。

《刎颈鸳鸯会》

见于《清平山堂话本》。小说描写商人张二官娶妻谢淑珍，谢淑珍不守妇道，趁张二官外出贩货之机，与对门开店的商人朱秉中私通，张二官察知，设法让妻子与其情人在“鸳鸯会”上“刎颈”。

小说主要表现商人的家庭生活。商人张二官娶了一个不守传统妇道的妻子蒋淑珍。“且张二官是个行商，多在外，少在内，不曾打听得备细。”丈夫张二官在外做生意，赚钱养家；妻子蒋淑珍在家耐不住寂寞，与开店的商人朱秉中勾搭成奸，被张二官捉个正着，朱秉中百般哀求：“死罪！死罪！情愿将家私并女奉报，哀怜小弟母老妻娇，子幼女弱！”仍然得不到张二官的宽恕，死于非命，为自己心中那个不安分的欲望付出了生命的代价。两个商人家庭也因此残缺。小说表现出了明显的“罪欲”倾向，“罪”放纵之欲。

《万秀娘仇报山亭儿》

见于《警世通言》第三十七卷。小说描写发生在生意老板与伙计之间的一场纠纷，表现了一种有特色的老板与伙计关系。万员外是襄阳府开茶坊的商人。他雇请的伙计陶铁僧偷茶坊里的营业款，被万员外发现。万员外辞退了陶铁僧，并将其中缘由告诉了襄阳府所有的茶坊，使陶铁僧在襄阳府找不到雇主。陶铁僧怨恨之余，寻机报复自己过去的老板。

小说中的万员外“在襄阳府市心里住，一壁开着乾茶铺，一壁开着茶坊”，是一个生意老板，“家里一个茶博士，姓陶，小名叫做铁僧”。一天，万员外发现陶铁僧偷了茶坊里四十五钱，“当时茶市罢，万员外在布帘底下，张见陶铁僧这厮挛四十五见钱在手里”。“看布帘里面，约莫没人见，把那见钱怀中便揣。”伙计利用工作的便利偷窃老板的钱财，无疑是一个不守规矩的伙计。伙计陶铁僧不仁，老板万员外也就不义，对伙计没有丝毫的宽容。“叫这陶铁僧来问道：‘你在我家里几年?’陶铁僧道：‘从小里随先老底便在员外宅里掉茶盏抹托子，自从老底死后，罪过员外收留，养得大，却也有十四五年。’万员外道：‘你一日只做偷我五十钱，十日五百，一个月一贯五百，一年十八贯，十五来年，你偷了我二百七十贯钱。如今不欲送你去官司，你且闲休!’当下发遣了陶铁僧。”“又被万员外分付尽一襄阳府开茶坊底行院，这陶铁僧没经纪，无讨饭吃处。”让做了错事的伙计几乎没有活路：“万员外忒恁地毒害！便做我拿了三五十钱，你只不使我便了，那个猫儿不偷食?直分付尽一襄阳府开茶坊底教不使我，致令我而今没讨饭吃处。”这种老板与伙计关系受钱财的主宰，彼此不讲什么情义，已经显得十分冷漠。

第三节　元代白话商贾小说

元代白话商贾小说重在表现商人的家庭生活，表现放纵的人欲对传统家庭伦理道德的冲击和破坏。在中国传统文化里，家和国之间的联系是最紧密的，也是最重要的。家是国的缩影，国是家的扩大，国这个范围里的君臣等人伦关系、秩序原则来源于家，又通过家得到普及和巩固。家国同构，忠孝一体，所以家庭中的父子、兄弟、夫妻关系受到中国传统社会的重视。在中国传统社会里，家庭血缘人伦关系的变化与国家社会人伦秩序的变化有一种天然的联系，如果家不成家，那么接下来的是国将不国。这些纵欲的商人对传统伦理道德和传统伦理秩序的冲击是不言而喻的。

元代白话商贾小说塑造了一些以理制欲的商人，表现欲对理的回归。人是生而有欲的，“欲”的出格是不难理解的，重要的是对出格的“欲”应该用“理”来制约它，让它符合“理”的规范。元代白话商贾小说表现的中心和主旨即在此。

《错认尸》

见于《清平山堂话本》。小说描写宋代商人乔彦杰，好色贪淫，在外经商，娶美妇春香作妾，使家庭失和。妾在家与佣工董小二通奸，董又骗奸乔女。近奸近杀，董小二和乔家人个个因此命丧黄泉。

小说的主人公是宋朝杭州商人乔彦杰。他是一个没有把握好自己心中情色欲望的商人，是一个没有家庭责任感的丈夫和父亲。他娶妻高氏，生有一女，“至亲三口儿，止有一仆人，唤作赛儿”。“这乔俊看来有三五万贯资本，专一在长安、崇德收丝，往东京卖了，贩枣子、胡桃、杂货回家来卖，一年有半年不在家。门首交赛儿开张酒店，雇一个酒大工，叫做洪三，在家造酒。其妻高氏常管日逐出进钱钞一应事务。”本来一家人日子过得红红火火、平平安安，生意也做得颇有章法。谁知乔彦杰惑于美色，在外经商时娶美妇春香为妾，引起家庭不和：

> 当下，高氏说与丈夫：“你今已取来了，你可与他别住，不许你放他在家里。”乔俊听得，言：“容易，我自赁房屋一间与他住过。”高氏又说：“自从今日为始，我再不与你做一处。家中钱本、什物、首饰、衣服，我自与女儿两个受用，不许你来讨。你依得么?”乔俊沉吟了半晌，心里道：“欲待不依，又难过日子。罢！罢!”乃言：“都依你。”

好好的一个家因为乔彦杰背着妻子娶妾而四分五裂，乔彦杰仍然不知收敛，继续放纵自己的色欲。他在东京卖丝时，“与一个上厅行首沈瑞莲来往，倒身在他家使钱”，“留恋在彼，全不管家中妻妾”。等他风流快活够了，回到家乡时，家里已发生了天大的变故。春香不守妇道，趁乔彦杰在外留恋不归之机，在家与街痞董小二勾搭成奸，引狼入室。董小二有恃无恐，进而诱奸乔彦杰闺中之女玉秀，引发一场人命官司，乔家三口死于狱中。“其船家见了乔俊，吃了一惊，道：‘乔官人，你如何恁的不回？一向在那里去了？你家中小娘子周氏与一个雇工有奸，大娘子取回一家住了，怎的又与女儿有奸。我听得人说，不知争奸也是怎的，大娘子谋杀了雇工人，酒大工洪三将尸放在新桥河内。得了两个月，尸首泛将起来，有一个皮匠妇人来错认了。又有人认得是你家雇工人的尸首，首告在安抚司，捉了大娘子、小娘子、你女儿并酒大工洪三到官。拷打不过，只得招认。监在牢里，受苦不过。如今四人都死了。朝廷文书下来，抄扎你家财产入官。你如今投那里去好？'"

家破之后，乔彦杰万般无奈，投水自杀。"罢！罢！罢！我今年四十余岁，儿女又无，财产妻妾俱丧了，去投谁的是好？'一径走到西湖上第二桥，望着一湖清水便跳，投入水下而死。"

商人乔彦杰及其家人为他放纵的色欲付出了生命的代价，表现了放纵的人欲对家庭和家庭伦理的巨大破坏性，"若论破国亡家者，尽是贪化恋色人"，人因欲亡，家因欲破。

《曹伯明错勘赃记》

见于《清平山堂话本》。小说描写元代某客店老板曹伯明，妻死，续娶妓女谢小桃。谢小桃另有所爱，与人合谋，利用商人爱小便宜的弱点和自己特殊的身份，诬告丈夫吓诈贼人赃物，差点断送了丈夫性命。

小说的主人公是开客店的商人曹伯明。"话说大元朝至正年间，去那北路曹州东平府管下东关里，有一客店。这店主姓曹，双名伯明，年三十岁。"他贪恋美色，良莠不分，"这曹州城里，有一个妓者，唤做谢小桃，年二十二岁，生得千娇百媚，是个上厅行首。伯明与他来往一年有余"。曹伯明续娶"生得千娇百媚"的"上厅行首"谢小桃为妻。谁知谢小桃"原来他自有个孤老，唤做倘都军，与他相处五年。小桃一心要嫁他，争奈倘都军没钱，因此还接客。不想伯明痴心要他"。与曹伯明结婚后的谢小桃与倘都军商议："我和你要做夫妻容易。这曹伯明每日五更出去接客，只是不在家多。你去五更头，等他来时，打死了他，咱两个永远做夫妻却不是好？"他们合谋利用曹伯明这个商人爱小便宜的弱点，丢包袱于路：

> 行得没一里，路上被个包袱一纠倒。伯明扒起来，见了包袱，自思："若是有钱的，拿了，犹自可；那没钱的，拿了，忧愁病死。"便乃叫曰："前面客人脱下包袱！"叫了十数声，没人来往，雪又下得大，天色已晓，只得驼了包袱回家。

他们把包袱丢在路上，故意让曹伯明拾到。他们知道曹伯明这个小商人会爱这个小便宜的。倘都军然后告到官府，说这包袱是贼赃。这时谢小桃利用自己特殊的身份——曹伯明的妻子主动出庭"作证"，想借官府之手，致曹伯明于死地：

> 州尹问："你如何吓诈贼赃，驼回家去，从实招来！"伯明告："相公，小人不曾拿人东西。"州尹交打。当拖番在地，打了二十下，打得皮开肉绽，鲜血淋淋，伯明不肯招认。欲道再问，只见谢小桃驼着包袱，来州厅上出首，告道："数日前，曹伯明不知那里驼这包袱来家，不知是谁的，妇人特来出首。"伯明道："你这烟花泼妇，如此歹心！我和你是夫妻，你和别人做一路屈害我！"
>
> 谢小桃假意哭道："我怕你吃打，将包袱出首。你便招了罢！"

幸得州尹识破奸计，审明了真相："小桃熬疼不过，告言：'相公，委的与倘都军来往情密，后被曹伯明娶了妾，因此与倘都军设计，交宋林将赃物放于地下，待伯明驼回家陷害，要谋妾为妻。只此是实。'"最后"谢小桃罚入官为奴"，"曹伯明回家，父子依旧开客店，过了生世。"商人曹伯明色心太重，因此为美色所惑，糊里糊涂娶回已"自有个孤老"的"烟花泼妇"，差点性命不保。谢小桃身为人妻，不仅不爱、不忠于自己的丈夫，反而放纵自己心中的欲望，与人合伙，利用商人爱小便宜的弱点和自己特殊的身份欲置丈夫于死地，以达到与"情人"结合的目的。

"饱暖思淫欲"，这些好色商人放纵自己的色欲，直接的后果便是损害了本应互敬互爱的夫妻关系，毁灭了自己本来和睦美满的家庭。

《宋四公大闹禁魂张》

见于《喻世明言》第三十六卷。小说描写开质库的商人张富，为人吝啬，人称“禁魂张”，欺侮乞丐。宋四公打抱不平，捉弄这个吝啬的富商。

以经商求利为职业的商人最容易患的毛病是嗜钱成癖，唯利是图。小说的主人公是一辈子爱财如命的富商张富，“家住东京开封府，积祖开质库”。有穷人来店讨钱，主管出于怜悯，趁张富不在门前，偷偷地施舍了两文。张富发现后，心痛不已：“好也，主管！你做甚么把两文撇与他？一日两文，千日便两贯。”他责备完主管，又冲出店来，不仅夺回自己主管施舍的两文，而且把讨钱人在别处讨来的钱都倒在自己店里的钱堆中，还叫手下把讨钱人揍了一顿。神偷宋四公路见不平，晚上“觅了他五万贯锁赃物，都是上等金珠”。为了捉弄吝啬的张员外，神偷们又利用张员外贪财的特点，把从钱大王府上偷来的赃物——暗花盘龙羊脂白玉带派人送到张富的当铺。“张员外是贪财之人，见了这带有些利息，不问来由，当去三百贯足钱”，被人告到官府。“钱大王府里失了暗花盘龙羊脂白玉带，你岂不晓得？怎肯不审来历，当钱与他？”因此摆脱不了干系。官府不问青红皂白，“喝教狱卒将张富和两个主管一齐用刑，都打得皮开肉绽，鲜血迸流”。张富被逼得走投无路，“磕头禀道：‘小人是有碗饭吃的人家，钱大王府中玉带根由，小人委实不知。今小的家中被盗赃物，既有的据，小人认了晦气，情愿将来赔偿钱府。望相公方便，释放小人和那两个主管，万代阴德。’”“张富被官府逼勒不过，只得承认了。归家思想，又恼又闷，又不舍得家财，在土库中自缢而死。可惜有名的禁魂张员外，只为‘悭吝’二字，惹出大祸，连性命都丧了。”这些视钱如命的商人放纵自己心中的金钱欲望，为此竟然要付出生命的代价。

商品交换的繁荣在带给人们许多突破传统的新观念的同时，也催发了人性中的许多恶。吝啬是许多商人在追逐金钱的过程中滋生的一种恶习，这种吝啬恶习在商人中有一定的代表性。在对这些恶的鞭挞和制约中，中国传统文化表现出了它的控制力、影响力，表现出了它的积极意义。富商张富“只为一点悭吝未除，便弄出非常大事”。张富的故事从反面告诉人们“钱如流水去还来，恤寡周贫莫吝财”，吝啬招损招祸。

《新桥市韩五卖春情》

见于《喻世明言》第三卷。小说描写商人吴山世代经商，家境殷实，他经不住暗娼韩五勾引，差一点性命不保。

小说中的富商吴山与乔彦杰有相同的“爱好”——好色纵欲。他经不住女色诱惑，丢下生意和妻子去与暗娼寻欢作乐，差一点性命不保，“乃是色欲过度，耗散元气，为脱阳之症”。医救过来后，吴山幡然悔悟：“要贪花恋色的，将我来做个样。”“人生在世，切莫为昧己勾当，真个明有人非，幽有鬼责，险些儿丢了一条性命。”从此以后，富商吴山再也不敢动这些“邪念”了。

小说中的吴家经商有自己的特色：“说这宋朝临安府，去城十里，地名湖墅；出城五里，地名新桥。”“去新桥五里，地名灰桥市上，新造一所房屋，令子吴山，再拨主管帮扶，也好开一个铺。”吴家经商，特色在一个“稳”字。一是“稳”在商店的布局上。吴家在出城五里的新桥市上开了一个丝绵铺，生意发展后又在离新桥五里的灰桥市上再开一个新店，既开辟了新的生意阵地，又能互相支持照应。二是“稳”在对货源和销售渠道的控制上。吴家的丝绵铺开在“出城五里”的城乡接合部，前面有临安府这个大市场，后面有乡村源源不断输送而来的丝绵，“家中收下的丝绵，发到铺中，卖与在城机户”。自己掌握了稳固的货源，不受他人控制，不会有“断粮”之虞，同时在新桥市和相距五里的灰桥市上开了两个店，与“在城机户”建立起紧密的联系，既有稳固的货源，又有通畅的销售渠道，任凭风浪起，稳坐钓鱼台，有效地减少了经商的风险。小说表现了有中国传统文化特色的经商风格。

《汪信之一死救全家》

见于《喻世明言》第三十九卷。小说本事出于宋代岳珂的《桯史》。小说表现了宋朝商业的繁荣：

> 孝宗皇帝时常奉着太上乘龙舟，来西湖玩赏。湖上做买卖的，一无所禁，所以小民多有乘着圣驾出游，赶趁生意。只卖酒的，也不止百十家。
>
> 且说有个酒家婆姓宋，排行第五，唤做宋五嫂，原是东京人氏，造得好鲜鱼羹，京中最是有名的。建炎中，随驾南渡，如今也侨寓苏堤赶趁。一日，太上游湖，泊船苏堤之下，闻得有东京人语音。遣内官召来，乃一年老婆婆。有老太监认得他是汴京樊楼下住的宋五嫂，善煮鱼羹，奏知太上。太上题起旧事，凄然伤感，命制鱼羹来献。太上尝之，果然鲜美！即赐金钱一百文。此事一时传遍了临安府，王孙公子，家富巨室，人人来买宋五嫂鱼羹吃。那老妪因此遂成巨富。
>
> 又一日，御舟经过断桥。太上舍舟闲步，看见一酒肆精雅，坐启内设个素屏风，屏风上写《风入松》词一首。
>
> 太上笑道："此词虽然做得好，但末句'重移残酒'，不免带寒酸之气。"因索笔，就屏上改云："明日重扶残醉。"
>
> 那酒家屏风上添了御笔，游人争来观看，因而饮酒，其家亦致大富。

小说描写了汪信之创业的历史，他具有强烈的发财欲望，他要凭借自己的经济实力自立于社会：

> 话说乾道年间，严州遂安县有个富家，姓汪，名孚，字师中，曾登乡荐，有财有势……回家益治资产，复致大富。他有个嫡亲兄弟汪革，字信之，是个文武全才，从幼只在哥哥身边居住。因与哥哥汪孚酒中争论，一句闲话，别口气只身径走出门，口里说道："不致千金，誓不还乡！"

汪信之不仅有强烈的发财欲望，而且有发财的本领。他具有一双发现生意机会的眼睛：

地名麻地坡。看见荒山无数，只有破古庙一所，绝无人居，山上都是炭材。汪革道："此处若起个铁冶，炭又方便，足可擅一方之利。"

他具有很强的经营和管理能力：

于是将古庙为家，在外纠合无籍之徒，因山作炭，卖炭买铁，就起个铁冶。铸成铁器，出市发卖。所用之人，各有职掌，恩威并著，无不钦服。数年之间，发个大家事起来。遣人到严州取了妻子，来麻地居住。起造厅屋千间，极其壮丽。又占了本处酤坊，每岁得利若干。又打听望江县有个天荒湖，方圆七十余里，其中多生鱼蒲之类。汪革承佃为己业，湖内渔户数百，皆服他使唤，每岁收他鱼租。其家益富，独霸麻地一乡。乡中有事，俱由他武断。

汪信之发家致富之后，又凭借自己的经济实力参与政治活动：

又将家财交结附近郡县官吏。若与他相好的，酒杯来往；若与他作对的，便访求他过失，轻则遣人讦讼，败其声名；重则私令亡命等于沿途劫害。

小说不局限于家庭生活这个范畴，在商业经营等更为复杂的社会生活中来塑造商人形象，在元代商贾小说中显得尤为珍贵。

第四节 宋元文言商贾小说

宋代是中国文言小说发生重大变迁的时期。从总体看，宋代文言小说大多数作品以纪实为主，文学性较差，既无鲜明的形象，也非严谨的实录，偏于平直，走向衰微。北宋的文言小说以志怪体为主，其志怪体小说有完本流传的，如吴淑的《江淮异人录》、黄休复的《茅亭客活》、张师正的《括异志》、章炳文的《搜神秘览》等，成就都不很高，缺乏文学性。南宋以后，文言小说仍以志怪体小说为主流。以南宋洪迈《夷坚志》为代表的志怪小说，大体上还保持着汉魏六朝以来志怪旧传统，又受当时所谓实录见闻的局限。《夷坚志》集神怪故事之大成，取材极广，在宋人小说中影响最大，可以看作《太平广记》的续编。继《夷坚志》而作的有金元好问的《续夷坚志》。以《云斋广录》为代表的宋人传奇，模拟唐人而又有新的变化，一方面追求华艳，另一方面又趋向通俗，出现了传奇与话本体相互渗透融合的倾向，可以说是一种新传奇体，为以后的《剪灯新话》及《聊斋志异》开辟了途径。

宋元文言商贾小说数量也不多，主要收录在北宋黄休复的《茅亭客话》、南宋王明清的《摭青杂说》、洪迈的《夷坚志》中。

宋元文言商贾小说充分表现了中国传统文化对商贾生活的渗透和影响，表现了中国古代商人对中国传统文化的认同和接受，表现了中国古代商人在经商求利中如何发扬和光大中国传统文化精神，表现了中国传统文化在理欲问题上的理想。与同时代的宋元白话商贾小说比较，宋元文言商贾小说的传统文化色彩要浓厚得多。

《葭萌二客》

见于北宋黄休复的《茅亭客话》。

小说描写二位商人出门贩货，“利州路有二客，负贩杂货，往葭萌市鬻之”。夜晚在路上遇到了凶残贪婪的老虎。为了不被老虎吃掉，他们被迫爬到大树上，用木棍刺伤了老虎的眼睛。“至曙，行人稍集，遂下树赴葭萌市征之所。有一妇报云：‘任拦头夜来醉归，刺损双眼，不来检税。’”“众言：‘此处近有二虎，且暴，四远村庄犬彘驹犊，逮将食尽。’市人遂相率持杖往栏头家验之。”小说把检税的官吏比作吃人的老虎，表现了商人对欺压自己的贪官污吏的痛恨，有一定的现实意义。

《望江富翁》

见于南宋岳珂的《桯史》。

以炼铁起家的富商陈国瑞要为母亲选购茔地。有人帮他相中了张姓老翁所有的一块山林。陈国瑞的儿子怕张家漫天要价，没有说明自家的真实用途，以三万钱的低价谈成买卖，订下契约。陈国瑞事后知道这块山林时价要值三十万钱，于是提出要补张家的差价，但张翁不肯接受。小说赞美商人们的重义轻利。陈国瑞不许儿子用诡计骗人，赔礼道歉之后，要按实价补给张家；张翁则以信守合同、不得反悔为由，拒绝接受陈家的补偿。他们之间的这种买卖关系把钱财看得轻，把仁义、诚实、守信看得重，是中国传统文化"重义轻利"价值取向在商品交换领域的延伸。小说形象地表现了中国传统文化对商贾生活的渗透。

《茶肆高风》

见于南宋王明清《摭青杂说》。小说描写一位客人在樊楼畔小茶馆中遗失了钱袋。几年后，他再到茶馆询问，茶馆主人问明年月和标志，即以原物归还失主，不受客人的酬谢。

小说中的茶馆主人虽然是一个经商求利的生意人，却深明大义，财上分明，不贪财，不妄取，不苟得，完全按照中国传统道德规范来处理义利关系。

这个小茶馆生意红火，"京师樊楼畔，有一小茶肆。甚潇洒清洁，皆一品器皿，桌椅皆济楚，故卖茶极盛"。一位姓李的客人匆忙中把数十两金遗落在茶馆，"熙丰间，有一士人，乃邵武李氏。在茶肆前遇一旧知，相引就茶肆，相叙阔别之怀。先有金数十两，别为袋系于肘腋，以防水火盗贼之虞。时春日乍暖，士人因解卸衣服次，置此金于茶桌上，未及收拾"。客人离开茶馆后，发觉自己遗失了东西，但觉得已经没有失而复得的可能，便没有回去寻找。"李以茶肆中往来者如织，必不可根究，遂不更去询问。"三四年后，这位李姓客人又来到这个茶馆，不抱什么希望地对茶馆老板说起自己三四年前在这里遗失东西的事情，谁知茶馆老板对此记得清清楚楚，让客人喜出望外：

> 李曰："某三四年前，曾在盛肆吃茶，遗下一包金子。是时以相知拉去，不曾拜禀。"主人徐思之曰："官人彼时着毛衫

在里边坐乎?”李曰:“然。”又曰:“前同坐者着皂皮袄乎?”李曰:“然。”主人曰:“此物是小人收得。彼时亦随背后赶来送还,而官人行速,于稠人众中不可辨认,遂为收取。意官人明日必来取,某不曾为开,觉得甚重,想是黄白之物也。官人但说得块数秤两同,即领取去。”李曰:“果收得,吾当与你中分。”主人笑而不答。茶肆上有一小棚楼,主人捧小梯登楼。李随至楼上,见其中收得人所遗失之物,如伞屐衣服器皿之类甚多,各有标题,曰某年某月某日某色人所遗下者。僧道妇人,则曰僧道妇人;某杂色人,则曰某人似商贾、似官员、似秀才、似公吏。不知者,则曰不知其人。就楼角寻得一个小袱,封记如故,上标曰:某年月日一官人所遗下,遂相引下楼,集众再问李块数秤两。李记若干块,若干两。主人开之,与李所言相符,即举以付李。李分一半与之。主人曰:“官人想亦读书,何不知人如此?义利之分,古人所重,小人若重利轻义,则匿而不告,官人将何如?又不可以官法相加,所以然者,常恐有愧于心故耳。”李既知其不受,但惭怍不言,加礼逊谢,请上樊楼饮酒,亦坚辞不往。时茶肆中五十余人,皆以手加额,咨嗟叹息,谓世所罕见也。识者谓伊尹之一介不取,杨震之畏四知,亦不过是。

这位开茶馆的商人重义轻利,拾金不昧。客人在他的茶馆里丢失的金银,几年后仍能物归原主,而且谢绝失主的重金酬谢。在钱财面前,这位开茶馆的商人显示出自己的君子品德。

在中国传统社会里,对商人有一句流传极广的评价:“无商不奸”,基本上代表了当时中国人对经商求利的商人的道德判断。而《茶肆高风》中的商人在道德上受到了热情赞美。他们不仅不奸诈,而且明于义利之辨,是人们道德上的楷模。小说对商人的热情赞美突破了“轻商”“贱商”的传统观念,具有文化上的新意。

《盐商义嫁》

见于南宋王明清《摭青杂说》。小说描写盐商项四郎在水中救起遇劫的徐姓女子，并尊重她本人的意愿，把她嫁给一个官员为妾，徐姓女子才得以遇见其兄，阖家团聚。

小说中的盐商项四郎身上最引人注目的是他对弱者的同情心，这是中国传统文化标举的仁义之心。他既不贪色，也不贪财，存心忠厚，救人急难。

泰州盐商项四郎从水中救起一遭劫女子，不肯货之求利：

> 项四郎，泰州盐商也。常商贩自荆湖归，至太平州，中夜月明，睡不着，闻有一物触船，项起视之，有似一人，遂命艄子急救之，乃一丫鬟子女也，十五六岁。问其所事，曰："姓徐，本北人，澧州寄居，兹者父自辰倅解官，举家赴临安，至此江中，忽逢劫贼，某惊堕水中，附一踏道，漂流至此，父母想皆遭盗贼之手也。"项以其贵人家女，意欲留之为子妇，遂令独寝。比归至家，以其意告厥妻。妻曰："吾等商贾人家，止可娶农贾之家女。彼骄贵家女，岂能攻苦食淡，缉麻缉布，为村俗人事也！不如货得百十千，别与儿男娶。"由是富家娼家，竞来索买。项曰："彼一家人遭难，独留得余生，今我既不留为子妇，宁陪些少结束，嫁一本分人，岂可更教她作娼女婢妾，一生无出头耶？"其妻屡以为言，至于喧争，项终不肯。

为了让这位不幸落难的女孩有一个好的未来，项四郎把她嫁给澧州安乡尉金官人，使她得以找到失散的父母兄弟，一家团圆。"项邻里有金官人，受得澧州安乡尉，新丧妻，闻此女善能针线，遂亲见项求娶。""女曰：'此事儿心甘情愿也。'遂许之，且戒金尉曰：'万一不如意，须嫁一好人，不要教她失所。'金尉笑曰：'吾与四郎是邻居，岂不知某无他念耶？'金尉问项所索。项曰：'吾始者更要陪些奁具嫁人，今与官人，既无结束，岂复需索也。'"

小说塑造了一个重情义轻财色的商人形象。"彼商贾乃高见如此，士大夫色重礼轻有不如也。父母生汝不免有难，终汝者项君也。""七娘画项像为生祠，终身奉事。"小说洋溢着对商人的赞美之情。

《王八郎》

见于南宋洪迈的《夷坚志》。

小说描写商人王八郎迷恋娼妓，妻子因此藏匿家庭财产。夫妻离婚后，妻子用隐瞒下来的财产经营发家。曾经的夫妻生前交恶，死后依然相背：

> 唐州比阳富人王八郎，岁至江淮，为大贾。因与一娼绸缪，每归家心憎恶其妻，锐欲逐之。妻智人也，生四女已嫁三人，幼者甫数岁，度未可去，则巽词答曰："与尔为妇二十余岁，女嫁有孙矣，今逐我安归？"王生又出行，遂携娼来，寓近巷客馆。妻在家稍质卖器物，悉所有藏箧中，屋内空空如窭人。王复归，见之愈怒，曰："吾与汝不可复合，今日当决之。"妻始奋然曰："果如是，非告于官不可。"即执夫袂走诣县。县听仳离而中分其资产。王欲取幼女，妻诉曰："夫无状，弃妇嬖娼，此女若随之，必流落矣。"县宰义之，遂得女而出。居于别村，买瓶罂之属列门首，若贩鬻者。故夫他日过门，犹以旧恩意与之语曰："此物获利几何？胡不改图？"妻斥逐之曰："既已决绝，便如路人。安得预我家事！"自是不复相闻。女年及笄以嫁方城田氏，时所蓄积已盈十万缗，田氏尽得之。王生但与娼处，既而客死于淮南，后数年妻亦死。既殡，将改葬，女念其父之未归骨，遣人迎丧欲与母合祔，各洗涤衣敛共卧一榻上，守视者稍怠，则两骸已东西相背矣。以为偶然尔，泣而移置原处，少顷又如前，乃知夫妇之情，死生契阔，犹为怨偶如此，然竟同穴焉。

商人做生意发了财之后最容易患的毛病便是"饱暖思淫欲"，在中国传统文化中本应该相敬如宾的夫妻关系受到商人放纵的色欲的冲击。商人王八郎的家庭矛盾，形象地表现了放纵的人欲对传统家庭伦理道德的冲击，对传统家庭结构的破坏。

《猩猩八郎》

见于南宋洪迈的《夷坚志》。

金陵商人富小二乘船到海外经商。在海上遇到大风暴，他独自一人漂落到一个海岛上，被海岛上的女人强招为夫，生下一个男孩。三年后，他抓住偶然的机会，费了不少周折，才带着自己的儿子回到故乡，以开茶馆为生。小说描写中国商人出海为商的经历，在宋元商贾小说中是难得一见的。

《侠妇人》

见于南宋洪迈的《夷坚志》。

小说描写董国庆遭遇战乱，弃官落魄，在旅馆老板的帮助下，他和一个女子结合在一起。“弃官走村落，颇与逆旅主人相往来。怜其羁穷，为买一妾，不知何许人也。”这个女子聪明、美丽，有一种自强自立的意识，有一个灵活的经营头脑，有一股不怕苦、不怕累的实干精神。她独立经营，做生意赚钱，帮助丈夫摆脱贫困。“性慧解，有姿色。见董贫，则以治生为己任，罄家所有，买磨驴七八头，麦数十斛。每得面，自骑驴入城鬻之，至晚负钱以归。率数日一出，如是三年，获利愈益多，有田宅矣。”

小说塑造了一个勤劳、美丽的女商人形象。她身上没有中国传统女性常见的依附依赖思想。不仅不依赖丈夫养活自己，而且独立地寻找赚钱的门路，经商营利，养活自己，养活自己的丈夫，支撑起一个家庭。小说表现了中国商人对中国传统文化的超越。

《曾鲁公》

见于吴曾《能改斋漫录》。

小说旨在表现商人与读书人在情义上的差别。读书人曾鲁公仗义疏财，救人急难。他在京师遇见一个人因为欠官钱，为了还债欲把女儿卖给商人，“以笄女鬻商人，得钱四十万”。曾鲁公劝阻，“幸勿与商人，吾欲取之。商人转徙不常，又无义，将若女浪游江湖间，必无还理。一旦色衰爱弛，将视为贱婢。吾江西士人也，读书知义，倘得君女，当抚之如己出，视弃与商人相万矣。可熟计之”。接着又出资帮助欠债人。“其人跪谢曰：‘某平生未尝有一日之雅，不愿厚贶若此。虽不得一钱，亦愿奉君子。然已书券受直，奈何？’公曰：‘但还其直，索券而焚烧之。彼不可，则曰诉于官，彼畏，必见听矣。’遂出白金约四十万置其家。”“公去而商至，用前说却之。商果不敢争。及期，父母载女来访所谓曾秀才者，舟不见。询之旁舟人，言其已去三日矣。女后嫁为士人妻。”小说表现了在道德上给读书人和商人区分优劣的传统观念。

《卖勃荷》

见于南宋施德操的《北窗炙輠录》。

史姓官人曾经对一个卖勃荷的小商人有杯酒之恩。“有卖勃荷者，其家尝买之。一日天大暑，勃荷者到，渴甚，乞水于史。史乃以尊酒饮之，其人遂感激而去。”这位卖勃荷的小商人对别人的恩惠牢记在心。战乱中，史姓官人陷入敌占区，性命难保。这时这位卖勃荷的小商人为了报答他，利用自己的关系，帮助他逃出了敌占区。“其人曰：‘官人忘之乎？即卖勃荷者也。异时尝蒙官人尊酒之赐，时常不忘。今日官人幸留，此某报尊酒之秋也。’史曰：‘今京城外皆灰，汝独能存何也？’曰：‘某与一千人长厚善，故得保全至今，然行即遁耳。’”“史乃出，问曰：‘汝何为与此人善？’曰：‘家本旅店，此人曩时作湖北商，往来京师十余年，常馆于吾家，吾家待之甚厚，此人常德某。故今始知此人非商也，乃金人间尔。’后数日，所谓千人长者，遂卫其家出围，史因其人得免。”

小说表现商人的知恩图报，赞美商人施恩报德、宽厚仁爱的品格，这正是中国传统文化所推崇的道德。

《陶四翁》

见于南宋施德操的《北窗炙輠录》。

小说的主人公陶四翁是一个小作坊主兼商人。开染坊的陶四翁讲究商业道德，他花四百万钱买下一批紫草染料，谁知是被蒸煮过的坏草、假货。有人说要帮他把这批坏紫草分销到那些不识货的小染坊去，陶四翁不肯把自己的损失再转嫁给别人，把四百万钱的紫草一把火烧光。他宁肯自己忍受被坑骗的痛苦，承担买假货的损失，也不肯把自己的损失转嫁给别人。他是一个商人，要经商求利，但求利却不损人，不唯利是图，保持中华传统美德。小说赞美了商人重义轻利的传统道德。

《大桶张氏》

见于宋代廉布的《清尊录》。

小说描写放债人与借债人的关系。债主张某戏言娶行钱孙助教家女儿，后来别娶富贵人家女儿，孙家惧张家财势，只得忍气吞声，孙家女儿因此气病而亡：

> 大桶张氏者，以财雄长京师。凡富人以钱委人，权其子而取其半，谓之行钱。富人视行钱如部曲也，或过行钱之家，特设位置酒，妇人出劝，主人皆立侍。富人逊谢强令坐，再三，乃敢就位。张氏子年少，父母死，主家事，未娶。因祠州西灌口神归，过其行钱孙助教家。孙置酒数行，其未嫁女出劝，容色绝世。张目之曰："我欲娶为妇。"孙惶恐不可，且曰："我公家奴也，奴为郎主丈人，邻里笑怪。"张曰："不然，烦主少钱物耳，岂敢相仆隶也。"张固豪侈，奇衣饰，即取臂上古玉條脱与女，且曰："择日纳币也。"饮罢去。孙邻里交未贺曰："有女为百万主母矣！"其后张别议婚，孙念势不敌，不敢往问期，而张亦恃醉戏言尔，非实有意也。
>
> ……
>
> 逾年，张婚他族，而孙女不肯嫁。
>
> ……
>
> 女语塞，去房内蒙被卧，俄顷即死。

小说描写放债人和借债人之间不平等的关系。这种不平等源于他们经济上的贫富差别，小说表现了在人类社会生活中金钱对人和人际关系的影响。

与唐代商贾小说相比，宋元商贾小说的演进之迹是十分明显的。如果说唐代商贾小说是在中国小说史上第一次较为集中地反映了商贾生活、在商贾题材进入中国小说上有开创之功的话，那么宋元商贾小说则是在中国小说史上第一次较为细腻地表现了商人的心灵。它不再是传记式地记录商人的言行，而是深入到商人的心灵，描写商人们的灵魂在理欲之间的徘徊与颤动。弥漫于唐代商贾小说中的那种神仙鬼怪味大大淡化了，肇始于唐代商贾小说的那种人间烟火味则日趋浓重，逐渐成为宋元商贾小说的主色调。宋元商贾小说不再把商人当神当怪来写，而是把商人当人来写；不仅写商人的衣食住行，而且写商人的喜怒哀乐，写商人躁动的心灵，充分表现了宋元商贾小说“为市井细民写心”的特色。但宋元商贾小说在表现商人的商业经营上显得单薄，既不丰富，也不深刻。也就是说，宋元商贾小说大多是脱离商人的商业经营活动来描写商人的，而且在表现具有商人文化特色的新思想、新观念上也远远不及后来的明代商贾小说。

第三章

中国商贾小说的繁荣(上)

——明代商贾小说

第一节　明代的商业和小说概貌

1368 年建立的明朝于 1661 年灭亡。明代三百年是漫长的中国封建社会经过汉唐的发展和繁荣缓慢地走向全面崩溃末世的时期。其标志是一方面依赖这个经济基础而生存的封建制度，以及维护这一制度的道德伦理、宗法观念逐渐解体；另一方面，城市经济的繁荣，市民阶层的壮大，纺织、冶铁、制盐、造纸、印刷等手工业的迅速成长，特别是东南沿海纺织工业中，明显地出现了资本主义萌芽的因素，给明代社会注入了新鲜活力。代表这股新兴势力的思想家，以王艮为代表的王学左派应运而生。

从封建社会的生产方式过渡到资本主义生产方式是生产力发展的方向。在明代中叶，在商品经济发展的基础上，中国封建社会出现了资本主义萌芽。资本主义萌芽是在封建社会后期成长起来的资本主义生产方式的初始形态，它是封建社会生产力水平提高和商品经济获得相当发展的产物，是封建经济走向瓦解的征兆。明代资本主义萌芽有两种表现形式：一种是由小商品生产者分化产生的资本主义企业主与雇佣工人。明代中叶以后，由于小商品生产者的分化加剧，大部分小商品生产者贫穷破产，变成雇佣工人，少数富有者逐渐成为手工业作坊主或工场主人。一种是以商人为代表的商业资本直接控制生产转化为产业资本。实力雄厚的商人不仅大量收购产品而且供给小生产者以原料，使小生产者在原料和产品销售上依赖商人，这样商人就成了包买主。商业资本不仅包买小生产者的制成品，而且还在一定程度上侵入了生产，控制小生产者，转化为产业资本。这时的小生产者已经不是在自己的原料上加工、制成后自己出卖的独立生产者，而是接受商人发给的原料、制成后交给商人、领取报酬的工资劳动者。这样一来，他们就由直接生产者变成雇佣工人了。明代经过一些重要的赋役改革，如一条鞭法，使得社会经济结构发生了变化，大批劳动力从农业生产中分离出来，流入工商业，使工商业人口增加，这一方面削弱了自然经济的统治地位，另一方面又促进了商品经济的发展。

明代商品经济的繁荣带来了深刻的社会变革。随着生产力的发展，明代的社会分工进一步扩大，商品经济日益发展和繁荣。晚明商业的繁荣无疑已超过了中国历史上任何一个时代。《天工开物序》描述当时商业的繁荣景象："滇南车马，纵贯辽阳；岭缴宦商，衡游蓟北。"商业的繁荣使晚明商人积累了大量的资财。明人张瀚在《松窗梦语》中自叙其发家史说："毅庵祖家道中微，以酤酒为业。成化末年，值水灾……因罢酤酒业，购机一张，织诸色贮币，备极精工。每一下机，人争鬻之，计获利当五之一。积两旬，复增一机；后增至二十余。商贾所货者，常满户外，尚不能应。自是家业大饶。后四祖继业，各富至数万金。"这个自叙反映了当时丝织业中的小商品生产者的分化、扩大再生产的迅速和资本的急剧增长，表现了商人资财雄厚、经济活跃的事实。据明人宋应星在《天工开物》中估计，万历年间徽商的资本总额达三千万两，每年获利九百万两，比当时的国库税收多一倍。商业的繁荣，使人们生活观念发生变化:"由嘉靖中叶以抵于今,流风愈趋愈下,惯习骄吝,互尚荒佚,以欢宴放饮为豁达,以珍味艳色为盛礼。"商业的发展使一批又一批的商人暴富。安徽"休、歙尤伙,故贾人几遍天下,良贾近市利数倍,次倍之,最下无能者逐什一之利。其株守乡土而不知贸迁有无长贫贱者,则无所比数矣"。商人凭借手中的财富雄踞于社会的上层,这不能不使传统的价值观念、道德追求受到极大的冲击,"求利"风气使众多的人弃农、弃工、弃儒而加入商人队伍。商人的人生态度、生活追求、抑或是价值观点、价值取向,都与传统发生背离。他们要求现世享乐,追求物质享受。这些思想观念刺激着人们对金钱的欲求和对变泰发迹的向往。

明代郑和七下西洋的英雄壮举,成为我国古代对外贸易的一座丰碑。我国对外贸易经历了汉、唐"丝绸之路"陆路贸易的繁荣,宋、元海外贸易的兴盛之后,明初统治者采取闭关政策,一方面严禁居民出海贸易,规定对私下出海贸易者以重法处之;另一方面又限制外商来华贸易,实行所谓的朝贡贸易制度,推行国家垄断的官方海外贸易。永乐年间郑和下西洋,将官方的海外贸易范围大大拓宽,不仅打通了中国通往东南亚、印度洋、阿拉伯海的通道,也促使中国更加了解世界。明代后期,政府部分解除海禁,私人海外贸易得到了发展。

明代仍然实行开中制度。开中制度起源于宋代的折中制度,是官、商结合的一种特殊商业制度。它以官府专利的一定商品为基础,商人如想经营官府专利的一定商品,须申请应募,承担官府规定的任务,然后才能取得经营权利。

明代仍然实行抑商政策,尤其是商税的征收越来越重。除对商店、塌房、市栈等收税外,还在交通要地设关征税,实行钞关制度,以致关卡林立,税监星罗棋布,严重地阻碍了地区之间的商品流通,打击了商人正当经营的积极性。

在明代,政治权力更深更广泛地介入商业经营之中。明代中后期,从皇帝(主要是正德皇帝)、宦官、大臣、军队到百姓都积极参与商业活动,这是与前代有所不同的。皇商、贵族商人和官商利用手中的权势,侵占官店、皇店或充当税官。他们不仅自己开设店铺、店舍，垄断贸易，还派遣家奴、官校等走卒大搞长途贩运，并进行武装走私。这种带垄断性和掠夺性的商业活动，对正常的生产和经营活动破坏性最大。

明代中叶以后，商品交换逐渐走向发展与繁荣，商人们的活动从狭小的地方性市场逐渐向较大较远的市场移去，零星的小量交易也逐渐地向大批量贸易发展。与之相适应，富商巨贾日益增多，一些作为买卖中介的牙行和类似银行的银铺也越来越多。在商品经济普遍发展的态势下，以手工业者和商人为主体的市民阶层随之崛起。

在这种社会经济基础上，整个明代社会的商业气氛越来越浓厚。李贽提出了鲜明的重商观点："且商贾亦何可鄙之有？挟数万之资，经风涛之险，受辱于关吏，忍诟于市易。辛勤万状，所挟者重，所得者末。"明代改革家张居正提出了"资商利农"的主张。他说："商通有无，农力本穑。商不得通有无以利农，则农疾；农不得力本穑以资商，则商病。"又言："欲物力不屈，则莫若省征发以厚农而资商；欲民用不困，则莫若轻关市以厚商而利农。"明代后期思想家黄宗羲提出"工商皆本"论，即认为工业和商业都是本业："今夫通都之市肆，十室而九，有为佛而货者，有为巫而货者，有为优倡而货者，有为奇技淫巧而货者，皆不切于民用，一概痛绝之，亦庶乎救弊之一端也。此古圣王崇本抑末之道，世儒不察，以工商为末，妄议抑之。夫工固圣王之所欲求，商又使其愿出于途者，盖皆本也。"明代的思想家对商业的认识不断深化，他们从各个角度论证了商业的合理性，这无疑是当时商品经济的发达在思想领域的反映，也反映了明人商业意识的提高。在这样的社会思潮影响下，商人及其所操之业得到前所未有的看重，商人的社会地位也日益提高。明人冯梦龙在其《太霞新奏·怨离词》中写道："漫道书中有千钟粟，比着商人终是屈。"在比较中反映了当时商人社会地位的变化。商人这种社会地位上的变化，又很自然地反映到意识形态领域中来，使得整个社会也随之发生变化。如《明经世文编》卷一四四中所说的"古人立法，厚本而抑末；今日之法，重末而抑本"即说明一定的法律和法规也开始向商人倾斜。

明朝初年，作为传统的抑商政策的体现，政府规定商人之家或农民家中有人经商，家庭成员都不准穿绸纱。但明中叶以后，随着商人社会地位的提高，不仅商人本人可以出钱买官，而且商人子弟也可以公开参加科举考试，商人子弟不得做官的禁令实际上已经被取消。同时，富商大贾凭借金钱的威力，能与官僚地主一争高低。嘉靖时无锡的大商人邹望在与当过尚书的大官僚顾某打官司的过程中，曾动员城内外的商人罢市，并用重金贿赂衙门中的官吏，使顾某呼唤不灵，被迫同邹望讲和。

可以说，整个明代是中国古代商品经济发展的一个非常重要的时期，也是整个中国社会发生重大变化的时期。

有明一代是中国小说史上最辉煌的时代。中国白话小说发展到明代，处于承上启下的转折时期，即由世代累积型集体创作的话本、平话，向文人作家的个人独创过渡。白话短篇小说在明代已完全成熟，并达到了高峰。“三言”“二拍”代表了中国白话短篇小说的最高成就。

明代前期从洪武(1368)到成化末(1487)，共一百一十九年。在这个时期，白话长篇小说出现了《三国演义》《水浒传》等英雄颂歌，但白话短篇小说在这百年间几乎是一片空白。明代中后期从弘治至万历(1488—1620)共一百三十多年，是明代白话小说的繁盛时期。其中从弘治元年到嘉靖末年的八十年是初步繁荣阶段。嘉靖年间，洪楩刊刻《六十家小说》，现存完整的二十七篇，残页二篇，以《清平山堂话本》的名目出版。后来又有熊龙峰刊刻小说，现存有四种。它们的出版，标志着话本从供说话人演说的底本，开始被系统地汇集、整理出版，成为供人阅读的一种独立的小说体裁。隆庆、万历时期约五十年是明代白话小说的鼎盛时期。在万历二十年前后以抄本流行的《金瓶梅》是我国第一部文人独立创作的白话长篇小说，也是中国古代第一部白话长篇商贾小说。此时还涌现出了《包龙图判百家公案》《郭青螺六省听讼录新民公案》《海刚峰先生居官公案传》《杜骗新书》等一批公案小说，其中有许多是以商贾生活为题材的。明代末期二十四年，短篇白话小说空前繁荣。冯梦龙的“三言”成为宋元以来的白话短篇小说的集大成者。凌濛初的“二拍”则是我国古代第一部真正意义上的文人独立创作的白话短篇小说集。在“三言”“二拍”的影响下，白话短篇小说集《石点头》《欢喜冤家》《幻影》和白话长篇小说《醋葫芦》等都在表现商人生活上形成了自己的特色。

明代前期的文言小说以瞿佑的《剪灯新话》、李昌祺的《剪灯余话》为代表，出现了复兴的态势。明代中后期的文言小说以邵景瞻的《觅灯因话》、宋懋澄的《九龠集》为代表，继续明代前期文言小说的复兴势头，特别是在表现市民生活和心态方面写下了不少好作品，为后来拟话本的创作提供了良好的基础。《阿寄》《刘奇》《苏和经商》《珍珠衫》《辽阳海神传》等是明代文言小说中描写商人生活特别优秀的作品。

明代是中国小说对商贾生活反映最集中、最精彩的时代。

明代商人阶层日益壮大，作为一个以商业活动为存在依据的新兴的社会群体，他们在经济生活，尤其在思想意识上，必然与当时日趋严苛的宋明理学及其所代表的经济基础产生尖锐矛盾。理学讲究义利之辨，主张重义轻利，但离开了逐利，商人也就失去了存在的基础；理学讲究礼义大防，但商人生活的不稳定性，本身就会使家庭纽带松弛，带来家庭的不稳固；理学讲究正心诚意，但商业活动的风险性，又必然将市民推向对因果报应的进一步信仰；理学维护的自然是以乡绅为依托的官本位体制，而商业活动的本质却要求平等的竞争与公正的法制仲裁。这些矛盾日益明显，日益深刻，促使明代小说中以城市生活与商业活动为主要背景、以市井细民为主要角色的商贾题材作品日益繁荣。

第二节 《金瓶梅》

——中国第一部白话长篇商贾小说

在明万历二十年前后以抄本流行的《金瓶梅》，题兰陵笑笑生撰。它是中国古代第一部文人独立创作的白话长篇小说，也是中国古代第一部白话长篇商贾小说。

作为中国古代第一部以商人为主人公、以商人生活为主要表现内容的长篇小说，《金瓶梅》对商人形象的描写和对有中国特色的商业文化的表现是其特殊价值之所在。《金瓶梅》诞生的晚明时代，金钱已使世界发生了深刻变化，商人文化冲击着整个社会。商人文化以“利”为中心，以交换为手段，倡导着一种重利的价值观。经济活动是人类最根本的社会活动。《金瓶梅》正是抓住了人类生活的这一根本，表现了传统中国商业经营活动的特点，进而表现了有中国特色的商人文化。从经济的角度来研究《金瓶梅》，有助于我们把握中国古代商人商业经营的特点，有助于我们把握有中国特色的商人文化。

中国传统文化是一种人伦文化。作为中国传统文化代表的儒家文化，其核心是一个“仁”字，从人与人的关系出发，意在形成一种理想的人伦秩序。《金瓶梅》在中国古代社会作为一种异质文化的代表，它对中国传统文化的冲击和反叛主要表现在人伦秩序上。“人们自觉地或不自觉地，归根到底总是从他们阶级地位所依据的实际关系中——从他们进行生产和交换的经济关系中，吸取自己的道德观念。”我们从文化的角度研究《金瓶梅》，解读《金瓶梅》所表现的新的人伦文化是一件有文化价值和现实意义的工作，因为在古代中国，人伦秩序的变化和进步标志着中国传统社会的变化和进步。

一、从经济的角度看《金瓶梅》——论《金瓶梅》中的商人和商业经营

从经济角度来研究《金瓶梅》，首先我们应该分析《金瓶梅》中的商人和他们的商业经营。研究和分析小说中的商人在商业经营上各有什么特色，整个商人群体在商业经营上有什么共同特点。

小说塑造了以西门庆为首的商人群像。小说的主人公西门庆自己是一个从开生药铺起家的官商。西门庆的女婿陈敬济先是在西门庆家里帮着西门庆料理生意，后来依靠守备府势力开店。西门庆的亲家、与西门庆合伙做生意的乔大户，找西门庆借高利贷、做官钱粮生意的李智和黄四，接替西门庆的官职、也接着做西门庆争来的官府古器生意的张二官都和西门庆一样，他们的商业经营和政治权力有密切联系。贩细货的三位川广商人、卖炊饼的武大、贩卖时新果品的乔郓哥、开生药铺的蒋竹山、开棺材铺的宋仁、行商孟锐、

开杂货铺的来保等，都是生活在社会底层的平民商人。

小说的主人公西门庆是一个很有特色的商人。西门庆作为一个亦官亦商的商人，他做生意最大的特点是善于利用政治权力。他利用政治权力偷逃国家税收；利用政治权力为自己的生意创造一般商人不具备的特殊条件，攫取垄断利润；利用政治权力保护自己生意的安全；利用政治权力争抢有利可图的“官钱粮”生意；利用政治权力打压自己的生意竞争对手。官商勾结，权钱交易，西门庆的商业经营与官权有紧密的联系，这是西门庆商业经营最大的特点。除此之外，西门庆作为一个生意老板，他精通商贾之道，自己还是很会做生意的。从小说对西门庆经营活动的描写来看，我们可以发现西门庆做生意有这么几个特点：第一，西门庆做生意善于抓住各种机会，不断扩大、发展自己的生意。他做生意不“墨守成规”，也不“画地为牢”，当生意机会摆在他面前的时候，他是不会让它从自己面前跑掉的。例如西门庆开绒线铺，“应二哥认的一个湖州客人何官儿，门外店里堆着五百两丝线，急等着要起身家去，来对我说要折些发脱”。西门庆便抓住这一机会，“我只许他四百五十两银子”，低价吃进，然后利用这批低价吃进的丝线，“我想来，狮子街房子空闲，打开门面两间，到好收拾开个绒线铺子”。(33回)第二，西门庆做生意善于从自己的实际出发，注意发挥自己的优势。他并不是什么生意都做，一桩生意做不做，他一要看这桩生意有没有钱赚，二要看自己做这桩生意有没有优势。花子由有一次向西门庆介绍一桩米生意：“门外一个客人，有五百包无锡米，冻了河，紧等要卖了回家去。我想着姐夫倒好买下，等价钱。”西门庆觉得这桩生意无利可图，不肯做：“我平白要他做甚么？冻河还没人要，到开河船来了，越发价钱跌了。”(77回)他没有头脑发热，不是一味贪多图大，而是有分析、有选择，选有利可图的生意做，选自己擅长的有优势的生意做。生药生意是家传的，西门庆对生药生意熟悉，他是不会关了生药铺去开别的什么铺的，他要以生药铺为基础来发展、扩大自己的生意。后来他连续娶了孟玉楼、李瓶儿两个有钱的女人进门，经济实力增强了，便开了需要较多本钱的解当铺；西门庆原来就和蔡状元有交情，现在听说蔡状元点了两淮巡盐，有这层关系可以利用，因此西门庆对贩盐生意非常感兴趣，志在必得。第三，西门庆做生意注意抓住生意之间的联系，使各门生意互相配合和补充。他所开的缎子铺、绒线铺、绸绒铺，他的丝线生意、布生意，互相之间有一定的联系，都是衣料生意，做衣的缎子、绸绒、绒线、布等在他开的店铺中都能买到，几个店铺综合起来能够形成一定的规模，这样有利于西门庆控制或垄断这个方面的生意，比起单独开一种缎子铺或是绸绒铺，生意的覆盖面要广些，对市场的影响力要大些。第四，西门庆做生意注意分析交易对方的心理，也注意了解市场环境。在小说的描写中，西门庆做的第一笔大生意是和三位川广客人交易“细货”。那天，西门庆在李瓶儿家玩，小厮玳安“骑马来接”，说是“家中有三个川广客人，在家中坐着，有许多细货，要科兑与傅二叔，只要一百两银子押合同，约八月中找完银子。大娘使小的来，请爹家去理会此事”。西门庆对三位川广客商的底细似乎摸得很清楚：“你不知贼蛮奴才，行市迟，货物没处发兑，才来上门脱与人；若快时，他就张致了。”他同时对清河市面的情况也很了解：“满清河县，除了我家铺子大，发货多，随问多少时，不怕他不来寻我。”(16回)所以他做起生意来胸有成竹，干净利索。

对商业利润的攫取伴随着西门庆生命的始终。西门庆死前对自己的生意有一个总结和交待：

> 我死后，缎子铺是五万银子本钱，有你乔亲家爹那边多少本利，都找与他。教傅伙计把货卖一宗，交一宗，休要开了。贲四绒线铺本银六千五百两，吴二舅绸绒铺是五千两，都卖尽了货物，收了来家。又李三讨了批来，也不消做了，叫你应二叔拿了别人家做去罢。李三、黄四身上还欠五百两本钱、一百五十两利钱未算，讨来发送我。你只和傅伙计守着家门这两个铺子罢。印子铺占用银二万两，生药铺五千两，韩伙计、来保松江船上四千两。开了河，你早起身往下边接船去。接了来家，卖了银子交进来，你娘儿每盘缠。前边刘学官还少我二百两，华主簿少我五十两，门外徐四铺内还欠我本利三百四十

两，都有合同见在，上紧使人催去。到日后，对门并狮子街两处房子都卖了罢，只怕你娘儿们顾揽不过来。(79回)

作为一个商人，西门庆最重视的是“买卖”，这是他在社会上立足的根本。尤为重要的是，他的经营方式既不是西方社会处于资本主义原始积累时期鲁滨逊式的个人冒险进取，也不像守财奴葛朗台那样的悭吝，而是“能赚会花”，有着强烈的金融流通意识。他相信钱能通神，把金钱看得高于一切。从他身上我们可以清楚地看到：随着资本主义在中国的萌芽、发展，整个社会充满着那种羡慕一本万利、朝贫暮富的商业价值观念。

《金瓶梅》中还有一些商人和西门庆一样，热衷于利用官权来赚钱，他们的生意经营与官府有不可分割的联系。

陈敬济寄居在岳父西门庆家时就帮着西门庆做生意，从西门庆家出来之后，自己独立地当过几回生意老板。作为一个商人，陈敬济做生意有自己的特点。一是他的敬业精神不强，做生意不认真，好吃贪玩：“却表陈敬济自从西门大姐来家，交还了许多床帐妆奁箱笼家伙，三日一场嚷，五日一场闹，问他娘张氏要本钱做买卖。”从老娘手里讨来二百两银子本钱之后，陈敬济“叫陈定在家门首打开两间房子，开布铺，做买卖。敬济便逐日结交朋友陆三郎、杨大郎，狐朋狗党，在铺中弹琵琶，抹骨牌，打双陆，吃半夜酒，看看把本钱丢下去了”(92回)。陈敬济在家开店是这样，外出做买卖更是无所顾忌，一心只想着自己如何风流快活。他带着杨大郎“前往临清马头上寻缺货去。到了临清，这临清市上，是个热闹繁华大马头去处，商贾往来之所，车辆辐辏之地，有三十二条花柳巷，七十二座管弦楼。这敬济终是年小后生，被这杨大郎领着游娼楼，登酒店，货物到贩得不多”(92回)。二是作为一个商业老板，陈敬济驾驭不了自己雇佣的伙计，不能识人，也不会用人，显得十分懦弱。伙计陈定是一个老实本分可靠的人，陈敬济反而不信任他：“陈定对张氏说他每日饮酒花费，张氏听信陈定言语，便不肯托他。敬济反说陈定染布去，尅落了钱，把陈定两口儿撵出来，外边居住，却搭了杨大郎做伙计。”(92回)他信任的伙计杨大郎却是一个品德很坏的人，偷拐老板的货物："杨大哥，一向不见，自从清江浦你把我半船货物偷拐走了，我好意往你家问，反吃你兄弟杨二风拿瓦楔磺破头，赶着打上我家门来。今日弄的我一贫如洗。"(96回)三是陈敬济做生意仰仗官权，这一点和他的岳父西门庆很相似。所不同的是这种来自官权的"支持"，西门庆是自己钻营争取来的，陈敬济是因为他的情人庞春梅的关系，别人主动送上门来的。"守备道：'朝廷旨意下来，不日我往济南府到任。你在家看家，打点些本钱，教他搭个主管，做些大小买卖。三五日教他下去查算账目一遭，转得些利钱来，也勾他搅计。'"(98回)在官权的支持下，懦弱的陈敬济在生意场上才得以不受别人的欺侮："迟不上两日光景，提刑缉捕观察番捉，往河下把杨光彦并兄弟杨二风都拿到衙门中。两位官府据着陈敬济状子审问，一顿夹打，监禁数日，追出三百五十两银子，一百桶生眼布。其余酒店中家活，共算了五十两。陈敬济状上告着九百两，还差三百五十两银子，把房儿卖了五十两，家产尽绝。这敬济就把谢家大酒楼夺过来，和谢胖子合伙。春梅又打点出五百两本钱，共凑了一千两之数，委付陆秉义做主管，从新把酒楼妆修，油漆彩画，阑干灼耀，栋宇光新，桌案鲜明，酒肴齐整。"(98回)在官权的支持下，陈敬济的生意才得以维持和发展："从正月半头，陈敬济在临清马头上大酒楼开张，见一日也发卖三五十两银子。都是谢胖子和陆秉义眼同经手，在柜上掌柜。敬济三五日骑头口，伴当小姜儿跟随，往河下算账一遭。""交割与春梅利息银两，见一遭也有三十两银子之数。"(98回)他是一个如果没有官权的支持便在生意场上寸步难行的商人。

张二官在亦官亦商、热衷于依靠官权做生意赚钱这两点上也与西门庆极其相似。

西门庆死后，张二官营干到了西门庆留下的官位，接着做了西门庆来不及做的那笔古器生意："伯爵、李三、黄四借了徐内相五千两银子，张二官出了五千两，做了东平府古器这批钱粮，逐日宝鞍大马，在院内摇摆。"(80回)

做官钱粮生意的商人李智、黄四是围着官府权力讨饭吃的商人。人格上对权贵的依附性、经营上对官权的依赖性是其突出特点。他们找西门庆借高利贷就有倚仗西门庆权势的打算。“黄四道：‘李三哥他不知道，只要靠着问那内臣借，一般也是五分行利。不如这里借着衙门中势力儿，就是上下使用也省些。’”他们做生意就像应伯爵所说的那样：“常言道：秀才无假漆无真。进钱粮之时，香里头多放些木头，蜡里头多搀些柏油，那里查账去？不图打鱼，只图混水，借着他这名声儿，才好行事。”(45回)

西门庆的儿女亲家、与西门庆合伙做生意的乔大户通过西门庆间接地沾政治权力的光：“西门庆叫将崔本来会乔大户，那边收拾房子，开张举事。乔大户对崔本说：‘将来凡一应大小事，随你亲家爹这边只顾处，不消多较。’”(58回)

除了这些做生意与官权有或深或浅联系的商人之外，《金瓶梅》中还有很多平民商人。

贩细货的三个川广商人生意做得很灵活。市场行情不好，他们就用赊销等优惠措施来为自己急于脱手的货物寻找销路。“家中有三个川广客人，在家中坐着，有许多细货，要科兑与傅二叔，只要一百两银子押合同，约八月中找完银子。”他们做生意非常灵活，像西门庆所说的那样：“你不知贼蛮奴才，行市迟，货物没处发兑，才来上门脱与人；若快时，他就张致了。”(16回)同时也十分小心谨慎。生意合同事关自己的经济利益和生意安全，必须要找生意老板——生意上真正能够做主的人来签合同：“傅二叔讲来，客人不肯，直等爹去，方才批合同。”(16回)傅二叔是西门庆铺中伙计，为了省主人之事，要代主人西门庆与这三位川广客人签合同，这三位川广客人不同意，一定要等西门庆回家，要和西门庆这位店铺老板签合同才放心。他们深知生意的艰辛，事涉银钱，关系到双方的物质利益，丝毫马虎不得，必须谨慎从事。

年轻商人孟锐只有二十多岁，却晓得许多江湖道路，在荆州买纸，在川广贩香蜡，对来回的路线、里程了然于胸。正因为他晓得这许多江湖道路，所以才敢远离家乡和亲戚朋友，独自一人到外面去闯世界做生意赚钱。“西门庆问：‘二舅几时起身？去多少时？’孟锐道：‘出月初二日准起身，定不的年岁，还到荆州买纸，川广贩香蜡，着紧一二年也不止。贩毕货，就来家了。此去从河南、陕西、汉州去，回来打水路，从峡江、荆州那条路来，往回七八千里地。’伯爵问：‘二舅贵庚多少？’孟锐道：‘在下虚度二十六岁。’伯爵道：‘亏你年小小的，晓的这许多江湖道路。似俺们虚老了，只在家里坐着。’”(67回)他是一个敢闯敢干而且又能闯能干的商人。

来保是一个从商业老板的家仆出身的商人。他原来作为西门庆交通官府的工具，积累了许多与官府打交道的经验。这种经历使他特别擅长狐假虎威，为虎作伥。他精于商贾之道，唯利是图。他用瞒骗来的货物钱财作本钱，自立门户，独立开店。“这来保一日同他妻弟刘仓，往临清马头上，将封寄店内布货尽行卖了八百两银子，暗买下一所房子，就在刘仓右边门首，就开杂货铺儿。”“月娘见他骂大骂小，寻由头儿和人嚷，闹上吊，汉子又两番三次无人处在跟前无礼，心里也气得没入脚处，只得交他两口子搬离了家门。这来保就大剌剌和他舅子开起个布铺来，发卖各色细布。”(81回)小说突出地表现了他作为一个商人，为追逐金钱不择手段。

《金瓶梅》描写了一些生活在社会底层的商人，他们本小利微，艰难地经营着自己的小小生意，艰难地过着自己不舒心的日子。

乔郓哥做的生意很小，但是做得很巧：“且说本县有个小的，年方十五六岁，本身姓乔。因为做军，在郓州生养的，取名叫做郓哥。”“那小厮生得乖觉，自来只靠县前这许多酒店里卖些时新果品，时常得西门庆赍发他些盘缠。其日正觅得一篮儿雪梨，提着绕街寻西门庆。”(4回)小小年纪的郓哥，做些提篮小卖的小小生意。生意虽然不大，郓哥做起来还是很巧妙、很有特色的：第一，他知道根据自己的实际能力，选择适合自己的生意。一个十五六岁的半大人，家中父亲年老体衰，生活艰难困顿。他为了养家糊口过日子，从自己的实际出发，“卖些时新果品”，做起提篮贩卖的小生意，应该说是比较恰当的。第二，他知道从自己的生意实际出发，选择恰当的贩卖地点。在“县前”“酒店”，贩卖“时新果品”，郓哥对贩卖地点的选择是符合商品特点的。第三，郓哥找准了自己的目标顾客，而且有意识地主动寻找自己的目标顾客。郓哥知道自己的“一篮儿雪梨”，只是那些有钱而且舍得花钱享受的人才会出高价买，西门庆既有钱又舍得花，是自己这“一篮儿雪梨”的好主顾。

武大是一个本小利微的小商人：“且说武大无甚生意，终日挑担子出去，街上卖炊饼度日。”“那消半年光景，又消折了资本。”“因此，大户连房钱也不问武大要。”(1 回)他被人毒死，冤情得不到昭雪。蒋竹山本来是一个医生，在妻子李瓶儿的资助下，曾经开过一个大生药铺，“里边堆着许多生熟药材，朱红小柜，油漆牌匾，吊着幌子，甚是热闹”(18 回)。但因为其弱小，受到社会邪恶势力的欺压，被迫停止自己的生意。开棺材铺的商人宋仁也是一个受欺侮凌辱的弱小商人。他不仅没有为自己冤死的女儿讨回公道，而且搭上了自己的性命。

二、从文化的角度看《金瓶梅》——论《金瓶梅》中的人伦关系

中国传统文化是一种人伦文化，《金瓶梅》对中国传统文化最大的反叛也正是表现在人伦上。

《金瓶梅》的主人公西门庆是一个全身上下洋溢着商业精神的商人，他不仅把商品买卖的精神和原则领会透了，而且还把它弘扬扩展到整个社会生活中去。西门庆最大的特点就是他不管是作为商人还是作为官吏兼商人，在与社会上各种各样的人打交道的时候，始终奉行商品交易的原则，把各种复杂的人伦关系变成单纯的金钱关系，而且大部分时候是赤裸裸的。

《金瓶梅》中的商人与官吏关系

《金瓶梅》的主人公西门庆是个亦官亦商的角色，小说以他为中心写了大大小小一长串市井商人。这里有与西门庆一样热衷于利用官权做生意赚钱的陈敬济、张二官等官商；有做“官钱粮”生意的李智、黄四等“揽头”；有开生药铺的蒋竹山、开布铺的来保等坐贾；有贩盐的王四峰、贩细货的川广商人等行商；还有卖炊饼的武大、提篮小卖的郓哥等小商小贩；同时小说也以西门庆为中心写了大大小小一长串官吏。大到京城的宰相蔡太师、禁军杨提督，出巡的曾御史、宋御史、蔡状元，小到地方上的夏提刑、荆都监、李知县。这些商人与官吏之间的关系是《金瓶梅》描写的主要内容

之一。

一个由各种各样的人群组成的复杂社会是不能没有管理者的，因此人类社会发展到一定程度后就从来没有缺少过“官”。官吏行使管理国家的权力，以维护社会秩序和正义为己任，应该是社会秩序的维护者、社会公道和正义的守望者。同时，社会生产力发展到一定程度后，社会就会出现私有制和社会分工。而只要社会存在私有制，社会成员就不能够无偿地占有别人的劳动成果；只要社会存在社会分工，社会成员就不可能完全不依赖别人、自给自足地生活下去，商品生产和流通就不可能停止，因此可以说商品交换是社会经济生活不可缺少的环节。商人从事商品买卖，沟通生产和消费，是社会存续与发展不可缺少的角色。在中国传统社会里，有社会责任感和正义感的官吏们一般讲究忠君、爱国、为民，中国传统商人在为自己“求利”的同时同样有爱国的传统。因此，理想的官商关系应该是官吏商人都遵守社会法律和道德，官吏公正廉明，商人守法经营。官吏不以权谋私，不以强凌弱，不敲诈勒索商人，而以手中的权力维护社会秩序，保护商人的正当经营；商人不唯利是图，不为富不仁，不依附巴结官吏，而通过商品买卖架起社会生产与消费的桥梁，促进社会的发展与繁荣。

在《金瓶梅》中，商人与官吏之间的关系是比较复杂的。有的是一种迫害与被迫害关系。被迫害的商人主要是一些本分、弱小的商人。他们本来就没有官权背景，平时与官府也没有什么深的交往，虽然对官府怀有敬畏之心，但又没有经济实力，或者有经济实力却没有这个心计去与官府套近乎，寻找政治权力作靠山。他们规规矩矩地做生意，不妄想非分之得，只想凭自己的诚实经营养家糊口，发家致富。他们本应该得到官府的保护，但因为孤弱无援，软弱可欺，往往成为贪官污吏任意欺凌的对象。开生药铺的蒋竹山本来好好地做着自己的生意，但天外飞来横祸，地痞受人指使上门骚扰，而负有维护社会秩序、保护商人正当经营责任的官府不仅不出面禁止，反而充当邪恶势力的打手，把这个无辜的商人捉到衙门里打得遍体鳞伤，逼迫他偿还地痞捏造的债务，害得他无法把生药铺继续开下去。卖炊饼的小商贩武大被人害死，明明白白的冤仇根本得不到昭雪，为他报仇的兄弟反而差点被贪赃枉法的官府处死。开棺材铺的小商人宋仁为女申冤不成，反而贴上了自己的性命。这些商人是中国传统社会中的弱者，是那些胡作非为的官吏肆意迫害的对象。这种官商关系在“官强民弱”的中国传统社会是比较常见的。

有的是一种依附与被依附的关系。在中国传统社会，与“有权就有一切”的官吏相比，无权的商人显得低人几等。为了保护自己，他们习惯于依附官府。西门庆的伙计韩道国的女儿嫁给宰相蔡京府中的翟管家作妾。西门庆死后，韩道国夫妇乘机拐了西门庆家的货银，首先想到的是躲到蔡太师府上去：“莫不他七个头八个胆，敢往太师府中寻咱们去？就寻去，你我也不怕他。”(81 回)寻求官府的庇护。拐了老板家财物的伙计有了这层官府关系作靠山，一般人也的确奈何不了他。弱小的商人在生意上受人欺负，一般也需要借助官府的力量才能讨回公道。陈敬济做生意，货物被自己的伙计杨光彦拐走了。陈敬济上门去讨要，杨家兄弟打破了他的头，而且还赶着打上他的家门，弄得他一贫如洗。后来陈敬济借助庞春梅的官府关系，杨光彦等人才被官府捉拿到案。假如没有官府势力的帮助，陈敬济再怎么有理，也只能忍气吞声。在中国传统社会里，对商人来说，掌握了政治权力的官吏的确是自己可以仰仗、依附的力量。有没有这个依靠，对弱小的商人来说的确是大不相同的。由此我们不难理解在中国传统社会里商人结交官府的积极性为什么总是那么高。

从整体上看，《金瓶梅》中的商人与官吏之间更普遍的是一种买卖关系。在这种买卖关系中，官吏手中有权，奇货可居，扮演卖家角色；商人需要官吏的权力，觊觎官吏手中的权力，主动地以钱买权，扮演买家角色。一方有权，一方有钱，双方都有对方需要的东西，这是官吏和商人买卖关系成立的基础。

当官之前的西门庆仅仅是一个商人。他虽然有钱，但没有官府靠山时，对官权还是存在畏惧之心的。官府捉拿花子虚时，西门庆在旁边吓得躲了起来，而一旦有了官府撑腰，商人西门庆就显得不可一世。他四处炫耀自己与官府的密切关系：“怕怎的！但有些风吹草动，拿我个贴儿送与周大人，点到奉行。”(重 4 回)作为商人，西门庆知道在传统中国这个“官本位”的社会里最值钱、最有利可图、增值能力最强的商品是官权，热衷于用金钱购买自己缺少的政治权力来为己所用。小说中以西门庆为代表的不法商人与贪官污吏的钱权交易不仅红红火火，而且颇有自己的“章法”：

一是不法商人为非作歹之后，用金钱购买官府势力保护自己，以逃避法律的制裁；贪官污吏则利用手中的司法审判权徇私枉法，充当犯罪分子的保护伞，出卖社会公正，以换取商人的钱财。

西门庆偷娶潘金莲、合谋毒死卖炊饼的商贩武大，杀人重罪，铁证如山。武松为兄弟报仇，打杀一番之后告到官府。西门庆“连夜将官吏都买嘱了”(9 回)。用金钱购买政治权力来保护自己。“原来知县、县丞、主簿、典史，上下都是与西门庆有首尾的，因此官吏通同计较，这件事难以问理。”(9 回)官吏们手中的权力受商人金钱的左右，不公正执法。后来西门庆受亲家牵连，亲党案中有名。他闻讯后，派伙计送给蔡太师府上“白米五百石”，通过蔡太师之子蔡攸转求当朝右相李邦彦，“邦彦见五百两金银只买一个名字，如何不做分上。即令左右抬书案过来，取笔将文卷上西门庆名字，改作贾廉”(18 回)。花钱购买政治权力使自己摆脱了牵连，逃脱了惩罚。

二是不法商人借助官府势力，打击自己的竞争对手，打击自己的“敌人”，陷害无辜；贪官污吏则利用手中的国家专政工具，充当社会邪恶势力的打手和帮凶，变成了一架受钱财控制驱使的血腥机器。

蒋竹山在妻子李瓶儿的资助下，开了一个生药铺。西门庆为了打击自己婚姻和生意的竞争对手，贿使夏提刑等人把无辜的蒋竹山“痛责三十大板，打的皮开肉绽，鲜血淋漓”(19 回)。逼得蒋竹山忍痛把本来生意很红火的生药铺关掉，与妻子各奔东西。西门庆与来旺儿的妻子宋惠莲勾搭成奸，来旺儿不满反抗，西门庆就借官府之手来迫害宋旺儿。为了求得官府的“支持配合”，西门庆送了一百石白米给夏提刑、贺千户，“教夏提刑限三日提出来，一顿拷打，拷打的通不像模样。提刑两位官，并上下观察、缉捕、排军、监狱中上下，都受了西门庆财物，只要重不要轻”(26 回)。把来旺儿递解原籍徐州为民。来旺儿妻子宋惠莲为此“含羞自缢”。宋惠莲之父、开棺材铺的商人宋仁向官府告状，西门庆“又送了知县三十两银子”。知县因此按照“买主”的意思，判定宋惠莲是因为失落了一件银器，“恐家主查问见责，自缢身死”(26 回)。把宋仁打得两腿棒疮，气病而亡。为了贪得不法商人口袋里的金钱，官府不仅不主持正义，不讲公道和法律，而且无恶不作，助纣为虐。如果没有官府的介入和辅助，西门庆一个商人是不可能有这么大的能耐，也不敢这么为所欲为的。

三是不法商人利用官府势力帮别人“了难”，从中捞取钱财和美色；贪官污吏则利用权力为人“消灾”，得人钱财。

西门庆的结拜兄弟花子虚陷入家财官司，花子虚的妻子、西门庆的情人李瓶儿求西门庆寻门路救花子虚。西门庆收受了花家六十锭大元宝、四箱柜蟒衣玉带、帽顶绦环等值钱珍宝之物后，“求了他亲家陈宅一封书，差家人来保上东京，送上杨提督书礼，转求内阁蔡太师柬贴，下与开封府杨府尹”(14 回)。了结了花家的家财官司。用别人的钱财买通官权替别人“了难”，商人西门庆扮演了一个官权买卖中介人的角色。对西门庆来说，他在这桩买卖中没有任何风险，只要投入一点与官权的关系和门路，就有可能赚取大笔钱财，回报非常高。

商人西门庆的生意经在钱权交易中屡试不爽，受“成功”的鼓励，他做钱权生意的兴趣越来越浓，生意的范围逐渐扩大。扬州盐商王四峰“被按抚使送监在狱中，许银二千两，央西门庆对蔡太师讨人情释放”(25 回)。西门庆不再是为了替自己或者原来关系非常密切的人“了难”去求助官府，而是像介绍一桩生意、撮合一笔买卖一般，为了赚钱牟利，帮过去关系并不密切的人，就一件与自己不相干的事情去请托官府。贪官污吏为了钱财公然放纵罪犯，“把山东沧州盐客王霁云等一十二名寄监者，尽行释放”(27 回)。买卖双方的配合是非常默契的。

四是不法商人花钱买官当，直接掌握政治权力；贪官污吏则利用提拔、任用官吏的权力，出卖官职官位，换取钱财。几桩权钱生意做下来，商人西门庆与宰相蔡京等高官建立了密切联系，此后，作为商人的西门庆与官府的交往有了一个明显的变化，不再是事到临头为某一件具体的事情临时上门行贿，而是在没有什么具体的事情需要官府出面“了难”的时候，也主动上门行贿。对官府投资的积极性更高，主动性更强，表明商人西门庆这时对官权这件商品的增值能力更有信心和把握。蔡太师过生日，西门庆送一份重礼。遵守买卖规则的蔡太师对西门庆的“投资”自然有自己的“表示”，把“不甚读书”、没有军功但舍得花钱的商人西门庆凭空安在山东提刑所当理刑副千户。国家大大小小的官职官位犹如这些贪官污吏的囊中之物，他们高兴给谁就可以给谁，既不需要征得百姓的同意，也不需要经过人民的选举，甚至不需要向谁请示、向谁汇报、与谁商量。这样的官职是西门庆这样的商人通过其他任何渠道得不到的，因为西门庆既不会读书，也不会打仗，按当时的选拔任用官吏的体制，他是不可能当这么大的官的。从此西门庆兼有官吏和商人双重身份，成为统治阶级的一员。做权钱生意的商人自己手上掌握了官权这种紧俏商品，贩卖起来更加方便。或者说西门庆这次是一次批发购买了大量官权囤积在自己手上，今后可以随时零售给别人。凭借商人的精明，西门庆的权钱生意越做越大，越做越红火。

中国古代商人对金钱的力量有了深刻的认识之后，不再满足于花钱消灾或现世享乐，而想要进一步谋求权力与势力，追求财与权的结合。他们一直试图以金钱为敲门砖叩开通往仕途的大门。从汉至唐朝廷都有明文规定，禁止商人做官。在明初，对商人的地位还有一些歧视性的规定，但到明中叶以后，一些大商人已与统治阶层结为一体。封建政治权力的腐败使以钱买官成为现实。这标志着封建权力在金钱的作用下开始重新组合。

小说中品行不端的商人张二官同样也买到了提刑官的官位。在钱官结合的方式上，传统官僚与商人完全不同。传统官僚以科举获取官位，以官位得到钱财；而商人则以钱财谋官，再以官生财。但他们却殊途同归，最终目的都是追求权钱的统一。

中国传统商人没有成熟的独立政治意识，不能在政治舞台上自立，无力也无法成为独立的政治力量，只能依附于官府而生存。以西门庆为代表的新兴的商人阶层行为虽然离经叛道，但在政治上还是趋向于向专制皇权、向牢固的封建结构的妥协与归依。拜金旗帜的高扬与对官僚阶层的依附归顺，是中国传统商人政治人格的两个方面。它们通过买官这种行为统一为一体，从中体现出明末商人自重与自贱共存的政治人格特征。西门庆以市场资产者的身份侵扰封建社会秩序，但在明末那个社会时期，资本与封建权力相互扭结着，最终还是权力占了上风，财不敌权，这就决定了商人最终只能做权力的附庸，导致商人自我的迷失。

在商人与官吏的买卖关系中，买卖双方的目标与目的都是非常明确的。作为买主的商人借助自己经济上的优势和实力购买官吏的政治权力，以谋取商业暴利和商业之外的社会特权；作为卖主的官吏向商人出卖自己手中的政治权力，主要是为了谋取经济上的不正当利益。不法商人作为“买主”，以钱买权，买得“物有所值”，甚至“物超所值”，因此买得积极主动，无怨无悔；贪官污吏作为“卖主”，以权换钱，一本万利，甚至是无本生利，自然乐此不疲，多多益善。官吏们对自己的牟利之心丝毫不加掩饰。回乡探亲的蔡状元公开向西门庆索钱：“学生此去回乡省亲，路费缺少。”(36 回)西门庆向宰相蔡京的管家透露想送礼认蔡京为义父的意思，翟谦大加“鼓励”道：“这个有何难哉！我们主人虽是朝廷大臣，却也极好奉承。今日见了这般盛礼，不但拜乾子定然允从，自然还要升选官爵。”(55 回)买卖双方的积极性这么高，无怪乎在中国古代社会中这种钱权生意总是那么红火、热闹。

商人西门庆当官后根本不可能当一个好官，因为他与那些有社会责任感和正义感的官吏不同，他本质上仍然是一个唯利是图的商人，不择手段地赚钱牟利是他的本性，对个人物质利益的贪求必然会影响他忠诚与公正品格的形成。西门庆当官与别人还有一点不同，他的官不是靠读书考科举考来的，也不是凭成功升上来的，而是靠重金贿赂权贵，用钱买来的。他既不忠君，也不爱国，更不为民。他也没有自己明确的政治理想和主张，在政治上没有任何作为，只知道挥舞着权力的魔杖，谋私利、干坏事，以早日收回自己对官权的“投资”。

商人西门庆当官之后，与那些只有权力而没有经济实力的官吏不同。他既有权，又有钱，政治权力得到经济实力的辅佐，使他在官场的“能耐”更大。当官后的西门庆凭借自己的经济实力，给蔡太师府中的翟管家送小老婆，与翟管家结成“亲家”，“往后他在老爷面前，一力扶持我做官”(36回)；蔡状元回乡省亲，“一时缺少盘缠”，西门庆送上重礼，“随他要多少，我这里无不奉命”(36回)。为了使自己与官权的关系更加牢固，西门庆又准备了大量的贵重物品，加上二百两黄金，“送上蔡太师做贽见礼”(55回)。得以成为宰相蔡京的干儿子。西门庆当官后，贪赃枉法，劣迹昭彰，但他舍得在掌握自己官场命运的官吏身上花钱，用金钱买来了好的考评评语，竟然被提升为提刑所正千户。为了一千两银子的“利润”，西门庆胆大妄为，把犯有“斩罪”的罪犯苗青私下放掉。贪赃枉法的事情败露后，西门庆又凭借金钱和翟管家的关系来寻求庇护。到头来，贪赃枉法的西门庆得不到惩处，秉公执法的曾御史却受到了陷害和报复。官商勾结、权钱交易对社会危害之大由此可见一斑。

商人西门庆当官之后，与那些只有钱而没有权的纯商人不同，他既有钱，又有权，经济实力得到政治权力的支撑，使他在生意场上的“本领”非一般商人可比，嗜利之心得到权力的支撑更加恶性膨胀。商人西门庆当官后主要精力不是花在投机钻营当更大的官，以求在仕途上有更大的“发迹”，而是利用官位权力帮助自己做生意、开后门，赚更多的钱。西门庆的商业经营与他的政治生活联系得非常紧，这是西门庆经商最重要的特点。

利用官权来保护自己的经济利益和经商活动，是西门庆用权力经商赚钱的秘诀之一。西门庆借银子给揽头李智、黄四，“每月五分行利”。虽然利息这么高，西门庆仍然不用担心自己本钱和利息的安全，“他少下我的，我有法儿处”(38回)。揽头们也看中西门庆的权势，乐于与他做生意。做“官钱粮”生意的黄四喜欢找西门庆借高利贷，因为“借着他这名声儿，才好行事”。“不如这里借着衙门中势力儿，就是上下使用也省些。”(45回)西门庆的高利贷生意因为有政治权力的保护和支撑，没有什么风险，也就不愁没有人上钩，不愁不红火。

利用权力和关系为自己的生意创造特殊的条件，以谋取普通商人难以想象的商业暴利，是西门庆用权力经商赚钱的秘诀之二。国家在陕西等三边开引种盐，西门庆过去和乔亲家在高阳关上纳了三万粮仓钞，能够派三万盐引。曾经接受过西门庆大量财物的蔡状元这时恰好新任两淮巡盐。西门庆于是又请蔡状元吃饭，贿以钱财和女色，请他单独为自己一家早十日放盐，以便自己在盐市上独擅其利。明初洪武年间，公侯伯及文武四品以上的官员及家人禁止参与盐的买卖，以防止倚势侵占民利。然而自景泰五年开始，国家政策专给每一官支盐三千余斤，每一吏支盐五百余斤，有限制地让官吏得到一些盐利。到了成化年间，权要与官宦就倚势垄断盐业买卖，独占廉价盐源，使一般商人贩盐无利可图。

利用权力和关系偷逃国家税收，牟取非法暴利，是西门庆用权力经商赚钱的秘诀之三。当官之后的西门庆自恃有权势和关系，每当自家有货物要通过钞关时，总不肯规规矩矩地照章纳税，惯用的手法是给钞关的官吏写信、送礼，“叫他过税之时青目一二”(58回)，偷逃国家大额税收。明代对于商业课税很重，商税有通过税、门税、过坝税、塌房(仓储)税等，都是在货物贩运过程征收的税。据《大明会典》记载，全国大约有三百八十二个税局，每局下面又有税所。在《金瓶梅》成书的隆庆年间，除税局的税所之外，每一桥梁、道路、关卡都有地方官私设的税所，任何通过的物品都要抽税。许多商户因不堪苛税而破产倒闭。西门庆花钱买官，依附于官僚阶层，才得以使负责课税的钱主事给他的货物大量减税，从而获得远高于其他商人的利润。

争夺、垄断有利可图的官府生意，是西门庆用权力经商赚钱的秘诀之四。西门庆觉得那笔官府的古器生意有利可图，他问清生意批文在巡按宋松原手上之后，利用关系和金钱把宋御史“昨日已都派下各府买办去了”(79回)的古器批文硬是讨了回来。商人只要把自己的商业经营与政治权力挂上了钩，商业的利润就会急剧膨胀。赚了钱的商人不必把利润投入生产中，改变生产方式，提高生产效率，获取更大利润——那样会促进新的生产关系的产生。他只要把利润的相当大的一部分用于行贿，凭借政治权力就可以得到丰厚的利润。

在中国传统社会里，商人与官吏之间的买卖关系使商人和官吏在政治和经济上紧密地联系起来。一方面是官吏的商人化，官吏当官如同商人做生意，出卖管理国家的政治权力以谋取个人不正当利益；另一方面是商人的官吏化，商人用金钱美色购买官吏的政治权力为我所用，或者商人花钱买官，直接掌握管理国家的政治权力。官商勾结，意味着在中国传统社会中无所不能的政治权力与在商业社会中无孔不入的经营资本的结合，对整个社会的冲击是其他社会力量无法比拟的。官商勾结起来肆无忌惮地谋取不正当的个人利益，必然影响社会政治权力的公正使用，影响国家机器的正常运转，造成社会经济秩序的混乱，影响社会的公平和公正。

商人的主动购买是商人与官吏的买卖关系盛行的主要原因。中国古代社会的统治者几千年一直奉行抑商、贱商政策，甚至明确规定商人及商人子弟不得为官，同时以重义轻利为特色的中国传统文化对以经商求利为职业的商人采取鄙薄、轻视的态度，士、农、工、商，等而下之，使得中国古代商人不仅没有政治地位，而且也没有正常的社会地位，这对商人来说是不公平的。在中国传统社会这种政治经济文化环境中，中国古代商人不能凭借自己的商业成就赢得社会的尊重，获得公平的社会地位，迫使他们利用自己的经济实力去与政治强权套近乎、拉关系，去寻找心理平衡、寻求政治保护、获得社会的尊重。而且，几千年一直受贬抑的中国传统商人始终未能形成一支独立的政治力量，这导致了中国古代商人对封建官权的依附，拜倒在政治权力的脚下。同时，在“权力本位”的中国传统社会里，不法商人如果要追求不正当的商业暴利，要谋取商业以外的社会特权，只有以金钱为纽带，把自己与官权结合在一起，借助政治权力才有可能做到。无怪乎在中国传统社会里，官商勾结、钱权交易史不绝书，长盛不衰，而农商结合、工商结合的意识则显得十分淡薄，这对商业的发展和社会的进步都是极为不利的。

商人与官吏的买卖关系之所以这么普遍、这么盛行，官吏的积极参与无疑也是一个重要原因。明代科举出身的官员若只凭官俸，其经济力量则较之富有的商人阶层大为逊色。小说中蔡蕴中了状元还要向西门庆借钱。士与商在权力与金钱两方面各执一端，权力带来政治上的满足，在金钱上却有缺憾。在政治权力与经济利益相对分离的情况下，金钱对执政者有绝对的吸引力。面对金钱无法阻挡的诱惑，官僚阶层的价值观从上至下整体发生了蜕变，以往的行为道德规范的约束力量减弱，趋利成为行为准则，官员腐败广泛存在。在明代以前，出钱捐官还无定例，而至明景泰初年就开了捐纳的先例。因而，“入仕者如往市贸易”，官僚行使权力就是不加掩饰地进行金钱交易。中国传统社会是一个权力本位的社会，拥有政治权力的官吏能够主宰社会的一切。在这种“官本位”的社会里，官吏无疑是社会最为强势的群体。他们的社会地位最高，社会影响力最大，是社会上其他社会群体仰仗的力量，因此他们受到的诱惑无疑也是最大的。在中国传统社会，无所不能的政治权力有很高的含金量，权力是不太受制约的，而不受制约的权力对官吏有极大极恒久的腐蚀作用。国家公共权力的正当使用不会给掌权者带来不正当的个人利益，因此对遵纪守法的官吏来说，“有权”还不一定“有钱”，与富裕的商人相比较，有的说不定还算得上“无钱”。如果这些掌握政治权力的官吏一旦变得利欲熏心，为了改变自己“无钱”的经济状况，最好的办法就是利用自己“有权”的政治优势。为了谋取个人不正当的经济利益，出卖自己手中的政治权力。有钱无权而又渴求、需要权力的商人无疑是官吏出卖权力换取金钱及美色的最佳买主，是贪官污吏权力寻租的首选目标，这样就形成了中国古代社会的一个痼疾：官商勾结、权钱交易，对于中国社会害莫大焉。

西门庆是一个集官、商为一体，官、财、淫、欲为一身的畸形儿，交通官府和官府的黑暗是西门庆这一人物产生的社会土壤。西门庆所以这样猖狂，主要原因是依靠他的财势交通官府，找到了政治上的靠山。综观整部《金瓶梅》，那个由“西门大郎”到“西门大官人”，又变成“西门大老爷”的中国商人深层的根基都是作为商人最显著的特质标志：钱和资本。

《金瓶梅》诞生的明末社会普遍重“欲”不重“理”，这种社会文化心理、价值观念使明末的官吏和商人有一个共同的“爱好”：唯利是图。而《金瓶梅》所表现的正是有着共同“爱好”的明末官吏和商人共同上演的中国传统社会中官商勾结、权钱交易最为“经典”的一幕，从中我们可以读解中国古代社会官商关系的许多秘密。

《金瓶梅》中的两性关系

在中国古代小说中，《金瓶梅》对两性关系的描写是比较丰富的，引起的非议、产生的影响也是比较大的。《金瓶梅》的主要人物在两性关系上都有比较复杂的经历。主人公西门庆在发妻陈氏早逝之后，续娶清河县左卫吴千户之女吴月娘为继室；把先头陈家娘子的陪嫁丫头孙雪娥收用为妾；与妓女李娇儿在勾栏里“打热”后“也娶在家里”(1回)；听媒人说孟玉楼丈夫死后“手里有一分好钱”(7回)，便千方百计把孟玉楼娶回家来；他垂涎武大之妻潘金莲的美色，与潘金莲勾搭成奸后毒杀武大，偷娶潘金莲为妾；他与花子虚结拜为兄弟，却又觊觎花子虚之妻李瓶儿的美色与钱财，气死花子虚，打跑蒋竹山，把李瓶儿娶回家来，财色双收，拼凑起一个一妻五妾的庞大家庭。西门庆在世时，李瓶儿就在妻妾争斗中气病而亡；西门庆死后，妓女出身的李娇儿马上改嫁张二官；孟玉楼改嫁李衙内；潘金莲不甘寂寞，与女婿陈敬济养下私胎，被逐出家门后被杀；孙雪娥与原来就有私情的家仆来旺儿私奔；只剩下吴月娘苦撑门面。一妻五妾之外，西门庆还与仆妇宋惠莲、贲四嫂、王六儿，丫环春梅、绣春、兰香，奶子如意儿，妓女李桂姐、吴银儿、郑爱月，贵妇林太太等女人发生过性关系。西门庆的四妾潘金莲先后与张大户、武大、西门庆、琴童、陈敬济、王潮儿等异性有过性的交往。西门庆的五妾李瓶儿先在梁中书家作妾，后来与花子虚、蒋竹山、西门庆有过夫妻关系。西门庆的女婿陈敬济与西门大姐、潘金莲、庞春梅、韩爱姐、葛翠屏等女性有过不浅的男女缘分。西门庆的丫环庞春梅被西门庆收用后，与西门庆的女婿陈敬济通奸；嫁给周守备后，又与周义通奸，最后纵欲而亡。西门庆的情人王六儿与韩道国结婚后，先是与韩道国的弟弟二捣鬼有私情，又与西门庆通奸，后来索性“大做”，当起了暗娼，最后与二捣鬼结为夫妻。

《金瓶梅》中两性关系的描写不仅是十分丰富的，而且也是很有特色的。两性关系是人类生活的重要内容，因为性是人类的自然天性，是人类与生俱来的自然本能。它既是一种普遍的生理现象，又是一种重要的文化现象。人类的爱情、婚姻、家庭生活以及与此有关的思想观念、法律制度等，都与这一生理现象有密不可分的关系。两性关系与整个人类生活相始终，是人类生活一个最为古老而又永远年轻的话题。人性的普遍堕落、道德的全面沦丧、物欲横流是明代中后期社会的一大特征。由于封建统治的荒淫腐朽，社会风气也日渐败坏，人们不再恪守礼法，而是纵欲享乐、崇尚声色犬马。在两性关系上放荡无度，表明人们对生活丧失了希望，对未来丧失了理想。《金瓶梅》中的两性关系受明代中后期重欲轻理的文化观念和日益繁荣的商品交换的影响，在某种程度上已经成为一种金钱买卖关系，重色轻情，重欲轻理，反映出中国传统伦理道德在两性关系上的约束力已逐渐失去。

在《金瓶梅》中，有些两性关系为巴结官权服务，带有浓厚的政治色彩。

西门庆的女儿西门大姐，“就许与东京八十万禁军杨提督的亲家陈洪的儿子陈敬济为室”(1回)。西门大姐与陈敬济的夫妻关系为西门庆接近巴结利用官权提供了方便。“蔡太师与我这四门亲家杨提督，都是当朝天子面前说得话的人。”(14回)通过这种姻亲关系，西门庆得以一步步接近朝中重臣，编织起庞大的官场关系网。这种两性关系已经成为政治关系的基础。

有的男女结合源于巴结官权等政治需要。亦官亦商的西门庆要在官场找靠山，正好“东京太师老爷府里翟管家，前日有书来，说无子，央及我这里替他寻个女子。不拘贫富，不限财礼，只要好的，他要图生长。妆奁财礼，该使多少，教我开了去，他一一还我。往后他在老爷面前，一力扶持我做官”(36回)。西门庆自己已无未嫁之女，就把伙计韩道国的女儿韩爱姐嫁给翟管家，“自此两家都下眷生名字，称呼亲家”(38回)，西门庆与翟管家的关系因此更加非同一般。他与夏提刑受贿私放杀人重犯苗青，被人告发，因为有“翟亲家”的“鼎力相助”，西门庆才得以躲过惩罚。西门庆巴结、讨好蔡状元，贿以金钱之外，还贿以女色，出资安排妓女董娇儿等供蔡状元淫乐。被西门庆私放的杀人犯苗青为了“感谢”西门庆，“又讨了一个女子，名唤楚云，养在家里，要送与西门庆以报其恩”(81 回)。这些两性关系带有明显的政治功利性，在强大的政治权力面前，男女性爱丧失了它所应具有的独立性和自主性，表现出十足的依附性和奴性，成为巴结官权的手段和工具。

在《金瓶梅》中有的两性关系为赚钱服务，受金钱的支配，带上了浓烈的铜臭味。

传统的两性伦理道德在《金瓶梅》中受到挑战、践踏。主宰两性关系的已经不是情爱等感情因素，也不是从一而终等道德规范，而是金钱利益等物资因素。在这种两性关系中，人们的性活动不仅仅是为了获得性快乐，更主要的是为了获得性之外的物资利益，性成为攫取金钱等物质利益的手段和工具。

《金瓶梅》中的很多男女是因为金钱等物质利益才走到一起来的。西门庆娶孟玉楼，看中了孟玉楼的姿色，更看中孟玉楼“手里有一分好钱”(7 回)。孟玉楼在尚举人与西门庆之间，选择了西门庆，也是看中了西门庆雄厚的财力：“这位官人便是本县里一个财主，知县相公也和他来往。”(3 回)在西门庆与李瓶儿这对男女由偷情到结合的过程中，金钱等物质因素起了相当大的作用。西门庆与花子虚结拜为兄弟，他知道花子虚的妻子李瓶儿有钱，于是借替花家寻人情、打官司之机，从李瓶儿手中接受了花家大量财物。一场官司下来，花子虚家财所剩无几，气病而亡。李瓶儿要嫁给西门庆，姿色之外，主要用钱财来吸引西门庆：“奴这床后茶叶箱内，还藏三四十斤沉香，二百斤白蜡，两罐子水银，八十斤胡椒。你明日都搬出来，替我卖了银子，凑着你盖房子使。”(重 6 回)西门庆来者不拒，多多益善。两人正在谈婚论嫁的时候，西门庆的亲家陈洪受到朝廷查处，西门庆受到牵连。原先似乎对西门庆很“痴心”的李瓶儿此时却为自己在西门庆身上花那么多冤枉钱而后悔不迭：“况且许多东西丢在他家，寻思半晌，暗中跌脚。”(17 回)她马上改变了自己的初衷，急急忙忙地嫁给了蒋竹山。事后知道西门庆平安无事，李瓶儿后悔不已：“又打听得他家中没事，心中甚是懊悔。”(19 回)李瓶儿与蒋竹山离婚后嫁给西门庆时，仍然是用钱财来讨西门庆的欢心：“一面开箱子，打点细软、首饰、衣服与西门庆过目。拿出一百颗西洋珠子与西门庆看，原来是昔日梁中书家带来之物。”(20 回)而作为商人的西门庆纳妾不讲究门第品格，喜欢找孟玉楼、李瓶儿这样有钱的女人，以通过婚姻的渠道获得经济上的利益，“西门庆自娶李瓶儿过门，又兼得了两三场横财，家道营盛”(20 回)。

在《金瓶梅》中，很多男女也是因为金钱等经济因素才分道扬镳的。他们以利相交，一旦利尽，两性之间的缘分也就到了尽头。李瓶儿与蒋竹山的夫妻关系来得快，去得也快。医生蒋竹山来给因思念西门庆而成疾的李瓶儿看病，告诉李瓶儿西门庆家出了事，李瓶儿马上改变嫁西门庆的主意，嫁给了蒋竹山。后来西门庆派地痞敲诈蒋竹山，借助官府之手迫害蒋竹山。李瓶儿在现实的利害面前，根本不顾与蒋竹山的夫妻情分，她骂丈夫：“我早知你这忘八砍了头，是个债椿，就瞎了眼也不嫁你!”(19 回)丈夫因为这场婚姻的缘故受到勒索敲诈，李瓶儿作为妻子没有想办法与丈夫共度难关，而是嫌丈夫懦弱受人欺，连累了自己：“妇人那里容他住，说道：‘只当奴害了汗病，把这三十两银子问你讨了药吃了。你趁早与我搬出去罢！再迟些时，连我这两间房子，尚且不勾你还人。’”“但是妇人本钱置的货物都留下，把他原旧的药材、药碾、药筛、药箱之物，即时催他搬去，两个就开交了。”(19 回)正所谓“夫妻本是同林鸟”，大难还未临头妻子李瓶儿就先飞走了。男女之间为了自己一方的利益根本不讲忠诚，不讲信义。陈敬济与西门大姐的夫妻关系本来就有浓厚的政治色彩。陈敬济的父亲陈洪受亲家朝中重臣杨提督的牵连时，怕被抄家，要陈敬济和西门大姐带着一批装满贵重财物的箱子到西门庆家避风头。谁知西门庆见财起意，想吞没亲戚寄放的这笔财物，一直到死不提归还之事，作为女婿的陈敬济也一直敢怒不敢言。西门庆死后，不再有所顾忌的陈敬济一再索讨这笔财物，以折磨西门庆的女儿、自己的妻子相要挟：“我如今要把他家女儿休了，问他要我家先前寄放金银箱笼。”(86 回)“不讨将寄放妆套箱笼来家，我把你这淫妇活杀了。”(89 回)夫妻之间为了钱财弄到这般模样，还有什么感情可言。“可怜大姐到半夜，用一条索子悬梁，自缢身死，亡年二十四岁。”(92回)成为这种受钱财左右的两性关系的牺牲品。

《金瓶梅》中维系两性关系的主要是金钱等物质因素。西门庆的朋友常峙节家里穷得揭不开锅，妻子整天在家怨天尤人，骂得丈夫在家立脚不住。后来常峙节得到西门庆的资助，手中有了钱，妻子一下子变得温柔起来。“那常二只是不开口，任老婆骂的完了，轻轻把袖里银子摸将出来，放在桌儿上，打开瞧着道：‘孔方兄，孔方兄！我瞧你光闪闪、响当当无价之宝，满身通麻了，恨没口水咽你下去。你早些来时，不受这淫妇几场气了。’”(56回)在这里，两性之间即使是夫妻没有钱也是万万不行的，似乎到了无钱则无爱的程度。在西门庆家里，西门庆作为一家之主，掌管着家庭的财产，对众妻妾拥有绝对的权威。他是“打老婆的班头，降妇女的领袖”。由于受金钱的左右，《金瓶梅》中的两性关系是不平等的。即使是在夫妻之间，也是谁掌握了财势，谁就可以称王称霸，谁就可以胡作非为。

在《金瓶梅》中，有的两性关系变成了赤裸裸的金钱买卖关系。

西门庆一生婚外与不少女人发生过性关系，但其中没有一例是强迫的。西门庆“征服”异性不依仗暴力，而是用金钱大大方方、明明白白地购买。好色的西门庆凭借自己的经济优势，用一点小恩小惠就轻而易举地“征服”了那些贪图物质享受的异性：三十岁的奶妈如意儿、伙计韩道国的妻子王六儿、伙计贲四的妻子章四儿、来爵的老婆，等等，几乎没有遇到什么“抵抗”。这些女人唯利是图，道德沦丧。她们在付出了贞节的代价之后，主动向情人索取经济上的回报，就像商人做买卖一样。在《金瓶梅》中，人们的色欲受到金钱的支撑而空前膨胀。西门庆宣称：“咱闻那佛祖西天，也止不过要黄金铺地；阴司十殿，也要些楮镪营求。咱只消尽这家私，广为善事，就使强奸了姮娥，和奸了织女，拐了许飞琼，盗了西王母的女儿，也不减我泼天的富贵。”(57回)在西门庆看来，只要有钱，在性色上什么欲望都可以得到满足；只要有钱，在性色上无论怎样为所欲为都可以不受谴责和惩罚。西门庆的话反映了以金钱为主宰的社会中人们的一种普遍心态。金钱才是最有用的实际存在，才是衡量人的价值的尺度！这种上下一体的趋利的价值取向，便是商人们得以立足的社会思想基础。

通过交换获得利益是商人文化的核心。这种交换原则被西门庆应用于各个方面，即使在婚姻上也是如此，他娶孟玉楼、李瓶儿都是作为一桩买卖来做的。至于西门庆与多人的奸情，如果不以道德的标准来评判，而仅从商人的角度看，那只是一种消费，因为几乎每次都是西门庆以支付一定钱财的形式结束，双方几乎都没有遭到什么风险或道义上的谴责。

在《金瓶梅》中，男人勾引女人用金钱作"诱饵"，女人勾引男人也用金钱作"武器"。潘金莲与家中小厮通奸，"背地把金裹头簪子两三根带在头上，又把裙边带的锦香囊葫芦儿也与了他"(12回)。金钱同样能够"拴住"这些男人的心。

《金瓶梅》中有的男女唯利是图，共同经营出卖色相的生意。在这些以色为商品的人物身上，我们看到了在金钱腐蚀之下一张张无耻的嘴脸，一个个放浪的形骸。在《金瓶梅》所描写的众多人物形象中，最无耻的可能要算韩道国、王六儿夫妻了。西门庆看中了王六儿的姿色，韩道国作为丈夫喜不自胜，主动为妻子出卖色相出谋划策："等我明日往铺子里去了，他若来时，你只推我不知道，休要怠慢了他，凡事奉承他些儿。如今好容易赚钱，怎么赶的这个道路！"(38回)韩道国的"算计"是赤裸裸的，明眼人一眼就能看得清清楚楚："谁不知他汉子是个明忘八，又放羊，又拾柴，一径把老婆丢与你，图你家买卖做，要赚你的钱使。"(61回)妻子养汉，对丈夫来说本是一件极丢人的最不能容忍的事；对一个女人来说，偷汉子既是为大众所不齿的丑事，对自己来说也是遭受良心谴责的难言的伤痛。然而，作为一个正常人所应具有的最基本的是非观、道德感，在他们那里却一文不值。王六儿把出卖人格和肉体的行为说得是那么的堂堂正正，轻松自如，完全是以谈论生意场上获利丰厚的买卖的口吻来表现她的喜悦与自豪。生意人自然要赚钱获利，因此她说："也是我输了身一场，且落他些好供给穿戴。"(38回)为了银子，韩道国不管什么都可以"奉献"，何况这无本万利的买卖？韩道国为了“赚钱”，心甘情愿地将自己的老婆拱手让给了西门庆。通过这一捷径，他们终于实现了昔日梦寐以求的生活，有了钱、房子、丫头，穿着器用都比以前不同了。街坊邻居也开始称他们作“韩大哥”“韩大嫂”了，或以“叔婶呼之”。有了钱，在别人眼里，地位也似乎比往日提高了不少。由此可见，当时市民对金钱的崇拜已几乎达到迷信的程度。王六儿与西门庆虽不是夫妻，毕竟相好多年，可西门庆一死，她马上就暴露出了那“买卖人”的嘴脸。西门庆死后，韩道国夫妻又合谋拐西门庆的钱财。在他们眼里，这财拐得有理，拐得“理直气壮”：“自古有天理到没饭吃哩！他占用着老娘，使他这几两银子，不差甚么。”(81 回)可见她与西门庆的关系只是一种金钱关系，相互利用的关系。她与西门庆勾搭只是为了贪图银子。她这种丑恶行径，即使是专业的妓女，如李桂姐、吴银儿、郑爱月之流，恐怕都要自愧弗如。从王六儿、韩道国的所作所为，我们看不到一点传统文化、传统道德的影子，甚至作为一个人最基本的尊严、人格，他们也拿去换了银子。他们身上已没有做人的底线，只要有钱什么都愿意做。王六儿还利用自己与西门庆的不正当关系，替杀人犯苗青说情以牟利。妓女李桂姐、吴银儿、爱月儿、爱香儿“弃旧迎新为本，趋炎附势为强”，与西门庆等嫖客进行赤裸裸的色相交易。这些两性关系带有浓烈的铜臭味，为赚钱牟利服务，性色已经成为一种能够带来利润的商品。

在《金瓶梅》中，两性关系与金钱之间的联系既紧密又明显。西门庆好色，爱钱的人就利用西门庆这个“爱好”来赚钱牟利。西门庆要纳有钱的孟玉楼为妾，障碍不少，媒人替西门庆出主意：孟玉楼前夫的姑母能够作主，她“明知侄儿媳妇有东西，随问什么人家，他也不管，只指望要几两银子”。建议西门庆：“明日亲去见他，再许他几两银子。一拳打倒他。随间傍边有人说话，这婆子一力张主，谁敢怎的？”(7 回)西门庆依计而行，“这老虔婆黑眼睛珠见了二三十两白晃晃的官银，满面堆下笑来”，马上对侄儿媳妇发话：“保山，你就说我说，不嫁这样人家，再嫁甚样人家！”(7 回)西门庆想与武大的妻子潘金莲偷情，需要武大的邻居王婆穿针引线。西门庆动之以利：“端的与我说这件事，我便送十两银子与你做棺材本。"(2 回)王婆则抓住这难得的机会找有钱而且舍得为满足自己的色欲花钱的西门庆要钱索物，贪图一点小利，不惜伤天害理，弄得武大家破人亡。李瓶儿想要嫁给西门庆作妾，怕生性嫉妒而又知根知底的潘金莲为难作梗，就送给潘金莲一对寿字簪儿。"金莲满心欢喜，说道：'既是如此，我不言语便了。'"(13 回)李瓶儿借助金钱的力量，替自己扫清了嫁给西门庆的障碍。在《金瓶梅》描写的两性关系中，金钱的作用和影响可以说是无处不在。

在"重欲轻理"文化观念的冲击下，明代社会人们普遍放纵色欲，导致社会性道德全面沦丧，性行为失范，两性关系混乱。男女相处不讲忠诚，不重情义，也没有什么礼义廉耻的观念，放纵的色欲左右着人们的两性关系。

由于放纵色欲，《金瓶梅》中婚外性关系频繁、普遍。潘金莲十五岁时被"三十两银子转卖与张大户家"。张大户喜欢潘金莲，不为张大户妻子所容。"大户知道不容，却赌气倒赔房奁，要寻嫁得一个相应的人家。"把她嫁给了人称"三寸丁"的武大。武大与潘金莲的夫妻关系是畸形的："这大户早晚还要看觑此女，因此不要武大一文钱，白白的嫁与他为妻。这武大自从娶了金莲，大户甚是看顾他。若武大没本钱做炊饼，大户私与他银两。武大若挑担儿出去，大户候无人，便踅入房中与金莲厮会。武大虽一时撞见，原是他的行货，不敢声言。"(1 回)西门庆与潘金莲偷情苟合，为了满足自己的色欲，将武大毒死。如愿以偿苟合成夫妻后，西门庆与潘金莲的生活同样受放纵的色欲主宰。潘金莲主动腾出地方让西门庆收用了房里丫头春梅，还容忍西门庆与花子虚之妻李瓶儿私通，甚至为西门庆与宋惠莲的苟合提供场所。同时，潘金莲自己在感情上并不忠于丈夫，她不顾伦理纲常，跟西门庆的女婿陈敬济勾搭，甚至不管主仆名分私下与琴童鬼混，在穷途末路之际，仍与王潮儿交欢，在两性关系上表现出一种前所未有的放纵态度。宋惠莲"当先卖在蔡通判家房里使唤，后因坏了事出来，嫁与厨役蒋聪为妻。这蒋聪常在西门庆家答应。来旺儿早晚到蒋聪家叫他去，看见这个老婆，两个吃酒刮言，就把这个老婆刮上了"(22 回)。丈夫蒋聪死后，宋惠莲与来旺儿由暗到明，结成夫妻。与来旺儿结婚后，她仍像婚前一样，继续与别人偷情。她被西门庆的一点小恩小惠所俘虏，不以为耻，反以傍上“家主”为荣，为此经常找西门庆讨要钱物。周统制与庞春梅这对夫妻在感情上可以说是不乏恩爱的。在春梅被吴月娘赶出家门时，周统制收留了她，后来又将她“扶正”，百般宠爱。春梅对丈夫也是感恩戴德的。但即使是这样的夫妻情分，仍然镇不住“色魔”的躁动：“春梅见统制日逐理论军情，干朝廷国务，焦心劳思，日中尚未暇食，至于房帏色欲之事，久不沾身。因见老家人周忠次子周义，年十九岁，生的眉清目秀，眉来眼去，两个暗地私通，就勾搭了。”“只瞒过统制一人不知。”(100 回)周统制战死沙场后，春梅淫欲无度，纵欲而亡。对自己配偶的婚外情，很多人并未视为大逆不道。作为丈夫，来旺儿面对不守贞节的妻子，心里充满似乎是本能的痛苦。他骂妻子，喝醉了酒时狠狠地骂西门庆，作为报复，他还与西门庆的“小娘子”孙雪娥“有首尾”，但在西门庆为了笼络他派他出去做生意时，来旺儿仍然是“心中大喜，应诺下来”(25 回)。“那来旺连忙扒在地下磕头。”(26 回)在这位丈夫看来，有钱可赚、有利可图比什么都重要，比妻子的贞节重要，比自己的尊严和名誉重要。西门庆婚外有许多性伙伴，当他知道自己的“小娘子”孙雪娥“红杏出墙”时，他的反应与传统的丈夫似乎有所不同：“这西门庆心中大怒，把孙雪娥打了一顿。被月娘再三劝了，拘了他头面衣服，只教他伴着家人媳妇上灶，不许他见人。”(25 回)

由于放纵色欲，《金瓶梅》中“短命”夫妻比较多，男女婚姻关系不稳固，变化快，随意性强。李瓶儿先在梁中书家做小，后来嫁给花子虚，再嫁蒋竹山，最后嫁给西门庆。王六儿与韩道国结婚后，先是与韩道国的弟弟二捣鬼有私情，又与西门庆通奸，后来索性“大做”，当起了暗娼，最后与二捣鬼结为夫妻。离合十分随意，不需要太多的理由，男女之间的夫妻缘分不再受到珍惜。

由于放纵色欲，《金瓶梅》中出现了不少乱伦的两性关系。潘金莲与陈敬济通奸，“不消几日，家中大小都知金莲养女婿，偷出私孩子来了”(85 回)。陈敬济在西门庆死后还要娶潘金莲为妻：“我暗地里假名托姓，一顶轿子娶到你家去，咱两个永远团圆，做上个夫妻，有何不可！”(86 回)从中可见当时一些人的道德沦丧到了何种程度。

在《金瓶梅》中，伴随着两性伦理道德的沦落，性罪恶大量地滋生了。《金瓶梅》中有的男女放纵色欲，结果不仅伤害了他人，而且还葬送了自己的性命。潘金莲见异思迁，与奸夫西门庆合谋毒死亲夫武大，自己最后也逃脱不了被武松杀死的命运，终究要为自己的淫乱付出生命的代价。宋惠莲背叛自己的丈夫，乐颠颠地与西门庆偷情，自以为是攀上了高枝，找到了靠山，却不知自己这实际上是在玩火。丈夫来旺儿稍有不满的表示，就被心肠歹毒的西门庆设计诬陷为盗，买通官府从重发落，逐出家门，递解回原籍徐州。家破之后，宋惠莲再来后悔为时已晚，自缢身亡，同样为自己的“风流”付出了生命的代价。

在《金瓶梅》中，人们对色欲的贪婪几乎到了无以复加的程度。为了好色纵欲，人们可以漠视朋友之谊。西门庆与花子虚结拜为兄弟，却处心积虑勾引结拜兄弟的妻子：“自此西门庆就安心设计，图谋这妇人。屡屡安下应伯爵、谢希大这伙人，把子虚挂住，在院里饮酒过夜。”(13 回)以便于自己与朋友之妻李瓶儿幽会。“一到了着手时节，只图那一瞬欢娱，也全不顾亲戚的名分，也不想朋友的交情。”(1 回)由于放纵色欲，《金瓶梅》中出现了不少性变态的男女。西门庆、庞春梅等人最后都是因为纵欲而亡。在《金瓶梅》中，放纵的色欲是中国传统两性伦理道德最大的敌人。

《金瓶梅》中崇尚传统伦理道德、基于生命冲动和爱情的两性关系是比较稀罕的。

《金瓶梅》中讲究传统伦理道德的两性关系非常少，唯有吴月娘相对西门庆来说，还是一个守传统妇道的妻子。对于西门庆的胡作非为，吴月娘不是一味地顺从、逢迎，而是尽力规劝。“不孝有三，无后为大”，为了给西门庆传后，同时也是为了给自己固宠，吴月娘千方百计要为西门庆留下骨血。西门庆死后，吴月娘一人支撑门户，“后就把玳安改名做西门安，承受家业”(100 回)。面对来保等异性各种非礼的诱惑，吴月娘压得下自己心中的欲望，不越雷池一步。在两性关系上，吴月娘是《金瓶梅》中难得一见的崇尚中华传统伦理道德的人物。

李瓶儿与西门庆结婚后，从重钱重色向重情重义回归，向传统伦理道德观念回归。她与西门庆婚后的生活不乏爱情的因素。韩爱姐本来是一个不讲性道德的女人，为钱卖过身，但后来她对陈敬济似乎动了真感情。陈敬济死后，她“一面跪着春梅、葛翠屏哭说：‘奴情愿不归父母，同姐姐守孝寡居。明日死，傍他魂灵，也是奴和他恩情一场，说是他妻小。’”(99 回)后来，“那湖州有富家子弟，见韩爱姐生的聪明标致，都来求亲。韩二再三叫他嫁人，爱姐割发毁目，出家为尼姑，誓不再配他人。后年至三十一岁，以疾而终”(100 回)。这时富贵生活似乎也难以动摇她的痴情痴心。

“却不道天地尚有阴阳，男女自然配合。”(57 回)两性互相吸引是一种自然现象，人的性欲是一种生命本能。两性相处不为钱财，不为权力，纯粹为了性，为了性的快乐与和谐。这种基于生命冲动的两性关系在《金瓶梅》中偶尔可见，西门庆与李瓶儿在性上有时似乎达到了这种境界：“谁似冤家这般可奴之意，就是医奴的药一般。”(17 回)“你就是医奴的药一般，一经你手，教奴没日没夜只是想你。”(19 回)

《金瓶梅》中的商业老板与伙计关系

《金瓶梅》是中国小说史上第一部以商人和市井生活为题材的长篇小说。小说的主人公西门庆作为商业老板，先后开起了生药铺、缎子铺、绸绢铺、绒线铺、解当铺，还走标船、贩盐引、放高利贷等，生意做得很大，需要很多生意帮手，先后雇请了傅铭、贲四、吴典恩、崔本、韩道国、甘出身等众多商业伙计。西门庆死后，他的女婿陈敬济也独立地当过商业老板，雇请陈定、杨光彦、陆秉义等人当生意伙计。这些商业老板与伙计之间的关系是《金瓶梅》描写的一个主要内容。这些描写既包含了时代的新精神与新观念，又体现了中国传统文化的特色，丰富和发展了中国传统的人伦文化。以这种新的人伦关系为中心，可以看出它与传统的重忠孝仁义的人伦关系不同的特点，探讨它在文化上所具有的新意。

商业老板与伙计是伴随着商品交换的繁荣而产生、发展起来的新的人伦关系。

《金瓶梅》中的商业老板与伙计是雇佣与被雇佣的关系。这种雇佣关系建立在老板出资、伙计出力共同经营的合作关系之上。虽然是合作关系，它仍然是不平等的，老板与伙计之间有贫富、尊卑、主次的差别。

老板与伙计在经济上的贫富差别是明显的，也是他们之间这种雇佣关系得以形成的主要原因。老板作为资本所有者，具有比较强的经济实力，经营着有一定规模的生意，需要生意帮手，也有经济能力雇请生意伙计，雇请生意伙计来帮自己把生意做得更大，赚更多的钱。伙计作为被雇佣者，在商业经营中也具有自己的特长和优势，他们做生意有自己的一套，但缺乏资金等经营条件，无力独立经营，需要帮老板"打工"来养家糊口。基于这种经济上的贫富差别，老板与伙计在社会地位上自然也有尊卑之别。

在这种雇佣关系中，商业老板作为雇主，掌握着雇佣的主动权。西门庆的结拜兄弟应伯爵向西门庆推荐伙计甘出身："我有一相识，却是父交子往的朋友，原是缎子行卖手"，"今年才四十多岁，眼力看银水是不消说，写算皆精，又会做买卖"，"见在石桥儿巷住，倒是自己房儿"。身体、年龄都合适，既有生意经验，又没有什么负担，还是结拜兄弟推荐的，西门庆仍然要亲自见面考察，他要应伯爵"你明日好歹上心，约会了那甘伙计来见我"，"讲说买卖之事"(58 回)，以决定雇还是不雇。

在这种雇佣关系中，商业老板作为雇主，不仅掌握着雇佣的主动权，而且掌握着经营的主动权。老板与伙计在生意经营中的关系是有主有次的。老板是生意经营的决策者，伙计是老板经营决策的执行者。西门庆与乔亲家合伙开缎子铺，派伙计贲四开绒线铺，派吴二舅开绸绒铺，这些经营决策都是老板西门庆亲自做出的。应伯爵等人向西门庆推荐介绍古器生意，西门庆详细地了解了这笔古器生意的来龙去脉后，觉得有利可图，于是决定独擅其利，自己一家独揽这笔大生意："比是我与人家打伙而做，不如我自家做了罢，敢量我拿不出这一二万银子来？"(78 回)花子由向西门庆推荐无锡米生意："门外一个客人，有五百包无锡米，冻了河，紧等要卖了回家去。我想着姐夫倒好买下，等价钱。”西门庆经过预测分析，认为无利可图，当即拒绝：“我平白要他做甚么？冻河还没人要，到开河船来了，越发价钱跌了。”(77回)嗅觉灵敏的伙计来保从京城带回重要信息：“如今老爷亲家户部侍郎韩爷题准事例：在陕西等三边开引种盐，各府州郡县设立义仓，官粜粮米。令民间上上之户赴仓上米，讨仓钞，派给盐引支盐。旧仓钞七分，新仓钞三分。”(48回)老板西门庆觉得机不可失，决定利用与蔡状元的特殊关系，先人一步，在贩盐生意中好好地赚一笔。“一面使韩道国与乔大户外甥崔本，拿仓钞早往高阳关户部韩爷那里赶着挂号。留下来保，家中定下果品，预备大桌面酒席，打听蔡御史船到。”(49回)西门庆能够独立自主地做出生意决策，不需要向什么人请示、汇报，也不需要与别人商量、研究。生意上真正能够作主的是老板，而不是伙计。对于这一点，那些前来交易的客商都是非常清楚的。三个川广客人有许多细货要交易，就不肯让西门庆铺子里的伙计打发，“直等爹去，方才批合同”(16回)。

《金瓶梅》中的老板经营的生意一般来说规模有限，因此老板不仅做出大的生意决策，而且过问生意的具体安排，对生意和伙计的控制是严密而又细致的。作为老板，西门庆亲自出面安排生意：“明年先打发崔大哥押一船杭州货来，他与来保还往松江下五处置买些布货来卖。”(66回)他吩咐伙计韩道国：“兑二千两一包，着崔本往湖州买绸子去。那四千两，你与来保往松江贩布，过年赶头水船来。”(67回)那笔古器生意，两门庆连派谁去找宋巡按送礼讨批文都作了具体安排：“别人你宋老爹不认的，他常喜的是春鸿。叫春鸿、来爵两个去罢。”(78回)作为老板，西门庆还直接安排伙计的工作，不借助中间环节。老板作为雇主，对自己出钱雇请的生意伙计拥有工作上的支配权。“派定韩道国、甘伙计、崔本、来保四人轮流上宿，分付仔细门户。”(60回)西门庆对自己的伙计知人善任，用伙计之所长。“又打开门面两间，兑出二千两银子来，委傅伙计、贲第传开解当铺。女婿陈敬济只掌钥匙，出入寻讨。贲第传只写账目，秤发货物。傅伙计便督理生药、解当两个铺子，看银色，做买卖。”(20回)对伙计工作的安排有条不紊，从中可见西门庆作为老板对生意的管理能力和对伙计的驾驭能力。西门庆时刻关注着伙计在外的活动："货船不知在那里担阁着，书也没稍封寄来，好生放不下。"(56 回)伙计出外置货，也在老板西门庆的控制之下。伙计韩道国到江南进货，"老爹分付，教俺每马头上投经纪王伯儒店里下。说过世老爹曾和他父亲相交，他店内房里宽广，下的客商多，放财物不耽心"(51 回)。西门庆作为老板经常亲自深入生意现场，深入到伙计们中间，了解经营情况。经常与伙计一起吃饭，以交流、沟通经营情况，联络老板与伙计之间的感情。"那日新开张，伙计攒账，就卖了五百余两银子。西门庆满心欢喜，晚夕收了铺面，把甘伙计、韩伙计、傅伙计、崔本、贲四，连陈敬济都邀来，到席上饮酒。"(60 回)老板与伙计的家庭之间也常有应酬来往："明日十六，还有一席酒，请你每众伙计娘子走走去。"(79 回)"至廿七日，西门庆打发各家送礼，应伯爵、谢希大、常峙节、傅伙计、甘伙计、韩道国、贲第传、崔本，每家半口猪、半腔羊、一坛酒、一包米、一两银子。"(78 回)"众伙计主管伺候见节者，不计其数。"(78 回)作为雇主的老板对伙计论功行赏，既赏钱财，也奖有油水的工作。来旺儿采办货物利索，"西门庆满心欢喜，与了他赶脚银两，明日早装载进城。又赏银五两，房中盘缠，又教他管买办东西"(25 回)。老板西门庆为伙计韩道国帮忙"了难"，韩道国送礼相谢，西门庆坚辞不受，在钱财上显得比较讲义气。老板在经济上给伙计诸多关照，关心伙计的生活，以调动伙计的积极性。伙计要出远门做生意，西门庆吩咐："你每人先拿五两银子，家中收拾行李去。"(67 回)但着眼点是利用伙计帮自己做生意、赚钱。老板为了自己生意的安全，不能得罪自己的伙计。西门庆去世时，伙计韩道国的妻子王六儿前来吊唁，吴月娘不予理睬，"这吴大舅连忙进去，对月娘说：'姐姐，你怎么这等的？快休要舒口！自古人恶礼不恶。他男子汉领着咱偌多的本钱，你如何这等待人？'"(80 回)

老板西门庆对算账、上账等重要事情亲自把关，不假手于伙计，表明老板对伙计的信任也是有限度的。西门庆明确吩咐："前边各项银子，叫傅二叔讨讨，等我到家算账。"(12 回)收兑银子，特别是银子的数额较大时，西门庆一般不要伙计插手，而要女婿来收兑。伙计在经营的关键敏感问题上也注意自己的身份，不越权，不让老板生疑。“这两日傅二叔讨了许多，等爹到家上账。”(12回)伙计还要把生意经营情况随时向老板汇报。崔本贩了二千两湖州绸绢货物回来，先向老板“交了书账”，再向老板详细汇报生意情况：“船到马头，少车税银两。我从腊月初一日起身，在扬州与他两个分路。他每往杭州去了。”(77回)在老板与伙计的雇佣关系中，主雇之别、人我之分是十分清楚的。

直到临死，西门庆作为老板对自己生意的经营情况仍然是一清二楚的，安排得有条有理。在弥留之际，西门庆不仅向家人交待生意的底细，而且基于对接班人和手下伙计的了解，做出了收缩生意的重要决策，仍然表现了一个老板对生意和伙计的控制力。

《金瓶梅》中老板与伙计的雇佣关系是一种契约关系。相对于传统的人身依附关系来说，这种契约关系要松散、自由得多，人我之间的界限也要明确得多。

在商业老板与伙计的雇佣关系中，人我之间的界限不再是模糊的。老板与伙计是各自独立的人，有各自不同的利益。雇佣双方的责、权、利，事前都用合同——契约的形式明确下来。应伯爵向西门庆推荐韩道国来当伙计，西门庆吩咐：“改日领他来见我，写立合同。”(33回)老板与伙计的利益分配事前约定，并用合同明确下来。“当下就和甘伙计批了合同，就立伯爵作保。得利十分为率：西门庆三分，乔大户三分，其余韩道国、甘出身与崔本三分均分。”(58回)在这种契约关系中，老板与伙计的利益紧密联系在一起，都与生意经营的效益挂钩，有利于调动伙计的积极性，促使伙计把老板的生意当作自己的生意来做。在这种雇佣关系中，伙计有自己的权力和利益，也有自己的责任，“那日却说解当铺橱柜里不见了头面，把傅伙计吓慌了”(95回)。伙计拿了老板的薪酬，就要对老板的生意负责。

松散表现为这种雇佣关系很容易解除。老板与伙计之间的雇佣关系并不是终身制的。作为商业老板，对伙计，他随时有雇与不雇的权力；作为生意伙计，对老板，他也随时有应不应雇的自由。老板作为雇主，要解除这种雇佣关系是很容易的。伙计作为被雇佣者，要脱离这种雇佣关系也不是难事。陈敬济喝醉了酒，骂傅伙计，弄得这位胆小的伙计"哭哭啼啼，要告辞家去，交割账目，不做买卖了"(86回)。西门庆死后，他家的生意迅速萎缩，"狮子街丝绵铺已关了，对门缎铺甘伙计、崔本卖了银两都交付明白，各辞归家去了"(81回)。陈敬济当老板，对伙计的雇佣与辞退更加随便。陈敬济找母亲讨要了二百两银子，"叫陈定在家门首打开两间房子，开布铺，做买卖"。陈敬济和一帮狐朋狗友吃喝玩乐，"看看把本钱丢下去了"。陈定向陈敬济的母亲张氏告状，"张氏听信陈定言语，便不肯托他。敬济反说陈定染布去，尅落了钱，把陈定两口儿撵出来，外边居住，却搭了杨大郎做伙计"。后来陈敬济又"把陈定复叫进来看家，并门前铺子发卖零碎布匹"(92回)。不久"又说陈定在外边打发人尅落了钱，把陈定也撵去了"(93回)。一下子雇，一下子又不雇，雇也容易，不雇也不难。由此可见，《金瓶梅》中商业老板与伙计之间雇佣关系随时可能发生，又随时可能结束，不像父子、兄弟等血缘关系那样与生俱来，也不像君臣等政治关系那样难以摆脱、逃避，具有一定的自由性和自主性。

商业老板与伙计之间的雇佣关系还是一种买卖关系。经济利益是这种买卖关系的黏合剂。这种雇佣关系重金钱等物质利益，不重仁义、忠诚等传统道德，商业老板与伙计都有各自不同的经济利益，伙计不再是忠心的家奴和仆人。

在这种雇佣关系中，无论是老板还是伙计，雇佣双方的个人利益得到了一定程度的重视，表明随着社会经济的繁荣和发展，人们的个人意识、独立意识大大增强，特别是伙计们突破了传统的忠孝节义观念，没有迷失在对老板的盲目崇拜和依附中。西门庆雇请的生意伙计与西门庆都无宗族关系，两者的合作完全建立在金钱买卖与雇佣关系之上。主管傅铭等按月支付雇佣银两。韩道国、甘出身、崔本经营各类铺面，西门庆与他们订了按股分利的合同。维系主仆之间关系的是金钱利益而非忠义观念。

正因为老板与伙计之间的雇佣关系是一种买卖关系，老板出钱雇伙计是要伙计帮自己做生意，帮自己赚钱，所以雇请伙计一般重才不重德。《金瓶梅》中西门庆的伙计都会做生意，会应酬，但除傅铭、甘出身等人外大部分品德不好，有的唯利是图，如韩道国；有的假公济私，如贲四；有的忘恩负义，如吴典恩。而陈敬济的伙计杨大郎“绰号为铁指甲，专一粜风卖雨，架谎凿空”(92回)。品德不好，干坏事的手段却又十分了得。

正因为老板与伙计的雇佣关系不重情义重钱财，不讲诚信讲利用，所以老板与伙计为了各自的经济利益常常“明争暗斗”。西门庆在世时，有的伙计在生意上不敢公开胡作非为，仍然暗地里做手脚。伙计韩道国在替老板做生意时，夹带着也为自己做点小生意：“替己又带了一二百两货物酒米，卸在门外店里，慢慢发卖了银子来家。”(59回)伙计贲四利用老板对自己的信任，经常在自己经手的生意中打“背工”，因为“油水”太厚，以致引起应伯爵的眼红，也要来分一杯羹。一旦老板西门庆死去，一些伙计马上就“八仙过海，各显神通”，争先恐后地打老板钱财的主意。伙计韩道国购货归来的途中，听说老板死了，“遂安心在怀，瞒着来保不说”。“就先卖了这一千两银子来了。”(81回)拐了老板的货款，逃往东京去了。老板如果懦弱、不精明，伙计就更容易“尾大不掉”。西门庆死后，陈敬济离开岳丈家，自己陆陆续续当过几回老板，受尽了伙计的捉弄：“这敬济终是年小后生，被这杨大郎领着游娼楼，登酒店，货物到贩得不多。”(92回)这个杨伙计甚至公开拐抢老板陈敬济的货物：“杨义彦那厮拐了你货物，如今搭了个姓谢的做伙计，在临清马头上开了一座大酒店，又放债与四方趁熟窠子娼门人使，好不获大利息。”(98回)还把上门讨要货物的老板打伤。老板与伙计之间，也就是人与人之间为了钱财如此不讲道德、如此不讲信用、如此唯利是图，无论是对生意的经营，还是对社会的进步和发展，无疑都是有害无益的。

在《金瓶梅》中，老板与伙计之间的雇佣买卖关系不仅仅局限在经济领域，还扩展到他们的两性生活中。西门庆作为雇主，在情色上从来不顾及伙计的人格尊严，反而利用这种雇佣关系来接近、勾引伙计的妻子。老板西门庆觊觎伙计妻子的美色，既不用暴力胁迫，也不玩“感情游戏”，而主要是凭恃自己的钱财，进行赤裸裸的金钱“购买”。西门庆“不空使人”，像出钱雇佣伙计一样给自己的性伙伴付给“酬劳”，把金钱买卖关系、雇佣关系扩展到两性生活中。西门庆看中了伙计韩道国的妻子王六儿，出手更是大方：“替他狮子街石桥东边，使了一百二十两银子，买了一所房屋居住。门面两间，到底四层。”(39 回)“西门庆来一遭，与妇人一二两银子盘缠。”(37 回)又花了四两银子替王六儿买了一个使唤丫头。西门庆勾引伙计贲四的老婆，“又与了老婆二三银子盘缠，因说：‘我待与你一套衣服，恐贲四知道不好意思，不如与你些银子儿，你自家治买罢。’”(78 回)而这些伙计的老婆不管有没有姿色，只要是老板西门庆有“购买”兴趣，无不落入他的“金钱罗网”，在她们看来，送上门的生意似乎没有不做的道理，送上门的钱也没有不赚的道理。

面对老板“情色”上的“侵略”，伙计们的反应各不相同，但有一点是相同的，就是以利为重，不重贞节重金钱，不重名声重实惠。这些伙计为了金钱，可以含羞忍垢，可以放弃人的尊严。伙计韩道国以妻子王六儿与老板偷情为荣、为乐，主动地提供“优质”服务，他明确地“指示”妻子：“等我明日往铺子里去了，他若来时，你只推我不知道，休要怠慢了他，凡事奉承他些儿。如今好容易撰钱，怎么赶的这个道路！”(38 回)“西门庆但来他家，韩道国就在铺子里上宿，叫老婆陪他，自在顽耍。”(39 回)就像潘金莲所说的那样：“谁不知他汉子是个明忘八，又放羊，又拾柴，一径把老婆丢与你，图你家买卖做，要赚你的钱使。”(61 回)把妻子与老板偷情当作一桩赚钱的生意来做。

老板与伙计在两性关系上的尴尬关系，对老板和伙计来说都是不利的。老板的“情色侵略”常常会招来伙计的“反击”。即便是无赖如韩道国，他在外经商，老婆在家与老板不干不净，他也“恐怕众客商耻笑”(81 回)。老板一死，他便与妻子拐财远遁。老板在情色上欺侮伙计，还会妨害自己的生意，只是在有钱有势的老板看来，花点小钱没关系，伙计的人格尊严也算不了什么，满足自己的色欲最重要；在伙计看来，妻子的贞节可以不管，自己的名誉可以不顾，能够赚钱获利最重要。像他们在经济上“重财轻义”一样，在两性关系上他们“重财轻色”。

在《金瓶梅》中，商业老板与伙计在经济上的雇佣关系，使他们在政治上也有一定的联系和来往。老板出资，伙计出力，共同经营，按股分利，雇佣双方在经济上有某种合作性和一定的共同利益，使他们在政治上也形成了某种程度上的“利益联盟”。在《金瓶梅》中，本来只应该帮老板做生意的伙计成了老板西门庆交通官府权贵的工具，成为老板政治活动的帮手，参与了老板的政治机密。西门庆派伙计贿赂官府对付武松；派伙计到京城送礼，贿赂权贵，编织起庞大的官场关系网。因为有经济上的雇佣关系，伙计有时在政治上能够沾老板的光。或得到官职：伙计吴典恩因为替老板到蔡太师府上送礼，蔡太师一时高兴，赏吴典恩为清河县驿丞。或借老板官权或官场关系解自己私人之难，伙计有什么事情需要求助于官府的政治权力时，就像来保所说：“你还早央应二叔，来对当家的说了，拿个贴儿对县中李老爷一说，不论多大事情，都了了”(34回)。或为老板官权光环所笼罩，身价与众不同：伙计韩道国“自从搬过来，那街坊邻舍知他是西门庆伙计，不敢怠慢，都送茶盒与他，又出人情庆贺”(39回)。

但是商业老板与伙计的雇佣关系在经济上是松散的，在政治上也不可能那么牢固，他们之间不可能形成真正的“政治利益共同体”。胆小的傅伙计在武松来寻西门庆报仇时，不是出于正义，而是为了保全自己，把老板的去向说得一清二楚：“都头息怒。小人在他家，每月二两银子雇着小人，只开铺子，并不知他们闲账。大官人本不在家，刚才和一相知，往狮子街大酒楼上吃酒去了。小人并不敢说慌。”(9回)他们在政治上有时会出现激烈的矛盾。伙计吴典恩沾老板的光当了官，之后又利用政治权力来敲诈、勒索自己过去的老板。《金瓶梅》中的商业老板与伙计在政治上也是没有任何原则、信义可言的，政治权力只是他们牟利和争利的一种工具和手段。

中国传统文化是一种人伦文化，也是一种倡导依附的文化。在古代中国，人伦秩序的变化和进步标志着中国传统社会的变化和进步。《金瓶梅》中的商业老板与伙计关系相对于中国传统的人身依附关系来说，无疑是一个历史的进步。雇佣双方的人我界限不再是模糊的，个人利益得到了一定程度的尊重和重视，特别是伙计们突破了传统的忠孝节义观念，没有迷失在对老板的盲目崇拜和依附中，表明随着社会经济的繁荣和发展，人们的个人意识、独立意识、自主意识得到了增强，这在倡导依附的中国传统文化环境中具有特别重要的意义。在这种雇佣关系中，人与人之间多了一点独立、自主和自由，但缺少诚信和善良。从历史的发展来看，《金瓶梅》中商业老板与伙计的雇佣关系还不是现代意义上的劳资雇佣关系，受中国传统文化的影响，老板与伙计之间还有浓重的依附色彩。《金瓶梅》中的商业老板身上有浓厚的封建主子色彩，常常无视伙计的人格尊严和利益，缺乏对被雇佣者应有的尊重；《金瓶梅》中的伙计与现代意义上的雇佣劳动者也并不完全相同，他们有的兼有伙计与家人双重身份，有的对雇主有一种地主家奴式的依附情结，脱不尽身上的奴才气，缺少现代雇佣劳动者那么完全的独立意识和自主意识。但不管怎么说，相对于中国传统社会封建主子与奴才的人身依附关系来说，《金瓶梅》中商业老板与伙计的雇佣关系是一个历史的进步，是一种新的人伦关系的萌芽。

第三节 “三言”中的商贾小说

冯梦龙，直隶长洲(今江苏省苏州市)人，生于明万历二年(1571)，卒于清顺治三年(1646)。他编辑整理的“三言”共收录我国宋元时期至明代末年流传于社会上的各种白话短篇小说一百二十篇，其中有宋元旧篇，也不乏明人新作。凡是旧篇均经过冯梦龙不同程度的润色和增损，新作中也有冯梦龙的拟作。“三言”一百二十篇小说中，写到商人和以商人为主人公的小说有五十多篇，这些商贾题材小说是“三言”中最富有时代特色的作品。

人类生活的一切变化都可以从社会生产、经济发展中找到原因。“三言”中的商贾小说是时代的产物。冯梦龙生活的时代是一个在经济和思想文化上都很有特色的时代。明朝后期，随着东南沿海工商业迅速发展，城市市民力量不断壮大，已经萌芽的资本主义有了新的发展。社会经济基础的这种变化，带来了社会上层建筑的变化，带来了人们思想观念的变化。明代一些有远见的思想家，已经看到了封建礼教禁锢人性、束缚思想的反动性。王阳明心学中那些背离程朱学说的成分，王阳明的后学王畿这一派，王艮创立的泰州学派以及在他们的影响下产生的李贽的哲学思想，共同形成了一股冲击程朱理学的社会思潮，在晚明时期一变成为我国封建社会的支配思想。人的生理本能的欲求以及对荣华富贵的向往和追逐都成了天经地义的事了。人性解放的思潮随之勃兴，旧日的“四民”秩序逐渐崩溃，士、农、工、商在升降分合中重排座次。很多文人士子及市民阶层的思想已超越了传统，突破了封建礼教的樊篱。肯定“人欲”，否定“天理”，肯定世俗享受，反对禁欲主义，成为晚明人文思潮的主要精神，对“三言”中的商贾小说产生了深刻的影响。

“三言”中的商贾小说在思想内容上有自己鲜明的特色。它描写的商人大多是中小商人，小说中鲜见富商巨贾，而且与中国传统诗文中的商人多为“奸商”等反面形象不同，“三言”中的小商贩多是作者赞美和歌颂的正面形象。尤其值得我们重视的是，“三言”中的商贾小说在思想内容上比较集中地表现了具有商贾生活特色的价值观念和道德观念，弘扬了一种以商品经济为依托的新思想，具有许多突破中国传统文化的新精神。这是此前的商贾小说中不多见的。同时，“三言”中的商贾小说植根于中国传统文化沃土，表现了中国传统文化对商人生活的渗透，继承和发扬中国传统文化精华，表现了中国传统文化与商人生活相容的一面，塑造了不少德商、义商形象。

《蒋兴哥重会珍珠衫》

见于《喻世明言》第一卷。小说本事出于明代宋懋澄《九龠集》。

小说描写蒋兴哥出外经商，妻子王三巧在家耐不住寂寞，与行商陈大郎偷情。蒋兴哥知道后休妻，续娶陈大郎的遗孀平氏。王三巧改嫁吴杰知县，救了惹下人命官司的前夫，后又回到前夫蒋兴哥身边作妾。

小说的主人公蒋兴哥出生于经商世家。他的父亲蒋世泽“从小走熟广东，做客买卖”。蒋世泽娶商人罗家之女为妻，“原来罗家也是走广东的，蒋家只走得一代，罗家到走过三代了。那边客店牙行，都与罗家世代相识，如自己亲眷一般。这蒋世泽做客，起头也还是丈人罗公领他走起的。”蒋世泽后来又带着自己九岁的孩子蒋兴哥做生意，“却说蒋兴哥跟随父亲做客，走了几遍，学得伶俐乖巧，生意行中，百般都会”。商人们把经商作为家传事业，从小就重视对后代生意经验的传授和经商能力的培养、教育，生意代代相传。

蒋兴哥九岁起跟着父亲学做生意。结婚后，他没有沉溺在幸福美满的家庭生活中。“兴哥一日间想起父亲存日广东生理，如今担阁三年有余了，那边还放下许多客账，不曾取得。夜间与浑家商议，欲要去走一遭。”妻子舍不得他出外经商，他却“拣了个上吉的日期，五日前方对浑家说知，道：‘常言坐吃山空，我夫妻两口，也要成家立业，终不然抛了这行衣食道路？如今这二月天气，不寒不暖，不上路更待何时？’”蒋兴哥知道经商是自己的“衣食道路”，自己靠它来“成家立业”。大丈夫应以经商治生为急务，经商治生的目的是“赡养家口”，是为了“安身立命”。执着为商的精神受到肯定，突破了传统的“轻商”“贱商”观念。

小说基于对人的尊重，改造了传统的贞节观念。传统文化倡导“饿死事小，失节事大”，因此“万恶淫为首”是传统社会最通行的道德标准。而商人蒋兴哥对自己那位受诱骗失节的妻子表现了一定的同情和理解，反映了封建贞操观念在商人阶层中的淡化，这种淡化是以对“人”的尊重为基础的。蒋兴哥长年出外经商，一日得知妻子王三巧在家与人有奸，他痛苦地“急急的赶到家乡，望见了自家门首，不觉堕下泪来”。可贵的是他在这种痛苦中出于对妻子的尊重，反省到自己的责任：“想起当初夫妻何等恩爱，只为我贪着蝇头微利，撇他少年守寡，弄出这场丑来，如今悔之何及？”回家后休妻，但又不忍“明言”，没有张扬妻子的过失，以保全妻子的面子。到王三巧改嫁之夜：“兴哥顾了人夫，将楼上十六个箱笼，原封不动，连匙钥送到吴知县船上，交割与三巧儿，当个陪嫁”。后来蒋兴哥在广东合浦贩珠，牵扯到一件人命官司中，王三巧知道后，求自己的后夫——吴知县为兴哥辩冤，使蒋兴哥摆脱了一场大官司，结果王三巧又回到蒋兴哥身边来了。蒋兴哥的妻子王三巧虽然因为丈夫长年累月在外经商，一时不慎做了错事，但却不是一个放荡的"淫妇"。蒋兴哥对失节的妻子又怨又爱，始终尊重妻子的人格与感情。这对夫妻离合的故事，特别是蒋兴哥对待三巧的态度，改造了传统的贞节观念，把对人(包括人的欲望)的尊重和理解与传统的贞节观念结合起来，推动着传统文化随着时代的发展而发展，演进之迹十分明显。

三巧被休后，原想寻短见，但听了母亲一番青春年少、来日方长的劝说，便改变念头做了知县的二房。陈大郎的妻子在丈夫死后，也听从张七嫂"莫若趁此青年美貌，寻个好对头，一夫一妇的随了他去"的忠告，痛快地改嫁了。小说中的这些人物，封建传统意识显然都很淡漠。他们抛弃了三从四德、贞操守节之类的羁绊，更注重人与人之间的真情实感和自身的生存与发展。在这些市井细民身上表现了一种与传统道德观念截然不同的、带有人文主义色彩的善恶观念和行为规范。

小说表现了商人生活"苦"的一面，表现了外出经商与夫妻恩爱斯守的矛盾。

中国传统文化是一种人伦文化，讲究人与人之间的和谐相处。蒋兴哥出门做生意，"自己只带得本钱银两、账目底本及随身衣服、铺陈之类，又有预备下送礼的人事，都装叠得停当"。"不一日，到了广东地方，下了客店。这伙旧时相识，都来会面，兴哥送了些人事。排家的治酒接风。"这些商人世代相交，友谊深厚。

知县吴杰解商人蒋兴哥之困，成商人蒋兴哥之美："你道这番意外相逢，不像个梦景么？他两个也不行礼，也不讲话，紧紧的你我相抱，放声大哭。就是哭爹哭娘，从没见这般哀惨，连县主在傍，好生不忍，便道：'你两人且莫悲伤，我看你不像哥妹，快说真情，下官有处。'""'你两人如此相恋，下官何忍拆开。幸然在此三年，不曾生育，即刻领去完聚。'两个插烛也似拜谢。县主即忙讨个小轿，送三巧儿出衙；又唤集人夫，把原来陪嫁的十六个箱笼抬去，都教兴哥收领；又差典吏一员，护送他夫妇出境——此乃吴知县之厚德。"这种官商关系在中国古代是备受赞赏的。

《杨八老越国奇逢》

见于《喻世明言》第十八卷。小说描写陕西商人杨八老到闵广经商，在漳州又娶檗氏为妾，妻妾各生一子。杨八老在经商途中被倭寇掳去，在异国他乡生活了十九年。后被迫随倭寇入侵，被元军俘虏，幸得妻妾所生二子已长大成人，救了他的老命，一家团圆。

小说中陕西商人杨八老夫妻间的商议是很有文化内容的："我年近三旬，读书不就，家事日渐消乏。祖上原在闽、广为商，我欲凑些资本，买办货物，往漳州商贩，图几分利息，以为赡家之资。不知娘子意下如何?"妻子欣然道："妾闻治家以勤俭为本，守株待兔，岂是良图？乘此壮年，正堪跋涉；速整行李，不必迟疑也。"这些商人不讳言私己的个人打算，也不讳言赚钱图利，对经商无一点自我解嘲与贬抑，更没有流露出所谓"以利存心"的戒惧不安，而对不能治生令家事消乏怀有一种愧疚之心。经商是他们的谋生之道，是他们的立身之本，是他们矢志不移的人生理想和追求，表现了"好货利"的合理性与社会价值。

小说重视商人，也尊重商人。小说突破了传统社会对商人生活的片面认识，全面地表现商人生活，真实地描写商人经商的艰难困苦，表现他们的坎坷命运。明代著名的思想家李贽在《又与焦弱侯》中说："且商贾亦何可鄙之有？挟数万之资，经风涛之险，受辱于关吏，忍诟于市易，辛勤万状。所挟者重，所得者末。"商旅生涯其实是一种风险很大的生活，从商人杨八老身上我们可以具体地看到"为商的苦处"。杨八老为了经商，不得不忍受离别之苦，饱尝思家之痛，担着比农民种田大得多的风险。为了生活，杨八老不得不为商；为了经商，又不得不"抛妻弃子离家乡"；受着劳苦，"飧风宿水多劳役，披星戴月时奔忙"；挨着孤独，"一年三载不回程，梦魂颠倒妻孥惊"；担着风险，"少资利薄多资累"。杨八老的遭遇使人不禁想起唐朝诗人刘驾的诗篇《反贾客乐》："无言贾客乐，贾客多无墓。"在中国传统观念中，商人之所以应该"轻"，应该"贱"，应该"抑"，主要是因为商人在商品流通过程中牟取暴利，生活奢侈淫逸。“三言”中的商贾小说力求全面客观地表现商人生活，不仅表现商人生活“乐”的一面，而且表现商人生活“苦”的一面。市场瞬息万变，因此从市场中讨生活的商人，其生活绝不是一个“乐”字能够概括得了的。

《李秀卿义结黄贞女》

见于《喻世明言》第二十八卷。小说本事出于《双槐岁抄》卷十。

小说描写贩线商人黄公中年丧妻，年仅十二岁的女儿善聪，女扮男装，随父在外经商。父亡后，她继承父亲的生意，与同乡李秀卿合伙经营，最后终结秦晋之好。

小说中黄善聪的父亲黄公是个很有特色的商人。“南京应天府上元县有个黄公，以贩线香为业，兼带卖些杂货，惯走江北一带地方。江北人见他买卖公道，都唤他‘黄老实’。”在顾客中有一个好口碑。贩香商人黄公妻死女幼，有了拖累，不便出外经商，但转念一想，“若不做买卖，撇了这走熟的道路，又那里寻几贯钱钞养家度日？”商人们知道生意事关自己的生计等现实问题，因此，轻它不得，贱它不得，怕辛苦、畏艰难不去干它也不得。黄公苦于“老汉没有儿子，带他出来走走，认了这起主顾人家，后来好接管老汉的生意”，使得生意薪火相传，代代不息。他们世代以经商为业，也世代以经商为乐，突破了“轻商”“贱商”的传统观念。

小说赞美商人不依附于人的自强自立精神。传统文化是一种人伦文化，也是一种倡导依附的文化。这使得传统中国人缺乏独立自主的意识，习惯于过一种依附于人的生活，而商人们背井离乡，闯荡江湖，无所依傍，这种生活培养了商人的独立自主的品格。小说中的黄善聪就是一个独立自主意识很强的女商人。她母亲早逝，父亲黄公“以贩线香为业”，家中唯一的一个姐姐也出嫁了。黄公无奈，只得将善聪女扮男妆，带在外地做生意。几年后，黄公客死他乡。善聪孤身一个女孩子在客地他乡遭此变故，她没有惊慌，也没有去哀求别人，而是独自一人去操办父亲的丧事。此后，她没有回老家去投靠出嫁了的姐姐，而是继续女扮男装，继承亡父的生意，自己养活自己。她选择了一个可靠的生意伙伴，合伙生理，把生意做得红红火火。黄善聪可以说是商界的女中豪杰，最可贵的是她那种不依附于人、独立自主的精神。

小说表现了中华传统美德诚实、讲信用、公道、正派在商业经营中的魅力，表现了中华传统美德在商业经营中的价值和意义。黄善聪与李秀卿的合伙生意也是很有文化内容的。先要选准合作伙伴：“间壁客房中下着的，也是个贩香客人”(同行)，“又同是应天府人氏”(同乡)，“平昔间看他少年诚实”(人品好)，“从幼跟随父亲出外经纪”(有一定的经商经验)，无论从哪方面看，都是一个比较理想的合作伙伴。同时，既然要合伙做生意，就要加强与合作伙伴感情上的联系。黄善聪经过一番考察，决定与李秀卿合伙做生意：“足下若不弃，愿结为异姓兄弟”，结拜对生意合伙无疑是有益的。充分发挥合伙在人力和资金上的优势，提高生意的效益。“轮流一人往南京贩货，一人住在庐州发货、讨账。一来一去，不致担误了生理，甚为两便。”合伙双方以诚相待，这表现在财物管理上公开透明。黄善聪“于是收拾资本，都交付与李英；李英剩下的货物，和那账目，也交付与张胜”，不打埋伏，不留一手，“但是两边买卖，毫厘不欺”。对生意合作伙伴讲“诚信”，讲“不欺”，正因为如此，合伙生意才做得长久。

中国传统文化倡导人与人以诚信相待，商人们十分看重生意伙伴的品德，同时自己也注意在顾客和生意伙伴中树立诚实、守信用、忠厚的形象，以此来吸引顾客。

《卖油郎独占花魁》

见于《醒世恒言》第三卷。小说描写卖油郎秦重挑担卖油，好不容易积攒了十两银子去会“花魁娘子”，受到冷遇。后来“花魁娘子”受到吴八公子等人的凌辱，幸遇秦重救助，决定嫁给这个“志诚”的卖油郎。

小说突破了传统观念对商人的偏见，表现和赞美了商人重情的一面。中国传统观念认为情和利如水火不相容，认为商人经商求利，根本不懂感情，也不重感情。“商人重利轻别离”，白居易的诗句似乎是千古定论，而小商人秦重用自己的真诚和痴情打破了这种偏见。名满京师的花魁女对秦重这位小商贩由最初的不屑一顾到最后主动地发出“我要嫁你”的誓言，这个感动“上帝”的奇迹是秦重用真情创造的。与那些有钱有势但却玩弄人、作践人、不尊重人的权贵富豪不同，秦重这个只有几两银子作本钱、沿街挑担叫卖的卖油郎以平等和忠厚之心待人，爱得真诚、执着，终于赢得了爱的回报。“美娘道：‘这话实是真心，怎说取笑二字？……以后相处的虽多，都是豪华之辈，酒色之徒，但知买笑追欢的乐意，那有怜香惜玉的真心。看来看去，只有你是个志诚君子。’”在中国商贾小说塑造的商贾群像中，卖油郎秦重是一个“志诚君子”，一个懂感情、重感情的生意人，打破商人都是经济动物、只重利、不重情的传统偏见，同时也表现了晚明社会重情的社会心理。

卖油郎秦重在生活中为自己的商人身份而自豪。他宣称：“何况我做生意的，青青白白之人。”在人格上并不比任何人低贱。这是对传统社会轻商贱商观念的反叛，也是对中国传统商人自轻自贱意识的反叛。

卖油郎秦重是一个继承了中华传统美德的商人，为人讲仁义，忠厚老实；做生意讲信誉，诚实不欺诈。他被养父朱十老赶出家门时，只有三两银子本钱。他虽然没有什么本钱，但有一个好名声，生意做得很有人情味，深得顾客喜爱。“那油坊里认得朱小官是个老实好人，况且小小年纪，当初坐店，今朝挑担上街，都因邢伙计挑拨他出来，心中甚是不平，有心扶持他，只拣窨清的上好净油与他，签子上又明让他些。朱重得了这些便宜，自己转卖与人，也放些宽，所以他的油比别人分外容易出脱。”对商人的好心，顾客会以自己的方式来给予报答。好名声往往会给商人带来好生意：“那些和尚们也闻知秦卖油之名，他的油比别人又好又贱，单单作成他。”好名声还给秦重带来了长期稳定的客户：“妈妈也听得人闲讲，有个秦卖油，做生意甚是忠厚。遂分付秦重道：‘我家每日要油用，你肯挑来时，与你做个主顾。’秦重道：‘承妈妈作成，不敢有误。’”第二天秦重如约而至，“九妈往外一张，见是秦卖油，笑道：‘好忠厚人！果然不失信。’便叫他挑担进来，称了一瓶，约有五斤多重，公道还钱，秦重并不争论。王九妈甚是欢喜，道：‘这瓶油，只勾我家两日用。但隔一日，你便送来，我不往别处去买了。’”最后，重情重义的卖油郎收获了爱情，并在生意上取得了成功。

小说表现和赞美商人顽强的生存能力。卖油郎秦重“在朱十老家四年，赤心忠良，并无一毫私蓄。只有临行时打发这三两银子，不勾本钱”。在坏伙计的挑唆下，小小年纪的卖油郎被赶出了养父朱十老之门，他举目无亲，孤身一人，“在众安桥下赁了一间小小房儿，放下被窝等件”。挑担卖油，不仅生存下来了，而且生活得很好。把一个挑担卖油的小小生意越做越大，越做越红火。

卖油郎秦重做的生意虽然不大，但表现出来的经商艺术却是比较丰富的。他开始单独做生意时就注意从自己的实际出发，注意发挥自己的优势：“左思右量，只有油行买卖是熟间。这些油坊多曾与他识熟，还去挑个卖油担子，是个稳足的道路。”他为人忠厚，生意做得很有人情味，深得顾客喜爱：“秦重一闻此言，即日收拾了家伙，搬回十老家里。相见之间，痛哭了一场。十老将所存囊橐，尽数交付秦重。秦重自家又有二十余两本钱，重整店面，坐柜卖油。”“原来这油铺是个老店，从来生意原好，却被邢权刻剥存私，将主顾弄断了多少。今见朱小官在店，谁家不来作成？所以生理比前越盛。”他讲求经济效益，巧作广告宣传：“把盛油的桶儿一面大大写个秦字，一面写汴梁二字，将油桶做个标记，使人一览而知。以此临安市上，晓得他本姓，都呼他为秦卖油。”作为一个生意人，他注意捕捉社会各方面的信息，分析它们与自己生意的联系，善于寻找生意机会，寻找目标顾客：“秦重闻知昭庆寺僧人，要起个九昼夜功德，用油必多，遂挑了油担来寺中卖油。”他善于分析人们的需要，从中寻找自己的生意机会：“今日寺中虽然不做功德，难道寻常不用油的？我且挑担去问他。若扳得各房头做个主顾，只消走钱塘门这一路，那一担油尽勾出脱了。”为了把自己的生意做长久，他注意发展长期的稳定客户，在昭庆寺，“秦重与各房约定，也是间一日便送油来用”。秦重的生意扩大后，需要帮手，他善待伙计，以赢得伙计在生意上的帮助和支持：“‘既然没处投奔，你老夫妻两口，只住在我身边，只当个乡亲相处，慢慢的访着令爱消息，再作区处。’当下取两贯钱把与莘善，去还了饭钱，连浑家阮氏也领将来，与朱重相见了，收拾一间空房，安顿他老夫妇在内。两口儿也尽心竭力，内外相帮。”卖油的小小生意，秦重做起来还是颇有章法的。

《刘小官雌雄兄弟》

见于《醒世恒言》第十卷。小说本事出于《明诗正声》《玉芝堂谈荟》。小说描写开小酒店的商人刘德夫妇宽厚仁爱，他们出于同情，先后收留、收养了两个无依无靠的小孩，其中一个是女扮男装的女孩。这两个小孩成人后，对刘德夫妇感恩戴德，生养死葬。后来他们结为夫妻，继承了刘德夫妇的家业和生意。

小说中的刘家经商以“义”“德”为先。明朝宣德年间，刘德夫妻在家门口开了一个小酒店。“那刘德夫妻两口，年纪六十有余，并无弟兄子女。自己有几间房屋，数十亩田地，门首又开一个小酒店儿。”中国传统文化强调“己所不欲，勿施于人”，中国商人继承了这一优良传统，在经营中讲仁义、讲公平，不贪不义之财，讲究买卖双方的等价互惠。作为以经商求利为职业的商人，刘德夫妇难得的是把自己的钱财看得很轻，而把顾客的利益看得很重。顾客偶尔欠他的，他不在乎，不计较；顾客多给了他，他不会浑水摸鱼，不肯占顾客的便宜。“刘公平昔好善，极肯周济人的缓急。凡来吃酒的，偶然身边银钱缺少，他也不十分计较。或有人多把与他，他便勾了自己价银，余下的定然退还，分毫不肯苟取。”刘家经商在“善待顾客”上形成了自己的特色：“在下这里，比别家不同。若过往客官，偶然银子缺少，在下就肯奉承。长官既没有盘缠，只算我请你罢了。”“刚才说过，是我请你的，如何又要银子？恁样时，到像在下说法卖这肉了。”“刘公道：‘说那里话！谁人是顶着房子走的？快些进来，不要打湿了身上。’”做生意不重钱财而重人与人之间、商人与顾客之间的情分、友谊，形成了自己的特殊魅力，契合了中华民族特殊的文化心理。在中国传统社会里，这样讲人情的商人受欢迎，这样有人情味的生意会长久，会红火。刘家后代“把酒店收了，开起一个布店来。四方过往客商来买货的，见二人少年志诚，物价公平，传播开去，慕名来买者，挨挤不开。”在自己的目标顾客中赢得了良好的声誉，在买卖双方之间建立起一种互信互敬关系。

《施润泽滩阙遇友》

见于《醒世恒言》第十八卷。小说描写养蚕织绸的施复，拾银交还失主朱恩。朱恩知恩图报，在施复去洞庭山购买桑叶遇到困难时尽力相助。在互帮互助中，两家生意日益红火，后来结为儿女亲家。

小说中盛泽这个小乡镇很有自己的特色：“镇上居民稠广，土俗淳朴，俱以蚕桑为业。男女勤谨，络纬机杼之声，通宵彻夜。”“那市上两岸绸丝牙行，约有千百余家”，产销结合得很紧，独特的出产是这个特色市场形成的基础，同时，这个特色市场规模大，又集中，容易形成规模效应，对产和销两方面都有吸引力：“远近村坊织成绸匹，俱到此上市。四方商贾来收买的，蜂攒蚁集，挨挤不开。”“这镇上都是温饱之家，织下绸匹，必积至十来匹，最少也有五六匹，方才上市。那大户人家积得多的便不上市，都是牙行引客商上门来买。”由此可见当时以经商为生的人已经是相当多、相当普遍了。表明在明代的一些经济发达地区，商品生产与流通已经相当繁荣。

小说充分表现和肯定商人那种渴望发家致富的心理和锐意进取的精神。施润泽有一天在卖丝途中拾得一包银子，“今日好造化！拾得这些银子，正好将去凑做本钱”。他想“如今家中见开这张机，尽勾日用了。有了这银子，再添上一张机，一月出得多少绸，有许多利息。这项银子，譬如没得，再不要动他。积上一年，共该若干，到来年再添上一张，一年又有多少利息。算到十年之外，便有千金之富”。商人的心理欲求在这里得到了淋漓尽致的表现。施润泽有拾金不昧的朴素本质，又有想靠意外之财而暴富的贪婪心理，小说刻画出施润泽作为既是劳动者又是小私有者的两面性。商人重视个人利益，看重金钱的作用，表现出对轻利的中国文化传统的背叛。当时的社会也为商人愿望的实现提供了条件，施润泽“夫妻两口，别无男女。家中开张绸机，每年养几筐蚕儿，妻络夫织，甚好过活”。还银以后，“夫妻依旧省吃俭用，昼夜营运。不上十年，就长有数千金家事，又买了左近一所大房居住，开起三四十张绸机，又讨几房家人小厮，把个家业收拾得十分完美”。施润泽致富的速度是相当快的，由此可见当时社会商品生产和交换的繁荣程度以及这种繁荣给人们带来的发家致富的机会。原先施复夫妇二人只有一张织机，自己养蚕，自纺自织，本是镇上的一个小户，因为产品“人看时光彩润泽，都增价竞买”。几年间，就增加到三四张绸机，家中颇为饶裕，不上十年，就拥有三四十张绸机了，成为大户。如果说一张机子是由他们亲自生产，那么，发展到三十、四十张机时，则势必雇人才行。施润泽由小手工业者变为工厂主，由夫妻两人分工发展为社会劳动分工，由通宵彻夜的个体劳动者变成昼夜劳作的资本经营者，而这时在竞争中失败破产的小生产者，就会变为他们的雇工，资本主义的剥削关系就这样产生了。本篇小说是我国小说史上触及资本主义萌芽这一新题材的第一篇作品。

小说中施复卖绸匹，收购的店家以诚相待，吩咐进货的客商：“这施一官是忠厚人，不耐烦的，把些好银子与他。”把生意做得很有人情味，对中国人来说，就是把生意做得很有吸引力。

扶困济贫、团结互助是中华民族的传统美德，这些美德也化为中华商贾的血肉和灵魂。商人施复卖丝途中，拾得六两二钱银子。“这银两若是富人掉的，譬如牯牛身上拔根毫毛，打甚么紧，落得将来受用。若是客商的，他抛妻弃子，宿水餐风，辛勤挣来之物，今失落了，好不烦恼。如若有本钱的，他拼这账生意扯直，也还不在心上。倘然是个小经纪，只有这些本银，或是与我一般样苦挣过日，或卖了绸，或脱了丝，这两锭银乃是养命之根，不争失了，就如绝了咽喉之气，一家良善，没甚过活，互相埋怨，必致鬻身卖子。倘是个执性的，气恼不过，肮脏送了性命，也未可知。我虽是拾得的，不十分罪过。但日常动念，使得也不安稳。就是有了这银子，未必真个营运发积起来。一向没这东西时，依原将就过了日子。不如原往那所在，等失主来寻，还了他去，得到安乐。”他临财不苟，主动将银还给失主朱恩。“当下夫妇二人，不以拾银为喜，反以还银为安。”后来施复去洞庭山购买桑叶遇到困难，朱恩尽力相助，帮施复度过了难关。在互帮互助中，两家的生意越做越红火。扶困济贫、团结互助这些中华民族的传统美德被中华商贾所发扬光大，成为中华商贾文化精神的重要组成部分。

《徐老仆义愤成家》

见于《醒世恒言》第三十五卷。小说本事出于明代田汝成《阿寄传》。

小说描写徐家老仆阿寄辅助徐家三房的孤儿寡母，用十二两本钱贩漆贩米，帮主家挣来巨大家业，自己丝毫不取。

小说中的主人公阿寄是徐家仆人。明朝嘉靖年间，浙江严州府淳安县，“那阿寄就是本村生长，当先因父母丧了，又无力殡殓，故此卖身在徐家。为人忠谨小心，朝起晏眠，勤于种作”。徐家家道衰落后，他在徐家三兄弟分家的过程中，被当作累赘分到了孤儿寡母的一家。他要“争一口气”，“不被人耻笑”，为了自己的人格尊严，同时也为了救孤儿寡母一家于穷困潦倒之中，他不甘老迈，晚年经商：“待老奴出去做些生意，一年几转，其利岂不胜似马牛数倍！”“营运数年，怕不挣起个事业。”经商致富后，通过捐纳令寡妇之子为监生，优免田役，跻身士人行列，一改门庭为绅商。在徐老仆的眼中，经商治生不仅是为了“安身”，同时也是为了自尊、为了立德。因为人只有首先在经济上独立自足，才有可能维护个人的尊严，保全自己的人格，因此，经商治生不仅是立身之本，也是立德之本。小说肯定了商人的价值，颂扬了商人的开拓进取精神，表明在当时的社会中人们可以通过读书、中举、为官来光宗耀祖，飞黄腾达，同时也可以通过经商来获得财富，从而赢得社会的认可和尊重。

小说赞美商人敢于冒险、敢于闯荡的精神。徐老仆刚开始做生意时，承受的压力是比较大的，正如他老伴所说：“你虽然一把年纪，那生意行中，从不曾着脚，却去弄虚头，说大话，兜揽这账。孤孀娘子的银两，是苦恼东西，莫要把去弄出个话靶，连累他没得过用，岂不终身抱怨。不如依着我，快快送还三娘，拼得早起晏眠，多吃些苦儿，照旧耕种帮扶，彼此到得安逸。”尽管他从来没有做过生意，不知道能不能成功；尽管他这点生意本钱来得十分艰难，徐老仆偏偏不求安逸，不怕失败，不怕负责任，不怕担风险，勇敢地“兜揽这账”，表现了商人的勇气和胆略。

徐老仆这样的商人自身存在着严重的封建思想。他融商人、仆人于一身。作为商人，他具有非同一般的经商胆识和才能，在生意场上纵横驰骋，游刃有余；作为仆人，他忠于主人，无私无欲。“那老儿自经营以来，从不曾私吃一些好饮食，也不曾自私做一件好衣服。”这样的商人形象具有浓厚的中国传统文化色彩，在世界商贾群像中是罕见的。

小说对商人们的经商艺术有丰富而细致的表现，形象地总结了商人们具有中国文化特色的经商艺术。徐老仆经商有自己的特色，一是注重市场调查与分析。第一次出门经商，他说：“大凡经商，本钱多便大做，本钱少便小做。须到外边去，看临期着便，见景生情，只拣有利息的就做，不是在家论得定的。”二是不墨守成规，有创新精神。他第一次贩漆，从家乡附近的庆云山进货，认为“杭州离此不远，定卖不起价钱”，“遂雇船直到苏州”，“足足赚对合有余”。第二次贩漆，改在杭州销货，因为他了解到“元来贩漆的，都道杭州路近价贱，俱往远处去了，杭州到时常短缺。常言道：货无大小，缺者便贵”。第三次贩漆，“阿寄此番不在苏杭发卖，径到兴化地方，利息比这两处又好”。三是险中求稳，农商结合，相得益彰。他从十二两银子本钱做起，几趟贩漆贩米的生意做下来，便“长有二千余金”，这时他决定“不如回去，商议置买些田产，做了根本，将余下的再出来运算”。这是中国传统商人有代表性的“算计”。有了“田产”“做了根本”，他们虽然做生意的资本因此会减少一些，但心里更踏实，做起生意来就更放得开些了：“再说阿寄将家中整顿停当，依旧又出去经营。这番不专于贩漆，但闻有利息的便做。家中收下米谷，又将来腾那。”

《吕大郎还金完骨肉》

见于《警世通言》第五卷。小说描写商人吕大郎六岁的儿子走失，吕大郎到外地经商，顺便寻子，四年无所获。后在山西拾银二百两，归还失主，在失主处找到儿子。回家途中出资救落水人，恰巧又救起了自己的亲兄弟。

小说的主人公吕大是一个具有中华传统美德的商人。“话说江南常州府无锡县东门外，有个小户人家，兄弟三人。大的叫做吕玉，第二的叫做吕宝，第三的叫做吕珍。”吕玉的儿子意外失踪，“吕玉气闷，在家里坐不过，向大户家借了几两本钱，往太仓嘉定一路，收些绵花布匹，各处贩卖，就便访问儿子消息。每年正二月出门，到八九月回家，又收新货。走了四个年头，虽然趁些利息，眼见得儿子没有寻处了。”“到第五个年头，吕玉别了王氏，又去做经纪。何期中途遇了个大本钱的布商，谈论之间，知道吕玉买卖中通透，拉他同往山西脱货，就带绒货转来发卖，于中有些用钱相谢。吕玉贪了蝇头微利，随着去了。及至到了山西，发货之后，遇着连岁荒歉，讨赊账不起，不得脱身。”一次他外出经商，拾得一包金银。“见坑板上遗下个青布搭膊。捡在手中，觉得沉重。取回下处打开看时，都是白物，约有二百金之数。吕玉想道：‘这不意之财，虽则取之无碍，倘或失主追寻不见，好大一场气闷。’古人见金不取，拾带重还。我今年过三旬，尚无子嗣，要这横财何用?”他拾金不昧，还银恰巧遇见了自己失散多年的宝贝儿子，回家途中，他又出资救助落水的旅客，其中恰巧有自己出门寻兄的弟弟。“吕玉道：‘我若贪了这二百两非意之财，怎勾父子相见？若惜了那二十两银子，不去捞救覆舟之人，怎能勾兄弟相逢？若不遇兄弟时，怎知家中信息？今日夫妻重会，一家骨肉团圆，皆天使之然也。’”商人积德行善得到好报，小说表现了儒家文化对商人生活的渗透。这种渗透说明儒家传统文化与商贾生活有一定的相容性，也就是说，中国传统文化中一些有生命力的精华对商贾生活同样具有指导意义，已经成为中国古代商人文化精神的重要组成部分。与鄙视商人的传统观念恰恰相反，商人吕大郎作为行善的正面人物，小说给予了肯定和赞扬。

“三言”中还有一些小说虽然称不上严格意义上的商贾小说，但在表现商人生活上有自己的特色。

《警世通言》第二十五卷《桂员外途穷忏悔》中有人借钱做生意，

不仅没有赚到钱，还亏光了老本，可见生意这碗饭也不是那么好吃的。“某祖遗有屋一所，田百亩，自耕自食，尽可糊口。不幸惑于人言，谓农夫利薄，商贩利厚，将薄产抵借李平章府中本银三百两，贩纱段往燕京。岂料运蹇时乖，连走几遍，本利俱耗。宦家索债，如狼似虎，利上盘利，将田房家私尽数估计。”

《警世通言》第二十卷《计押番金鳗产祸》中一位有着官府公干的人仍然和妻子商量开酒店，挣钱以补贴家用。“计安觑着浑家道：‘我下番无事，若不做些营生，恐坐吃山空，须得些个道业来相助方好。’浑家道：‘我也这般想，别没甚事好做，算来只好开一个酒店。便是你上番时，我也和孩儿在家里卖得。’”表明在当时经商以养家糊口的观念已经相当普遍，深入人心。

《警世通言》第二十八卷《白娘子永镇雷锋塔》的主人公许宣出身于商人家庭，自幼父母双亡。他在表叔李将仕家的生药铺里做主管，丝毫不因白娘子是个披麻戴孝的寡妇而加以嫌弃。在白娘子的资助下，他自已独自开了药店。许宣不受封建贞节观念的束缚，爱上寡妇白娘子，后来又向代表封建势力的法海投降，这种前后变化都与他的商人地位十分契合。小说真实地反映了市民阶层反封建的进步性和动摇性。

“三言”中还有一些小说描写中国古代商人经商开店巧作广告宣传。《醒世恒言》第二十卷《张廷秀逃生救父》中那位木匠张权，在苏州阊门外开店后，便“去那白粉墙上，写两行大字道：‘江西张仰亭精造坚固小木家伙，不误主顾’”。《醒世恒言》第三十八卷《李道人独步云门》中金大郎开的药铺门前有一个白粉招牌，上面写着“积祖金铺出卖川广道地生熟药材”。李清行医，诊所门前也“横吊起一面小牌，写着‘悬壶处’三个字。直竖起一面大牌，写着‘李氏专医小儿疑难杂症’十个字”。《警世通言》第八卷《崔待诏生死冤家》写崔宁与秀秀在潭州“讨间房屋，出面招牌，写着‘行在崔待诏碾玉生活’”。

“三言”对中国古代商人的经营方式也有零星的描写，这在中国古代商贾小说中是很珍贵的。《喻世明言》第二十六卷《沈小官一鸟害七命》写卖生药的两个客人，“将药材一发讫”，从事药材的批发经营。《李道人独步云门》中的李清问药材店的金大郎：“你这药材，还是现卖，也肯赊卖?”金大郎回答道：“别人家买药的，就要现钱才卖，只有行医开铺的，是长久主顾，但要药料，只上个账簿取去，或一季或一月一算，总数还钱。叫做半赊半现。”经营得十分灵活，表现出高超的商业经营技术。

第四节 “二拍”中的商贾小说

凌濛初，浙江乌程(今浙江省湖州市)人，生于明万历八年(1580)，卒于明崇祯十七年(1644)，是中国小说史上第一位独立创作出白话短篇小说集的作家。他的小说创作现仅有《初刻拍案惊奇》与《二刻拍案惊奇》两种传世。《初刻拍案惊奇》四十篇，明天启七年(1627)编撰，崇祯元年(1628)刊刻。《二刻拍案惊奇》四十篇，其中一篇与《初刻拍案惊奇》卷二十三相重，又一篇为杂剧，实录小说三十八篇，崇祯五年(1632)编撰刊行。“二拍”之前，虽有宋元话本小说的汇集，如《清平山堂话本》《熊龙峰小说四种》，但那都是明人辑录编定的。冯梦龙编辑“三言”，也多为“宋元旧种”，又有时人创作，冯梦龙个人独立整篇创作者极少，“二拍”却全部为凌濛初编创，是我国古代第一部真正意义上文人独立创作的白话短篇小说集。“二拍”中的小说虽然也大都可以找出素材来源，但无不自出机杼。凌濛初在《拍案惊奇·序》中谈到了自己的小说创作：“因取古今来杂碎事，可新听睹、佐谈谐者，演而畅之，得若干卷。”在《二刻拍案惊奇·小引》中有更具体的申说：“偶戏取古今所闻一二奇局可纪者，演而成说，聊舒胸中磊块。”这标志着我国古代白话短篇小说已由集体的累积式的锤炼跃进到个人的独立创作，具有开创性意义。

诞生“二拍”的晚明时代，是中国历史上少有的一个生机勃勃的时代。

凌濛初生活在明末这个旧的将死、新的方生的时代。政治上，各种社会矛盾趋向尖锐、激发；经济上，资本主义萌芽产生和滋长；思想文化上，掀起了一股启蒙思潮。弘治、正德时期，王守仁等思想家继承和发展陆象山的心学，反对理学束缚人性的教条，动摇了程朱理学对人们思想的统治；嘉靖、万历年间，以王艮为代表的泰州学派，进一步发展了王守仁哲学中反道学的积极因素；而李贽的出现，更是掀起了一场抨击理学，要求人性解放的思想启蒙运动。商品交换的繁荣冲击了中国传统社会自给自足的小农经济，动摇了建筑在小农经济基础之上的传统思想观念。明代中后期，随着资本主义萌芽的出现，我国传统的小农经济为主体的社会生活结构已经在一定程度上被打破，社会分工正在发生着巨大变化，人们对于商业的认识已达到一个前所未有的新境界，思想界出现了为商业正名的学说。李贽等一批思想家明确指出，人对物与利的追求是正当的，所谓"穿衣吃饭"即人伦物理。这实际肯定了商人、手工业者对利益的追求。他们的言论都流露出本末同等重要、士商同等光荣的思想。封建的自然经济受到日趋繁荣的商业经济的冲击，社会经济结构发生了明显的变化。《歙县风土记》载："商贾既多，土田不重。操资交接，起落不常。"人们不再安于农桑、勤于耕织。经商求利日益成为社会经济生活的重要内容。由于商业的繁荣和发展，在市场竞争中人们的贫富差别日趋扩大，"东家已富，西家自贫。高下失均，锱铢共竞"。财富越来越多地集中在少数"胜利者"手中，使得金钱的魔力日益突现出来。历史发展到晚明，延续千百年的人们"安于农田，无有他志"的状况发生了变化。特别是在商业发达的地区，弃农经商已形成一种风气。随着商品经济的发展，商业的高额利润已是有目共睹的事实。伴随着资本主义萌芽，城市中出现了一个具有相当规模和实力的以商人手工业者为主体的市民阶层，出现了一些与封建母体相对抗的新的社会因素，"二拍"中的商贾小说就诞生在这种社会经济文化环境中。

在中国商贾小说史上，"二拍"中的商贾小说是光彩夺目的一页。表现商人生活的作品在数量上约占"二拍"作品总数的四分之一。这些作品真实地表现了明代中后期商人的心理、愿望和追求，反映了商人社会地位的变化。士、农、工、商，在中国传统的四民秩序中，商排在末位，被认为是贱流，这种价值观念直至明初并无根本变化。明朝洪武十四年，统治者明确规定："农民之家但有一人为商贾者，亦不许穿绸纱。”凌濛初以“二拍”的四分之一的篇幅来描写商人，这本身就说明商人在人们心目中的地位已经发生了历史性的变化。它形象地表现了明末商业经济的繁荣给整个社会带来的变化，从商贾生活这个角度表现了当时中国人思想观念的发展和进步，推动着古老的中国传统文化随着时代的脚步前进。与“三言”一样，“二拍”中的商人大多也是作者歌颂、赞美的正面形象。与“三言”中的商人多为小商小贩不同，“二拍”中出现了许多富商巨贾，他们不仅在国内千里行贩，而且漂洋过海，把生意做到了海外。与“三言”大多脱离经商活动写商人不同，“二拍”中商人形象的塑造与经商活动联系得更为紧密，以商人为主人公、以商人的经商活动为主要描写内容的作品明显增多。

“二拍”描写的商人似已摆脱传统自卑自贱的心态，对自己的经商行业充满着自信。

凌濛初继承和发展了宋元以来商贾小说中的重商思想，在他的笔下，商人不再是蝇营狗苟、锱铢必较的小人，商人的将本求利被视为正当的谋生手段；他们对于金银财货的追求，被当作美好的理想愿望。歆羡发财致富，颂扬海外冒险，成为时代风尚。小说表现了商人期待暴富的心理。与传统的知足常乐、安贫自守不同，它褒扬一种勃勃进取追逐金钱的精神，主张经商就应有强烈的致富欲望和获利动机。中国人对富向来是有成见的，把财富与道德看得势不两立，财富往往被打上罪恶的烙印。在“二拍”之前，人们评价商人多从道德标准出发，对其趋利的一面则不敢正视或避而不谈。“二拍”打破了这种传统观念，大胆承认金钱驱动是商业活动的本原动力。在“二拍”中，商人逐渐形成了一种以金钱衡量一切的价值取向，利益机制取代了道德机制成为世俗社会运行的准则。“二拍”赞颂商人追求暴富的商业活动。作者面对浓厚的重商风气，不但无“世风日下”之哀与“人心不古”之叹，反倒有欣赏之意和鼓励之举。

“二拍”中的商贾小说最值得我们重视的是表现了许多突破传统的新观念，客观地表现了资本主义萌芽给人们生活和思想观念带来的影响和冲击。小说反映了晚明的社会心理和社会风俗的变化，反映着社会心理的发展轨迹，特别重视表现社会新的思想和观念，表现人们人生观、价值观、道德伦理观的新变化。

《转运汉遇巧洞庭红　波斯胡指破鼍龙壳》

见于《初刻拍案惊奇》第一卷。小说本事来源于周玄暐《泾林续记》中的《苏和经商》。小说描写文若虚经商总是折本，人称“倒运汉”，一次随朋友出海玩耍，所带的百余斤“洞庭红”橘子只花了一两本钱，在吉零国竟卖了上千两银子，归途中在荒岛上拾来的一个如床大小的“龟壳”，竟是稀世珍宝。

小说突破传统的“重义轻利”的义利观，既重义，又求利，认为义利可以兼得。儒家文化倡导“重义轻利”，这种义利观的理论前提是道德理性同感性欲望的对立，着眼点是用理性去克制、压制欲望，把义和利绝对地对立起来，认为一个人讲义就不能讲利，就不能讲个人的欲望和利益。很明显，这种义利观有绝对化和片面性之弊。商人们用自己的行动对这种传统观念发起了强有力的冲击。明朝成化年间的文若虚，家住苏州府长洲县阊门外，本是一个破产商人。“幼年间，曾有人相他有巨万之富。他亦自恃才能，不十分去营求生产，坐吃山空，将祖上遗下千金家事，看看消下来。以后晓得家业有限，看见别人经商图利的，时常获利几倍，便也思量做些生意，却又百做百不着。”他随出海商船到海外观光，归途中，他从一个荒岛上拖来准备当床用的大龟壳，竟是稀世珍宝——鼍龙壳，被识货的波斯商人用五万两银子买走。“列位岂不闻说龙有九子乎？内有一种是鼍龙，其皮可以幔鼓，声闻百里，所以谓之鼍鼓。鼍龙万岁，到底蜕下此壳成龙。此壳有二十四肋，按天上二十四气，每肋中间节内有大珠一颗。若是肋未完全时节，成不得龙，蜕不得壳。也有生捉得他来，只好将皮幔鼓，其肋中也未有东西。直待二十四肋，肋肋完全，节节珠满，然后蜕了此壳变龙而去。”“这个东西，我们肚中虽晓得，知他几时蜕下？又在何处地方守得他着？壳不值钱，其珠皆有夜光，乃无价宝也！”

文若虚与波斯商人交易鼍龙壳的过程包含了丰富的文化内容。“‘敢问客长，适间此宝可肯卖否？’文若虚是个乖人，趁口答应道：

‘只要有好价钱，为甚不卖？’那主人听得肯卖，不觉喜从天降，笑逐颜开，起身道：‘果然肯卖，但凭分付价钱，不敢吝惜。’文若虚其实不知值多少，讨少了，怕不在行；讨多了，怕吃笑。忖了一忖，面红耳热，颠倒讨不出价钱来。张大便与文若虚丢个眼色，将手放在椅子背上，竖着三个指头，再把第二个指空中一撇，道：‘索性讨他这些。’文若虚摇头，竖一指道：‘这些我还讨不出口在这里。’却被主人看见道：‘果是多少价钱？’张大捣一个鬼道：‘依文先生手势，敢象要一万哩’主人呵呵大笑道：‘这是不要卖，哄我而已。此等宝物，岂止此价钱！’众人见说，大家目睁口呆，都立起了身来，扯文若虚去商议道：‘造化！造化！想是值得多哩。我们实实不知如何定价。文先生不如开个大口，凭他还罢。’文若虚终是碍口识羞，待说又止。众人道：‘不要不老气！’主人又催道：‘实说说何妨！’文若虚只得讨了五万两。主人还摇头道：‘罪过，罪过。没有此话。’张大道：‘实不瞒你说，这个是我的好朋友，同了海外玩耍的，故此不曾置货。适间此物，乃是避风海岛，偶然得来，不是出价置办的，故此不识得价钱。若果有这五万与他，够他富贵一生，他也心满意足了。’”文若虚的鼍龙壳是拾来的，他没有造假骗人；波斯商人玛宝哈识货但没有瞒骗，一再鼓励文若虚加价、开高价。在交易过程中买卖双方以诚相待，而不是弄虚作假，尔虞我诈。别的商人事后知道鼍龙壳价值连城，意犹不足，对文若虚说：“只是便宜了这回回，文先生还该起个风，要他些不敷才是。”文若虚回答说：“不要不知足，看我一个倒运汉，做着便折本的，造化到来，平空地有此一主财爻。……我们若非这主人识货，也只当得废物罢了；还亏他指点晓得，如何还好昧心争论？”众人听后都道：“文先生说的是，存心忠厚，所以该有此富贵。”知道“大龟壳”的实际价值后，文若虚守信用不反悔。他是一个讲义而又得到了大宗财富的商人。忠厚的商人发了大财，这个故事体现了传统文化与商人生活的交融。文若虚身上有许多传统的东西，但他至少在表现“义”和“利”不矛盾这一点上突破了传统：富商也可以是不奸诈的人。

牙行经纪人在整个商业活动中起着中介中转服务的作用。商人在将货物运到目的地之后，那些小本经营、货物不多的小商人常常是自己动手发售，但是对于大多数人，特别是对做大笔买卖的商贾来说，他们一般都是靠牙行将货物脱手，即将货物批发给牙行，再由牙行发售或转卖给当地各个零售商。当时的牙行经纪人就相当于现在的批发商。文若虚和他朋友的货船行到福建码头时，“才住定了船，就有一伙惯伺候接海客的小经纪牙人攒将拢来，你说张家好，我说李家好，拉的拉，扯的扯，嚷个不住”。也有不少商人在长期的经商生涯中，与牙行经纪人形成了较为稳定的联系。牙行的存在给行商带来很大的便利，不仅可以免去行商自已逐一发售的麻烦，而更重要的是能够较快地将货物换成银子，加速资本周转。这对扩大商品经营，促进商业发展起到了一定的推动作用。

中国传统社会等级森严，门第观念浓厚，讲究尊卑有别，长幼有序，有一套独特的价值观念来判定人的社会地位的高低。商人生活对它的冲击不表现为打破和否定等级观念，而是表现在等级观念的变化上，即以不同于传统的标准来定尊卑等级。传统社会大多以辈分、官职的高低来定尊卑，而在商人圈子里则以财产的多寡来定尊卑，社会的价值判断已向财富倾斜。小说中那位波斯商人摆酒席招待出海归来的客商，排座次的规矩就很特别：“请列位货单一看，好定坐席”，“元来波斯胡以利为重，只看货单上有奇珍异宝值得上万者，就送在先席。余者看货轻重，挨次坐去，不论年纪，不论尊卑，一向做下的规矩”。这种“规矩”是新的，显示了当时的社会心态——中国资本主义萌芽时期，金钱作为人格的等价物的魔力，显示出金钱力量对传统尊卑等级观念的冲击，它具有强烈的反封建色彩，因而具有不可低估的历史价值和进步意义。它表明在当时的社会里，人并不一定要为官作宦、拥有政治权力才有社会地位，为商作贾、拥有物资财富也能赢得社会的尊重。晚明时期，由于商品经济的发展和新生产关系的萌生，金钱在社会生活中的地位日益重要，甚至成为主宰社会生活的重要力量。传统的权力标准和道德标准受到冲击，金钱标准被树立起来。

商人经商求利，四海为家，突破了安土重迁的传统观念。文若虚本是苏州府长洲县人，他随出海商人漂洋过海，孤岛上拾来的鼍龙壳价值连城，在福建沿海城市被识货的波斯商人用五万银子买走。成交后，波斯商人把自己的房屋和店铺作价五千两银子给文若虚，主人道：“依着愚见，文客官目下回去未得。小弟此间有一个缎匹铺，有本三千两在内。其前后大小厅屋楼房，共百余间，也是个大所在，价值二千两，离此半里之地。愚见就把本店货物及房屋文契，作了五千两，尽行交与文客官，就留文客官在此住下了，做此生意。其银也做几遭搬了过去，不知不觉。日后文客官要回去，这里可以托心腹伙计看守，便可轻身往来。不然小店交出不难，文客官收贮却难也。”文若虚马上决定“我就在这里，立起个家缘来，有何不可？”为了经商求利，不再安土重迁，不再故土难离，而是闯荡天下，四海为家。

小说表现了商人的资本营利新观念。文若虚出海时用一两银子买的橘子“洞庭红”在吉零国意外地卖了一个好价钱，共卖了一千多两银子。这时，同行的商人在羡慕之余都劝他以银换货以营利：“你这些银钱此间置货，作价不多，除是转发在伙伴中，回他几百两中国货物，上去打换些土产珍奇，带转去有大利钱，也强如虚藏此银钱在身边，无个用处。”“我们用得着的是银子，有的是货物。彼此通融，大家有利，有何不可？”“众人齐拍手道：‘放着几倍利钱不取，可惜！可惜！’”表现了商人对资本营利功能的认识：要用钱去赚钱，要把钱变成资本，变成资本的钱才有可能带来利润，才有意义和价值。

做“泛海”生意的张大等人，到海外经商，历尽风险：“元来这边中国货物拿到那边，一倍就有三倍价。换了那边货物，带到中国也是如此。一往一回，却不便有八九倍利息，所以人都拼死走这条路。”大胆地追求金钱，并且敢于为此冒风险，这种闯劲、这种冒险精神对中国传统社会结构中人们各安其位、谨小慎微的保守性格无疑是一个猛烈的冲击。

契约已经成为金钱交易的凭证，在商品买卖中起着不可缺少的作用。当波斯商人得知文若虚实心实意要以五万两银子的价钱出售鼍龙壳后，怕其反悔，马上提出：“有烦老客长做主，写个合同文书，好成交易。”“立合同议单张乘运等。今有苏州客人文实，海外带来大龟壳一个，投至波斯玛宝哈店，愿出银五万两买成。议定立契之后，一家交货，一家交银，各无翻悔。有翻悔者，罚契上加一。合同为照。”“一样两纸，后边写了年月日，下写张乘运为头，一连把在坐客人十来个写去，褚中颖因自己执笔，写了落末。年月前边，空行中间，将两纸凑着，写了骑缝一行，两边各半，乃是‘合同议约’四字，下写：‘客人文实主人玛宝哈’，各押了花押。单上有名的，从后头写起。”合同书中的各个条款，用今天的标准来看，也是十分完备的。这说明，用契约来规范人们的经济行为，在当时已被广泛接受。契约将人们的社会交往逐渐简化为买卖双方的关系。在契约的保护下，人们追求金钱的目的更加明确，获得金钱的行为更加有保障。尊重契约是近代社会的特点，“二拍”独具慧眼地发现并反映了这一社会特征的萌芽，其意义是巨大的。

小说中的商人大多是作者歌颂、赞美的正面形象。有的有才有德：“元来这个张大名唤张乘运，专一做海外生意，眼里认得奇珍异宝，又且秉性爽慨，肯扶持好人，所以乡里起他一个混名叫张识货。”有的拥有令人羡慕的财富：“这主人是个波斯国里人，姓个古怪姓，是玛瑙的‘玛’字，叫名玛宝哈，专一与海客兑换珍宝货物，不知有多少万数本钱。”

小说中的商人把生意做得很有人情味：“里面主人见说海客到了，连忙先发银子，唤厨户，包办酒席几十桌。”“元来旧规，海船一到，主人家先折过这一番款待，然后发货讲价的。”“明日起个清早，先走到海岸船边来拜这伙客人。”

文若虚经商注意千方百计增加商品本身的魅力，如他置办扇子：“上等金面精巧的，先将礼物求了名人诗画，免不得是沈石田、文衡山、祝枝山拓了几笔，便值上数两银子；中等的，自有一样乔人，一只手学写了这几家字画，也就哄得人过，将假当真的买了，他自家也兀自做得来的；下等的无金无字画，将就卖几十钱，也有对合利钱，是看得见的。”不同档次的扇子有不同的置办法，突出商品的个性和特色，满足不同顾客不同档次的需求。

“洞庭红”的交易过程表现了丰富的经商艺术。文若虚知道样品的重要性，“拣个大些的，红得可爱的，递一个上去”；他知道根据商品的供求状况及时调整价格，“文若虚已此剩不多了，拿一个班道：‘而今要留着自家用，不卖了’”，使购买者把橘子的价格由一个钱一个涨到二个钱一个；他知道同一种商品在不同的顾客眼中常常具有不同的价值，他们愿意出的价钱也是不同的，自己应该根据顾客的不同灵活地调整价格，一个顾客大叫“是有的俺多要买，俺家头目要买去进克汗哩”，文若虚“已此瞧科在眼里，晓得是个好主顾了”，便“又拿起班来”。

对生意秘密要守口如瓶，赚了钱不要四处炫耀张扬，以免招嫉惹祸：“文若虚于路对众人说：‘船上人多，切勿明言！小弟自有厚报。’众人也只怕船上人知道，要分了用钱去，各各心照。”船上人问：“这个滞货也脱手了，不知卖了多少？”“文若虚只不做声。”

做生意要善于分利，以求得和谐的人际关系，营造好的经营环境。文若虚发财后，出来对众人道：“‘多承列位挈带，有此一套意外富贵，感谢不尽。’走进去把自家包裹内所卖洞庭红的银钱倒将出来，每人送他十个，止有张大与先前出银助他的两三个，分外又是十个。道：‘聊表谢意。’”“文若虚又拿出几十个来，对张大说：‘有烦老兄将此分与船上同行的人，每位一个，聊当一茶。’”

商人敏感于交易双方需求上的差异，各取所需，利用这种需求差异赚钱。“元来彼国以银为钱，上有文采。有等龙凤文的，最贵重，其次人物，又次禽兽，又次树木，最下通用的，是水草，却都是银铸的，分两不异。”文若虚与吉零国买桔的顾客都以其所轻易其所重，彼此得利，皆大欢喜。

小说中一些商人把自己的钱看得很重，帮助别人一文不舍。穷愁潦倒、一文不名的文若虚随做海外生意的张大出海玩要，张大想帮助文若虚：“待我们大家计较，多少凑些出来助你，将就置些东西去也好。”但结果是“只见张大气忿忿走来，说道：‘说着钱，便无缘。这些人好笑，说道你去，无不喜欢；说到助银，没一个则声。’”反映了商人社会人情的淡漠。

《乌将军一饭必酬 陈大郎三人重会》

见于《初刻拍案惊奇》第八卷。小说描写商家子弟王生三次出门贩货，三次被劫，但在婶母的支持和帮助下，王生百折不挠，终于把生意做发。

小说入话中苏州王生“是个百姓人家，父亲王三郎，商贾营生”。他七八岁时，父母双亡。他的婶母杨氏将他抚养成人。杨氏对刚满十八岁的侄儿说：“你如今年纪长大，岂可坐吃山空？我身边有的家资，并你父亲剩下的，尽勾营运，待我凑成千来两，你到江湖上做些买卖，也是正经！”对此，王生欣然说：“这个正是我们本等。”他们把经商作为实现自己人生价值的重要手段，认为经商是自己应该干也乐意干的善业，是“正经”之道和“本等”之业，突破了传统的“贱商”观念，也突破了传统的“读书做官”“学而优则仕”的人生模式，表明商人们的价值观从“官本位”转移到“金钱本位”，抛弃了“万般皆下品，唯有读书高”的传统训诫，视经商为“本等”，表现出一种崇商敬业精神。

小说中商人们在经商中表现出来的敢闯敢干的冒险精神和百折不挠的坚毅性格，与传统文化要求人们知足、保守的训诫大相径庭。大胆地追求金钱，追求欲望的满足是商人最突出的性格特征。他们千里经商，奔走四方，敢冒风险。王生刚开始学做生意，三次出远门贩货，三次被劫，婶母杨氏不断地鼓励他：“‘且安心在家两日，再凑些本钱出去，务要趁出前番的来便是。’王生道：‘已后只在近处做些买卖罢，不担这样干系远处去了。’杨氏道：‘男子汉千里经商，怎说这话！’”她不断为侄儿鼓劲壮胆：“我的儿，大胆天下去得，小心寸步难行。”“不可因此两番，堕了家传行业。”不断以实际行动支持侄儿经商，“过得几时，杨氏又凑起银子，催他出去”。一次又一次地为遭劫的侄儿筹措商银，直到侄儿把生意做成功。

小说表现了商人们经商的艰难。王生三次出门贩货，三次被劫，“王生哭道：‘大王不知，小人幼无父母，全亏得婶娘重托，出来为商。刚出来得三次，恰是前世欠下大王的，三次都撞着大王夺了去，叫我何面目见婶娘？也那里得许多银子还他？就是大王不杀我时，也要跳在江中死了。’”

小说表现了商人们优秀、善良的品德：“苏州府吴江县有个商民，复姓欧阳……家道不富不贫，在门前开小小的一爿杂货店铺，往来交易，陈大郎和小舅两人管理。他们翁婿夫妻郎舅之间，你敬我爱，做生意过日。”他们都是一些守规矩、讲道德、有爱心的好人。

《钱多处白丁横带　运退时刺史当艄》

见于《初刻拍案惊奇》第二十二卷。小说描写江陵富商郭七郎，用钱买了个横州刺史，赴任途中遇风翻船，失了做官的凭证，只好到船上做艄公度此余生。

小说在唐代商贾小说《郭使君》的基础上有新的创造，形象地描绘了以放贷为生的商人形象。唐僖宗朝江陵商人郭七郎“父亲在日，做江湘大商”。父亲死后，他当家时，“真个是家资巨万，产业广延”。“江、淮、河朔的贾客，多是领他重本，贸易往来。却是这些富人惟有一项，不平心是他本等。大等秤进，小等秤出。自家的，歹争做好；别人的，好争做歹。这些领他本钱的贾客，没有一个不受尽他累的。各各吞声忍气，只得受他。你道为何？只为本钱是他的，那江湖上走的人，拼得陪些辛苦在里头，随你尽着欺心算账，还只是仗他资本营运，毕竟有些便宜处。若一下冲撞了他，收拾了本钱去，就没蛇得弄了。故此随你克剥，只是行得去的。本钱越弄越大，所以富的人只管富了。”小说表现了在商业经营中资本的重要性，表现了商人做生意对商业资本的依赖。“那时有一个极大商客，先前领了他几万银子，到京都做生意，去了几年，久无音信。”几万两银子，一借就是好几年，由此可见当时借贷规模之大、借贷双方信誉度之高。借贷在商业中是一个普遍的金融行为，它一方面使社会上的一些闲置资本投入生产领域，加速资本周转，间接地达到资本增值，另一方面它又有利于新兴商贾的产生。

商人一般来说有钱无权，但他们仍然可以凭借自己的经济实力和广泛的社会关系参与社会政治生活。小说中商人张多宝“在京都开几处解典库，又有几所绸缎铺，专一放官吏债，打大头脑的。至于居间说事，卖官鬻爵，只要他一口担当，事无不成。也有叫他做‘张多保’的，只为凡事都是他保得过，所以如此称呼。满京人无不认得他的”。他们与官府打交道充分表现了生意人的精明：先以钱结交官吏，与官府建立密切的联系，花钱购买政治权力这种商品，然后利用自己与官府的联系和交情这个稀有资源来营利赚钱。他们与官权打交道，主要的是把官权当作一种商品，感兴趣的是在官权买卖之间如何获取更多的利润。还有一些经济实力雄厚的商人则自己直接花钱买官当，其目的一为光宗耀祖，二为捞更多的钱。小说中放债的商人郭七郎发了财，不再安于仅仅当一个商人，花钱买得横州刺史的官职后，郭七郎只想利用官权赚更多的钱，早日收回“投资”，并不想在政治上有什么作为。“母亲诚然女人家识见，做了官，怕少钱财？而今那个做官的家里，不是千万百万，连地皮多卷了归家的？”表现了中国古代商人在政治上的短视和弱智。

富商郭七郎尽管已“家资巨万，产业广延，有鸦飞不过的田宅，贼扛不动的金银山”。但仍希望跻身官场，以便将来能荣归故里，衣锦还乡，不惜耗费巨资购得一郡刺史这个官职，就算后来因意外差点赔了身家性命仍不醒悟，表现了中国传统社会商人对官权的顶礼膜拜。

《赵五虎合计挑家衅　莫大郎立地散神奸》

见于《二刻拍案惊奇》第十卷。小说本事出于《齐东野语》卷二十《莫氏别室子》。小说描写家资巨万的莫翁与家中丫头双荷偷情致其有孕，因惧怕莫老太，便将双荷带胎嫁给卖汤粉的小商人朱三。十年后，一场家财官司由此而起。

小说中莫翁“家资巨万，一妻二子，已有三孙”。他与婢女双荷有私情，怀孕后怕老妻不容，就把双荷“嫁出与在城花楼桥卖汤粉的朱三”。结婚后，双荷对朱三说：“我此胎实系主翁所有，怕妈妈知觉，故此把我嫁了出来，许下我看管终身的。你不可说甚么，打破了机关，落得时常要他周济些东西，我一心与你做人家便了。”作为丈夫的“朱三是个经纪行中人。只要些小便宜，那里还管青黄皂白？”“朱三反靠着老婆福荫，落得吃自来食。”朱三对“些小便宜”和“青黄皂白”的态度在小商人中有一定的代表性，对实惠实利的贪求削弱了这些商人对人格尊严的重视。

“赵家五虎”“挑家衅”不成，用并未兑现的借据敲诈朱三和莫家，幸得官府秉公执法，才使这些弱小的商贩免受恶人敲诈。

《韩侍郎婢作夫人 顾提控掾居郎署》

见于《二刻拍案惊奇》第十五卷。小说描写开饼铺的商人江榕遭人陷害，被诬为海贼窝家，幸得小吏顾提控搭救，冤情得白。江家送女儿相谢，顾提控坚辞不受，终得好报。

传统文化从“贫生德，富败德”、贫比富好的贫富观出发，把富和德对立起来，认定为富不仁，为仁不富，本篇小说却表现出一种新的观念：富有不是一种罪过，富和德能够在一个人身上和谐地统一起来。小说中的那位徽商，出资救助因欠官银而要投水自尽的贫妇，“徽商恻然道：‘所欠官银几何？’妇人道：‘二两。’徽商道：‘能得多少，坏此三条性命！我下处不远，快随我来，我舍银二两，与你还官罢。’”当晚这位贫妇来旅店敲徽商的门说：“我是前日投水的妇人，因蒙恩人大德，救了吾夫出狱，故此特来踵门叩谢。”这位徽商没动一点邪念：“你道徽商此时若是个不老成的，听见一个妇女黑夜寻他，又是施恩过来的，一时动了不良之心，未免说句把倬俏倬趣的话，开出门来撞见其夫，可不是老大一场没趣，把起初做好事的念头多弄脏了？不想这个朝奉煞是有正经，听得妇人说话，便厉声道：‘此我独卧之所，岂汝妇女家所当来？况昏夜也不是谢人的时节，但请回步，不必谢了。’”这位徽商利用自己的经济实力救人急难，不图任何回报，他可以说是商人中富而有德的典型。

官商关系在中国是一个很有文化内涵的古老话题，小说不仅表现了中国古代商人对官权的崇拜和向往，还表现了当时官商关系的新变化、新特点。小说写州中吏典顾芳“平日迎送官府出城，专在城外一个卖饼的江家做下处歇脚”，因此与江家识熟。“卖饼”的小商人江榕“是个老实忠厚的人”，“看见顾吏典举动端方，容仪俊伟”，便“私心敬爱他”，“待如上宾”，因此两家“竟成了一家骨肉一般”。江家遭人陷害，被污为海贼窝家，顾芳出于正义、同情和友谊，出面搭救保护，扶弱济困，不图商人任何报答。江家对顾芳感恩戴德，要把十七岁的女儿送给顾芳作妾。“我们这样人家，就许了人，不过是村庄人口，不若送与他做了妾，扳他做个女婿，支持门户，也免得外人欺侮。”“无恩可报。止有小女爱娘，今年正十七岁，与老妻商议，送来与提控娘子铺床叠被，做个箕帚之妾。”顾芳在自己帮助过的商人真诚的颇有魅力的酬谢面前，能够控制住自己的欲望：“他家不幸遭难，我为平日往来，出力救他，今他把女儿谢我，我若贪了女色，是乘人危处，遂我欲心，与那海贼指扳、应捕抢掳肚肠有何两样？”有权的官吏不仅不倚仗权势欺侮商人，而且利用自己的权力和关系主动保护商人，并且不图商人的任何报答。在那个各种恶势力横行的社会里，商人难以凭借自己的力量保护好自己，因此更加主动地结交官吏，但商人江榕并没有利用自己与官吏顾芳的关系为非作歹，甚至没有利用这种关系来报复陷害自己的仇人：“小的也不愿晓得害小的仇人，省得中心不忘，冤冤相结。”这是传统中国官商关系中一种比较理想的模式。

一个徽州商人要出重金买江家的女儿，恰巧这时有一位官吏看中了尚未出嫁的江家女儿，“徽商认做自己女儿，不争财物，反赔嫁妆，只贪个纱帽往来，便自心满意足”。“原来徽州人有个癖性，是‘乌纱帽’、‘红绣鞋’，一生只这两件不争银子，其余诸事悭吝了。”表现了中国古代商人对官权的崇拜和向往。

小说表现了小商人经营的艰难，本小利微的小生意经不起折腾：“那江家原无甚么大根基，不过生意济楚，自经此一番横事剥削之后，家计萧条下来。”“江家晦气头里，连五热行里生意多不济了。做下饼食，常管五七日不发市，就是馊蒸气了，喂猪狗也不中。你道为何如此？先前为事时不多几日，只因惊怕了，自女儿到顾家去后，关了一个月多店门不开，主顾家多生疏，改向别家去，就便拗不转来。况且窝盗为事，声名扬开去不好听，别人不管好歹，信以为实，就怕来缠账。以此生意冷落。”小说对消费者心理的描写是准确而又细腻的。

《许察院感梦擒僧　王氏子因风获盗》

见于《二刻拍案惊奇》第二十一卷。小说描写盐商王禄在外酒色过度，客死他乡，留下大笔钱财，兄弟王爵携银扶柩回家，途中死于非命。

小说表现了中国传统社会一种有代表性的官商关系。王家的钱财被车户李旺偷走，州官“即差快手李彪随着王爵跟捕贼人，必要擒获，方准销牌”；店主张善蒙冤，察院许公明察秋毫，捉拿真凶，既报了王家之仇，又伸了张善之冤；既追回了失盗的财物，又指明了藏银的秘密，替商仆王惠摆脱了干系。正直、能干的官吏为商家主持公道，惩恶扬善，利用政治权力保护了商人的利益。这种官商关系对商人来说无疑是有益的，许公这样的官员受到商家的欢迎和感激：“亏得许公神明，仇既得报，银又得归。”

小说中陕西商人王禄出生于盐商家庭。兄弟“爵、禄两人幼年俱读书，爵进学为生员。禄废业不成，却精于商贾榷算之事，其父就带他去山东相帮种盐，见他能事，后来其父不出去了，将银一千两托他自往山东做盐商去”。商人手上的钱有时是祸，“自古道：饱暖思淫欲。王禄手头饶裕，又见财物易得，便思量淫荡起来”。嫖妓染病，弄得命丧黄泉。

《程朝奉单遇无头妇　王通判双雪不明冤》

见于《二刻拍案惊奇》第二十八卷。小说本事出于《智囊补》卷十《徽商狱》。小说描写程朝奉家私百万，饱暖思淫欲，看上街上卖酒商人李方哥之妻，暗中百般勾搭不成，索性明买，引起一场人命官司。

明朝成化年间，直隶徽州府富人程朝奉“拥有巨万家私”，“这个程朝奉拥有巨万家私，所谓饱暖生淫欲，心里只喜欢的是女色。见人家妇女生得有些姿容的，就千方百计，必要弄他到手才住。随你费下几多东西，他多不吝，只是以成事为主。所以花费的也不少，上手的也不计其数”。他看中了徽州府岩子街边卖酒商人李方哥的妻子陈氏：“天下的事，惟有利动人心，这家子是贫难之人，我拼舍着一主财，怕不上我的钩？私下钻求，不如明买。”他迷信金钱的力量，将钱买色，把金钱买卖关系扩展到情色领域。“自古道清酒红人面，黄金黑世心。李方哥见程朝奉要收拾起银子，便呆着眼不开口，尽有些沉吟不舍之意。程朝奉早已瞧科，就中取着三两多重一锭银子，塞在李方哥袖子里道：‘且拿着这锭去做样，一样十锭就是了。你自家两个计较去。’”李方哥挡不住程朝奉金钱的诱惑，回家做妻子的“思想工作”：“我想我与你在此苦挣一年，挣不出几两银子来。他的意思，倒肯在你身上舍主大钱。我每不如将计就计哄他，与了他些甜头，便起他一主大银子，也不难了。也强如一盏半盏的与别人论价钱。”“陈氏拿到手来看一看，道：‘你男子汉见了这个东西，就舍得老婆养汉了？’李方哥道：‘不是舍得，难得财主家倒了运来想我们，我们拼忍着一时羞耻，一生受用不尽了。而今总是混帐的世界，我们又不是甚么阀阅人家，就守着清白，也没人来替你造牌坊，落得和同了些。’”小说形象地表现了金钱的诱惑力和腐蚀力，表现了金钱对人心的腐蚀，对道德的破坏。“随着商品流通，货币——财富的随时可用的绝对形式——的权力日益增大。”在这些以买卖为生的商人看来，人世间的一切都是商品，都可以买卖，人与人之间的关系完全是赤裸裸的金钱买卖关系。

《王渔翁舍镜崇三宝 白水僧盗物丧双生》

见于《二刻拍案惊奇》第三十六卷。小说描写商人沈一开酒店，在神仙光临时，他求神仙多赐些金银，只想不劳而获，遭到神仙们的戏弄。

小说中的商人沈一贪财受到神仙的作弄，“话说宋时淳熙年间，临安府市民沈一以卖酒营生，家居官巷口，开着一个大酒坊。又见西湖上生意好，在钱塘门外丰楼买了一所库房，开着一个大酒店”。“日逐营营，算计利息，好不兴头。”一次神仙降临他的酒店，“沈一是个乖觉的人”，抓住这难得的机会，“一点贪心忍不住，向前跪拜道：‘小人一生辛苦经纪，赶趁些微末利钱，只勾度日。不道十二分天幸，得遇尊神，真是夙世前缘，有些遭际，愿求赐一场小富贵。’”“沈一叩头道：‘小人市井小辈，别不指望，只求多赐些金银便了。’”神仙“与他道：‘此一囊金银器皿。尽以赏汝。然须到家始看，此处不可泄露！’”兴高采烈的沈一赶忙回家打开一看，

“说也好笑，一件件拿出来看，多是自家柜里东西，只可惜被夜来那一顿锤踏，多弄得歪的歪，扁的扁，不成一件家伙了”。“只因一念贪痴，妄想非份之得，故受神道侮弄如此。可见世上不是自家东西，不要欺心贪他的。”小说表现了商品交换的繁荣给社会带来的负面影响，表现了商品交换催发的人性中的恶，表现了人性在商品大潮中的扭曲和变态。正是在对由商品交换催发的恶德恶行的鞭挞和制约中，中国传统文化表现出了自己的积极意义。

《叠居奇程客得助　三救厄海神显灵》

见于《二刻拍案惊奇》第三十七卷。小说本事出于明代蔡羽的《辽阳海神传》。小说描写商人程宰遭遇神女，在神女的指点下，准确地预测市场需求，贩药、贩缎、贩布，大获其利。

小说表现出在商品经济发达地区，社会重商的风气已经相当浓厚：“却是徽州风俗，以商贾为第一等生业，科第反在次着。”把经商作为首选的谋生手段，作为最好的衣食道路。将经商治生看作当务之急，是人们应该尽自己本分所从事的人生事业。在这里，作者对经商毫无讥诮贬抑之意。显然，这种对商人所操之业给予肯定的意识与过去的“书中自有黄金屋，书中自有颜如玉”的人生追求和价值取舍有很大的不同。人类社会之所以存在商品交换，是因为人类社会存在私有制和社会分工。随着社会生产力的发展，社会分工越来越细，社会中的人对别人的依赖越来越大，商品交换也就越来越不可缺少，越来越繁荣。随着社会商品交换的繁荣，商人在社会经济活动中的地位和作用显得越来越重要，越来越受到社会的理解和尊重，小说表现了在资本主义萌芽的冲击下社会价值观的这种深刻变化。

与传统文化倡导舍生取义、好义不同，商人们不否定义、德的价值，但没有沉溺在义、德这种单一的道德追求之中，而是认为好义之外，好财也是一个人正当合理的要求。要敢于发财，同时也要靠正当经营发财，商人程宰的生活表现了这样一种理想。小说中徽商程宰经商亏本，无颜回乡，只得寄居他乡帮人生理。一日神女降临，在他面前变出许多金银财宝，“程宰是个做商人的，见了偌多金银，怎不动火。心热口馋，支手舞脚，却待要取。美人将箸去馔碗内夹肉一块，掷程宰面上道：‘此肉粘得在你面上么?’程宰道：‘此是他肉，怎么粘得在吾面上?’美人指金银道：‘此亦是他物，岂可取为己有?若目前取了些，也无不可。只是非分之物，得了反要生祸。世人为取了不该得的东西，后来加倍丧去的，或连身子不保的，何止一人一事?我岂忍以此误你！你若要金银，你可自去经营，吾当指点路径，暗暗助你，这便使得。’”在神女的训导下，程宰放弃了不劳而获、把他物据为己有的非分之想，又在神女的指点下，准确地预测市场需求，贩药材、贩彩缎、贩布，“四五年间，展转弄了五七万两”。小说总结程宰成功的经验为：“人弃我堪取，奇赢自可居，虽然神暗助，不得浪贪图。”它宣扬的是一种对待财富比较合理的态度。因为如果在一个社会里，人们都不想发财，也不敢发财，这种观念势必妨碍人的才能的施展、创造性的发挥，不利于社会生产力的发展，因为这种观念束缚了人，实际上就是束缚了社会生产力的主要因素；如果社会成员都想发财、敢发财，但又不想靠自己的劳动、采取正当的手段来发财，而是只想把别人的肉割下来粘在自己脸上，把“他物”据为己有，这种对待财富的态度违背人类正义，滋生大量腐败丑恶现象，极大地挫伤社会成员的生产积极性和创造热情，同样会阻碍社会生产力的发展。明乎此，我们就会发现程宰这个商人形象所具有的历史进步性：他把汉儒董仲舒的训诫“正其谊不谋其利，明其道不计其功”改写成“正其谊而谋其利，明其道而计其功”。虽然只是一字之差，但他在要不要发财和如何发财这两个问题上所表现出现的原则精神在我们这个文明古国至今仍有其积极意义。

小说具体描写了一种新的人伦关系——雇佣关系，出现了作为资本所有者的商业老板和受雇于人、出卖劳动力的商业雇员。徽州商人程宰“是彼处渔村大姓，世代儒门，少时多曾习读诗书”。“那徽州有一般做大商贾的，在辽阳开着大铺子，程宰兄弟因是平日是惯做商的，熟于账目出入，盘算本利，这些本事，是商贾家最用得着的。他兄弟自无本钱，就有人出些束脩，请下了他专掌账目，徽州人称为二朝奉。”商业雇员与商业老板之间没有人身依附关系，而是一种雇佣关系，是一种新的人伦关系的萌芽。

小说借助神仙的力量表现了市场预测对商业经营的重要作用。商人程宰贩药材、贩彩缎、贩布，每次都是在卖主急于脱手、市场上无人敢接手的时候，用极低的价格买进来，没过多久，一场变故带来特殊的市场需求，程宰手上的“滞货”变成了“市场宠儿”，大获其利：

有贩药材到辽东的，诸药多卖尽，独有黄柏、大黄两味卖不出去，各剩下千来斤，此是贱物，所值不多。那卖药的见无人买，只思量丢下去了。美人对程宰道：“你可去买了他的，有大利钱在里头。”

谁知隔不多日，辽东疫疠盛作，二药各铺多卖缺了，一时价钱腾贵起来，程宰所有多得了好价，卖得罄尽，共卖了五百余两。

有个荆州商人贩彩缎到辽东的，途中遭雨湿麾黪，多发了斑点，一匹也没有颜色完好的。荆商日夜啼哭，惟恐卖不去，只要有捉手便可成交，价钱甚是将就。美人又对程宰道：“这个又该做了。”程宰罄将前日所得五百两银子，买了他五百匹，荆商大喜而去。程宰见了道：“我说你福薄，前日不意中得了些非分之财，今日就倒灶了。这些彩缎，全靠颜色，颜色好时，头二两一匹还有便宜；而今斑斑点点，那个要他？这五百两不撩在水里了？似此做生意，几时能勾挣得好日回家?”说罢大恸。众商伙中知得这事，也有惜他的，也有笑他的。

朝廷急调辽兵南讨，飞檄到来，急如星火。军中戎装旗帜之类，多要整齐，限在顷刻，这个边地上那里立地有这许多缎匹，一时间价钱腾贵起来。只买得有就是，好歹不论。程宰所买这些斑斑点点的尽多得了三倍的好价钱。这一番除了本钱五百两，分外足足撰了千金。

又有苏州商人贩布三万匹到辽阳。

剩下粗些的，还有六千多匹，忽然家信到来，母亲死了，急要奔丧回去。美人又对程宰道：“这件事又该做了。”

那苏商先卖去的，得利已多了。今止是余剩，况归心已急，只要一伙卖，便照原来价钱也罢。程宰遂把千金尽数买了他这六千多匹回来。明年辛巳三月，武宗皇帝驾崩，天下人多要戴着国丧。辽东远在塞外，地不产布，人人要件白衣，一时那讨得许多布来？一匹粗布，就卖得七八钱银子，程宰这六千匹，又卖了三四千两。

四五年间，展转弄了五七万两。

人弃我堪取，奇赢自可居。虽然神暗助，不得浪贪图。

程宰得海神指点，买卖顺手，数获暴利。尽管整个故事充满了传奇色彩，但事实上，这无非是商人希望掌握市场规律心情的写照，海神则是市场供求关系的人格化，海神指点的内容无非是掌握最新信息，预测市场需求，抓住时机，低价收购，然后在市场迫切需要的时刻以高价销出。三次买卖中的关键是对社会需求信息的掌握是否及时和准确。对于商人来说，时间就是金钱，掌握及时准确的商业信息就意味着胜券在握。

中国封建经济经过漫长而痛苦的孕育，到明代中后期，终于分娩出一种与封建母体判然有别但又仍有千丝万缕联系的“胚胎”，这就是中国资本主义萌芽。中国资本主义萌芽在旧的封建农业经济的土壤中，因此它一诞生就显得先天不足，柔弱异常。明代商人作为新旧生产关系交替时期的特殊阶层，他们的身份和地位显得特别微妙。随着商品意识在社会民众心中的强化，商人的社会地位得到前所未有的提高，人们衡量商人的价值多根据他们所创造的社会财富的多少。小说中的徽州百姓，把商人挣钱的多少与封建社会最看重的博取功名等同，这是明代之前不可能产生的价值评判。商品交换的繁荣使明末社会弥漫着重利重实惠的风气，削弱了人们对亲情友谊的重视：“徽人因是专重那做商的，所以凡是商人归家，外而宗族朋友，内而妻妾家属，只看你所得归来的利息多少为重轻。得利多的，尽皆爱敬趋奉；得利少的，尽皆轻薄鄙笑，犹如读书求名的中与不中归来的光景一般。程宰弟兄两人因是做折了本钱，怕归来受人笑话，羞惭惨沮，无面目见江东父老，不思量还乡去了。”

来自亲人们的亲情竟然会随着商人金钱的多少来变化，没有钱的商人似乎没有资格享受亲情。

“二拍”中还有一些小说在表现商人生活上有自己的特色。

《二刻拍案惊奇》第二十九卷《赠芝麻识破假形 撷草药巧谐真偶》反映晚明社会商人社会地位的上升，表现了人们对商贾生活的认同。明朝天顺甲申年间，浙江一个蒋姓客商，“专一在湖广、江西地方做生意”。“一日置货到汉阳马口地方，下在一个店家，姓马，叫得马月溪店。那个马月溪是本处马少卿家里的人，领着主人本钱开着这个歇客商的大店。”蒋姓客商在汉阳看中了官宦人家的女儿马小姐，但他为自己的商贾身份自卑，对自己的爱没有信心：“他是个仕宦人家，我是个商贾，又是外乡，虽是未许下丈夫，料不是我想得着的。”“小生原籍浙江，远隔异地，又是经商之人，不习儒业，只恐有玷门风。”马小姐为官作宦的父亲马少卿对追求自己女儿的商人说：“江浙名邦，原非异地。经商亦是善业，不是贱流。”平等地看待商人，突破了传统的贱商观念。

《初刻拍案惊奇》第十卷《韩秀才乘乱聘娇妻 吴太守怜才主姻簿》通过一桩婚事来表现读书人和他们的才与生意人和他们的财在当时人们心中的位置和分量。

小说中读书人的自我感觉是很好的：“我如今也好议亲事了。据我胸中的学问，就是富贵人家把女儿匹配，也不冤屈了他。”但在开典当铺的徽州金朝奉眼中，读书人才是有才，却缺少能够带来现实享乐的财。“那金朝奉是个大富之家，与妈妈程氏，见他礼不丰厚，虽然不甚喜欢，为是点绣女头里，只得收了，回盘甚是整齐。”金家后来出尔反尔，悔亲：“金氏夫妻见安平无事，不舍得把女儿嫁与穷儒”，“那个穷儒，我看他满脸饿文，一世也不能彀发迹”。“常言道：‘有钱使得鬼推磨。我们不少的是银子，拼得将来买上买下。再央一个乡官在太守处说了人情，既有银子使用，你也自然不到得吃亏的。’”小说表现了商人重利之风对社会观念的熏染。

《二刻拍案惊奇》第十六卷《迟取券毛烈赖原钱 失还魂牙僧索剩命》描写有些封建士子也被商业厚利所吸引，“下海”投入商业滚滚大潮之中，开始兼营商业。“宋淳熙年间，明州有个夏主簿，与富民林氏共出本钱，买扑官酒坊地店，做那沽拍生理。”由于明初严禁官吏经商，夏主簿的官吏身份使他不便于直接经营，但他家有闲置资本，所以就想出了与富民林氏合资经营的计策。小说详细描写了合伙经商的商人出资、经营和利润分配的情况：“夏家出得本钱多些，林家出得少些。却是经纪营运尽是林家家人主当。夏家只管在里头照本算账，分些干利钱。”

《初刻拍案惊奇》第十五卷《卫朝奉狠心盘贵产　陈秀才巧计赚原房》中的徽商卫朝奉放贷三百两，三年本利滚成六百两。他逼勒债户以一所庄房准折了六百两，当债户要求赎回庄房时，他竟要价一千两。

《初刻拍案惊奇》第四卷《程元玉店肆代偿钱　十一娘云岗纵谭侠》真实地反映了商人外出经商所要承担的风险。徽商程元玉专走川、陕，远途贩货，有一天在饭店见一妇人因忘带钱被店家留难，出于义愤，就代她付清了饭钱。不想自己当天遭到一伙强盗的抢劫，幸得那妇人遣徒救命，又追还行李马匹。商人利虽多而险亦多，最可怕的就是路遇强盗，人货俱没。表现商人经商求利的艰难，使更多的人理解和支持商人，正是小说的可贵之处。

《二刻拍案惊奇》第三十九卷《神偷寄兴一枝梅　侠盗惯行三昧戏》描写在苏州一织纺人家“客人将银子定下绸罗若干”。对资本雄厚的商人订货的描写在中国古代商贾小说中是难得一见的。

“三言”和“二拍”中的商贾小说代表了中国古代白话短篇商贾小说的最高成就。在反映商贾生活上，“三言”和“二拍”各具特色。“三言”是宋元旧本、明代拟话本的合集，成书较“二拍”早，主要反映宋元及明初商业的发展情况。它所写到的商人大多是小商小贩，而且很少把经商活动作为小说描写的主要内容。“二拍”成书于晚明天启年间，几乎全是凌濛初自己的改编和创作，他所写的商人大多是富商巨贾，而且大量描写商人经商致富的过程，甚至写到大规模海上贸易。“三言”侧重于表现商人的自身修养素质、商业道德、商业信誉，描写小商贩通过勤劳节俭、精打细算、日积月累而致富。他们经商的秘诀便是讲商业道德，有良好的商业信誉。经商时以诚实为本、信义为先，营造良好的经营环境。良好的商业道德、商业信誉使他们拥有众多的顾客，招揽更多的生意，赚取更多的利润。他所写的商人勤劳肯干，极具敬业精神。他们“薄利生财”，不以利小而不为。“二拍”中的商贾小说则侧重于表现富商巨贾们的经商策略、经商技巧。他们具有雄厚的经济实力，雇佣大量佣工奴仆，经营规模可观。

“三言”“二拍”对商人的描写表现了浓厚的市民意识，表现了商人蓬勃向上、开拓进取的精神，出现了大量正面的商人形象，中国古代商人在中国古代小说中的历史地位得以确立。

第五节　明末其他白话商贾小说

白话短篇小说的空前繁荣，是明末小说的重要特点。在明末出现的话本小说热潮中，“三言”“二拍”之外，天然痴叟的《石点头》、西湖渔隐的《欢喜冤家》、梦觉道人、西湖浪子的《幻影》等话本小说集中有出色的白话商贾小说。西子湖伏雌教主的白话长篇小说《醋葫芦》也是中国古代小说中为数不多的以商贾生活为题材的白话长篇小说之一。

《石点头》

题天然痴叟撰，作者的真实姓名和生平均不详。全书共分十四卷，分述十四个独立的小故事。小说旨在教化人心，所以取“生公说法，顽石点头”的传说作为书名。

《瞿凤奴情愆死盖》

小说描写富商瞿滨吾病故，孀妻方氏与米商孙谨私通，又将女儿凤奴私下嫁给孙谨，被族人告发，后来凤奴与孙谨都为情而死。

小说表现了当时市镇商业的繁荣：“话说嘉兴府，去城三十里外，有个村镇，唤做王江泾。这地方北通苏、松、常、镇，南通杭、绍、金、衢、宁、台、温、处，西南即福建、两广。南北往来，无有不从此经过。近镇村坊，都种桑养蚕织绸为业。四方商贾，俱至此收货。所以镇上做买做卖的挨挤不开，十分热闹。”从中可见，商业市镇形成的原因一是交通方便；二是当地出产有特色、有规模。

小说的主人公生活在这个商品交换十分繁荣的小镇。“镇南小港去处，有一个姓瞿号滨吾，原在丝绸机户中经纪，做起千金家事。一向贩绸走汴梁生理，不期得病身殂，遗下结发妻子方氏，年近三十四五。一个女儿，小名凤奴，才只十二岁。”商人妇方氏的人生观、价值观与传统中国人不同，表现出轻理纵欲的特点。她认为：“人生一世、草生一秋，若不图些实在的快活，可不枉投了这个人身。”为了拴住自己年轻情人的孙三官，她不惜搭上自己十几岁的女儿。她对自己的女儿说：“我欲从长算计，孙三官今才二十三岁，只长得你八年，不若你与他成了夫妇，我只当做个老丫头，情愿以大作小，服事你终身。”“如今只好混帐，那里辨得甚么爷，论得甚么娘。”她的人生观、价值观在那些纵欲的商人中有一定的代表性。

商人孙三郎“家住市中，专于贩卖米谷为业，家赀巨万”。他先是放纵自己的色欲，“孙三郎自见方氏之后，魂梦颠倒，连米行生意都不经心”。“孙三眷恋新婚，一个月不在家中宿歇。便是日间，也间或归去走遭，把店中生意，尽都废了”；后来钟情，当他听说瞿凤奴被族人强迫嫁给他人、宁死不从时，他被瞿凤奴对自己的一片真情打动了：“孙三郎听了，叹口气道：‘罢，罢！凤姐如此厚情，何惜一死报之。’”“我孙三不过是市井俗子，何德何能，乃蒙如此爱重，肯为我坚守节操，教我何以为报。”“何意孙三走到厨房，取过尖刀，将这子孙桩谷蚌槌一刀割坏。”“惟要你母子知我此情，非薄幸男子足矣。”他的生活有一个从纵欲向钟情重理回归的变化过程，最后不惜以身殉情。他是一个为情而死的商人，打破了“商人重利轻别离”的传统偏见。

《贪婪汉六院卖风流》

小说描写贪官吾爱陶“监税提举”，欺压敲诈商人，汪姓富商奋起反抗。

小说对中国传统社会中官商关系有充分的表现。吾爱陶“监税提举”，利用权势欺压商民，“做买卖的，那一个不叫苦连天”。“却说有个徽州姓汪的富商，在苏杭收买了几千金绫罗绸缎，前往川中去发卖。来到荆州，如例纳税。那班民壮，见货物盛多，要汪商发单银十两。从来做客的，一个钱也要算计，只有钞税，是朝廷设立，没奈何忍痛输纳。听说要甚发单银十两，分明是要他性命，如何肯出。说道：‘莫说我做客老了，便是近日从北新浒墅各税司经过，也从无此例。’”贪官污吏勒索受阻，恼羞成怒，殴打商人，“汪商是大本钱的富翁，从不曾受这般羞辱，一时怒起，也骂道：‘砍头的奴才！我正项税银已完，如何又勒住照单，索诈钱财，反又打人？有这样没天理的事，罢罢，我拼这几两本钱，与你做一场。’”商人的反抗招来贪官污吏更恶毒的迫害：“须臾之间，货物尽都抬到堂上，逐一验看，不道果然少报了两箱。”“‘漏税，例该一半入官，教左右取出剪子来分取。’从来入官货物，每十件官取五件，这叫做一半入官。吾爱陶新例，不论绫罗绸缎布匹绒褐，每匹平分，半匹入官，半匹归商。可惜几千金货物，尽都剪破，虽然织锦回文，也只当做半片残霞。”商人为了自己的尊严和利益，奋起反抗贪官污吏的欺压。这是中国传统社会中官商关系中比较少见的类型。但是商人本身的力量有限，汪商的反抗几乎可以说是自虐性的，“汪商扶痛而出，始初恨，后来付之一笑，叹口气道：‘罢罢，天成天败，时也，运也，命也，数也！’遂将此一半残缎破绸，堆在衙门前，买几担稻草，周回围住，放了一把火，烧得烟尘飞起，火焰冲天”。吾爱陶在汪商的反抗中所受的损失是有限的。汪商也知道要报仇，自己仅有钱还不够，还要掌握政治权力，因此他“为受了这场荼毒，遂誓不为商，竟到京师纳个上舍，也要弄个官职，到关西地面，寻吾爱陶报雪这口怨气”，但“因逢不着机会，未能到手，仍又出京”。

小说围绕“官商关系”这个中国传统社会十分敏感的话题，表现在“官本位”的中国传统社会里，官尊商卑，官吏以权势欺凌、掠夺商人，商人一般是逆来顺受的，他们的反抗是无力的，一般来说似乎无法凭借其经济优势来反抗官权，往往仍要借助官权来反抗官权。

《欢喜冤家》

题“西湖渔隐”撰，作者的真实姓名和生平均不可考。正集十二回，续集十二回，二十四回演二十四个各自独立的故事。小说内容多描述男女之间的私情，所以取名为《欢喜冤家》。

《李月仙割爱救亲夫》

小说描写商人王文甫续娶新寡美妇李月仙，好友章必英与李月仙有奸，害得王文甫差点冤死狱中，幸得李月仙收心割爱，救下亲夫性命。

二十五岁的书生王文甫出身于商人家庭，“他祖宗三代，俱是川广中贩卖药材，挣了一个小小家园”。他读书没有读出什么名堂，“不免弃了文章事业，习了祖上生涯。不得其名，也得其利”。弃儒为商。有一年年成不好，“外边米价，平空每石贵了三钱。那些做小生意穷人，莫不攒眉蹙额”。为了抵御天灾，王文甫出门经商：“我祖父在日，专到川广贩卖药材，以致家道殷实。今经六载，坐食箱空，大为不便。我意见欲暂别贤妻，以图生计。”王文甫的生活道路和人生选择在中国古代社会有一定的代表性。

小说中的商人章必英和商人妇李月仙的活法有一个突出特点：轻理纵欲，“落得快活，管什么名节”。章必英放纵色欲，勾引商人王文甫的妻子李月仙，不惜伤天害理，结果既害了他人，最终也害了自己，命因欲亡。商人王文甫的妻子李月仙放纵色欲，不守妇道，为此自己付出了不少代价，也连累丈夫吃尽了苦头，最后“割爱救亲夫”，由纵欲向尊理回归。

小说通过王文甫这个商人家庭的悲欢离合，表现出明显的惩戒特色：人欲一旦放纵就会成为人祸，对社会秩序、伦理道德具有极大的破坏性，“欲”不可纵，而要受“理”的制约，理和欲结合起来才是人性的全部，理欲并重，人才会成为对社会和个人都有益的人。

小说中恶人横行、官府不明，弱小的商人成了任人宰割的羔羊。官府错放章必英，错捕王文甫，没有起到主持正义和公道的作用。

《陈之美巧计骗多娇》

小说描写巨富陈之美看上邻居商人潘璘之妻犹氏，出资骗潘合伙做生意，将潘害死，娶了犹氏。十多年后，犹氏得知真情，到官府将后夫告发，以慰前夫在天之灵。

商人重欲重财的特点是众所周知的。不幸的是商人的这个特点常常被人利用来达到谋害商人的目的，一些商人因为过于看重金钱利益，被一点小恩小惠遮蔽了双眼，看不清利后面所隐藏的害，常常占小便宜而吃大亏。

潘家靠小本生意维持生计，“对河邻舍潘玉，年六十岁，妻张氏，小他一年。生子潘璘，年二十五岁。娶媳犹氏，一貌如花”。“一家门六口，家贫实难度日。犹氏日夜绩麻，相帮丈夫过活。这潘璘虽是贫穷，人却伶俐。往去邻家，借得五两银子，他在门首卖些杂货。”一家人靠做小生意过着贫穷、平安的日子。

潘家的对河邻舍陈彩是一个巨万富家。他凭借自己的经济实力，觊觎潘家媳妇犹氏的美色：“我闻潘家极贫，若要谋他，必须利结他心”。他的“巧计”其实是很简单的。他故意到潘家小店里买东西，照顾潘家的生意。潘璘作为一个小商人，求利的欲望是很强烈的，陈之美投其所好，以利相诱，进而出资邀潘璘出外合伙做生意，寻机致潘璘于死地。

作为商人妇，犹氏在利益面前没有失态，保持着中华传统美德。她身上的正义感、是非观与钱财无关，不受贫富贵贱左右。陈彩弄死潘璘后，设法把犹氏娶回家来，共同生活了一十八年。但是犹氏一个偶然间得知前夫是被后夫害死的真相后，不恋陈家的安乐生活，要为前夫报仇：“陈彩谋我丈夫性命，娶我为妾，方才写出亲笔情由，潘家儿子快来！”“此乃杀父之仇，不共戴天。随我往州内告来。”“我在你父家，一十八年。恩非不深，只不知他机谋太狠，今已泄出前情，则尔父是我仇人，义当绝矣。”“登时即请陈彩亲族将家业并首饰衣服，一一交付明白，空身回到潘家。仍旧绩麻，甘处淡薄，人皆服其高义。后潘璘二子尽心生理，时运一来，亦发万金。”她是一个重义轻欲的商人妇，富贵享受难以改变她的正义之心。

《乘二官骗落美人局》

小说描写开店的商人王之臣续娶年轻貌美的方二姑为妻，又以妻为饵，诱有钱的张二官出资合伙开店。不料方二姑看上张二官，假戏真做，与张二官生下一子，来了个一妻二夫。

明朝天启辛酉年间，杭州府余杭县的小商人王小山经商开店，但本钱有限，生意做得颇为艰难：“原开着香烛纸马、油鲞杂货一个小店儿，去了这块银子，乏本添生，以致店中有张没李，看看不像起来了。”为了筹措资本，王小山打起了歪主意，利用妻子方二姑的美色去与左边邻居、“为人极风流有钞”的张二官拉关系，“他是个风流人物，自然动心。得他日遂来调着你。待我与他说上，或借十两半斤，待挣起了家事，还他便了”。谁知王小山的妻子方二姑假戏真做，与张二官暗度陈仓，来了个一妻二夫。王小山和张二官的合伙生意始于王小山的以色诱财，终于王小山的财色双失。“只说王小山初然把妻儿下了一个美人局，指望骗他这三百两本钱，谁知连个妻子都送与他，端然为他空辛苦这一番。”由此可见，财色游戏玩起来还是相当危险的。

传统中国人重义轻利，沉溺在义、德这种单一的道德追求之中。从传统中走了出来的中国商人认为好义之外，好财也是一个人正当合理的要求，这无疑是一个历史的进步，但是我们不能矫枉过正，又沉溺到利、财这种单一的物欲追求之中。对于发财欲望强烈的中国商人来说，方二姑的观点“劝你还是务本做生意，趁的银子长久。若这般骗局，恐人不容，还有天理”。有十分明显的现实意义。

小说中商人们的生活表现出了文化观念上的新意。分得清事情的大小轻重，为办大事舍得吃小亏。王小山找张二官筹钱合伙，却不肯筹钱办合伙酒饭。张二官的妻子方二姑吩咐丈夫：“若如此做事，被他看出马脚来了。我有两件衣服在此，速上解当买办起来，宁可丰富些，这是小事。”方二姑的见识和气魄对农民意识浓重的传统中国人来说显得尤为可贵。崇实的文化心理使得许多传统的中国人目光短浅，宁可日后吃大亏，也要占眼前这点小便宜，或者宁可日后失去大利，也不肯吃眼前一点小亏，分不清事情的大小、轻重，办大事舍不得吃小亏，缺少先予后取办大事的气魄。

小说中商人们的经商艺术是相当丰富的。做生意要始终瞄准消费者的需求：“这开店面，须得几百两银子放在里边，不论南北杂货，一应人家用得着的，都放些在里面，便兴起来了”；互谅互让，同心合力，一切以合作大事为重：“自古伙计如夫妻，要和气为主，不可因小事便变脸了”；做生意要善于寻找市场空当：“此间通着临安、于潜、昌化、新城、富阳，缺少一个南货店。如今这几县人家要用，直到杭州官巷口郭果家里去买。此间开店，着实有生意的”；认真、细致是生意成功的保障：“大家看一遍，各各着了花押，把银子一封一封的看过”，“今朝做一个东道，原请了两个中人，来得明，去得明”；做生意要在消费者中间有好人缘：“二官到家，流水的把店面开张起来，倒又齐整。那主顾见了二官，一齐走来做起生意，其门如市。那小山坐在门首。鬼又没得上门。”同样的生意，不同的人有不同的做法，也有不同的效果。

《幻影》

本书的作者，在各回正文前均题“明梦觉道人、西湖浪子辑”，作者的真实姓名和生平不详。小说现存二十七回，每回为一篇独立的短篇小说，内容演述的都是明代故事。

《设计去姑易　买舟送妇难》

小说描写开辣酒店的周于伦娶南货店钱望濠之女掌珠为妻。掌珠嫌恶婆母，乘丈夫外出贩货之机，将婆母骗嫁。周于伦后来知道真相，设计以妻子换回母亲。

小说表现了在中国传统社会里比较常见的家庭商业经营模式。周家一家三口，从祖上继承了一个大酒坊。婆婆和媳妇在家经营酒坊生意，儿子主持酒坊经营的“大政方针”，抽空又到“外边营运”，做生意是内外结合，行商和坐贾结合，以追求效益最大化。周家做生意有自己的特色，一是善选店址：“他积祖在阊门外桥边开一个大酒坊，做造上京三白、状元红、莲花白、各色酒浆。桥是苏州第一洪，上京船只必由之路，生意且是兴。”店址的选择直接关系到店铺生意的好坏。二是适时发展自己的生意，拓宽生意范围，多元化经营：“我与媳妇守着这酒店，你在外边营运，两边阐，可望家道殷实。”三是根据商品的特点选准目标顾客：周于伦“买了当中衣服”，不在城中出售，而要“在各村镇货卖”。四是选准目标顾客后，还要进一步分析、研究目标顾客的爱好和需求：“乡间最喜的大红、大绿”。五是根据目标顾客的爱好和需求来改造自己的商品：“如今把浅色的染木红、官绿，染来就是簇新，就得价钱。”六是主动接近目标顾客，不辞辛劳：“况且我又拿了去闯村坊，这些村姑见了无不欢天喜地，拿住不放，死命要爹娘或是老公添，怕不趁钱?”七是在目标顾客中寻找最有潜力的买主：“若是女人自买，越发好了。”八是做生意要掌握好松紧“度”：“但是掌珠终是不老辣，有那臭吝的，缠不过，也便让他两厘，也便与他搭用一二文低钱，或是低银。有那脸涎的，擂不过，也便添(他)些。”“那不长进的，银子不肯添，酒苦要添。若毕竟刀刀见底，人须不来。”“谁料这妇人道盛氏怪他做生意手松，他这翻故意做一个死。一注生意，添银的决要添；饶酒的决不肯饶；要卖不卖的，十主倒九不成。盛氏在里边见，怕打走了主顾，道：‘便将就些吧!’”“这生意死煞不得，太滥泛也不得；死煞人不来，滥泛要折本。”小说表现了商人们对顾客心理和生意规律的透彻认识和准确把握。

《冰心还独抱　恶计枉教施》

小说描写开店的朱寡妇与住店客商汪洋有奸情，儿子因此羞愤而亡。汪洋又与朱寡妇合谋，欲娶朱之寡媳唐贵梅为填房，朱寡妇逼死儿媳，最后落得家破财尽人亡。

朱家婆婆中年丧夫，开一个客店，守寡把儿子养大，娶媳唐贵梅。朱家婆婆耐不住寂寞，与商人汪洋勾搭成奸。朱家儿子因此气病而亡。汪洋“家事最厚，常经商贵池地方，积年在朱家歇”，他得陇望蜀，想勾引寡居的唐贵梅。朱家婆婆为了拴住汪洋，帮助汪洋逼迫唐贵梅就范。唐贵梅"原是个儒家女子，父亲是个老叫书，一向在外处个乡馆，自小儿叫他读些甚《孝经》，看些《烈女传》"，宁死不从。

朱家母子、婆媳之间的矛盾是尊理和纵欲两种生活态度的冲突，代表不同的价值观、人生观。这种理欲之间的冲突在商人生活中有着很广泛的代表性。汪姓商人生性好色，又善于凭借自己的优势——钱多去茹色，从中可见财和色在某些好色商人生活中的联系。

《夫妻还假合　朋友却真缘》

小说描写商人李良雨外出经商，因嫖妓得了性病，烂去阳物，被阎王改作女身。

李良雨夫妻对农商的认识，在中国古代社会有一定的代表性。李良雨对兄弟说："我与你终日弄这些泥块头，纳粮当差，怕水、怕旱，也不得财主。我的意思，不若你在家中耕种，我向附近做些生意，倘撰得些，可与你完亲。"认为农苦商乐，农贫商富，主张农商并重。

妻子韩氏则对丈夫李良雨说："田庄虽没甚大长养，却是忙了三季，也有一季快活，夫妻、兄弟聚做一块儿。那做客餐风宿水、孤孤单单，谁来照顾你？还只在家！"认为农虽贫却平安踏实，商虽富却辛苦有风险。主张重农轻商。

《院里花空忆　湖头计更奸》

小说描写吴姓盐商为人悭吝，又极好色，在客地他乡觊觎张二官妻子王二娘的美色，被光棍趁机骗去七十两银子。

如何对待"人欲"是中国文化关注的焦点。商人经商求利，他们的生活以"重欲"为特色。"人生而有欲"，人欲有其合理性，但人欲一旦逾矩、无度量分界、就会"乱"，就会既破坏社会秩序，又给纵欲者本人带来祸患，给人以可乘之机。

小说的主人公盐商吴尔辉生活在商品买卖繁荣的杭州，"话说浙江杭州府，宋时名为临安府，是个帝王之都，南柴、北米、东菜、西鱼，人烟极是凑集，做了个富庶之地，却也是狡狯之场。东首一带，自钱塘江直通大海，沙滩之上灶户各有分地，煎沙成盐，卖与盐商，分行各地”。吴尔辉“因做盐，寓居杭城箭桥大街，年纪三十二三，家中颇有数千家事”。他“饱暖思淫欲”，妄想勾引良家妇女张二娘，结果被一个光棍趁机捉弄了一番。“人一为色欲所迷，便不暇致详，便为人愚弄。若使吴君无意于妇人，棍徒虽巧，亦安能诓骗得他?”真可谓“世上无如人欲险，几人到此误平生!”

《醋葫芦》

题“西子湖伏雌教主”编，作者真实姓名不可考。刊行于崇祯年间，四卷二十回。

小说描写一个商人家庭的夫妻矛盾。小说的主人公成珪出身微贱，是一个小本经营的商人，“幼年孤苦，无倚无依，辛勤积趱，做些经纪生理”。他娶绸绢铺员外都直之女为妻，“到了二旬之外，娶下一个妻子，就是左近那都绢的女儿”。都直“做人朴实，颇有财势，因开绸绢铺子，人人唤做都绢”。妻子作为富商之女，在丈夫面前，有一种建立在金钱基础上的优越感。“都氏从来娇养，况且成珪出身浅薄，家业皆得内助，惧内二字，自不必说了。”成珪与朋友周智合管绢铺，这两家的合伙生意做得很有章法，很有人情味:“做亲后不多几年，夫唱妇随，做了千数家业。不期都老员外过世，舅舅都丽又小，绢铺没人管理，却是成珪寻了后街绸绢行中一个旧友，仍旧开张缎铺。这友人姓周名智，表字君达，年纪与成珪仿佛，不相上下。做人性格温和，公平交易，店面上一发来得，真个是不由科甲的状元、不做文章的秀士。兼之出入银两，半毫不苟，开得十多个年头，颇颇有了利息。”两家的合伙生意很成功，很愉快，分手也很友好:“成珪道:‘说哪里话!本钱虽是我多，辛力却是你多，和你除原本外，均分余利就是。’当日就盘算了账目、点起货物，共有万金。两下各自分了明白。周智便移至大街，仍旧开张缎铺。成珪却懒于琐碎，因家下有两个得力主管，竟移至后巷开了一所解库。”

小说主要描写成家这个商人家庭的夫妻关系。都氏没有生育能力，成珪因此很着急："我有偌大家私，年近六旬，并没有一个承宗接祀的儿子，这事怎不叫人着急！"都氏对丈夫特别不信任，看管得特别紧。她怀疑丈夫成珪对家中的两个丑婢有意，竟然将二婢发卖，打发走了。后来多年的生意合作伙伴周智出面，劝都氏允许成珪纳妾。都氏竟用高价买来一个阴阳女为丈夫作妾，成珪大为不满，便与随嫁婢翠苔私通。都氏发觉后，罚成珪跪至四更，鞭打翠苔到死，令家人成茂弃尸江中。成茂不忍，改为掘坑埋葬，不料翠苔乃假死，成茂将其救到周智家中。成珪与翠苔在周家成婚并生一子。都氏逼成珪立内侄都飙为子，改名成飙。成飙狂嫖滥赌，挥霍家产殆尽。成飙的丑行败露被责，却殴打双亲而逃，至扬州后转至嘉兴，用钱捐了生员。成飙还乡，故意在成舍前大吹大擂，将成珪夫妇置之不顾。都氏因见翠苔"显灵"，从此卧病不起，终日见鬼。原来都氏乃天界昴日星君之妻，因犯嫉妒之罪，投胎至都家。冥王令无常勾取都氏，一路拷打，备受折磨，后抽去脊上妒筋，转回阳世，从此妒心全无。她这时探知翠苔不但没有死，而且还为成珪生了一个儿子，大喜过望，迎回翠苔，认翠苔之子梦熊为子。后梦熊中进士，都飙受到惩罚。

小说表现在商品买卖繁荣的明代，商人家庭的夫妻关系已经完全受金钱力量的左右，在成家的夫妻关系中已经很难看到"夫为妻纲"的影子。

第六节　明代公案小说中的商贾小说

明代末年出现了一批公案小说。这些公案小说也在表现商贾生活上形成了自己的特点。商贾的生活与一个"利"字似乎有天然的联系，他们为"利"而生，为"利"而活，也为"利"而争。

《包龙图判百家公案》

题"钱塘散人安遇时编集"，万历年间刊行，是现知最早的公案小说专集。

《判李中立谋夫占妻》

小说描写商人金本荣携重金和美妻到洛阳经商，为避灾投奔生意上的朋友李中立，在金钱和美色面前，商人李中立顾不得什么朋友情谊，谋夫占妻，伤天害理。

朋友关系在人伦关系中占有相当大的比重，因此中国传统文化十分重视朋友关系，“与朋友交而不信乎”，讲究朋友相交，信义为先，互帮互助。商贾经营，四海为家，在家靠父母，出门靠朋友，因此商人比其他社会群体更注意结交朋友。但对财色的贪婪使李中立恩将仇报，谋夫占妻，顾不上什么朋友的恩情友谊，表现了欲对理的背叛。

《孙宽谋杀董顺妇》

小说描写商人董顺之妻杨氏颇有姿色，趁丈夫出外经商之机，与船艄孙宽勾搭成奸，合谋携金私奔，却不料自己最后命丧孙宽之手。

中国人对农商的态度是一个值得重视的话题。为了巩固封建统治，中国历代统治者几乎都实行“重农抑商”的经济政策，同时中国“重义轻利”的文化传统也一直鄙薄以经商求利为职业的商人，但是“为农之苦，何如为商之乐”，农商的苦乐不均成为一种现实力量，影响着许许多多像董家父子这样的百姓弃农从商。这也许是中国的“商”在历代统治者“轻”“抑”之下仍有顽强生命力的一个重要原因。

《断江侩而释鲍仆》

小说中鲍顺和江玉同为“盐侩”，“皆惯通客商，延接往来之家”。同行生意，竞争是不可避免的。市场上的竞争有自己的规律，两人人品不同，“鲍顺敦实”“江玉多诈”，人品在某种程度上决定了他们做生意的品位风格，决定了他们生意竞争的胜负。“敦实”的“鲍侩得盐商抬举，置成大家”，而“多诈”的“江侩虽亦通盐商，本利折耗，做不成家”。江玉“因见鲍侩富贵，思量要图他的金银”，心理失衡，生意上的竞争演变成谋财害命的恶行。这样的竞争对生意、对社会发展都是有害的。

《证儿童捉谋人贼》

商人朋友之间的友谊常常要受到金钱的考验。许二自以为与韩定“相交甚厚”，想找“家道富实”的韩定借钱做生意，韩定回绝，两个朋友因此反目成仇，许二和兄弟许三为了报复，竟然杀害了韩定的养子。

在金钱面前，这种商人的友谊似乎太脆弱了。商人如果这么贪世俗之利，就不可能真正重朋友之谊。

如何处理世俗之利与朋友之谊这两者之间的关系是摆在所有商人面前的一道难题。

《新民公案》

全称《郭青螺六省听讼录新民公案》，四卷，题“建州震晦杨百明发刊”，不题撰人。

《断客人失银》

小说描写小商人范达以磨豆腐为生，一日拾银一包，母嘱其归还失主。失主是出外经商的商人汪元。汪元始则信誓旦旦，愿与拾主均分，等到失银到手，他就翻脸不认人了。

商人汪元为人处世把钱财看得太重，他不仅“得财而忘恩”，甚至恩将仇报，诬告还银的恩人范达抢了他的银子，使得范达吃了不少苦头。

郭爷作为官府的代表，在处理商人之间的经济纠纷时，惩恶扬善，可以说是规矩商人的保护神。

《吴旺磊算打死人命》

小说描写吴旺高利放债，商人罗子仁托中人为保，借吴旺银九两一钱，营运得利颇丰，吴旺眼红，恃势敛财，弄出人命官司。

商人吴旺的生活与一个“财”字联系得很紧。他贪财，“违禁取利，法外科骗”，不惜害人性命，同时恃财胡作非为，用四十两银子，买嘱四邻来作伪证。他自己贪求金钱，同时也迷信金钱的力量。

郭爷作为官府的代表，利用手中的政治权力为弱小的商人申冤雪恨，主持正义。这种官商关系在中国古代社会有一定的代表性。

《磊骗书客伤人》

腾宠放债“取利甚重”，怕人不服，所以“专一与府、县官员来往”，借助官威官势“恃强逼取息钱。”“内中有不听算者，即呼奴仆狠打不休，重则送官惩治。”在这里，官权成了不法商人谋取不正当利益的工具。

有官权作后台的商人不仅“恃强”欺负弱小无助的商人，并且“广将酒食、金银，买嘱衙门、人役”，“五拘不至”，妄图凭借自己的经济优势对抗公正执法的官府。

正直的官员秉公执法，惩恶扬善，保护弱小无助的商人，是正常经济秩序的维护者。

《海刚峰先生居官公案传》

书首有万历丙午李春芳序，现存最早刊本为万历三十四年(1606)金陵万卷楼刻本。序中指明作者为虚舟生，其真实姓名和生平不详。

《通奸谋杀亲夫》

商人蒋义，因妻子与人通奸，谋害于他，差点性命不保。面对邪恶势力，“无可投奔”的蒋义寻求官府的保护，得以报仇雪恨。

在弱小无助的商人眼里，正直的官府是自己强大的“靠山”。

《判误妻强奸》

小说描写商人宋尚德出外经商，怀疑独守空房的妻子耐不住寂寞，他的多疑葬送了妻子性命。

在商人宋尚德眼里，唯有自己是最重要的，为了“测试”自己作为丈夫的名誉会不会受损，不惜让妻子付出生命的代价。别人（包括亲人）的生命在这些以自我为中心的商人眼里是不值钱的。

《杜骗新书》

全称《江湖历览杜骗新书》，题“浙江夔衷张应俞著”，今存有明万历年间存仁堂陈怀轩刊本。《杜骗新书》是文白相间的短篇小说集，所述案情全为欺骗类，其中不少篇章是以商贾生活为题材的。

《假马脱缎》

一个骗子借贩马商人陈庆的马骗绸缎铺家的绸缎。骗子之所以能够借上商人陈庆的马，是因为他以利动人心，许诺买陈庆的马，使陈庆觉得有利可图，不知不觉中充当了骗子骗铺家的工具。“棍曰：‘我买，但要归家作契对银。’”“行至半途，棍见一缎铺，即下马，放伞于酒坊边，嘱庆曰：‘代看住，待我买缎几匹，少顷与你同归。’庆忖：‘此人想是富翁，马谅买得成矣。’”

骗子之所以能够骗走绸缎铺的绸缎，同样是因为他以利动人心，许诺买绸缎铺家绸缎，使铺家觉得有利可图，允许他以马与伙为质，不付钱就拿走绸缎。“棍曰：‘我有马与伙在，更何虑乎。’将缎拿过手出门便逃去。缎客见马与伙尚在，心中安然。”

商贾中人往往见利动心，骗子投其所好，往往以利动人心，欺诈行为之所以得逞，往往是因为被骗者“利令智昏”。

《先寄银而后拐逃》

小说描写商人苏广在福建贩布，一个骗子诈称乡亲，寄银于苏广箱中，伺机盗走。苏广密以砖头换银，骗子中计，偷鸡不成反蚀把米。

俗话说“害人之心不可有，防人之心不可无”，对商人来说尤其如此，因为商人做生意每天都在金银堆中打滚，而金银有一个特点，这就是它特别容易引起盗心。通州商人苏广“同一子贩松江梭布，往福建卖。布银入手，回至半途，遇一人姓纪名胜，自称同府异县，乡语相同，亦在福建卖布而归。胜乃雏家，途中认广为亲乡里，见广财本更多，乃以己银贰拾余两寄藏于广箱内”。“后至日久，胜见利而生奸。一夜佯称泻病，连起开门，出去数次。”如果你不多长几个心眼，那么等待你的很可能就是坑人的陷井。俗话说：“恶狗服粗棍”，像纪胜这样“见利而生奸”的无赖在苏广这样的“老客”面前就只好搬起石头砸自己的脚了。“不知广乃老客也，见其开门往返，疑彼有诈谋，且其来历不明，彼虽有银贰拾余两寄我箱内，今夜似有歹意。乘其出，即潜起来，将己银与胜银，并实落衣物，另藏别包袱，置在己身边，仍以旧衣被，包数片砖石，放在原箱内，佯作熟睡。胜察广父子都睡去，将广银箱夤夜挑走。”“次日广起，故惊讶胜窃他银本，将店主扭打，说他通同，将我银偷去。”纪胜发现自己偷的银箱中没有银子，只有旧衣包的砖石，“复回原店，却被店主扭打一场，大骂曰：‘这贼，你偷人银，致我被累。’将绳系颈，欲要送官”。盗贼偷鸡不成，反蚀把米。

《垒算友财倾其家》

中国商贾小说对同行商人生意竞争的描写是很有特色的。“金从宇、洪起予，俱是应天府人，相隔一千余店，皆开大京铺，各有资本千余金。”在同一个地方做同样的生意，竞争是自然的，也是有益的。但金、洪两人的竞争不在生意场上。金从宇“狡猾奸险”，打起了歪主意，“从宇思曰：‘人言慈不掌兵，义不掌财。我观起予慈善好义，诚直无智，何彼铺卖买与我相并也？当以智术笼络之。’以故伪相交密，时节以物相馈送，有庆贺礼，皆相请召”。“从宇曰：‘此人好酒，须以酒误之。’乃时时饮月福，打平和，邀庆纲，招饮殆无虚日。”“起予果中其奸，日在醉乡不事买卖。从宇虽日伴起予游饮，彼有弟济宇在店，凡事皆能代理。起予一向闲游，店中虚无人守，有客来店者寻之不在，多往济宇铺买。由是金铺日盛，洪铺日替。起予渐穷于用，从宇随取随与之。”采用不正当的手段来搞垮对方，这样的竞争自然也就无益于商业的发展、社会的进步。

《狡牙脱纸以女偿》

小说描写施守训到苏州贩纸，牙行用施的八百纸金还自己的旧债，被施发现，牙行主人以女抵债。

小说的主人公施守训到苏州贩纸，“施守训，福建大安人，家赀殷富，常造纸卖客。一日自装千余篓，价值八百余两，往苏州卖，寓牙人翁滨二店”。接待施守训的牙人翁滨二是一个不讲诚信的商人。他暗中用施守训的货物去抵偿自己的旧债：“滨乃宿牙，叠积前客债甚多，见施雏商将其纸尽还前客，误施坐候半年。家中又发纸五百余篓到苏州，滨代现卖付银讫，托言系取旧账者，复候半年。”这些猫腻被施守训发现之后，翁滨二竟然把自己的女儿抵偿给六十多岁的施守训，“时施已六十余矣，成婚近四载，施后回家身故。未及周期服，滨将女重嫁南京溧水县梁恩赐为妾，重受聘礼一百两”。小说描写翁滨二对待客商和女儿的态度，塑造了一个既不讲诚信，又不重人伦亲情的奸商形象。

财和色是商人生活中一个永远热闹的话题。不少轻理纵欲的商人以财茹色，以色谋财，在财色二字上兜了一辈子圈子。

《贪牙脱蜡还旧债》

小说描写张霸只身到福建贩蜡，牙行主人欺他人生地疏，用他的蜡去还自己的旧债，精明、勇敢的张霸与牙行主人斗智斗勇。

商场险恶，因此，如何与那些奸诈之徒打交道是每一个商人都难以回避的问题。张霸在这方面为商人做了榜样。“张霸，四川人，为人机关精密，身长力勇。一日买蜡百余担，往福建建宁府丘店发卖。此牙家贫彻骨，外张富态，欠前客货银极多。”牙家用他的货去抵自己的旧债。孤身一人在客地他乡遇到了这样的麻烦事，张霸没有畏惧退缩，而是敢于斗争。他冷静地分析各方面的情况，有的放矢，对“脱我蜡去还前账”的牙人，“霸轮拳擒打如鹰擒雀，如踢戏球”，“你脱我蜡去还前账，可一一实报账来。若不实言，你乘我几拳不得”。命令牙人“你将还人的及各店买去的，都登上账，只说他揭借去，俱未还银。我将账去告取，你硬作证，怕他各店不再还我”；对“看状”后“掷地不准”的“署印梅爷”，“霸心伤失本两眼自然垂泪，再三哀告”；对“往查各店蜡”的“皂隶”，张霸“以银贿之”。他敢于斗争，善于斗争，凭着自己的勇气和智慧保护住自己的财产，因为他知道在生意场上懦弱只能引起豺狼更大的食欲。

《炫耀衣妆启盗心》

小说描写商人游天生出外贩铁，喜张扬，好炫耀，落得财命不保。

拥有一定的钱财是许多商人经济上的特点。财多有时是福，有时是祸。“施天生，徽州府人，丰采俊雅，好装饰。尝同一仆徐丁，携本银五百余两，往建宁府买铁。”“天生起岸，往拜乡亲，将衣箱打开，取出衣服鲜丽，所带用物俱美。雅一见生心。至晚天生叫艄公买些酒馔。雅暗将陀陀花人酒中。”“人服此则昏迷不能语。”在人心险恶的世界如何保住自己的钱财和性命，对富有的商人来说是一个并不轻松的话题。

《盗商伙财反丧财》

小说描写商贩刘兴设计盗走同行大商人张沛钱财，被张发觉，鸡飞蛋打。“张沛，徽州休宁人，大贾也。财本数千两，在瓜州买绵花三百余担。歙县刘兴，乃孤苦贫民，一向出外，肩挑买卖十余载未归家，苦积财本七十余两，亦到此店买花。二人同府异县，沛一相见乡语相同，认为梓里，意气相投，有如兄弟焉。”“兴见其银，遂起不良念。”商人刘兴贪财有一个特点：利用乡里情、朋友谊。

《傲气致讼伤财命》

小说描写富商魏邦材财大气粗，得罪了同行众商人，招致讼事，财尽人亡。

人与人之间的关系受很多因素的影响，如年龄、辈分、性别、学识、职位、权力等，而钱财的影响尤为明显。魏邦材“富冠一省”，使得他“为人骄傲非常，辄夸巨富，出外为商，无人可入其目”，而且“其仆亦倚主势，日与众忤”。因财生傲，因傲致讼，最后落得财命不保。“材归自思为商之日，带出许多财物，今空手回家，不胜愤郁，且受合家讪詈，益增怄气，未几数月，发疽而死。”在人与人的交往中，如何尽量少受钱财左右，是所有穷人和富人都必须慎重对待的问题。

《高抬重价反失利》

小说描写于定志到江西贩药材，价高时舍不得出手，转发福建，价贱亏本，悔之晚矣。于定志“为人心贪性执，冒昧于利”，失去了一个“获利三倍”的市场机会。“复买当归、川芎，往江西樟树卖。每担止着本脚银二两六钱。到时归芎虽缺，然比前价稍落些，牙人代发当归十两一担，川芎六两一担。”于定志看不清行情走势，不肯出售。“定志又坐一月余，价落货贱，与牙不合，遂转发到福建建宁府，止卖三两七钱一担，比樟树价又减，更废船脚又多。”其实商人在一笔生意中想尽可能多地赚钱，这是可以理解的，于定志这笔生意失利的主要原因在于他不能预测市场行情的变化，摸不准市场变化的脉搏，因此抓不住市场行情变化给自己的生意所带来的机会。而那位牙人生意经验丰富，知道根据市场供求两方面的情况来确定商品的价格：“牙人辨曰：‘若到二三担，则可依前价，今到二十余担，若从前价何以服行情。公欲重价，凭公发别店卖之，何必怒焉。’”并且预测到商品价格会随着“行情”走，随着市场上供需关系的变化而变化。“公货获利三倍，当要见机。倘价若落，未免有失渡无船之悔矣。”

《异省娶妾惹讼词》

小说描写商人蔡天寿在客地他乡为嗣娶妾，受人捉弄，破财受杖。

商人蔡天寿“为人慷慨仗义”，他有钱，但并未恃财胡作非为。“我年过四十，此女皆年纪不相宜，吾不娶也。”他认为：“有银何怕无当意女子”，对自己的婚姻有一种基于经济实力的自信。这种自信在中国古代商人中有一定的代表性。

《奸人婢致盗去银》

小说描写李英贩布于苏州，寓牙人店，与邻家婢女私通，婢主知道后唆使婢女偷盗李英银两，引起一场财色官司。

不少商人放纵自己的欲望，商人李英“常买夏布，往苏州阊门外，寓牙人陈四店，其店兼卖白酒。邻家林廷节，常遣婢京季来买酒，季年方十八，国色娇媚，李英爱之，因而调戏成奸，买簪圈等送之”。商人李英这种放纵自己欲望的活法容易惹祸，容易授人以柄，给人以可乘之机。“呼季责曰：‘你与李客私通，我姑恕汝，可密窥英银藏于何处？偷来置些衣装与你，后得享用。’”

官府审案偏袒身为“府庠生”的林廷节，杖惩商人李英和牙人陈四，重士轻商，说明在官府的眼中，读书人的地位远远高于商人。

《奸牙人女被脱骗》

小说描写牙人廖三，有女貌美，贩笋商人张鲁寓于廖店，与廖女勾搭成奸，廖三知道后设计报复。

一些商人在处理人与人之间的关系(包括父女、母女、夫妻关系)时，表现出一个相同的原则：重欲轻理。

经纪廖三“有女名淑姬，年方二八，尚来配人。”商人张鲁“一日买闽笋数十担，在廖三店中发卖，不遇时风，都放账未收”。这期间，张鲁与廖三的女儿私通，“其母知之。与夫商议曰：‘吾女儿多豪门求婚，未肯轻许，今被鼠客所玷，须密捕杀之，以消其恨。’廖三曰：‘不可，凡妻与人私通，当场捉获，并斩呈官，律方无罪。今女与人通奸，并杀则不忍。单杀客人，彼罪不至死，岂死无后话。现今笋账已完，其银皆在我手，密窥女与奸时，当场捉之，打他半死，以锁系住，勒其供状，怕他不把笋银献我，彼时亦何说。’”牙人廖三从亲生女儿的私情中竟然也能够发现赚钱谋利的机会。被牙人廖三抓住把柄、占去货款之后，商人张鲁为了钱竟然将新婚妻子——廖三的女儿转嫁他人：“鲁且感且哭，尽丧其本，止得一女，又无盘缠可带，即转嫁银三十两而归。”小说表现商人对财色的贪婪使得他们漠视义理、情谊。

《父寻子而自落嫖》

小说描写左少山携千金到南京做生意，迷恋于花街柳巷，不问归期。其父左东溪怒往南京寻子问罪，子与妓家合谋，使其父也在妓家乐不思归。

这对商人父子间的“游戏”，表现了在“欲”的诱惑面前，一些商人“理”的脆弱。商人左东溪的儿子左少山“常带千金财本，往南京买卖”。儿子在南京留恋于妓院，乐不思归，父亲闻讯后又急又气，亲自去南京找儿子算账，谁知竟然落入儿子和妓女共同设置的圈套：“庆云偎抱抚摩之曰：‘君作柳下惠，坐怀不乱耶。是入宝山空手回也。且暮夜无知，谁奖尔贞节男者。’东溪笑而从之。”“不及此未老时行乐，人生宁有百年，何必作守银虏也。”本来是去南京教训儿子的父亲与竟然儿子“同流合污”，自己也流连妓院，乐不思归。

第七节　明代文言商贾小说

中国古代文言小说自唐以后渐趋衰落，发展到宋代，衰微之势，已见端倪，元、明两代继续这种衰微之势，直到清代《聊斋志异》出现后，这种衰微之势才有改观。在中国文言小说发展史上，明代处于转折时期，承上启下，为清代文言小说的兴盛创造了条件。

从整体上看，明代文言小说因袭传统的灵怪、艳情题材，旨在劝善惩恶，重在因果报应，削弱了小说艺术的感人力量。笔记杂俎多侧重于描写自然现象的变异，带有较多的迷信色彩。《剪灯新话》《剪灯余话》《觅灯因话》等形成了“剪灯系列”，内容上多承唐宋传奇余绪，较少新意，就其总体而言，成就不高。《觅灯因话》中的《桂迁感梦录》、《田叔禾集》中的《阿寄传》、《九龠集》中的《珍珠衫》、《情史》中的《刘奇》和《辽阳海神传》、《泾林续记》中的《苏和经商》等明代文言小说表现了商贾生活，以现实商人生活入篇，为明代文言小说的发展开创了新的天地。

趋向通俗化是明代文言商贾小说的共同特点。

《联芳楼记》

见于明代文言小说集《剪灯新话》，作者为元末明初的小说家瞿佑。

小说描写元朝至正初年，苏州一个姓薛的商人，住在阊门外，专门做米生意，家中有兰英、蕙英两个漂亮女儿。“吴郡富室有姓薛者，至正初，居于阊阖门外，以粜米为业。”昆山一个姓郑的青年，往来昆山、苏州做生意。“昆山有郑生者，亦甲族，其父与薛素厚，乃令生兴贩于郡。”薛家的两个女儿同时看中了他，主动以身相许。后来，两家父母知道后，顺水推舟，成其好事。小说表现了商人生活中尊重人的欲望的特点。

《桂迁梦感录》

见于明代文言小说集《觅灯因话》，作者邵景瞻。

小说描写桂迁弃农经商，想发大财，谁知借来的本钱亏了个一干二净。“仆有田数亩，足供饘粥，不幸惑于人言，谓贩与耕，利且相百，遂折券与李平章家，得金二十锭，贸易京师。天乎不余贷，而重之祸也！舟碎洪流，橐悬罄矣，所存者仅藐焉一身。今日窜归，又为主者所觉，主者势焰薰天，念薄田不足以偿，一妻二子，将不复留，是以悲耳！”他在即将家破人亡的时候，幸有熟人施济扶危济困，给了他二十锭银子，连借据都没有要他打，还送房屋给他居住，送田地给他耕种。谁知桂迁在施济家的田地上掘得一罐白金发家之后，对施济没有丝毫感激之心。在施济去世、施家孤儿寡母生活困难之时，不肯给予丝毫帮助。忘恩负义，终得恶报。

小说表现仁爱和自私两种价值观的冲突，祭起因果报应这尊“神”，在经商求利的商人中惩恶扬善，弘扬一种仁爱之心。

《阿寄传》

见于《田叔禾集》，作者为明代的小说家田汝成。

小说描写淳安县徐家仆人阿寄晚年经商，使主人发家致富，而自己分文不取。冯梦龙《醒世恒言》卷三十五《徐老仆义愤成家》据此成篇。

阿寄年老体弱，作为徐家孤儿寡母的仆人，他能够使用的经商资本少，而且来得非常艰难：“寡妇悉出簪珥之属，得银一十二两，畀寄。”阿寄生意做得很好，赚了很多钱，主人徐家的孤儿寡母因此摆脱贫困，发家致富：“寄则入山贩漆，期年而三其息。谓寡妇曰：‘主无忧，富可立致矣！’”“又二十年，而致产数万金。”而阿寄没有为自己留下一分。

小说的主人公阿寄是一个会赚钱的商人，又是一个无私无欲、对主人忠心耿耿的仆人。小说表现了中国传统文化对商人生活的影响和渗透。

《刘奇》

见于明代文言小说集《情史》。冯梦龙《醒世恒言》卷十《刘小官雌雄兄弟》即据此改写而成。

小说描写明朝宣德年间，天津河西务住着一对老年夫妇。老翁姓刘，以卖酒为生。他们没有子女，为人非常仁慈善良。出于同情，他们先后收留了两个小孩，一个取名叫刘方，一个叫刘奇。这对老年夫妇去世时，刘奇、刘方视同自己的父母，依礼厚葬。刘方是一个女扮男装的女子，后来刘奇、刘方结为夫妻，继承了刘家的家业，也继承了刘家的生意，“停沽酒而开布肆，家事日起”。小说表现和赞美了商人的仁慈善良。

《辽阳海神传》

见于明代文言小说集《情史》，作者为明代正德、嘉靖年间的蔡羽。

小说描写徽州商人程士贤的经商生涯，表现了处于资本主义萌芽期的商人“好财货”的愿望。凌濛初《二刻拍案惊奇》卷二十七《叠居奇程客得助　三救厄海神显灵》即据本篇改写而成。

程家兄弟携重资出外经商，运气不好，几年的辛苦不说，不仅没有赚到钱，反而把资本亏折殆尽。小说表现了商贾生活的风险：“程宰士贤者，徽人也。正德初元，与兄某挟重赀商于辽阳。数年，所向失利，辗转耗尽。”程家兄弟因为经商失败，两手空空不愿回乡，也不敢回乡。小说表现了商人生活重利不重情的特点：“徽俗，商者率数岁一归，其妻孥宗党全视所获多少以为贤、不肖而爱憎焉。程兄弟既皆落莫，羞惭惨沮，乡井无望。”无颜回乡的程家兄弟自己没有资本，已经无力独立经商，于是受雇于别的商人：“逐受佣他商，为之掌计以糊口。”小说表现了商人顽强的生存能力。

程士贤在受雇于别的商人、生活困顿的时候，得到神女的眷顾。在神女的训导下，程士贤放弃了不劳而获、把他物据为己有的错误思想：“是后，相狎既久，言及往年贸易耗折事，不觉嗟叹。美人又抚掌曰：‘方尔欢适，便以俗事婴心，何不洒脱若是耶？虽然，郎本业也，亦无足异。’言绝，即金银满前，从地及栋，莫知其数。指谓程曰：‘子欲是乎？’程歆艳之极，欲有所取。美人引箸挟食前一脔，掷程面，问曰：‘此肉可粘君面否？’程言：‘此是他肉，何可粘吾面也？’美人笑指金银：‘此是他物，何可为君有耶？君欲取之，亦无不可。但非分之物，不足为福，适取祸耳，吾安忍祸君也？君欲此物，可自经营，吾当相助耳。’”

在神女的指点下，程士贤贩药材、贩彩缎、贩布，次次都是在商品无人问津、价格极其便宜的时候购入，过不多久，社会生活发生变故，市场对这种商品的需求突然变得十分旺盛，程士贤因此大获其利：

> 时已卯初夏，有贩药材者，诸药已尽，独余黄檗、大黄各千斤不售，殆欲委之而去。美人谓程：‘是可居也，不久大售矣。’程有佣直银十余两，遂尽易而归。其兄谓弟失心病风，谇骂不已。数日，疫疠盛作，二药他肆尽缺，即进踊贵，果得五百余金。
>
> 又有荆商贩彩缎者，途间遭湿热蒸，发斑过半，日久涕泣。美人谓程：‘是亦可居也。’遂以五百金获四百余匹。
>
> 月余，逆藩宸濠反于江西。朝廷急调辽兵南讨，师期促甚，戎装衣帜，限在朝夕，帛价腾涌。程所居者遂三倍而售。
>
> 庚辰秋，有苏人贩布三万余者，已售什八矣。尚存粗者什

二。忽闻母死，急欲奔丧。美人又谓程：“是亦可居也。”程往商价。苏人获利已厚，归计又急，止取原直而去。盖以千金易六千余匹。明年辛巳三月，武宗崩，天下服丧。辽既绝远，布非土产，价遂顿高，又获利三倍。

四五年间，展转数万，殆过昔年所丧十倍矣。

小说表现了商人们发财的强烈愿望和准确预测市场需求、掌握买卖主动权的生意理想。

《珍珠衫》

见于明代文言小说集《九籥集》，作者宋懋澄。冯梦龙曾将它收入《情史》，后来又据此改写成《喻世明言》卷一《蒋兴哥重会珍珠衫》。

小说描写一对商人夫妻离合的故事。楚地一个商人自己到广东去做生意，把漂亮的妻子一个人留在家里独守空房。有一个新安商人来到楚地经商，在一个偶然的机会里见到了这位楚地商人的妻子。他花钱托人，百般营求，与这位楚地商人的妻子勾搭成奸。后来楚地商人在外地遇见了这位新安商人，看到了自己的妻子送给新安商人的珍珠衫，知道自己的妻子已经红杏出墙。他回家后马上休掉了妻子。被休的妻子嫁给一位当县官的吴地进士。她后来通过后夫救助了卷入人命官司中的前夫，与前夫破镜重圆，只是此时自己的身份由妻变成了妾，因为楚地商人此前也娶了一个妻子，这个妻子就是那位新安商人的遗孀。

淫人妻者，不仅自己身亡而且妻为人妻；红杏出墙者，折腾来折腾去，自己的身份由妻变成了妾。小说通过这种因果报应的形式，表现出强烈的惩戒色彩。

《苏和经商》

见于明代文言小说集《泾林续记》，作者周玄暐。凌濛初《初刻拍案惊奇》卷一《转运汉遇巧洞庭红　波斯胡指破鼍龙壳》即据此篇改写而成。

小说描写明代沿海地区的对外贸易，“闽广奸商惯习通番。每一舶推豪富者为主，中载重货，余各以已资市物。往，牟利恒百余倍”。这种对外贸易利润丰厚，引得人们趋之若鹜。

小说的主人公是一个名叫苏和的商人。他没有什么本钱，“有苏和，本微，不能置贵重物”。但他的运气非常好。他从中国沿海地区带去的柑橘只花了一两银子本钱，但在海外很受欢迎，竟然卖了一千多两银子；他在海外荒岛上当作乌龟壳拾来的竟然是稀世之宝鼍龙壳，价值连城：“酒阑，主请值。苏见其郑重，漫答曰：‘一万。’主曰：‘市中无戏言，幸以实告!’苏嗫嚅，旁有黠者，更之曰：‘三万。’主观苏尚泯没，坚询之。漫曰：‘五万足矣!’胡商得定价，喜甚，约次日交银，尽醉而散。”“众骇异，请于主曰：‘交易已成，决无悔理，第未审枯骨何异？而酬直若斯？’胡笑曰：‘尔辈自不识尔。此鼍龙遗蜕，非龟壳也。背有九节，各藏一珠。小者径寸，大者倍焉，光可照乘。每颗酬镒万，所酬未及一珠之半也。’”海外跑了一趟的商人苏和因此成了富甲一方的有钱人，小说表现了资本主义萌芽期商人们期望暴富的心理。

《小韩负心报》

见于明代文言小说集《狯园》，作者钱希言。书成于万历四十一年(1613)，马之骏付刻。卷七《小韩负心报》叙杭州一个叫小韩的青年，青春年少，长相出众，但父母双亡，流落无家，幸得陕西盐商贾老收留。小韩恩将仇报，与盐商贾老之妾荆娘私通，首尾三年，并生一子，从荆娘手中谋取其私房钱数千金。他不久又移情别恋，娶一女别居，荆娘气得呕血而亡。后来又诬告贾老，使其入狱，自己尽吞其财。贾老出狱后，返归陕西，一年后使其子来杭州营算。小韩又百般引诱贾老之子作花柳之游，并且使用诬陷手段，借助官府的力量，把贾老之子吓得逃离杭州。小韩至此以为可以无所顾忌，于是广张典库。谁知上天报应不爽，小韩眼睛自盲，冤魂缠身，不得善终。他生前拐骗来的财物全部回到贾老之子手中。

小说表现了对财色的贪婪如何腐蚀商人的道德和良心，抨击了晚明社会的世风浇薄。

第四章

中国商贾小说的繁荣(下)

——清代商贾小说

第一节　清代的商业和小说概貌

清朝是我国封建社会的最后一个朝代。明崇祯十七年(1644)明亡清立，宣统三年(1911)辛亥革命推翻清朝封建统治。

清王朝建立后，当务之急是发展经济。因此，清初的统治者接受了"通商裕国"的思想，关注商业流通经济，采取"恤商""扶商"政策。随着社会生产力和商品经济的发展，清代的资本主义萌芽较之明代有了进一步的成长，城市手工业和商业又开始趋向繁荣，这不仅为资本主义萌芽的壮大成长创造了条件，而且在某些生产部门中，资本主义因素有了较为明显的增强。康熙以后，手工业生产水平已超过了明代。地区之间的商品交流更加活跃，有更多的商品投入了流通领域。清代的商业资本投资于生产、支配生产的倾向更加明显。预买、放债、以原料换成品，是商人控制生产的一种形式。

出现了组织资本主义家庭手工业生产的包买主，机户已经成了包买主的雇佣工人，因为包买主切断了生产者同原料市场、销售市场的联系，使生产者完全处于商人掌握之下。商人雇主制，是商人支配生产的又一种形式，商人雇佣工人进行生产。随着商业性农业的发展，农民的市场竞争加剧了。一部分农民因条件好，技术经验丰富，出力较勤，从而收益高于一般农户，发家致富。一部分农民因土地兼并或在市场竞争中失败沦为雇工。这些雇工有了选择雇主的自由，经常发生因工作、待遇条件不遂意而辞工不干的事。封建宗法的雇佣关系已日益向着近代自由雇佣关系转变。到了清朝后期，随着外国资本主义的侵入和民族工业的兴起，农产品原料的需求日益增加，农产品的商业化程度进一步提高，自给自足的自然经济的解体更加明显。

清代在赋税制度上进行了重大改革。著名的“摊丁入亩”，按土地多少征税，减轻了百姓的负担，促进了整个社会经济的繁荣，给商业的发展带来了良好的环境。顺治初，政府曾下令，对于强买强卖、缺斤短两的不公平交易者，即可拿送官府治以重罪，地方官府不得滥设关卡，并严格规定每关设官一员，悉行裁去其添设者。康熙年间，又下令取消额外商税，并放宽了海禁政策，鼓励对外贸易。

随着商业资本的增长，清代开始出现以行业区分的商人集团，如盐商、票商、粮商等，其中以扬州的盐商和山西的票商为代表。扬州的盐商非常富有，资产常以亿万计。山西的票商是中国民间金融机构的先驱，其势力遍及黄河流域。清代在长江流域又兴起了具有贴现和存款性质的钱庄。据史载，光绪年间仅上海就有钱庄105家之多。为适应商业交易活动更加方便快捷的需要，我国出现了第一家开办汇兑业务的票号：日升昌票庄。它在北京、天津、重庆、汉口等地都开设了分庄。到咸丰十年(1860)山西的票号发展到17家，同治以后发展成为32家。他们有的还在日本、俄罗斯、印度及新加坡等国开设了分号。咸丰七年，英国人在上海设立麦加利银行，法、德等列强紧跟其后纷纷在华开设银行。为了抵御列强的经济压迫，中国人盛宣怀在上海创办了我国第一家私立银行——中国通商银行。十几年的光景，中国大地上又涌现出近20家自己的银行。商人集团和金融机构的出现，标志着我国商业发展到了一个新的阶段。

在政治领域，清代商人通过捐资入官、培养子弟入学等手段跻身统治阶级的行列中，以至出现了官商、绅商的社会趋向，商人的地位和作用引起了社会各阶层的足够重视。

清代在明朝的商业、手工业的基础上，本来应有较快的发展，然而由于统治者系少数民族入主中国，他们为防备汉人的反抗，进一步加强了中央集权的君主专制政权历来执行的“重本抑末”政策，使本来可以高速发展的工商业受到了阻碍，再加上清朝封建政府的层层压迫和束缚，老板和作坊主对工商业的严重盘剥奴役，对工商业的自由发展也起到了限制作用。清顺治十七年(1660)，山西潞安府的织绸机户、机工为反抗封建统治者的掠夺和剥削进行了“焚机罢市”的斗争。康熙十九年(1680)，清统治者在安徽芜湖进行额外苛征，私立名目，剥削商贾，鱼肉士民，对民船所载日用柴米等物尽皆抽税，激起芜湖全县商民“罢市三日”。乾隆十三年(1784)春，在苏州更爆发了以“贩夫”顾顺年为首的反封建官府及富商牙行囤积粮食的斗争。

清朝初年，政府承袭明制也实行海禁，对外贸易仅限为朝贡贸易。雍正时期对中国人出洋贸易、外国商人对中国的贸易等严加禁止，封锁各处出海口，实行闭关锁国政策。明代以前，中国的对外贸易由政府设立的市舶司经营管理。基于对外贸易的需要，明朝废除市舶司制度，改由政府指定若干商人设立牙行(又称洋行)管理进出口贸易。清人入关以后，仍然依照明朝旧制管理。为了统一贸易的规程，避免彼此间的竞争，康熙五十九年(1720)，各洋行商人联合组成一种行会性质的公行，由公行统一经营进出口贸易，垄断对外经济往来，其他商人不得参与。公行通称广州“十三行”。康熙二十三年，政府才下令实行“开海贸易”，对外贸易又活跃起来，与欧美国家的贸易往来逐步增多，进出口商品的数量和种类都在增加，而且中国在外贸中常保持顺差地位。

清代小说是中国古代小说继明代之后的又一个高峰。

清代前期顺治、康熙、雍正朝，是清代小说因革、发展期。

明清之际(明崇祯、清顺治两朝，为期三十三年)，中国出现了话本小说热潮。明中叶后，文人模拟话本体例，创作拟话本小说盛行，“三言”“二拍”是其代表。入清以后，继续明末风气，又掀起一股拟话本小说的创作热潮。产生于清代顺治时期的拟话本小说集，有二十余种，并出现了清代最重要的拟话本小说作家李渔及其作品《连城璧》《十二楼》。

清代前期白话短篇小说集《醉醒石》《照世杯》《豆棚闲话》《珍珠舶》《载花船》《清夜钟》《鸳鸯针》《人中画》《八段锦》《云仙笑》《雨花香》《通天乐》《八洞天》《二刻醒世恒言》中有出色的白话商贾小说。

清代中叶“乾嘉盛世”至道光前期，共一百零三年时间，是清代小说高峰期。

清代中期出现的章回小说有一百二十多部。人情世态小说的创作完全成为中国小说的主流。话本小说沿袭了前代劝善惩恶的创作宗旨，除了空泛的说教，几与现实无涉。乾隆年间，是清中叶世情小说创作最为辉煌的时期。《蜃楼志》成书于嘉庆初年。小说表现广东洋行商人和海关官吏的生活，这是以前的白话商贾小说没有接触过的内容。

清代后期小说从道光二十年(1840)鸦片战争到光绪二十四年(1898)戊戌变法，共五十八年时间，是中国古代小说的终结时期。

经历清中叶漫长的沉寂后，至清末，拟话本小说的创作又有了一份活力。狭邪小说在清末大量涌现，形成一个新的小说创作流派。世情小说发展至清末，已严重衰退。侠义公案小说发展至清末为全盛时期。才子佳人小说发展到清末大都已蜕变为狭邪、侠义小说。

清代中后期的白话商贾小说只有《蜃楼志》《雅观楼》等为数不多的作品，成就远不及清代前期的商贾小说。

清代前期文言小说登上顶峰。唐人传奇的出现，标志着中国文言小说已由笔记体发展到故事体。宋元两代，白话小说蓬勃发展，相形之下，文言小说则进入低谷。明代未能摆脱文言小说的衰微状态。到明末清初，文言小说始突出困境。康熙年间，《聊斋志异》开创了文言小说史上的一个新时代，在表现商贾生活方面达到了中国文言小说的最高成就。

从整体上看，相对于明代商贾小说来说，中国传统文化对清代商贾小说的影响更加明显，商贾小说的传统文化色彩更加浓重。

第二节　清代前期的白话商贾小说

从清代开国的顺治朝到康熙、雍正朝为清代前期。这个时期出现了拟话本小说热潮。其中顺治朝东鲁古狂生的《醉醒石》、李渔的《连城璧》和《十二楼》、酌元亭主人的《照世杯》、艾衲居士的《豆棚闲话》、烟水散人的《珍珠舶》、西泠狂者的《载花船》、薇园主人的《清夜钟》、华阳散人的《鸳鸯针》、无名氏的《人中画》、醒世居士的《八段锦》以及康熙及雍正朝天花主人的《云仙笑》、石成金的《雨花香》和《通天乐》、笔炼阁的《八洞天》、墨憨斋的《二刻醒世恒言》中有出色的白话商贾小说。

《醉醒石》

题“东鲁古狂生编辑”，作者的真实姓名和生平均不详。书成于明末清初，而刊刻问世在清初。全书十五回，每回演一故事。

《秉松筠烈女流芳　图丽质痴儿受祸》

小说描写木商程翁，其女儿菊英已许配张秀才之子，乡宦强聘，父女不惜以生命维护商人的尊严。

小说的主人公木商程翁是一个崇尚中华传统文化的商人，“且自道是个贾竖，不深于文墨，极爱文墨之士，家中喜积些书画。儿女自小就请先生教学”。受中国传统文化的影响，他为人讲品格，做生意守信用：“与人说话，应允不移。如与人相约在巳刻，决不到午刻。应人一百两，决不九十九两。”他做人重节操。他把女儿许配给了一个贫穷的读书人家的儿子，后来有一豪富之家看中了他女儿的美貌，勾结官府，逼迫程家悔亲。程翁不畏官府的逼迫，用自己和女儿的生命捍卫了商人的尊严和理想。小说表现了中国传统商人对儒家文化的顶礼膜拜，表现了儒家文化对商人生活的渗透。

《济穷途侠士捐金 重报施贤绅取义》

小说描写明朝嘉靖年间的商人浦肫夫借银二百两出外贸易，途中捐资救助了三个被劫的读书人，三个读书人中进士当官后，想方设法报答这位并不图报的商人。

小说的主人公浦肫夫是一个既会做人又会做生意的商人。重义轻利是他做人做生意的共同原则。他出生于商人家庭，“这人在嘉靖时，住居浙直交界地方，相近平望。姓浦名其仁，字肫夫。父亲粜粜生理，也有间屋儿，也有几亩田，几两银子”。他会做生意，但不唯利是图，把人与人之间的情义看得比钱重。“浦肫夫虽为父母用了几两银子，却喜得做人会算计灵变，有信行，又慷慨，所以立得住。却因慷慨，做不得家。身边有几两银子，遇着亲友，遭丧为事，委是穷苦无聊的，也就递与他。有几吊钱，见着亲友，也会经济，没有银子作本的，也就把与他。”“到此，人知浦肫夫自己产任人盗卖，不是没本事，只是个轻财重义。一日短粜，在城中讨账，遇见本管里长姓戴，来纳条银。不料在县前，被贼剪去，没得上纳。官又要比卯，甚是慌张。浦肫夫见了，问起缘故，就将身边，讨得六七两银子，递与了他，省一番责打。”因为仗义疏财，商人浦肫夫有一个好人缘，有一个好名声。

小说涉及古代中国一个十分敏感的话题：官与商的关系。商人浦肫夫出于同情救助了三个被强盗劫掠的会试举人：“浦肫夫跳上去问，原来是福建举人。一个姓林，一个姓黄，一个姓张。诉说到此被盗，行李劫去，仆从打伤，衣服剥尽，往京回闽，进退无资，以此痛哭。浦肫夫道：‘列位到京，可得银多少方够?’林举人道：‘路费一人得三十金。到如今，衣服铺陈，也得十余两。’浦肫夫道：‘这等列位不必愁烦，都在学生身上。相近苏州，就在此制办，以便北上。’就在近村，打些水白酒，与他汤寒，又把自己被褥，与他御风。”“到了苏州，在阊门边，与他寻了下处。为他买毡条、绸布做被褥，为三个举人做衣服。失了长单，为他府中告照。又赠盘费三十两。”商人浦肫夫扶困济危，表现了在中国传统文化的熏陶下，中国传统商人身上浓郁的道德情结。

这三个举人也是讲道德、讲良心的仁义之人。他们当官后没有忘恩负义，而是千方百计报答浦肫夫。他们“想起穷途间，便是亲友，未必相顾。他做生意人，毫厘上用工夫，吃不肯吃，穿不肯穿的人，怎为我一面不识人，捐百余金。固是天不绝我三人，他这段高情，不可泯灭”。作为商人的浦肫夫并非有意巴结官吏。在这三人身处逆境、尚未发达时，“我当日不过一时高兴，原没有结交望报的心”；当他得知这三个人科场得意、身居高位后，他没有主动找上门去，“宁可他记得我，不可我妄想他”。但是在当时“官本位”的社会里，商人要平安地生存下去，有时的确需要官吏的保护。浦肫夫因为仗义执言，得罪了人：“那陈公子怪浦肫夫作倡，坏他体面，要寻他事，奈县尊在不敢。喜得县尊去了，他访他米船，将近吴江，差人邀住。首他违禁牟利，漏贩越界。三府将浦肫夫来拿了，签两条封皮，封了船。要入官，又来讲价。”这就是中国商人在传统社会里有代表性的生存环境：受贪官污吏的欺压。幸得他原来救助过的举人恰好此时来此地为官，有效地保护了他。浦肫夫申诉：“我船须是湖广船，芜湖浒墅俱有船票。禁须禁本地贩出，不曾禁别地贩来。”浦肫夫救助过的官吏为他主持公道和正义：“米贩自楚中，有各关税票，这非境内贩出。还宜严处首人，以止遏籴之风。”他们官商相助，似乎又不出格：“张四府知他性格，是不急于钱财，不肯轻来干渎的，都自送去。”“那肫夫恐损张四府名声，不敢动人的怨。”在中国传统社会里，这是一种比较理想的官商关系。这种理想的官商关系之所以能够形成，主要是因为官和商都是讲仁义道德、守规矩的人，都是崇尚中国传统道德的人。

《穆琼姐错认有情郎　董文甫枉做负恩鬼》

小说描写穆琼姐因家欠官银，官卖在金陵为娼。商人董文甫利用穆琼姐从良之心骗色又骗财，终遭报应。

小说对中国古代“官钱粮”生意的描写在中国商贾小说中是难得一见的。商人做“官钱粮”生意，“领银采买，将他银子擢钱，最是好生意”。在外人看来，这种生意既不要本钱，可以从官府预支，又有稳固的销售对象——官府，从中赚钱，似乎很稳便。只是做这种生意，受制于官府之处太多，如果在官府中没有硬的后台，雁过拔毛者众，颇不易成功。小说中穆琼琼的夫家做这种官钱粮生意，最后被弄得家破人亡。

小说对中国古代社会中“官钱粮”生意的描写是颇为详尽的。青楼女子穆琼琼“原是个良家女子，也是个名门”。“初嫁丈夫，也一双两好，只因其公公不务田亩，也不习经商。原先家中，也有些钱钞，被几个光棍，勾引去做官钱粮营利。如省分颜料、茶蜡、生绢、胖衣等项，俱有倍利。领银采买，将他银子擢钱，最是好生意。人情说到利字，没识见的，便易动情。他有两分钱，叫他做囊家发本。先去营干一个管解官，自己做商人。先与那官去央大分上，房中承应书吏使用。分上应，批委了，去干办银子。官府预给，毕竟要多扣分例，少也加二。要房库为他朦胧那掇，也便得加一之数。给得钱粮，委官管三军不吃淡饭，并书吏也有头除。合前后算来，一千钱粮，五百本钱，五百擢钱。这闲费已去却三四百两了。况且使费分上一顿用，钱粮常是四五次给。初次二次，常轮不到买办钱粮上。且使用多，自己不能尽应。向人掇那，便是利钱。用着这些光棍，也便要全家吃用着。他在衙门，暗地头除、回手，总出在钱粮上，总出在囊家身上。放过一两次，混账官罢了，明白的官，定要验些钱粮通给。有钱有人手，自拿出钱来。自己子侄买办，也还好。前去后空，必至重利借债，俟出钱粮抵还。单身或不善生理，托这些光棍去买。这其间，定至价重货低了。其间颜料、漆串桐油、珠杂黄丹、茶以细覆粗、蜡以真覆伪，胖衣黑花稀布、生绢以重的作样，其后俱是稀松不堪，全靠衙门扶持。那差催差验，称量看估，那一事不费钱，那一分不在钱粮中兜。幸而得完，路上别无风水之失，垫费凑手，上下朦胧。转遇圣上，全凭内侍。内侍全凭书办揽头罢了。若如遇着那皇上精明，监库留心办验，假不能作真，就不能上纳了。在京既多使费，在家有捉批比较之费，不得不借遮盖之事。如做茶蜡，复做颜料。初解未完，又领二运。以此盖彼，以后盖前，拖欠日深，缺额越多，到底必有一结。”“至于耽延日久，解部已是不完，采买又复不到。匾挑两头塌，必至追补。得分例官吏，已是升满，无处倒藏。得贿赂书皂，还要他扶持，不敢倒藏。平日扛帮吃用他的光棍，都是光身，家中费用重大，无甚蓄积。解当借贷已竭，官府迫比不休，遂至典田卖产，累眷扳亲，一身毙狱，妻子零落。”“穆琼琼家，也只为钱粮所误。至丈夫终日穿绫着绮，食美吃肥，吃钱粮穿钱粮的，也不免累死于钱粮。产尽，亲友累尽，人亡家破。把个嫁来不年余，受享无几时的穆琼琼，也从官卖。”

商人董文甫“年纪才得廿岁。早丧父母，也不曾有妻”。在开绸绫牙行的母舅谭近桥身边帮忙做生意。“这年偶值福广生意迟，谭近桥合个伙计马小洲，叫他带些花素轻绸锦，到南京生意，着董一官同行作眼。”在南京做生意的时候，董文甫结识了妓女穆琼琼，穆琼琼与董文甫相约凑钱赎身：“你取当要百余金，赎我又须凑三百金，家中新丧，如何能设处得出？我身有见(现)银一百八十余金，不若你取了货去，有二百金之数，到家设处百金，可以赎我。但你不可负心，断来赎我为是。”董文甫拿了穆琼琼的钱之后不履行自己的诺言：“卖出货来，穆琼琼原付一百八十两，并金珠共二百余。如今收拾来，不上一百八十余两。原说家中凑，靠着娘舅吃饭，有甚得凑。再置货到南京，原数不登，难于相见。不若做个负心，拿四五十两寻头亲，留这百余两做本钱，且过日子。但只是穆琼琼这主钱，是甚么钱？他付你是何等心！”“后来他舅子儿子不成立，他就顶接牙行，在北门开行，甚有生意。”董文甫与妓女穆琼琼来往，既贪其美色，又骗其钱财，是一个既不重感情、也不讲信义的商贾败类。

《照世杯》

题“酌元亭主人编次”，作者的真实姓名和生平均不详。全书共四卷，每卷演一故事。旨在描写世态人情以警喻天下。

《走安南玉马换猩绒》

小说描写商人杜景山无意中得罪了当地的行政长官安抚老爷。安抚老爷为了为难他，要他代官府采买三十丈大红猩猩小姑绒。猩猩绒是用猩猩的鲜血染成的，产于安南国，为朝廷禁物，十分稀贵。杜景山为此来到安南国，用偶然得来的玉马换来了十分难得到手的大红猩猩小姑绒。顺便从安南国购买沉香等土产回国，因祸得福，做成了一笔大生意，发财致富。

小说描写古代中外边境贸易，这在中国古代商贾小说中是难得一见的："话说广西地方与安南交界，中国客商，要收买丹砂、苏合香、沉香，却不到安南去，都在广西收集。""安南一般也有客人到广西来买货。"两国商人能够在边境自由往来，所以边境贸易十分繁荣。

小说描写了中国官府对市场的管理："那广西牙行经纪，皆有论万家私，堆积货物。但逢着三七，才是交易的日子。这一日叫做开市。开市的时候，两头齐列着官兵，放炮呐喊，直到天明，才许买卖。这也是近着海滨，恐怕有奸细生事的意思。市上又有个评价官，这评价官是安抚衙门里差出来的。若市上有私买私卖，缉访出来，货物入官，连经纪客商都要问罪。自从做下这个官例，哪个还敢胡行？所以，评价官是极有权要的。名色虽是评价，实在却是抽税。这一主无碍的钱粮，都归在安抚。"市场交易的时间和地点都有严格的规定，对税收的管理尤其严格。

小说描写了有中国传统文化特色的官商关系。小说的主人公杜景山出身于商贾世家，"他父亲是杜望山，出名的至诚经纪，四方客商都肯来投依，自去世之后，便遗下这挣钱的行户与儿子。杜景山也做人乖巧，倒百能百干，会招揽四方客商"。商人杜景山无意中得罪了安抚老爷。安抚老爷要报复他，但又要顾及自己的名声，于是给杜景山出了一个难题，要杜景山代官府采买十分难得到手的大红猩猩小姑绒，而且要采买三十丈："我如今遽然将杜景山拿来，痛打一阵，百姓便叫我报复私仇。这名色也不好听。我有个道理了，平昔闻得行家尽是财主富户，自到这里做官，除了常例之外，再不曾取扰分文。不若借这个事端，难为他一难为。""即刻遂传书吏写一张大红猩猩小姑绒的票子，拿朱笔写道：‘仰杜景山速办三十丈交纳，着领官价，如违拿究，即日缴。’”由此可见，官府倚仗手中的政治权力要为难一下商人是多么容易。“杜景山定道是来取平常供应的东西，只等差官拿出票子来看了，才吓得面如土色。”“杜景山道：‘爷晓得这猩猩绒是禁物，安南客人不敢私自拿来贩卖。要一两文，或者还有人家藏着的，只怕人家也不肯拿出来。如今要三十丈，分明是个难题目了。莫讲猩猩绒不容易有，就是急切要三十丈小姑绒也没处去寻。平时安抚老爷取长取短，还分派众行家身上，谓之众轻易举。况且还是眼面前的物件，就着一家支办，办量上也担承得来。如今这个难题目，单看上了区区一个，便将我遍身上下的血割了也染不得这许多。在下通常计较，有些微薄礼，取来孝顺，烦在安抚老爷面前回这样一声。若回得脱，便是我行家的造化，情愿将百金奉酬。就回不脱，也要宽了限期，慢慢商量，少不得奉酬。就是这百金，若爷不放心，在下便先取出来，等爷袖了去何如？’差官想道：‘回得脱，回不脱，只要我口内禀一声，就是百金上腰，拼着去禀一禀，决不到生出事来。’便应承道：‘这个使得，银子也不消取出来。我一向晓得你做人是极忠厚老成的。你也要写一张呈子，同着我去。济与不济，看你的造化了。’”小说形象地表现了在官权的欺压下商人的无奈和痛苦。“限三个月交纳。如过限，拿家属比较。”商人的挣扎似乎都是徒劳的。

小说描写中国商人杜景山出国到安南国采买大红猩猩小姑绒的艰难过程，对外国的人情风貌和商业文化有独到的表现。中国商人出国有一定的手续，但不繁难。因为两国商人往来频繁，为出国商人们提供的服务也很完善。“进得城门，又验了路引，搜一搜行囊，晓得是广西客人，指引他道：‘你往朵落馆安歇，那里尽是你们广西客人。’”“安下行李，就有个值馆的通事官，引他在一间客房里安歇。”中国商人出国之后都有浓厚的乡土情结，原来并不相识的一位广西商人了解杜景山的难处后热情相助：“我的熟经纪姓黎，他是黎季犛丞相之后，是个大姓，做老了经纪的，我和你他家去商量。”安南国民风纯朴，“安南国的人虽不晓得礼义，却从来没有贼盗。总为地方富庶，他不屑做这个勾当”。“他们这边有一座泥驼山，山上有个神通师长。”“凡遇着初到的客人，他就弄这一个搬运的神通，恐吓人一场，人若晓得了，去持香求告他，他便依旧将原物搬运还人。”杜景山在安南国的运气很好，他在国内无意中得来的玉马在一个偶然的机会里换来了他梦寐以求的三十丈猩猩绒：“杜景山听得许他三十丈猩猩绒，便眉开眼笑，就像死囚遇着恩赦的诏。”回国后，顺利地交了差：“你真是天大福分，不知老爷为何切骨恨你，见了猩猩绒，冷笑一笑道：是便宜了那个狗头。就拿出一封银子来，说是给与你的官价。”最后，杜景山才弄清楚事情的来龙去脉：“想那安抚逼取猩猩绒，分明是为儿子报仇，却不曾破我一毫家产。不过拿他玉马，换一换物，倒总成我做一场生意，还落一颗明珠到手哩！”“杜景山因买着得料，得了时价，倒成就一个富家。”商人杜景山因祸得福，生意越做越红火。

《掘新坑悭鬼成财主》

小说描写湖州乡下商人穆栖梧开粪坑，招徕众人来上厕所，自己卖粪赚了不少钱，招人眼红、忌恨，惹来一场官司。

小说的主人公湖州乌程县义乡村穆栖梧是一个具有敏锐生意眼光的商人。他善于从生活出发，从人们的生活需要出发去寻找和捕捉生意机会。“这粪倒比金子还值钱，穆太公想出一个计较来道：‘我在城中走，见道旁都有粪坑，我们村中就没得，可知道把这些宝贝汁都狼籍了。我却如今想个制度出来，倒强似做别样生意。’随即去叫瓦匠，把门前三间屋掘成三个大坑，每一个坑，都砌起小墙隔断，墙上又粉起来，忙到城中亲戚人家讨了无数诗画斗方画，贴在这粪屋壁上。”为了吸引顾客，他巧作广告宣传：“就为小老儿家新起的三间粪屋，恐众人不晓得，要贴些报条出去招呼，烦先生写：‘穆家喷香新坑，奉求远近君子下顾，本宅愿贴草纸’廿个字。”他开发的新生意受到市场的青睐：“太公作谢出门，将这百十张报条四方贴起。果然老老幼幼尽来赏鉴新坑，不要出大恭的，小恭也出一个才去。况那乡间人最爱小便宜。他从来揩不净的所在，用惯了稻草瓦片，见有现成草纸，怎么不动火？还有出了恭，揩也不揩，落那一张草纸回家去的。又且壁上花花绿绿，最惹人看。登一次新坑，就如看一次景致。莫讲别的，只那三门粪屋，粉得像雪洞一般，比乡间人卧室还有不同些。还有那蓬头大脚的婆娘来问：'可有女粪坑？'太公又分外盖起一间屋，掘一个坑，专放妇人进去随喜。谁知妇人来下顾的比男人更多。太公每日五更起来，给放草纸，连吃饭也没功夫，到夜里便将粪屋门锁上，恐怕家人偷粪换钱。一时种田的庄户，都在他家来趸买。每担是价银一钱，更有挑柴、运米、担油来兑换的。太公从置粪坑之后，到成个富足的人家。"小说形象地表现了中国古代商人的商业智慧。

小说描写商人致富后遇到的麻烦，在有钱无权的商人中有一定的代表性。"童生的父亲原不识字，误用徐某牌坊上'齿爵'二字做堂名，徐某告了父亲，吓诈银五百两。童生气不愤，所以持刀去杀他。"有人眼红穆栖梧发了财，捏造事实，到官府去诬告，使他差一点脱不了干系。

《豆棚闲话》

题"圣水艾衲居士编"，作者的真实姓名和生平均不详。全书十二则，每则演一个故事，各自独立成篇。

《朝奉郎挥金倡霸》

小说描写徽州商人汪彦之子兴哥，以经商之资资助海东天子刘琮兴兵，得到刘琮厚报。自己由商而官，受封越王，成就了一番政治大业。

小说的主人公汪华(兴哥)是中国商贾小说中最具有政治头脑和政治才能的商人。汪华作为一个商人，他与政治、官权发生联系与《金瓶梅》中的西门庆不同。西门庆用钱贿官，获得一定的政治权力后，并不想在政治上有所作为、在官场上追求更大的发展，而是借助官权来谋取经济上更大的好处、商业上更多的方便，官权只是西门庆获得商业利益的一种工具，而汪华以对社会、对民族有益的方式，凭借自己的金钱等优势，成就了一番保家卫国的政治大业，钱只是他政治活动的基础和工具，他追求的是政治上的成功。"彼时隋朝既灭，唐主登基。兴哥即便具了一道章疏投在节度使李冕衙门，求其代为申奏。自认团练义兵三千，不费朝廷一文一粒，保障一方，直待平定之后方受朝廷封赏。”“奉了唐皇新旨，暂授南路总管之职，听其便宜行事。”“兴哥骑了此马，那沿海地方都认做刘老爷领兵到来，处处摆围迎接，俱应殷勤，不烦一矢，俱已贴然归顺。始初止得义兵三千，不及一载已就招徕有五万之众。俱是刘琮有令在先，要让漳南十镇报他做个绝世奇功。”最后，汪华这个商人因为平叛卫国有功，“官爵加封至吴国公”，“进爵封为越王”。由商而官，这确实是中国商人参与政治的一种比较理想的模式。

汪华之父汪彦经商发家的历史就是勤劳、俭朴的历史。“父亲汪彦是个世代老实百姓，十五六岁跟了伙计学习江湖贩卖生意。徽州风俗，原世朴实，往往来来只是布衣草履，徒步肩挑，真个是一文不舍，一文不用。做到十余年，刻苦艰辛，也就积攒了数千两本钱。到了五旬前后，把家赀打总盘算，不觉有了二十余万，大小伙计就有百十余人。”勤劳和俭朴是中国传统文化中最古老的信条，中国商人普遍承袭了中国传统文化中这一有生命力的因素，小说表现了中国传统文化精华与商品经济的相容性。

汪华等人的经商艺术也是别具一格的。商人要善于为自己的生意营造一个有利的外部环境：“你们只晓得小家子局面，既在他地方开铺赚钱，就要结识地邻，日后有些事情，也得便宜。”

做生意要设身处地为对方着想，把生意做得有人情味，好心会有好报：马贩来当马，伙计依旧规说“开口货从来不当”，汪华却说“省会地面，马也是要用的。若不当与他，那四十九匹都饿死了，岂不可怜？”“你辛苦来此，须要趁钱方好。如何百金的价止当五十两？却不折了本么？”当了百两与马贩。

把经商求利与仁爱重义结合起来：穷人来当锅，“伙计上账当去三钱。才出门去，兴哥把头一侧，想道：‘这个穷人家里不过一只锅子，将来当了，老婆在家如何煮饭？三钱银值得恁么？’便走出铺来，提了锅子出门就上了马，一溜烟追去。毕竟寻着那个穷人还了他去”。

避实就虚，寻找市场空当：兴哥第二次出门做生意，“兴哥道：‘典铺如今开的多了，不去做他。须得五万之数，或进京贩卖金珠，或江西浇造瓷器，或买福建海板，或置淮扬盐引，相机而行，随我活变。'”

小说表现了当时社会重商的社会风尚，“徽州俗例，人到十六岁就要出门学做生意”。

小说表现了老板与伙计的关系。汪家的伙计对汪华的父亲说：“不若拨出多少本钱，待我帮他出门学学乖，待他历练几年就不难了。”主动要求教小主人做生意。伙计为小主人想得很周到，自己也担着一定的风险：“未免照例备了些腌菜干、猪油罐、炒豆瓶子，欢欢喜喜出了门。那老伙计已预先托人把铺面房屋、招牌、架子、家伙什物俱已停当，拣了黄道吉日开张，挂得一面招牌。”“老伙计道：‘小主人，你从幼未经出门，你的身命干系都在我们身上，就是一万两本钱也是在老朝奉面前包定加三利息来的。'”小主人汪华对伙计们的底细似乎很了解：“你们众伙计旧规俱已晓得，不过以旧抵新，移远作近，在日用使费上扣刻些须，当官帮贴中开些虚账，出入等头银水外过克一分，挂失票、留月分、出当包、讨些酒钱，就是你们伎俩，这都不在我心上。”而且他们这些老板与伙计在经济上的来往有很浓的人情味，汪中没钱的时候，“不知那里寻得五千青蚨，把家中做生意的伙计都送一百文，按月要收二百文。众人在他门下也就胡乱送些与他，不半年也就积起三万上下”。汪华发财后，“一门势利都来道喜。兴哥心已知之，绝不露一毫于颜色。那些积年伙计俱来备席接风，兴哥也一家不领，每人却送青蚨五万文，以偿日来相与之意”。

小说表现了有中国传统文化特色的诚信。汪华出于义气，把自己的五万两生意本钱给了一个自己素不相识但需要帮助的人，既没有收条，也没有合同契约，只有一句口头承诺，汪华没有丝毫的怀疑和担忧。到了约定的时间，那人没有食言，不仅派人将十万两银子送到徽州汪华家里，而且还给了汪华远远超出其钱财货物价值的报答：“一边捧出盖世奇宝，举以相赠。兴哥眼也不看，一概固辞。刘琮道：‘此非酬报恩兄之物，聊伸万一之敬。今既不受，弟有锦囊三个，异日要紧之际开看便得。'”帮助汪华立下不世之功。

《清夜钟》

题“薇园主人述”，作者的真实姓名和生平无定论。全书共十六回，残存十回，每回演一故事，均取材于明代生活。

《挺刃终除鸮悍 皇纶特鉴孝衷》

小说描写“陆陈店”老板崔佑迷恋妓女魏鸾，并把她娶来做妾，家中妻儿与之水火不容，最后酿成人命官司。

商人崔佑“父亲在东角头开着一座陆陈店，手底尽来去得”。他继承了父亲的生意之后，不好好做生意，凭着手中几个钱，好色纵欲，嫖娼养妓，破坏了家里的夫妻、父子关系，表现了放纵的人欲对家庭人伦秩序的破坏。

小说对商业老板与伙计之间的关系有独到的理解。作为一个被雇佣者，伙计老周明白自己的地位和身份：“他老成人”，老板在店铺楼上终日狎妓宴饮，他“也不望杯酒吃”，“楼上也不叫他，还这会子要银子，那会子要钱，迟不得顷刻”。东家对他的尊重是有限的，老板和老板的狐朋狗友都可以任意支派他，为人当伙计的生活相当不容易：“一个店，行钱还不来，这厢要支，那边要支，弄塌了，只说我不会做生意。”他左右为难，只好暗地向老板娘告状。作为伙计，他必须小心谨慎，时刻注意保护自己：“娘子莫要说是我说，只说老周不把盘费。我来，连我也伤在里边。”东家是怎么看待伙计的呢？从崔家老板娘对丈夫的数落中可见一斑：“你须不是个当家的，也是个管铺子的。家里不顾，由着咱母子两个罢。铺子里伙计须不是你的亲哥儿弟兄，散头行货谁与你照管？晚间银钱都不自己收，坐下债来谁人承当？”对伙计的信任也是有限的。这种商业老板与伙计的关系在中国传统社会是有代表性的。

《鸳鸯针》

题“华阳散人编辑”，华阳散人为明代遗民吴拱宸。全书共分四卷，分述四个独立的故事。本书旨在匡济时弊，治病救人，故名《鸳鸯针》。

《欢喜冤家一场空热闹 撰钱折本三合大姻缘》

小说描写南京开米店的商人范顺瞒骗了江西米商吴元理千余担米。发财后，范顺出外经商，家中妻妾恣意行淫，丑态百出。范顺先是出外贩杂货，后来又到江西饶州贩木料，受了人家的骗，他又诓骗吴元理，最后好色贪财的范顺受尽财累色害，才幡然醒悟。范顺的女儿嫁给了一个贫穷的读书人。女婿后来中了进士，当了知县。改邪归正之后的范顺通过女婿救助了遭遇冤屈官司的吴元理。

小说以明万历朝为背景，塑造了吴元理、范顺两个有不同“活法”的商人。

范顺是一个精于算计的商人。“话说万历年间，南京水西门外有个人，姓范名顺字信之。娶妻齐氏，生个女儿名唤贞姐，也有十四五岁。”“他那做生意的本事又高，那张算盘到他手里，就似红锅炒豆烨烨熚熚，滚个不住。左手算右手写，风驰雨骤，几千几万，他毫厘丝忽也不错一些。”“若是有个客到他家，连那盏清茶也不轻易叫倒。失错倒出一盏茶来，必估前算后，讨得了回手方放心。”他能写会算，但过于浓重的利欲之心，削弱了他作为一个人不应该缺少的善良。

范顺在南京开米行，江西商人吴元理也是做谷米生意的，两人开始了生意上的交往：“范顺道：‘几升米，我这里不卖，你去问那小米店去买。若买担把，时价七钱纹银一担。你若买，先兑了银子，后量米。’那人道：‘我是有几担米，要借贵行发一发的。’范顺见有些原故，连忙跳出柜来，一面叫拿茶，一面就拱手道：‘有多少宝货？现存何处？’那人道：‘米也不多，还在船上。’”“范顺想道：看这人不出，这三只江西船，约莫也有千余担。即忙举手拱了拱道：‘请到寒舍，再着人来取行李罢。’一路上鞠鞠恭恭陪着那人进了铺里。”“将三船米拢贮上仓，约有一千三百担有零，请吴元理封了仓口，专候行情发卖不提。”

吴元理在候行情的时候，离开南京又去做别的生意。不久，谷米价格上涨，范顺不等吴元理回来，私自开仓贩米，把货款瞒了下来，骗吴元理说这一千三百担米都烂掉了。吴元理不相信，但忠厚老实的他遇见范顺这样的无赖没有一点办法：“这事要认真起来，就要与他打官司，莫说我这样老实人，一生不曾见官府的面。却也身上没有个钱到衙门使费，你看他恁气焰腾腾的。又道是强龙不压地头蛇。想来想去，甚不料理。”“吴元理次日东闯西闯，却也生不出甚计策来。又人生面不熟的，无处抓挠细底。”吴元理的本分老实在中国古代商人中有一定的代表性。

从范顺的瞒骗行为，我们可以看到商品经济的发展对封建社会固有的传统观念和人伦道德关系产生了猛烈的冲击。为了钱，一切传统的神圣的封建伦理道德皆可以置之度外，不论什么伤天害理的坏事丑事都干得出来。金钱破坏了受封建道德观念支配的传统的人伦关系。

范顺做生意算计别人，自己也遭别人算计。朋友劝范顺出门做生意，“范亲翁你掌这许大家财，何不出门走走，还燥脾些。贵行生意，是看得见的，也不消费你气力支撑，缘何坐在家里呷这死水”。范顺也想轻松赚大钱：“我如今置些杂货上湖广，不上两月，那边又收些新米回来。上下俱不落空，走他年把，挣得万金，将这行顶了与人，我们自在快活几年。省得终日迎宾送客，好不耐烦。”但在外做生意并不那么容易。范顺先是决策失误，货物放出去，收不回货款，绊住了身子：“那晚，船泊湖口县，一个人上去买酒，回来对范顺道：‘范亲翁，有个新闻，我适才上岸买瓶酒吃，只听得人说，江西广润门，被天火烧了。数百家京货甚缺。依我说，莫若竟上江西凑他行情，一来脱手讨账快便，二来江西新米同湖广价钱时候争差不多。我们先落得上水这宗利息。你老人家货物多，先来请教你。’”“主人道：‘京货虽是要得，却要多讨个把月账。这是如何说？这些开铺的人，本钱也烧得七八了，有些的又要先去设法弄房子，那里还有现钱置货？若是赶着收新回去，这就不敢包管了。’范顺暗自跌脚，次日，走到外面一转，果然皆如店主人所说，只得将货物均散与众铺家，做了四个月的赊账。”范顺旧账未收，又投资做山木生意。“范顺见是说生意的，连忙上前细听他。那人道：‘府前徐公子家一块山，木头养了几十年山，价值千金，拼将下来，趁春水发做下南京。少也有万金出息，他因在按察司打官司，情愿跌价。只要五百金，这一嘴肥肴，可惜无享用的人。'范顺想道：'我还有两个月赊账，莫若凑这机会，将五百金拼了，不上半年，就得了万金。这样生意那处去讨？天生落在我耳朵里，明是天赐我的财富。'""一行人，随在山下一个人家整酒请范顺，当日写了文约。范顺拿出一百两压契，又写了会票与他往省中各铺会足了。"谁知遭遇战乱，当地人又欺负范顺是外乡人，他花钱买下的满山的树木无法运出来，也就无法变成钱。

范顺自己在山木生意上吃了亏，但算计别人的心肠仍然没有改变，他把危机转嫁给不知内幕的吴元理。不想吴元理是本地人，范顺做不成的山木生意，吴元理做起来很顺利。"恰好，那年封个王子出来，分在饶州府。圣旨倒下江西布政司，盖造官殿，限日起工。""布政牌下府县催促，县里差人访问。访是吴元理有许多大木，报了知县。知县发个名帖，差人来请相见，吴元理不敢收帖，随着差人来见，知县问他价目。吴元理道：'小的也不敢说到下路的价钱，只是在山估值也值万有余金。'知县随着典史同地方众人，到山估价，随复道：'足值万金。'知县道：'这□□□□□□本县也是奉公调度，依本县说，做个八折罢。本钱做二千两，申文布政司去。□□四千两，余者本县申文司道，转详抚按，替贤契讨个义官，效劳王府。这也是个正路前程。日后，讨得实封，亦可以博封诰一命之荣。本县就给匾旌奖，贤契莫错过了。'吴元理想到：'县官如此爽快，且这六千金到我也算本少利多了。况又搏得乌纱一顶，回家祭祖也是好的。'答道：'小的血本亏折得多了，且老爷分付，不敢不遵。只是日后还求老爷青目罢。'知县大喜，即兑二千库银，交与吴元理。又发一道关给文帖，付他往布政司，又替他申详抚按，奏请王府义官。吴元理领了关文，到司，随即照数支给。不数月，旨下，钦授王府义官。吴元理得了若干银子，府县又给个金字牌匾送来，择吉冠带，祭祖拜客，好不燥脾。"商人吴元理与官府的这笔木材生意，表现了有中国特色的理想的官商经济关系。官府不以权势欺负敲诈商人，在与商人打交道时，同样要考虑商人的利益；商人尊重官府，但既不以钱财巴结官府，也不靠行贿来从官府谋取不正当利益，彼此有利，皆大欢喜。这种官商经济关系在中国商贾小说中是不多见的。

吴元理做人做生意都忠厚老实，他从来没有算计欺负别人，奸诈的商人算计欺负他，他也没有怎么想办法报复。最后吴元理这个忠厚善良的商人终有好报，范顺这个喜欢算计欺负别人的商人在生活的教育下，改邪归正，也变得善良仁义起来。在一桩生意中，吴元理出了意外，“不一日，吴元理同范信之开了船，顺风到湖广，做完了一水生意，又同到江西来来往往。又过了年多，又商量同他上湖广，买些杂货下南京。顺便回家看女儿。两个人到了武昌，讲拢了一千担桐油。争价不合，吴元理骂了行家几句，那开行的有个父亲，年纪有六十九岁了。听见吴元理骂他儿子，动了老火，即举拳撞在吴元理怀里。吴元理顺手一推，那老□□□□□□□□晕喘，扶将起来，已是呜呼哀哉”。牵扯到一件人命官司中，范顺帮他送牢饭，找人帮他辩冤，最后把吴元理从牢里救了出来。

小说中的主要人物范顺狡猾，唯利是图，不择手段；吴元理忠厚老实，忍让宽容，以德报怨。贪财的范顺反丧财，轻利的吴元理反得利。吴元理作为一位商人，他身上有浓厚的儒家文化味，儒和商在他身上得到了和谐的统一，理欲并重，感化了范顺。吴元理的“活法”很有中国传统文化特色。

小说表现的经商艺术也是很丰富的。让利是促销的好办法：“任凭他堆在地下，恰好隔壁一个朱老儿，专事养猪。他看见了问道：‘这米原何不卖？’范顺道：‘剩下些烂米，还不曾有受主。’朱老道：‘这样烂东西，谁来买？也只好我拿去，碾米供猪，只是我要不得许多。你若把我的让些，还赊个把月，我约几个来，一齐分了你的何如？’范顺道：‘你若一齐替我发脱，情愿把你这几担多让些。’”善于分析国家法令、政策与商情的联系，对市场变化作出准确的预测：“一路趁船下米，心中想道：各处禁米，米价自然要涨。我所囤的货，大是着手，以行靠天，少也有一二千金。”做生意、交朋友不要为眼前一时的得失所左右：“你做主人家的，一遭不着，望第二遭。”商人要有自我保护意识：“大凡作客的人，掌着财本，老成的多，浮浪的少。那老成的，见他大小两个，没张倒智，都投了别行里去。有个把与这两人钩手过的，也怕后来暗算，也就不敢再来了，从此，他家生意渐渐冷淡了。”入乡问俗，摸清与生意有关的各方面情况：吴元理接手范顺的树木生意，“话说吴元理自别范信之之后，即时收拾往饶州去。一到山下就访访备细。他是本地人在行，就有人把范家被扎事情说与他知。”抓住影响生意成败的关键，吴元理想做成树木生意，为了防止地方上的人像为难范顺一样为难自己，“即去拜了地方上几个老成的人，将前事说明，迳自上山查点木料”，“众人起先明是欺骗异乡，如今怎敢还弄那圈套”。中国商人做生意有明显的从众心理，名声影响在生意上就是吸引力：“只为铺排阔大，名声又响亮，那些米客闻风来投，生意越旺了。就坐在屋里，一个月也有几百两银子挣。”小说表现了有中国传统文化特色的经商艺术。

《人中画》

不题撰人，小说明末清初即已在坊间流行。

《狭路逢》

小说描写湖广商人李天造在长江上遇风浪，失散了十四岁的儿子春荣；在苏州接济了同乡商人傅星，却被傅星瞒骗了一大笔钱财回家赎女，但到后来两人狭路相逢，成了儿女亲家。

小说塑造了李天造和傅星两个不同的商人形象。

湖广商人李天造是一个很善良的商人，“他为人最是朴直，因祖业凋零，自幼就在江湖上习了商贾之业。到得三十以外，发有数千金之财”。“因此时常遇着好事，力量做得来，便尽力量做去，虽有所费，也不吝惜。”他是一个以经商赚钱为职业的商人，但他并不因此唯利是图，反而经常用自己并不雄厚的财力来帮助需要帮助的人。

李天造的同乡傅星是一个时运不济的破产商人，“少年时也有些须本钱，只因看得钱财轻，仁义重，往往朋友面上肯用功夫。又兼连年时运不济，所以把些本钱在江湖上都消折尽了，故这十数年不曾出来”。他到苏州做生意，亏得身无分文，又被人诬为窃贼。幸好同乡商人李天造虽与他素不相识，但出于同情，为他出钱了难。见傅星衣食无着，又收留了他，后来又充分信任他，托他代替

自己到芜湖去收货款。小说形象地表现商人傅星面对金钱内心理和欲的斗争:

> 你想一个穷人,黑眼睛珠看见了白晃晃许多银子都在此手里,怎不动心?这夜事在心头,翻来覆去,只是睡不着。心下想道:"我苦挣了一生,从来未曾见这些银子,今日既到我手,却又交还别人,几时再得他来?况我女儿又当在别人家受苦。若拿了这些银子回去,赎了女儿回来,招个女婿,教他作个生意,养我下半世,岂不是晚年之福!若吭吭然执了小信小义,回去交还他,无过只称得我一声好人,难道肯将这银子分些与我不成?那时若开口要他十两、半斤,便繁难了。还是行些权便为妙。"又想道:"只是李老爱我一片美情,托我一番好意,如何负得他。如今拿他的当我的,恐天理难容。"又想一想道:"天下之财,养天下之人,那有定属?前日在他,便是他的,今日在我,便是我的。若定然该是他的,他就不该托我。他既托我,这财便该归我了。他托我自是他误,我既到手再要还他,岂非又是我误?这银子虽说是李老托我,实实是天教我做财主,故假手于他。古语说得好:天与不取,反受其咎,况且李老尚有千金在手,还是个财主,不至穷苦。譬如他桐油不长,两处的只卖得千金,他也罢了。我这财主是落得作的。"又想道:"是便是这等,只是日后怎么相见?"又想道:"人世如大海,一般你东我西,那里还得相见?"算计了一夜,毕竟公心不能胜私。到天亮起来,对主人说明要到苏州,却悄悄搭了一只上江舡竟搬了行李,回武昌故乡而去不题。
>
> 何事消磨君子心,美色与黄金,莫夸树德,谩称好义,到此难禁。

这是整天与金钱打交道的商人灵魂长期要经受的拷问。傅星用拐来的钱把女儿从债主那里赎回家来。女儿成亲之日,他才知道自己的儿女亲家竟然是自己这一辈子最不愿意见到的人——李天造,他羞得无地自容。

小说表现了比较丰富的经商艺术：

多点销售，行情要“候”：李天造和伙计李贵贩桐油来到芜湖，“守了些时，桐油没行情，李贵劝李天造留一半在芜湖候价，发一半到苏州去卖”。

金银容易引起盗心，不可轻易委托他人：苏州桐油价格上涨了，李天造准备要傅星“到芜湖载那一半来卖”，“行主人闻知，因悄悄对李天造说道：‘我闻知这位傅客人与老相公不过是面交，怎便以千金相托？莫若老相公写个信，我行中差的当人去罢。’”

全面考虑生意诸方面因素，追求综合效益：李天造派傅星到芜湖去运桐油到苏州来卖，芜湖的店家认为不必如此：“桐油不独苏州长，我芜湖也长了。这一半桐油虽卖不到一千两，九百两却卖得的，虽说比苏州少些，却也省了路上担惊受怕并雇船纳税之费。”

《珍珠舶》

题“鸳湖烟水散人著”，作者的真实姓名和生平均不详。

卷一描写商人赵相为求保护误与恶棍蒋云结为兄弟，蒋云趁赵相外出经商之机，先与其母王氏私通，后与其妻成奸，还使知道真相后的赵相差点冤死狱中。

小说塑造了一个生活在社会底层的小商人形象。

松江府华亭县赵相，“取妻冯氏”，和母亲王氏“至亲三口儿，靠着祖遗房产过活”。为了一家人的生活，赵相想出门做生意，“孩儿非因别事，只为天旱年荒，米珠薪贵。似此坐吃山空，将来何以度活。意欲出外为商，又虑家内无人照管，所以进退两难，踌蹰不定”。得到了母亲王氏的赞同，“我亦久欲令汝做些生意，只虑你从幼不曾远出，况兼行业颇多，不知做那一件可以趁些利息。今汝既要出外，岂不闻男儿志在四方，我岂阻你”。为了生活，中国普通老百姓把出门经商看成是“男儿志在四方”的壮举。

小说突出表现了弱小的商人寻求保护的心态。蒋云衙门稔熟，有势力，王氏嘱咐做生意的儿子：“你既没有弟兄，这样人系在邻居，也应结识他。”一场债务纠纷使商人赵相更加感到自己的无助，因此更加积极地寻求保护：“就与他八拜结为兄弟，方好往来，藉他照顾。”

小说表现了一种有特色的商人夫妻关系。赵相的妻子冯氏在赵相的结拜兄弟蒋云的引诱下失身，事情败露后，“知县又叫赵相问道：‘汝妻业已身辱，名毁，可即断开，还要完聚?’赵相泫然泣下道：‘小的家事已尽，母氏又死，举目无亲，乞赐完聚罢。’”“以后赵云山将银二百两，借与赵相开个店面营生。冯氏亦追悔前事，勤苦帮助。不上三年，仍挣了数百金家计。”为了生活，有过这样经历的夫妻仍然可以凑合着生活下去。

《载花船》

题“西泠狂者笔”，作者的真实姓名和生平均不详。

卷二描写茹光先、倪硕臣、廖良辅三人情同手足，设誓结盟，合伙携家小到城中经营客店。三对年轻的夫妻同居一店，朝夕相见，为财为色生出一大堆是非。茹光先、倪硕臣俩人易妻而淫，唯有廖良辅没有同流合污。为了远祸，他退出经营，独自回乡。金兵南侵，茹光先、倪硕臣两家都被金兵虏去。廖良辅闻讯后，变卖家产，历尽艰辛，赎回茹光先、倪硕臣之妻。

小说表现了经商在这些老百姓心中的分量和吸引力：

> 茹光先道：“……临安府内改作皇都，非常兴旺，连我秀州亦颇繁盛。前日偶往县中完粮，打从六里街经过，见些上下经商，过往仕客，挨挤满路，实是气色。两边铺面做买卖的，亦挨肩叠背。却好东塔寺前，遇着母党舍亲，在彼处开张山陕客店，留去叙情。……说起客行一事，赚钱甚好。舍亲开久，各处闻名，主顾络绎不绝，趁过万金家当。目今七十过头，精力衰颓，止生一子，年尚幼小，无人料理。况且得手之人，未免要思退步，欲把此行顶与人开。彼时我已有心，问他须有多少银两便好开得。他说只顶招牌，要二百两；行中床帐桌椅、锅灶碗盏、铜锡器皿之类，共得一百余金；再须数百两现银放在手头应客，必有千金方可转活，不致掣肘。房子或赁或买，不在数内。因想我们三人齿同意合，况且世代相与，胜若亲

生。意欲齐心合力，均平凑出本银，顶了此行，公分利息。不但可免目下饥寒，或者托赖天地祖宗之灵，积趱得些家当也不见得。二位尊意何如？”倪硕臣道：“此计不差！若苦苦死守农业，略遇凶岁，性命难存。据令亲说来，此行多寡有些进益，谅不至亏折资本。况我门生理，也不指望怎么大主赚钱，只愿复得父产，不堕先人之志，便自心满意足。”

在他们看来，做生意似乎比种田受自然气候条件的影响要小些，赚钱似乎也容易一些。

小说对商人的合伙生意有较丰富的描写。

合伙经商要加强生意合伙者感情上的联系：“我三人虽见契厚，尚无统说。明日买副三牲，对神前立个誓愿，杀鸡歃血，结为八拜之交，凡事无欺。开行之时，家小要移到彼，盟了此心，直为嫡亲兄弟一般。三家同居一室，内外可免嫌疑，账目更无暧昧。”

合伙做生意事涉钱财账目，事关不同所有者的经济利益，因此合伙者要共同把关：“话说倪硕臣等既结盟好，立意开行，约齐廖良辅，同茹光先到他亲戚家里，把顶店一节细细说明。办席蔬酒，写定议单，把行中所有现成器物，也开账结算，共约三百余金。”

合伙做生意要发挥合伙的优势，既有明确的分工，又要互相配合：“廖良辅专管行中货物、出入账目。银两公同封锁，钥匙三人递收，月终算账后交割。利息每季一分。茹光先、倪硕臣轮流同王小三到马头水口接客、支持买卖。”

对合伙做生意的商人来说，规矩是最重要的：“倪硕臣道：‘总是家间清闲，一无所事，待我前往苏州接客。’茹光先道：‘还是我去，这次钥匙该你掌管，怎好去得？’倪硕臣道：‘钥匙什么大事，哥哥收亦是一般。’茹光先道：‘不可坏了规矩。弟若必于要去，交与弟媳收着，用时取出不迟。’”

散伙也要散得明明白白：“今日空闲，把从前账目逐一清算，不拘利息有无，弟自领本，归乡度日。二兄如今已是轻车熟路，力尽优为，小弟去亦无碍。自从起手到今，毋论账目银钱，家中大小等事，弟稍有欺心，归途即葬鱼腹，身首异处，神明报应二兄！”

“遂叫进王小三来，把历来账目，从头彻尾，清算一篇。除本之外，尚得利银二百余两。”

小说表现了商人对理欲的态度：

倪硕臣的妻子芸娘与丈夫的结拜兄弟茹光先偷情，他们在观念上认为这并不是什么大不了的事情：“普天之下，一日一夜不知有几十万生灵私下偷情。”“这样事在我开行歇客人家，只好当蝼蚁大小事务，什么做得做不得。”“古人说得好，‘光阴能几何？欢乐须及时’，我与嫂嫂正在少年之时，若不及早寻些乐地，有日老来，死期将至，要去作乐也不能勾了。”

倪硕臣发现自己的妻子与自己的结拜兄弟茹光先偷情，作为丈夫的倪硕臣这时的心理活动是值得玩味的：“欲待走去冲破，一时难以收手，且同在此，开行不成，妻子必须休弃。外人知风，体面丧尽。将欲含忍，实是气忿不过。”“此一张扬，被众客传出，四远皆知，我老倪亦难好做人。他既不仁，我亦不义。权且忍着，自有处置!”后来在妻子芸娘的帮助下，倪硕臣与结拜兄弟茹光先的妻子玉姐苟合，马上就能得到心理上的平衡。

小说表现了经商的诀窍和艰难：“开行之后，四伙计殷勤送迎，脚用公道，又有现银应发客商，投行的□所以去来不绝。又兼廖良辅总理账目，小心忠厚，客伙中甚是敬他。两两三三传说开去，尽道本行诚实，比旧又添许多新客，生意甚是茂盛。但因三家人口重大，费用繁多，虽是银子日在手内挣弄，算起趁钱，又甚微细。”“开及半年，每人二次，也各分得三五两赚钱。”

小说表现了丰富的经商艺术：

名气招牌是无形资产，也值钱的。山陕客店，“舍亲开久，各处闻名，主顾络绎不绝”。出让山陕客店，“他说只顶招牌，要二百两”，这招牌比别的东西还要值钱：“行中床帐桌椅、锅灶碗盏、铜锡器皿之类，共得一百余金。”

开店做生意对主顾的重要性要有充分的认识：“但令亲是旧主熟客，所以源源而来。只恐我们顶后，客人见已换了新主，一时散去，这是招呼不拢的，那时怎好？”

做生意要重用能人、内行人：“舍亲说行中有个久惯接客之人，这是断少不得的，顶行仍要用他在家。一来客人不走，二则货物高低，价数上落，件件惯熟，必无差谬，三则各行旧例与一应牙规，惟他记得。”

《八段锦》

题“醒世居士编著”，作者的真实姓名和生平均不详。

《儆容娶》

小说描写商人陈鲁生和表叔蒋尚义结伴出外经商。陈鲁生好色，在外耐不住寂寞，嫖妓，后又花钱娶妾邬大姑，差一点被邬家姐妹合谋害死。得知真相后的陈鲁生幡然悔悟，改邪归正。

徽州府休宁县一陈姓人家“家事甚殷”。按照“徽州乡风，儿大俱各生理”。“陈简即兑了五百余两本钱，交付鲁生。又托表弟蒋尚义与他作伴，并嘱规戒非为。”陈鲁生和自己的表叔蒋尚义“却说他二人离了徽州，拿这五百两银本钱，走到地头倾销，买了南北生熟药材，去到北京货卖。到了下处，寻了主人，堆下药材，乱了两日。那鲁生自离了妻室，好生难过”。

陈鲁生出外经商，耐不住寂寞，起了风流之兴，“鲁生便回了寓处，取了五十两银子，并换药材的四疋缎子，拿去院中，送与鸨儿，以为初会之礼”。但在只认得钱的妓女身上，陈鲁生没有找到安慰：“这鲁生不过生意人出身，吟咏不消说起，即打差之费，亦在鄙吝半边。那桂哥眼界极广，哪里看得在心。故此鬼脸春秋，不时波及。那鲁生又是聪明人，用了百十余两银子，讨不得一个欢喜，心中深自懊悔。一日回寓，对表叔尚义道：‘我不过因一时寂寞，错了念头，用去百十余两，讨不得半点恩情，反受了十分调谑，真是悔恨。’”转而托媒人娶小，在外与邬大姑成亲，“鲁生被此淫情所迷，于是把卖货的银两，都交她收管。那大姑陆续私积，一二年间，也偷了一二百金在身。那鲁生渐渐消乏起来。自五百余两出门，嫖了百十余两，讨大姑去了百十两，又被大姑私吞一二百两，况时运倒置，买的买不着，卖的卖不着，有多少利生出来？只剩得百十余两银子，心中甚是惊慌，把银子依先自管，家中使费，亦甚俭薄。邬大姑一门，原是吃惯用惯的，如何受得清淡，便不禁寻闹起来”。在不重情义的“二奶”身上，陈鲁生仍然找不到安慰，还差一点把自己的命搭了进去：“一日，鲁生从窗下经过，听见里面唧唧哝哝说话。他便伏在窗下潜听。听得邬二姑道：‘我瞧姐夫囊中之物也不多了，又且病体恹恹，料没有久富之日。姐姐，你贪他什的？不如照旧规送他上香。你年纪尚小，再寻一个富贵的，可不有半世的受用！’”直到这时，陈鲁生的好色贪淫之心才得到警醒：“想当初出门时，爹爹付我本银五百余两，在此三四年，已耗去四百多了，有什颜面回家？莫若离了此妇，速往他乡，别寻径儿，赚得原本，也好回家去见父母妻子。”方才改邪归正，“离了北京，竟往湖广做干鱼生理。自此鲁生把妇人念头，竟如冰雪一般。与尚义将这百多银子，一心一意做了十余年，已赚起数千金来”。“算账时，赚三千余两，鲁生即分一半与尚义，道：‘不是老叔救我，焉有今日！’”

小说表现出外经商赚钱的商人有代表性的“爱好”，表现他们在生活的教育下改邪归正的心路历程，表现出明显的惩戒特色。

《云仙笑》

题“天花主人编次”，作者的真实姓名和生平均不详。

《都家郎女妆奸淫妇》(《平子芳》)

小说描写富商都士美贪淫好色，男扮女装与年轻俏丽的商人遗孀丁氏勾搭成奸；平子芳看破继母奸情，因此差点命丧黄泉，最终善恶有报。

小说表现了商人顽强的生存能力。

小说的主人公平子芳在做生意的父亲去世之后，他“便承了父业，依旧开张绸铺”过日子。但后母的奸情险些给他招来杀身之祸，加之战火又起，他不得已背井离乡，从荆州逃难来到扬州。在人地生疏的扬州，平子芳用逃难途中拾得的百十两银子又开创起自己的事业：“子芳便赁下一间房子，到苏、杭贩些杂货，开个小店度日。”后来寻到妻子，一家团圆，“自此竟住在扬州，生意甚是顺溜，至今成个富翁”。平子芳的这种生存能力、开拓创业精神在商人中有一定的代表性，是值得赞赏的。

《张昌伯厚德免奇冤》(《厚德报》)

小说描写布商张昌伯礼待盗贼朱恩，朱恩知恩图报，移走恶棍用来陷害张昌伯的尸首，并使害人者得到了应有的惩罚。

小说表现了商人在中国传统社会里有代表性的生存状态。

明朝万历年间，苏州商人张昌伯，“原是儒家出身，自他父亲不喜读书，开一个布店，挣起富翁，有盛名。传到昌伯也便继述父志，比着父亲更觉筋节，那些家资却又多了几倍”。商人的金钱容易引起觊觎之心，“元来昌伯对门有个光棍，姓刁名星，表字德甫，最喜无风起浪，诈人财钱。久仰昌伯是个富厚长者，要领他些盛惠，只是没有妙计”。老实厚道的商人张昌伯受到刁星这样的奸诈之徒的陷害敲诈。有钱的商人财多招嫉招祸，这种生存状态在中国传统社会中有一定的代表性。商人们也明白财多招嫉招祸的道理，一般都注意结交各方面的朋友，寻求有力的保护。

商人讲仁义，有人缘，在关键时刻就有朋友为之两肋插刀。朱恩偷张昌伯家的东西被捉，张昌伯理解他的穷极无奈，不仅没有为难他，反而好酒好肉招待他，送东西给他。朱恩感激涕零。后来他凌晨从张昌伯家大门口经过，发现有人吊死在张昌伯家的大门上：“这等好人，不知又有什么冤家与他不合，走这条门路去害他。思量要报他知道，又恐怕敲门打户，未免惊动邻里；欲待走了过去，做个不干我事的局面，却又放心不下。他既救了我的难，我怎么不去救他的难?”朱恩悄悄地把吓诈张昌伯的死尸移开，暗中保护自己的恩人张昌伯。小说表现了商人仁德的力量。

《雨花香》

作者为石成金，成书于雍正四年(1726)。在中国古代白话小说发展史上，石成金是第一个在作品中题署自己的真实姓名的小说作者。

《铁菱角》

小说描写徽商汪于门平生只以敛财为务，积有家财百万。后清兵以其家财入饷，一辈子为财辛苦为财忙的汪于门最后为财而亡。

小说的主人公汪于门是一个很有特色的商人。

汪于门作为一个商人，在经商理财上有自己的一套。他做生意财富积累得非常快。他十五岁时，“于万历年间，自徽州携祖遗的本银百余两，来扬投亲，为盐行伙计。这人颇有心机，性极鄙啬，真个是一钱不使，二钱不用，数米而食，秤柴而炊，未过十多年，另自赚有盐船三只，往来江西、湖广贩卖。又过十多年，挣有粮食豆船五只，往来苏、杭贩卖”。他以“本银百余两”从“盐行伙计”干起，“未过十多年，另自赚有盐船三只”。“又过十多年，挣有粮食豆船五只”。三十多年积至“百万两”银钱。从财富积累上来看，他经商是成功的。

在财产的经营管理上，他生财有道，事必躬亲，滴水不漏。“他自己置买许多市房，租与各人开店铺，收租银。”生意做得稳当，没有什么风险。“他恐怕人拖欠他的房租，预先要人抵押房银若干，租银十日一兑，不许过期。如拖欠，就于押银内扣除。都立经账，放在肚兜，每日早起，直忙到黑晚，还提个灯笼，各处讨租。有人劝他寻个主管相帮，他答道：‘若请了主管，便要束脩，每年最少也得十多两银子。又每日三餐供给，他是外人，不好怠慢。吃了几日腐菜，少不得觅些荤腥与他解馋。遇个不会吃酒的还好，若是会吃酒的，过了十日五日，熬不过，又未免讨杯酒来救渴，极少也得半斤四两酒奉承他。有这许多费用，所以不敢用人，宁可自己受些劳苦。况且银钱都由自手，我才放心。’”

汪于门做生意非常投入，“就是吃饭时，他心中或想某处的盐船，着某某人去坐押；或想某处的豆船，叫某某人去同行；某处的银子，怎的还不到？某处的货物，因何还不来？某盐场我自己要盘查，某行铺我自己要看发。千愁万虑，一刻不得安宁”。

作为拥有一定财富的商人，汪于门非常注意保护自己的财产：“内中单说他心血苦积的银子，竟有百万两，他却分为‘财’、‘源’、‘万’、‘倍’四字，号四库堆财利。有这许多银子，时刻防间。他叫铁匠打造铁菱角。每个约重斤余，下三角，上一角，甚是尖利，如同刀枪，俱用大篾箩盛着，自进大门天井到银库左右，每晚定更之后，即自己一箩一箩捧扛到各路库旁，尽撒满地。或人不知，误踹着跌，鲜血淋漓，几丧性命。到五更之后，自己又用扫帚，将铁菱角仍堆箩内，复又自捧堆空屋。虽大寒、大热、大风雨，俱不间隔。其所以不托子侄家人者，恐有歹人通同为奸。"

在人际交往上，他财上分明，既不占别人便宜，也不让别人占自己的便宜，虽然缺少人情味，但从经济上看的确能够省事节约：

> 自己客座屏上，粘一贴大书云：
>
> 一、予本性愚蠢，淡薄自守，一应亲友，凡来借贷，俱分厘不应，免赐开口。
>
> 一、予有寿日、喜庆诸事，一应亲友，只可空手来贺，莫送礼物。或有不谅者，即坚送百回，我决定不收。至于亲友家，有寿日、喜庆诸事，我空亦手往贺，亦不送礼，庶可彼此省事。
>
> 一、凡冬时年节，俱不必重贺，以免往返琐琐。
>
> 一、凡请酒，最费赀财。我既不设席款人，我亦不到人家叨扰，则两家不致徒费。
>
> 一、寒家衣帽布素，日用器物，自用尚且不敷，凡诸亲友有来假借者一概莫说。愚人汪于门谨白。

在生活消费上，他带头节俭。虽然拥有百万家财，"他自戴的一顶毡帽，戴了十多年，破烂不堪，亦不买换。身上穿的一件青布素袍，非会客要紧事，亦不肯穿，每日只穿破布短袄"。"他自己却同众人一样，粗饭粗菜共食，怕人议论他吃偏食。"他视财如命，"到了崇祯末年，大清兵破了扬州城，奉御王令旨，久知汪铁菱家财甚富，先着大将军到他家搬运银子来助济国饷。大将军领兵尚未到汪门，远远看见一人破衣破帽，跪于道旁。两手捧着黄册，顶在头上，口称：'顺民汪于门，迎接大将军献饷。'""汪人看见搬空，心中痛苦，将脚连跳几跳，说：‘我三十余年的心血积聚，不曾丝毫受用，谁知尽军饷之用。’长嚎数声，身子一倒，满口痰拥，不省人事，即时气绝。”作为一个商人，汪于门的所作所为有其合理性；但作为一个社会人，汪于门的为人处世，似乎缺少那么一点人情味，缺少那么一点做人的乐趣。

《亦佛歌》

小说描写当铺老板许长年为人贪吝，怕费财，误将上寿讨酒食的丐首打死，后又患重病身亡。两次灾难均是高僧相帮才得以躲过，许长年终于看破红尘，不再贪恋家私。

商人生活以好财、重欲为特色，而佛家则倡导去欲、无欲，以欲念为万恶之源。扬州大东门开当铺的商人许长年为人处世有自己的特色，“这许长年虽有几万之富，为人最贪、最吝”。他一心想多赚一点，少花一点，“他是个挣家之人，时时照看着，但见戥头上讨得他人厘毫便宜，也是满怀欢喜。凡来求布施抄化的，休想他破例开手”。“家中逐日三餐，真个是数米而炊，秤柴而爨。有这刻苦，所以积下家私，如水浸黄豆，一日大似一日。”而且他从不为虚名和面子耗费自己的金钱：“若说财主家体面，做财主的全是‘体面’二字误了多少事，要体面，就去穿好衣、吃好食、攀好亲、结好眷，与众财主争强赌胜，把家私日渐破坏，无益于事。我所以一味务实，这些虚体面让别人去做罢。”

就是这么一个“若看着钱财，便如性命一般”的商人最后在“得道的高僧”训导下，由商归佛，达到了“凡有一切尘欲念起，便想譬如我身已死”的境界。“即在后园中另隔净室一间，只令小童捧接饭食，家中一切大小事，俱交与两儿同妻料理，丝毫不管，亦不许向说。”

这个故事表现了佛家无欲、去欲、以欲念为万恶之源的观念对商贾生活的渗透，表现了商贾生活与佛家文化的不相容性以及在理欲问题上的冲突。这也是商品经济的发展在传统中国举步维艰的重要原因之一。

《旌烈妻》

小说描写商人项起鹄外出广东生理，死于途中，项妻程氏闻讯自缢于家。

小说表现了一对商人夫妻的恩爱生活。商人项起鹄“娶妻程氏，年方二十三岁”。项起鹄结婚后不久，“同友往广东贸易，不意数月病故。凶信至家，程氏即换丧服，日夜痛哭，汤水不食者五日”。“‘以无子，相守何人？公婆幸有夫弟相托，我可闭目于地下矣。’是夜自缢，时在雍正三年十月初七夜也。”程氏身为商人之妇，“并不知书识字，即志重夫妇之伦，视死如归”，最后以身殉夫。这种夫妻关系在商人社会中是极为罕见的，表现了中国传统文化对商贾生活的负面影响。

《出死期》

小说描写富商钱广生被一相士断其寿在百日中，吓得哀求天宁寺渤师相救。渤师嘱其救人危难，不杀生，分一半家资积德、念佛。钱广生依嘱而行，果无灾殃，寿至一百零六岁。

小说的主人公钱广生是一个开茶叶铺的商人。“每年从霍山等处置茶叶，贩与各铺零卖。为人性极刻薄，积得现银五六千两。”佛家信奉“慈悲为怀”，渤师祭起“因果报应”这座尊神，要“为人性极刻薄”的商人钱广生首先“要将平时刻毒尽改为仁慈”，“第二要将所积现银，分一半做实在救济人的功德，只留一半遗与子孙”。钱广生在大荒之年，将银买米赈饥，“自后存心宽厚，力行善事”，结果不仅其寿延至一百零六岁，而且死后前往极乐世界，“永享福果，并不由阎王地府”，更有意思的是改刻毒为仁慈之后，他家的生意更加红火：“其子同心合力，乃贩茶贸易，又增开一大布店，十分兴旺。”在这里，佛家对商贾生活的影响，不表现为罪欲、去欲、否定商人对尘世利益的追求，而只是要求商人改刻毒为仁慈，力行善事，对商人仁慈行善事的奖赏竟然是商业上的成功。从这里可以看到佛家文化对商贾生活的些许认同。

《通天乐》

作者为石成金。

《莫焦愁》

小说描写商人“韩苦鬼”开“柴米大铺”，贩红草亏折三十两银子，急瞎了右眼；贩米船漏浸坏二十余石，急得发背疽，寿止四十二，所积家财被儿子挥霍一空。

小说中“开张柴米大铺”的商人“韩苦鬼”赚钱很投入：“每日打探各处柴米价值，某处价贱，即往买来发卖。某处价贵，即改往贱处贩卖。”花钱则很节俭：“这人有许多癖病，即如不住高大房屋，不穿绸缎衣服，不与富贵交往。”“终日只在财上盘算”，积财成癖，惜财如命，为钱财“焦愁”了一辈子。钱财在他的生活中的分量重到了不恰当的地步，这势必会影响他对其他人生要义的关心和重视，对人的生活会产生负面影响。“韩苦鬼”对待“财”的态度在以经商求利为职业的商人中有一定的代表性。钱本来是受人支配的一种工具，在韩苦鬼这样的商贾生活中，却拥有支配人、左右人的魔力。

《讨债儿》

小说描写商人孙汉公开客店，为人极讲诚信，湖广一位沈姓客商寄银二百两于孙处后回家身亡，孙汉公以诚信之心对待这易昧之财。

小说的主人公孙汉公开客店牙行，在顾客中有一个好名声，生意做得很红火：“南门骡行内有个孙汉公，为人最至诚，又最信实，远近各省闻名，多往他家作寓。”

商人孙汉公受朋友之托，忠朋友之事。“有一湖广少年沈客，主仆二人，贩许多川货到孙老家投卖。那时正值川货缺乏，随发各处，未几都卖完，大有利息，本利共有三百余金，沈客大喜。”这时回乡的路上发生了战乱，沈姓商人怕路上有闪失，把货银寄放在孙汉公处，空手回家，却一直没有来取。“光阴迅速，倏忽一年。

孙老想道：‘银钱是流通之物，何不动银代置货物，翻出些利息与他，不枉一番知交？’随动银买货营运，本利约有加倍。”他不但不昧易昧之财，而且用朋友寄存之银代为营运，“翻出些利息与他”。在财上既表现了一个君子的品格，又表现了一个商人的精明。

《八洞天》

题“笔炼阁编述”，笔炼阁的真实姓名尚无定论。

《续在原　男分娩恶骗收生妇，鬼产儿幼继本家宗》

小说描写岑家世代开店，生意越做越大。随着生意的发展，生意竞争与骨肉亲情产生了不可调和的矛盾。

小说表现了岑家几代人的经商生活。岑家世代开店，“此事出在明朝景泰年间，北直真定府地方，有个富户，姓岑号敬泉。积祖开个绒褐毡货店，生理甚是茂盛。所生二子：长名鳞，字子潜，娶媳鱼氏；次名翼，字子飞，娶媳马氏”。

岑家两个儿子，一个读书求功名，一个经商求钱财，“敬泉只教长子岑鳞帮做生理，却教次子岑翼学习儒业”。而两兄弟不同的命运似乎是读书和经商两种生活的比较。岑鳞做生意尚能继承家业。岑翼读书求功名，钱花了不少，最后功名没有求到，什么事情都不能干，还把命送掉了。在岑家第三代岑金、岑玉人生道路的选择上，已经断了读书求功名的念头。“鱼氏见丈夫店中有了岑金做帮手，意欲教儿子岑玉习举业。岑鳞道：‘你只看我兄弟费了父亲多少银子，究竟读书不成。反因坐监弄出病来，送了性命。我们庶民之家，只该安分，莫妄想功名，指望这样天鹅肉吃！’”与农商关系一样，士商关系在古代中国也是一个很有分量的话题。

岑金是一个地地道道的商人，从小就学习做生意，历练得身手不凡。“岑翼至二十岁，生下一子，取名岑金。”“此时岑鳞夫妇尚未生子，就把侄儿当做亲儿一般，到十二岁，便教他学生理。岑金却也伶俐，凡看银色，拨算盘，略一指点，便都晓得。”“买卖精通，在伯父店中替得一倍力。”岑金不仅做生意身手不凡，而且他为人处世的思想观念已经与中国传统商人有很大的不同。作为一名生意人，岑金身上的独立自主意识很强，他不安于在伯父店中打一辈子工，“岑鳞因他已自爨，遂照店中伙计之例，一样算些束脩与他。如是年余，忽一日，岑金对岑鳞道：‘侄儿既分居另爨，日费不给，虽承伯父有束脩见惠，那里用度得来？意欲求伯父划些本钱与我，自去营运。’岑鳞听说，沉吟不语。原来岑金向在店中日久，手中已有些私蓄，自分居以来，时常私约主顾在家做买卖”。他要自立门户，自己当老板。

作为一名商人，岑金的竞争意识也很强。独立开店后，他与伯父的老店竞争生意，“自此之后，岑金自去开张店面。也是他时来运到，生意日盛一日。岑鳞老店里生意，倒不如他新店里了”。他让利抢客，而且竞争得理直气壮：“岑鳞因去了岑金这帮手，儿子岑玉又不肯用心经营，店中生理日渐淡薄。一日，有几个客商先到岑鳞店里买货，批过了账，却被岑金私自拉去，照伯父所批之账，每项明让一二分。那些客商便都在岑金店中取货，把岑鳞的原账退还了。”伯父责备他，他理直气壮地说：“这行业原是祖上所传，长房次房大家可做，非比袭职指挥，只有长房做得。常言道：露天买卖诸人做。如何责备得我？若说我新店里会招揽客商，他老店里也须会圈留主顾，为何不圈留住了？”

小说对老板与伙计关系的描写也有自己的特色。岑维珍和鱼君室“向日原在岑鳞店里做过伙计的：一个叫岑维珍，是与岑鳞通谱的族侄；一个叫做鱼君室，即鱼仲光的叔子，单身无靠，依栖在仲光处，仲光冤他做了贼，逐他出来，在街坊上求乞，岑鳞看不过，收养他在家，后来就教他相帮做生理。到得岑鳞死了，店已歇了，用那两个人不着，两个便都到岑金店中去相帮。岑金见他生意在行，人头又熟，便加了束脩，倾心任他。人情势利，只顾眼前，那个思想昔年的水源木本”。伙计欺心谋老板财：“原来店中伙计岑维珍，与家人岑孝同谋，偷了店中若干货物，自己私把店门撬开，只推失了贼。岑金心疑，细加查察，访知实情，把岑孝拷打了一顿，又要把岑维珍处治。”老板到官府告伙计，“把他二人告官追赃”，结果“倒费了些银子，赃又追不出”，老板岑金自己气病而亡。在小说中，人与人之间的人情味、亲情味淡了，金钱利益的计较多了。岑金的伯父去世，岑金借机甩掉包袱："谁想丧事毕后，岑金却开了一篇细账，把从前所费，凭他一个算了两个，竟将伯父前日所付本银三百两，除得干干净净。"金钱利益的算计左右着人们的生活选择："恰好鱼氏有个内侄叫做鱼仲光，向在本府做外郎的，闻知此事，撺掇鱼氏把寡妇出名去告状。岑金探听了这消息，也吃一惊，因晓得鱼仲光是贪财的，便暗地里把些贿赂买嘱他。那鱼仲光得了钱财，便改了口气。"在以经商求利为职业的商人生活中，金钱的力量和作用正日益凸显出来。

《正交情　假掘藏变成真掘藏，攘银人代作偿银人》

小说描写商人甄奉桂由贫而富，假称掘藏，借人家的钱经商图利，发财后结交权贵，忘恩负义，终得恶报。

小说的主人公甄奉桂原本非常穷："这事出在明朝正统年间，浙江金华府兰溪县，有个穷汉，姓甄号奉桂，卖腐为业。""原来豆腐生理，先赊后现，其业虽微，也须本钱多，方转换得来。甄奉桂却因本钱短少，做了一日，倒歇了两日。"

在甄奉桂穷愁潦倒的时候，他周围的商人出于同情，给予他许多帮助和关照："只租得一间屋住，倒欠了大半年租钱。亏得房主人冯员外，怜他贫苦，不与他计较。又亏了对门一个好乡邻，姓盛名好仁，他开个柴米油酒店，兼卖香烛纸马等杂货，见奉桂口食不周，他店里有的是柴米，时常赊与奉桂，不即向他索价。"

因为本钱短少，甄奉桂的豆腐生意做得比较艰难，"奉桂道：'便是没讨这三五钱银子处。若得有人扶持我，那借些儿，待得了采，加倍还他。'"

"掘藏"的名声给甄奉桂带来了许多机会。有人说甄奉桂"掘藏"发了财，甄奉桂将错就错，假说自己掘了藏。冯老安人因为听说他掘了藏，便把自己私房积攒的一百两碎银送来换元宝，使得甄奉桂有银钱凑手，去还盛好仁一两银子的欠账。这些资本对做生意没有本钱的甄奉桂来说是重要的："我向因本钱少，故生意淡薄，若得这九两银子做本钱，便可酿些白酒，养些小猪，巴得生意茂盛。那时算还他本利，有何不可？"有钱的名声又使得盛好仁放心托他料理生意："今足下既交了财运，这豆腐生理不是你做的了，敢烦你在我店中看看。我还积蓄得纹银三百两，要置些杂货在本地发卖，足下正当交运之时，置货自然得价，也烦你替我营运。""待回家时算结账目，定当重重奉酬。"盛好仁送来托他购货运营的三百两银子，使得甄奉桂能够借这笔银子周转一下，还了冯老安人的两个大元宝，典买了冯家的一所大空屋："你今手中既有了银子，这一间屋不是你住的。我这所大空房一向没售主，你如今得了罢。""奉桂此时也亏他胆大，竟慨然应充。"而正因为典买了这所大空屋，甄奉桂在这所大空屋里才真正掘了藏，得了五千多两银子，还清欠账，把生意做发。"掘不多几尺，早掘着了三瓮银子，约有五千余金。原来这银子本是昔年刘厚藏私埋下的。他见儿子刘辉不会作家，故不对他说，到得临终时说话不出，只顾手向地下乱指。""绝处逢生，无中忽有。只骗几钱银过年，顿然一百两应口。止求十两银作本，更遇三百金凑手。"假如甄奉桂没有掘藏发财的名声，这么多的机会是不会光顾到他的头上的。水往低处流，财往旺处走。

发财之后的甄奉桂生意做得很活，日子过得很舒坦，但心肠却越来越黑："每月只到盛好仁店里点看一两次。自己门前开起一个典铺，家中又堆塌些杂货，好不兴头。"受人之托却不忠人之事。"今奉桂将得价的都画在自己名下，把不得价的都画在他人名下。""大凡银子到了他人手中，便是他人做主，算不得自己的了。"

小说表现了中国传统社会中官商关系的特点。原房主刘辉为了掘藏一事与甄奉桂打官司，"奉桂讼事胜了，扬扬得意。谁想知县闻了掘藏之说，动了欲心，要请益起来，不肯便出审单。奉桂又送了五十两，审单才出"。刘辉的官司使商人甄奉桂明白了一个"道理"："拥财者必须借势。""奉桂自此之后，想道：'拥财者必须借势。我若扳个乡绅做了亲戚，自然没人欺负了。'""访得本城一个乡绅郤待征是知县的房师。那郤待征曾为兵部职方司主事，因贪被劾，闲住在家。"他弄虚作假，想方设法与这位乡绅结成儿女亲家。甄奉桂巴结官权的手段是金钱，目的是"借势"，不仅是寻求保护，更主要的是借势敛财。他与郤家"联姻"后，"奉桂只得专倚着郤家行动，凡置买田房，都把郤衙出名，讨租米也用郤衙的租由，收房钱也用郤衙的告示”。用钱“借势”，又通过“借”来的“势”敛财，这是许多中国商人与官权打交道的“模式”。郤待征之所以乐意与甄奉桂来往，主要还是看中了这个商人的钱财，利用自己的权势捞商人的钱。这种官商关系在传统中国这个“权力本位”的社会里是有代表性的。

《二刻醒世恒言》

封面署“墨憨斋遗稿”，作者的真实姓名和生平均不详。现存清代雍正年间刊本。全书分上函(上集)十二回、下函(下集)十二回。每回演一故事，共二十四个故事。

《世德堂连双并秀》

小说描写周尚质、周尚文兄弟待母至孝，为摆脱贫困周尚质出外经商，得同乡帮助，进京纳监，由商而官；周尚文得到母舅的举荐，平倭有功，官至两广参将。

小说表现了当时的人们对商业价值的认识。

浙江临安府临安县周家尚质、尚文两兄弟欲靠经商摆脱贫困，安身立命。哥哥尚质对弟弟尚文说：“只因家计萧条，就无了仁义。我如今要出外做些生意，若趁得些钱钞，家有盈积，依旧大家欢喜相聚，可不好么?”认为人生在世，“求人不如求己，况且大丈夫也无有依傍于人之理，只如今世上有谁人可依傍得的么!”出于这些考虑，“尚质便收拾些衣饰，变卖作本，苦不甚多，只有得三四十两银子。择个日子，去到山西，做些毡货生理”。经商是他们无怨无悔的人生选择，是他们顶天立地的根基。这种观念与轻商贱商的传统是迥然不同的。

小说宣扬重商观念，同时也表现了经商的风险。周尚质出门做生意，“行了二十余日，到了山西平阳府临汾县，寻个主人家歇下。次日，对这主人说：‘要收毡货。’付了银子，领这周尚质到各乡收货。本钱不多，刚刚三四日就收完了。尚质道：‘难道为这些少东西，就(回)家去不成？不免将些货来贱卖了，就在本处再收几账，然后回去。’一边就收了三回账。生意(渐)好，也就有六十两多了”。“尚质收了银子，把潞绸付他去了。过了几日，尚质拿这银子复到山西，又思制货。主人家接着，打开银子看了，都是假的，京中人唤做潮银，只有二三分程色；还有一大半是唤做鼎银，乃纯是白铜炼的。尚质半年辛苦，将本都送了。”一时稍有不慎，就受人算计，弄得血本无归。

弟弟尚文在家，“就在门首开个杂货铺儿，分文无私，自己宁受着饥饿，只是有了母亲、嫂嫂，才顾着自己”。生意做得虽然不大，先人后己的无私品德却是值得天下商人学习的。

《张一索恶根果报》

小说的主人公张震是明代东厂一名走卒，外号“张一索”，因陷害田甫主仆，被判入狱三年。刑满后回京开一牙行，谋杀松江客商，后谋得海口守备官职，陷害、掳掠泛海客商，终被处死。

官商关系是小说描写的主要内容。小说塑造了一个专门陷害、掠夺商人的贪官污吏形象。张一索原本是东厂的番子手，“明朝北直隶顺天府大兴县，有一恶人，姓张，名震，号长男，充当东厂里一名番子手”，外号叫张一索。他曾经因为犯事入狱，从监狱中出来后，张一索做起了生意，开了一个牙行：“一索整整当了三年徒满回家，汪氏力劝丈夫卖了东厂顶首，做些买卖。一索勉强依从，权且出了衙门，与妻子商议道：‘京师五方杂处，百货流通，不如开个牙行接货。若自有现银应客，利息自然加倍。’”这时的张一索作为一个商人，与官府有密切的联系。他与贪官污吏相勾结，陷害商人。“一日，忽有个松江布商，贩布一千捆，值银三千两，闻得张一索行内有现银应客，竟来投下，将货都发在张家行内。一索欢喜，摆酒相待接风。也是这商人晦气，却好是日皇店内失贼，盗去松江细布一百余捆，掌店的李公公，便是张一索旧日的本官。其时李内监差人四下缉访，张一索闻知这个消息，陡起不良之心，又发凶贪之状。”“张一索复起了一个行恶念头，竟走到皇店内，见了李内监，禀道：‘小人昨夜接了一个松江客人，贩布一千捆，见放在小人行内，但无凭据，不好起他真赃。今日特来请公公图书印记，待小人今夜将他布袱侧边暗暗都印了公公图记，明日了公公处差人竟来起赃，拿本客送官问罪，这算做小人的小孝顺。’李内监大喜道：‘待起了布来，我赏你五百两银子。’一索拿了图书回家，独自一个，不消两个更次，暗将布土二都用了印号，布商那里得知？”受到诬陷的“布商吓得魂不附体，只得分辩道：‘此布乃本商血本，逢关纳税，遇路起夫，现有通关税票为证，如何是皇店内货物？’”这些灭绝人性的贪官污吏根本不听商人的分辩，“参送刑部，登时将布商盗劫钦置货物，立时处决”。张一索借这个机会又弃商为官，当上了海口防倭守备：“小人不愿领赏，求得公公抬举，发书一封，(与军)政衙门，得选一武职，感恩不浅。”

小说表现了中国古代商人在封建官吏压迫下的悲惨遭遇。商人的生命和财产受到张一索这样的贪官污吏的肆意践踏。“原来海口防守，专管通番往来的船(只。一)索自到任之后，但遇通洋的船，尽行放去，(一只)也不拦阻，也不要他纳税、使费，耽耽只候(回转)之日，将船只尽数留下，商人俱坐他一个(私通)洋贼的罪名。暗用一班恶役，俱送到海水(深处)。如此数年，不知害人性命多少。”察院赵良新任福建巡抚，接到举报后，“喝令左右，即将张震捆起，一打成招，登时抄没家资数百万；奇珍异物，都是向年客商海外贸易来的，不计其数。赵良即便上疏入奏，奉旨参送刑部，三法司官问成凌迟大罪，关下天牢”，十恶不赦的张一索被“关了两年，受尽牢狱之苦，到了刑期，取出到西牌楼下，碎磔于市”。

张一索“奉承当事，结交大老”，为商时，栽赃陷害商人；为官时，依仗权势欺压商人。张一索这类人之所以这么乐意和商人“打交道”，一是因为商人有钱，有油水可捞；二是因为商人无权，弱小可欺，有油水好捞。

《真廉访明镜雪奇冤》

小说描写潮州李牙行夫妇挡不住福建富商邬百顺的金钱诱惑，与真秀才毁约，将女儿李娇姐嫁给邬百顺为后妻。后来邬百顺家财累尽，身陷牢狱，幸得中了状元、当上了八闽廉访使的真秀才不念旧恶、秉公断案，才得以摆脱干系，李娇姐羞悔自尽。

小说对中国传统社会中的官吏与商人关系和商人与商人之间的关系有独到的表现。

在中国古代社会，弱小的商人一旦有钱，就容易成为贪官污吏眼中的"肥肉"："宋末时，福建建宁府寿宁县，有一人姓邬，名百顺，号匪卿。这邬匪卿是个闽中财主，向年走过了几次西洋，家资巨富。"这位商人因为"财主名儿"大，被官府"派买官田五百亩"。"这邬匪卿财主名儿，那处不晓，县中将他佥了个首名，派买官田五百亩。买这五百亩田，只要得五千银子，杂项使费铺垫，倒也要四五千两。"因为生意亏本，邬匪卿无力购买，"官府又日日带出比责，勒限要他买完"。"看看日久，匪卿完官不来，贾似道又行文下来，如三个月满限之后，有不买完官田，尽行斩首。"邬匪卿设计让商人朋友程汾桥当自己的替死鬼后，官府先是抓人，"即出火票、火签、飞差二名，提拿钦犯程汾桥，限十日潮州回话，即准免匪卿本身之罪"。后是查封财产，"差人佥(签)了许多封条，把货都封起了，连那李花儿的私物，也都封了"。"不则一日，把这程汾桥扭解同闽府，官勒限三日叫他变卖货物，完买官田五百亩之数；如到三月日满限，即行斩首。"官府为了获得经济上的好处，不惜滥用政治权力在弱小的商人身上大施淫威。

小说还表现了另一种类型的官吏与商人关系。

真秀才原先由于穷，自己的未婚妻——商人李花儿之女李娇姐被商人邬匪卿娶走。牙人李花儿"原是个不良之人，得了一主横财，也是谋了一个山西客人的，就发了家，就在这潮州城外，开了个苏、杭、闽、粤杂货老行"。李花儿的女儿原来早就"定与水北巷真秀才为妻"。商人邬匪卿凭借自己的经济实力"横刀夺爱"："我要娶他也不难，有的是银子，带的是货，将些送与这李花儿，难道他不肯嫁我么?"牙人李花儿父女都嫌真秀才穷，"如今现现的财主倒不嫁他，却去等发积。若等得他终身不发积时，干净误了自己"。悔亲嫁给了富有的商人邬匪卿。真秀才后来"中了状元"，"任八闽廉访使"，拥有左右这些商人命运的权力。原来有负于他的人都吓得要死，"众人看了，才知这廉访老爷，就是当初赖他亲事的真秀才，一发大家情虚，只是叩头求饶"。"李娇姐一头就向丹墀石上，撞开头死了。”但当了大官的真秀才没有挟嫌报复，而是以德报怨，“因此反替他众人出了一张回文，到贾丞相处，说邬百顺名下五百亩，已今完买三百亩，其余不能买完，暂与宥免；程汾桥原系隔府寄居，释回原籍。程汾桥放了枷锁，得了性命，叩头自回徽州去了”。利用自己的权力和关系挽救和保护了这些过去有负于自己的商人，这是官商关系的又一类型，在中国商贾小说中并不多见。

小说表现了商人朋友友谊的脆弱。

邬匪卿与程汾桥是朋友，“一日，邬匪卿坐在家中，收拾些行李，将欲起身往广里去，门外来了一个人，却是徽州府婺源县人，姓程，名迦，号汾桥。做人忠厚老实，也是个老江湖，向来与邬匪卿做伙计生理的。这日，程汾桥制了些丝绫绸缎货物，约有千金本钱，来与邬匪卿商议，要去广东走走”。他们曾经同行结伴做生意，关系如同“好兄弟一般”。但到危急时候，商人邬匪卿为了解脱自己，竟然设计让程汾桥来当自己的替死鬼：“怎生算计那程汾桥来替我顶了缸也好。”“我如今替你写一纸供状，供称现有万金资本，托付伙计程汾桥，潮州卖货，乞批差到彼提来，不一日就可完官了。”落难后的商人程汾桥又受到自己过去有商业往来的生意朋友的算计：“起初还有些相识来看望他，或来周济些银钱，后来知是贾似道丞相要他买官田的缘故，都惊得不敢来望；那些货物，还思量拿来变卖，不想差去的人，都一齐分散了。”“我与邬匪卿做了一世伙计，也不晓得他是这般样人！我又不曾欺他，他要讨李花儿的女儿，我倒叫他寻本处媒人，如何他今日反害我至死田地？这样冤仇，不明不白，只好待来世报他罢了。”上演了一出商人害商人的闹剧。

《笔梨园》

清代小说集。题“箫（潇）湘迷津渡者编辑”。潇湘迷津渡者当为明末清初人，姓名与生平不详。《笔梨园》今残，仅存“第二本”《媚婵娟》，共六回。

小说的主人公是明代嘉靖年间的江武。他流寓衢州，十八九岁时，父母双亡。娶宋之臣的女儿为妻，但妻子不到一年就亡故了。他誓娶与亡妻同貌者为续弦。时值倭寇入侵，江武与老仆江升往扬州贩盐避乱。在扬州得到老朋友冯人便的引见，他认识了妓女媚娟。媚娟的相貌像江武的亡妻，两人情投意合。江升劝他不可迷恋，反遭责打，遂随兵部公子进京。冯人便乘机入室，窃去江武银子三百两，购置房产，并娶徐海帐前官娥为妻。江武囊中金尽，被鸨母逐出，飘泊无依，只得去木场掮木为生。偶遇媚娟，媚娟赠银五两，并要他至妓院相会，又赠银五十两。江武于是至严州贩漆，至杭州发卖。他见到岳父的妹妹宋氏，容貌与媚娟十分相似，并知其女福姑、禄姑皆被倭兵掳去。回扬州后，他了解到媚娟即宋氏小女禄姑。媚娟又赠银使江武贩茶至京，大获其利。在京城江武遇见自己过去的仆人江升。他得到江升的帮助，谋得浙江宁波府总镇之职，遂与媚娟完婚。冯人便病故，临终前言及曾负江武三百金，嘱妻坐产招嫁江武，以还阴债。冯妻与媚娟貌同，正是宋氏长女福姑。于是姐妹骨肉团圆，江武娶了这一对前妻的表姐妹。

小说中江武在生活中遇到了许多不如意，正是凭借经商才使自己走出困境。

第三节 清代最有成就的白话商贾小说作家
——李渔和他的商贾小说

李渔生于明万历三十九年(1610)，卒于清康熙十九年(1680)，是清代著名的戏剧理论家、戏剧家和清代拟话本小说的代表作家。他的《连城璧》和《十二楼》两种拟话本小说集是继“三言”“二拍”后最有价值的拟话本小说集，对商贾生活的表现达到了相当高的水平。可以说，李渔是清代最有成就的白话商贾小说作家。

《连城璧》

《连城璧》是由《无声戏》脱胎而来的。《无声戏》是李渔第一次移家杭州后所作的第一部拟话本小说集，约刻于顺治年间。李渔于顺治十五年移家南京后，很快又利用旧板印行了《无声戏合集》十二回。所谓“合集”，实为“合选”，因为它只收了《无声戏》一集的七篇小说，另外五篇取自《无声戏》二集。此书现只残存两回。约在康熙初年，李渔又将《无声戏合集》改刻为《连城璧全集》，又将《无声戏》一集、二集未被《无声戏合集》所收的几篇聚集起来，刻成《连城璧外编》。《连城璧全集》十二回，《连城璧外编》六卷，共收十八篇拟话本小说，这就是今天我们所看到的这部《连城璧》。

《遭风遇盗致奇赢　让本还财成巨富》

小说描写秦世良三次向财主杨百万借银外出经商，三次被盗被劫，好在这些得到秦世良商银“资助”的人后来个个大富大贵：拐骗秦世良三百两银子的，做了南海知县；劫掠秦世良货物的，做了朝鲜国王的驸马；误认秦世良二百两银子的商人秦世芳，轻松赚了三万两银子，他们后来都百倍送还秦世良。

小说塑造了几个有特色的商人形象，表现了市民阶层经商致富的要求和愿望，赞美了商人之间的友谊和信义。

杨百万作为一个发了财的商人，“长袖善舞”，放债生意做得游刃有余：

> 弘治年间，广东广州府南海县，有个财主，姓杨，因他家资有百万之富，人都称他为杨百万。当初原以飘洋起家，后来晓得飘洋是桩险事，就回过头来，坐在家中，单以放债为事。只是他放债的规矩，有三桩异样：第一桩，利钱与开当铺的不同。当铺里面，当一两二两，是三分起息，若当到十两二十两，就是二分多些起息了。他翻一个案道，借得少的，毕竟是个穷人，那里纳得重利钱起？借得多的，定是有家事的人。况且本大利亦大，拿我的本，去趁出利来，便多取他些，也不为虐。所以他的利钱，论十的是一分，论百的是二分，论千的是三分。人都说他不是生财，分明是行仁政，所以再没有一个赖他的；第二桩，收放都有个日期，不肯零星交兑。每月之中，初一、十五收，初二、十六放。
>
> 第三桩一发古怪，他借银子与人，也不问你为人信实不信

实，也不估你家私还得起还不起，只要看人的相貌何如。

秦世良原本是个读书人，受中国传统文化的影响比较深。他为生计所迫，弃儒从商。“那时节，南海县中有个百姓，姓秦名世良，是个儒家之子。少年也读书赴考，后来因家事萧条，不能糊口，只得废了举业，开个极小的铺子，卖些草纸灯心之类。”这样的读书人即使是经商求利也同样保持着读书人的品格。

小说中的商人对待钱财的态度具有文化上的新意。商人秦世芳卖了田地筹得二百两银子去做生意，却不想出门时匆忙中把银子遗忘在家。他在旅店与一个名叫秦世良的商人同居一室，恰巧秦世良带出门做生意的本钱也是二百两。两人都说这二百两银子是自己的。争来争去争不清楚。秦世芳没有办法，主张两人平分这二百两银子。秦世良不肯糊涂平分，理由是很新鲜的：

若是小弟的银子，老兄分毫认不得；若是老兄的银子，小弟分毫取不得。事事都可以仗义，只有这项银子，是仗不得义的。老兄若仗义让与小弟，就是独为君子；小弟若仗义让与老兄，就是甘为小人了。

读书人出身的商人秦世良主张为人处世，财上分明，不贪不义之财，不妄想非分之得，不侵害别人的利益，但对自己的财产应该斤斤计较，要弄个清清楚楚、明明白白。

秦世芳用错认来的二百两银子，赚了“将有三万之数”。回到家后他才知道自己错认了秦世良的二百两银子。用错认来的小钱赚了大钱的秦世芳不听妻子只还二百两本钱的劝告：

有本才有利，我若不是他这主本钱，莫说做生意，就是盘缠也没得回来。

如今只有一说，将本利一齐送去还他，随他多少分些与我，一来赔他当日之罪；二来也见我不是有意负心，这才是个男子。

此时已经穷愁潦倒的秦世良对人家送上门来的巨额钱财不肯接受："如今事已长久，尽可隐瞒，老兄肯说出来足见盛德。"

对这笔巨额钱财，秦世良和秦世芳都有自己的说法。秦世芳说："劣兄虽然去一年工夫，也不过是侥天之幸，不曾受甚么辛苦，贤弟若念结义之情，多少见惠数百金，为心力之费则可，若还推辞不受，是自己独为君子，教劣兄做贪财负义的小人了。"秦世良说："古人常道：'不义取财，如以身为沟壑。'小弟若受了这些东西，只当把身子做了毛坑，凡世间不洁之物，都可以丢来了，这是断然不要的。"两人都不肯接受这笔三万元的货物，最后杨百万作主："一个出了本钱，一个费了心力，对半均分，再没得说。"秦世芳答应了，又进一步认真分公平："只是这项本钱，原是他借老员外的，利钱自然该在公账里除，难道教他独认不成？"秦世良又不答应："你白受得二百两，其余的你不曾见面，难道强盗劫去的，拐子拐去的，也要你认不成？"

这些读书人出身的商人对待钱财的态度既继承了中国传统文化，又超越了中国传统文化。最值得欣赏的是他们在经济利益上没有模糊人我之间的界限。一利当前，既互谅互让，又分得清清楚楚。

秦世芳好心得到好报。当晚强盗来他家劫财，因为他将带回家的货物钱财都送到秦世良家中，得以躲过这一劫："若不是我装去还他，放在家中，少不得都被强盗劫去，这等看起来，我落得做了一个好人，还拾到一半货物。"

小说对商人心理素质有比较丰富的描写。做生意要敢于冒风险，财从险里求。秦世良做生意没有资本，他敢于借钱去做漂海生意：

> 不要管他。他既拼得放这样飘海的本钱，我也拼得去做飘海的生意。闻得他的人家，原是洋里做起来的。我如今不入虎穴，焉得虎子，也到洋里去试试。就与走番的客人商议，说要买些小货，跟去看看外洋的风光。

商人要经得起失败的考验，百折不挠。杨百万对借钱去做生意却丢失了本钱的商人秦世良说："胜败乃兵家之常，做生意的人，失风遇盗之事，那里保得没有遭把，就是学生当初飘洋，十次之中，也定然遇着一两次。自古道：'生意不拍折，只怕歇'。你切不可因这一次受惊，就冷了求财之念。"

商人闯市场要有胆量，要有较强的心理承受能力。杨百万鼓励穷愁潦倒的商人秦世良："你放心兑去，只要把胆放泼些，不要说不是自己的本钱，畏首畏尾，那生意就做不开了。"

商人既要有闯市场的勇气，又要对经营风险有充分的认识，险中求稳。秦世良做生意既敢冒险，又知道要注意规避生意中的风险：

> 就是做别的生意，也要留个退步。我如今把二百两封好了，掘个地窖藏在家中，只拿三百两去做生意，若是路上好走，没有惊吓，到第二次一齐带去作本；万一时运不通，又遇着意外之事，还留得一小半，回来又好别寻生理。

商人秦世良在无意中以特殊的方式帮助了南海的新知县，新知县要报答他，这一官一商的关系也处理得相当有章法。县官请秦世良到县衙做客，请他"以后不要拘官民之礼，地方的利弊常来赐教"，并允诺"就是人有甚么分上相央，只要顺理，本县也肯用情，不必过于廉介"。这样一来，在"有权就有一切"的传统社会里，秦世良的身价，立即就与普通商人不同，"地方上人见知县礼貌他，那个不趋奉，有事就来相央，替他进个徽号，叫做白衣乡绅"。作为商人，秦世良把握得住自己，没有狐假虎威，没有利用自己与官权的关系为非作歹，"坏法的钱，他也不趁；顺礼的事，他也不辞。不上一年，受了知县五、六千金之惠"。在中国古代社会中，这是人们普遍认同的一种官商关系。

《十二楼》

《十二楼》是清代著名戏曲家兼小说家李渔继《连城璧》之后的

又一部拟话本小说集。全书共十二卷，每卷以一座楼名为题，叙述一则故事，共收十二个短篇小说。

《萃雅楼》

小说描写金仲雨、刘敏叔、权汝修三位朋友合伙开书香古董铺，严世藩听说商人权汝修美貌赛过妇人，百计营求。受辱后的权汝修伺机报复，终遂心愿。

小说中金仲雨、刘敏叔、权汝修三个朋友合伙开书铺、香铺、古董铺，这种合伙生意他们做得很有自己的特色：

> 明朝嘉靖年间，北京顺天府宛平县有两个少年：一姓金，字仲雨；一姓刘，字敏叔。两人同学攻书，最相契厚。只因把杂技分心，不肯专心举业，所以读不成功。到二十岁外，都出了学门，要做贸易之事。又有个少而更少的朋友，是扬州人，姓权字汝修。
>
> "我们都是读书朋友，虽然弃了举业，也还要择术而行，寻些斯文交易做做，才不失文人之体。"
>
> 竟到西河沿上，赁了三间店面，打通了并做一间。中间开书铺，是金仲雨掌管；左边开香铺，是权汝修掌管；右边开花铺，又搭着古董，是刘敏叔掌管。后面有进大楼，题上一个匾额，叫做"萃雅楼"。

小说中有中国商贾小说中比较少见的关于中国古代商人"生意规矩"的描写。"他做生意之法，又与别个不同。虽然为着钱财，却处处存些雅道。收贩的时节，有三不买；出脱的时节，有三不卖。那三不买？低货不买，假货不买，来历不明之货不买。他说：'这几桩生意，都是雅事。若还收了低假之货，不但卖坏名头，还使人退上门来，有多少没趣。至于来历不明之货，或是盗贼劫来，或是家人窃出，贪贱收了，所趁之利不多，弄出官府口舌，不但折本，还把体面丧尽。麻绳套颈之事，岂是雅人清客所为？'所以把这三不买，塞了忍气受辱之源。那三不卖？太贱不卖，太贵不卖，买主信不过不卖。'货真价实'四个字，原是开店的虚文，他竟当了实事做。所讲的数目，虽不是一口价，十分之内，也只虚得一二分。莫说还到七分，他断然不肯。就有托熟的主顾，见他说这些，就还这些：他接到手内，也秤出一二分还他，以见自家的信行。或有不曾交易过的，认货不确，疑真作假，就兑足了银子，他也不肯发货，说：'将钱买疑惑，有甚么要紧？不如别家去看。'他立定这些规矩，始终不变。初开店的时节，也觉得生意寥寥，及至做到后来，三间铺面的人，都挨挤不去。"这种生意规矩受中国传统的重义轻利价值观的影响，体现了一种对待钱财利益的正确态度，在中国古代社会里对消费者具有长久的吸引力。

对官商关系的描写也是小说一个重要内容。中国古代商人为了自己的生意对执掌社会管理权的官吏是恭敬的："凡有官僚仕宦往来，都请他楼上坐了，待茶已毕，然后取货上去，待他评选。"官府在商家买货，可以先提货，后付款。讨账时，商人小心在意，害怕得罪官府。官府拖延，商人只得耐心等待，敢怒不敢言。因为他们知道"既在京师开店，如何恶识得当路之人？"但金仲雨、刘敏叔这两位商人对官府也不是一味地迁就，敢为美色得罪官府。严世蕃为了得到美貌的男人权汝修，从萃雅楼拿了许多贵重的货物之后，非权汝修上门不肯支付货款。金仲雨、刘敏叔上门讨了很多次，都无功而返，"如今这主银子，随老爷发也得，不发也得，决不把别人家儿女拿来换银子用。况且又是将本求利，应该得的。我们自今以后，再不来了。万一有意外之事，偶然发了出来，只求你知会一声，好待我们来取"。商人权汝修忍辱负重，委身严家，"就留心伺察。把他所行的事、所说的话，凡有不利朝廷、妨碍军国者，都记在一本经摺之上，以备不时之需"。"汝修专事仇人，反加得意，不上一年，把他父子二人一生所做之事，访得明明白白，不曾漏了一桩。"后来寻找机会向皇帝揭露严家父子的罪行，借皇帝之手报仇。"汝修等他拿到京师，将斩未斩的时节，自己走到法场之上，指定了他，痛骂一顿。""既杀之后，又把他的头颅制做溺器。"这种官商关系在当时是罕见的。在与拥有政治权力的官吏打交道的时候，腰杆这么硬、这么直的商人在中国古代社会里也是不多见的。

第四节　清代中后期的白话商贾小说

清代中叶“乾嘉盛世”至道光前期，共一百零三年时间，是清王朝的鼎盛时期，社会经济发展到繁荣的顶点，也是清代小说的高峰期。这时出现的章回小说有一百二十多部。庾岭劳人的《蜃楼志》成书于嘉庆初年，初刻于嘉庆九年(1804)，是清代中叶成就最高的白话长篇商贾小说。小说表现广东洋行商人和海关官吏的生活，这是以前的白话商贾小说没有接触过的内容。檀园主人的《雅观楼》在表现商人生活上形成了自己的特色。

清代后期小说从道光二十年(1840)鸦片战争到光绪二十四年(1898)戊戌变法，共五十八年时间，是中国古代小说的终结时期。清代后期，中国古代小说进入了衰微时期。此期出现的白话商贾小说值得一提的是邵彬儒的《俗话倾谈》，有同治九年(1870)刊本。

相对于清代前期来说，清代中后期的白话商贾小说数量明显减少，但内容上有新的突破。

《蜃楼志》

《蜃楼志》，又称《蜃楼志全传》，是清代中期产生的一部较有影响的以商贾生活为题材的小说。全书二十四回，题“庾岭劳人说，禺山老人编”，书末署“虞山卫峻天刻”。据此，小说的作者应是庾岭劳人，他曾在广东有过一段生活经历，其姓名、籍贯及生平事迹等均不详。《蜃楼志》约成书于清嘉庆初年，现存最早的刊本刊行时间为嘉庆九年(1804)。

《蜃楼志》托言明嘉靖时故事，实则描写的是清代中期的社会生活。据史载，康熙二十四年，开放海禁，设立江、浙、粤、闽四海关，其中粤海关设一个专任道员，称为“监督”，或称“海关道”，选满族人出任。雍正六年，又成立“商总”，负责处理海关贸易事务。乾隆二十二年，诏令外国商人只准在广州互市。乾隆二十五年又正式下令洋货交易须经“公行”，于是出现了在清政府和外国商人之间充当中间人的洋行商人。他们依靠清朝政府的特许，垄断进出口贸易。

小说描写广州洋行商人苏万魁因受新任粤海关关差赫广大的勒索，辞商归乡。因为有钱，引来匪人上门打劫，苏万魁受惊吓而亡。苏万魁的儿子苏吉士继承了父亲的大量产业，辍学经商，只是他做人做生意都与自己的父亲有很大的不同，表现出时代的新意。

《蜃楼志》是最早描写洋行商人的家庭及早期洋行商人在封建势力重压下的悲剧命运的中国古代商贾小说。

小说的主人公苏万魁是由清王朝特许，兼有封建性与买办性双重人格的洋行商人。这些洋行商人赚钱发财既借重了洋人的力量，也依赖中国封建官府所给予的特权："广东洋行生理在太平门外，一切货物都是鬼子船载来，听凭行家报税，发卖三江两湖及各省客商，是粤中绝大的生意。"苏万魁"当了商总，竟成了绝顶的富翁"。"他有五十往外年纪，捐纳从五品职衔，家中花边番钱整屋堆砌，取用时都以箩装袋捆，只是为人乖巧，心计甚精，放债七折八扣，三分行息，都要田房货物抵押，五月为满，所以经纪内如兄若弟的固多，乡邻中咒天骂地者亦不少。"

官商关系是小说描写的重点。小说表现了海关关差赫广大的贪得无厌、荒淫无耻，番禺县河泊所税官乌必元的趋炎附势、卑鄙无耻，而富足的商人则是贪官污吏眼中的"肥肉"。

新任粤海关关差的赫广大"为人既爱银钱，又贪酒色"，"因慕粤东富艳，讨差监税，挈眷南来"。他一到任，就对富足的洋行商人张开了血盆大口：

> 监督粤海关税赫为晓谕事：照得海关贸易，内商涌集，外舶纷来，原以上筹国课，下济民生也。讵有商人苏万魁等，蠹国肥家，瞒官舞弊。欺鬼子之言语不通，货物则混行评价；度内商之客居不久，买卖则任意刁难。而且纳税则以多报少，用银则纹贱番昂，一切羡余都归私橐。本关部访闻既确，尔诸商罪恶难逃。
>
> 不防赫公示谕后，即票差郑忠、李信，将各洋商拘集班房，一连两日并不发放。这洋商都是有体面人，向来见督、

抚、司、道，不过打千请安，垂手侍立，着紧处大人们还要留茶赏饭，府、厅、州、县看花边钱面上，都十分礼貌。

在贪官污吏的勒索面前，洋行商人无力抗争，只有选择隐忍、退让。苏万魁心生退意，“小弟开这洋行，跟着众人营运，如今衣食已自有余，一个人当大家的奴才，真犯不着，况且利害相随，若不早求自全，正恐身命不保”。“据小弟愚见，不但不做官、不为商，要在乡间择一清净地方，归乎农圃以了此生。”众商人也跟着但求保全自己，“我们商量，先一面着人进京加捐，然后禀退商人，他再没有不许你做官、硬派你为商的道理”。“众商见万魁告退，也就照他的样式，退了几个经纪名字；要想充补的，因进才唆弄，措勒多钱，也都不敢向前。”从中可见，中国传统商人即使有钱，在强大的政治权力面前，仍然是一个弱势群体。

小说中洋行商人苏万魁一辈子为财奔忙，曾经因为有钱显得十分风光，但最后命因财亡：“从来说，谩藏诲盗。这万魁的豪富久已著名，前日迎亲，又不该招摇耳目，那乡间地方，眼孔小的多，何曾见过这样嫁娶？就有一班从前欠租欠债、吃过万魁亏的小人，纠合着与盗为伙的汛兵、沿塘的渔户，伺着万魁不在，四十余人明火执仗前来。到了门首，几个上屋，几个放火，几个劈门，呐声喊拥将进来。”苏万魁受惊吓身亡。

贪婪的官吏最后也葬送在自己对钱财的贪婪上。“再说赫公谋任粤海关监督，原不过为财色起见。自从得了万魁这注银子，那几千几万的，却也不时有些进来。又出了一张牌票，更换这潮州、惠州各处口书，再打发许多得力家人，坐在本关总口上，一切正税之外较前加二，名曰‘耗银’。其不当税之物，如衣箱包裹、什用器物等类，也格外要些银子，名曰‘火烛银’。”惹得天怨人怒，皇帝下诏，将赫广大革职查办：“着即革职解任，交使臣工部侍郎袁修、掌河南道监察御史李垣从公审办，并将赫广大署中抄查，讯查婪赃恶迹。”“即将包进才四人正法，赫广大着看守祖宗坟墓，改过自新。”不得善终。

小说深刻反映了清乾嘉时期岭南地区的社会现实生活，透露出

十八、十九世纪之交中国社会生产关系开始出现新的转变，勾勒出中国商业买办资产阶级开始出现的初兆。

小说塑造了苏吉士这个身上具有许多时代新因素的商人形象。苏吉士出身于洋商之家，是办理了十七年洋货的洋行商人苏万魁之子。他思想比较开明通达，始终与封建官府保持一定距离，也不使用非商业竞争的手段去霸占掠夺别人的资产，主要靠抓住市场变化的机遇来获取商业利润，这显然向近代资本主义商业经营靠近了一步。"此时四月中旬天气，残春送去，溽暑催来。广中既值兵戈，又遭亢旱，从二月布种之时下了一场小雨，以后涓滴俱无，那第一熟的早稻看来收不成了，米价霎时腾涌。江西、湖广等处打听得风声不好，客商不敢前来，斗米两银，民间大苦。吉士分付苏邦，将积年收下的余剩的粮食，细算一算，约十三万石有零，因于四城门乡城之交各设一店，共四处，每店派家人六名，发粮米二万石，平粜每石收花边银五圆，计司马秤银三两六钱。看官听说，若讲那时米价每石十两。不是已少了六两四钱一石么？若依着平时平价，却还多了一两六钱一石，八万石米还多卖了十二万八千银子。这虽是吉士积善之处，仔细算来，还是他致富的根基。"遇上灾年，他把陈年积谷以低于时价而高于往年的价格出售给灾民，既救济了灾民，又做了一笔好生意。凭借正常的商业利润发家致富。

作为一个新型商人，苏吉士的社会思想和价值观念仍以儒家仁爱思想为主。苏吉士吸取了父亲因牟利而结怨的教训，将父亲遗留的全部高利贷及抵押债券付之一炬，豁免了大量租米债务。"因唤苏邦上来问道：'你经手虽未多时，一切乡间银账及陈欠租项共有多少？'苏邦回道：'乡账本银不到三万，连利共该七万有余。租账共有三处：花县的田共三千二百余亩，系庄头王富经手，共欠粮米五千八百余石；东莞的田二千七百亩，系庄头郑升经手，共欠粮米一千二百余石；番禺的田共六千七百有零，系庄头包福经手，共欠陈租一万九千五百余石。'""笑官道：'众位乡邻在此，此项银两本少利多，当初家父在日，费用浩繁，所以借重诸公生些利息，此刻舍下各项减省，可以不必了。诸位中实授穷苦的，本利都不必还；其稍为有余者，还我本钱，不必算利。这些抵押之物，烦众位挨户给还。所有借券，概行烧毁。这是我父亲的遗命，诸公须要各人拿出本心，不可有一些情弊。’众人一闻此言，各各欢喜，说道：‘蒙少爷的恩，免了利银，这本银是不论贫富都要还的，就着我们为首的人清理便了。’笑官道：‘不须费心，诸位只要将抵押物件仔细发还，凭各人的良心便了。’说毕，即将许多借票烧个精光。众债户俱各合掌称颂，欢声如雷而去。笑官觉得心中爽快，下船进城，分付苏邦：‘此事不可声扬。你回去速写谕帖三张，分送至各庄头，将所欠陈租概行豁免，新租俱照前九折收纳。方才这些债户，倘有送本银进城交纳者，从重酌给盘费。’”相对于他的父辈来说，苏吉士作为一个具有更多时代新思想的商人，对待钱财更加理智。

苏吉士受晚明以来资本主义思想萌芽的影响，父亲死后，他继承了大宗产业，辍学经商。他好货好色，同时也带有传统儒家风范，赚钱而不吝惜钱，好色而不溺于色。他才华学识过人，却从来未进过场屋，拒绝走仕途经济道路。他从一个不谙世事的少年学子成长为了一个沉稳干练、处变不惊、料理内外大事从容自如的青年洋商。当他外出避难时被占山为寇的姚霍武手下人当作贤才请上羊蹄岭，他劝说姚霍武等人投顺朝廷，随后在征剿恶僧摩剌的过程中又立奇功。当皇帝下诏让他进京任职时，他仍辞官不就，一心经商。作者借李匠山之口，赞扬他道：“总之，酒色财气四字，看得破的多，跳得过的少。……惟吉士嗜酒而不乱，好色而不淫，多财而不聚，说他不使气，却又能驰骋于干戈荆棘之中，真是少年仅见，不是学问过人，不过天资醇厚耳。若再充以学问，庶乎可几古人。”他不走仕途经济道路，皇帝钦赐高官，仍不动心，继续从事商业经营活动，是一个开始从封建地主阶级分化而出、向商业买办资产阶级过渡却仍保留着传统儒家风范的新型青年商人。

作为一个具有初步民主主义和人道主义思想色彩的青年，苏吉士身上还残留着明显的封建意识，没有对封建思想的叛逆精神。作为一个青年洋商，苏吉士与西门庆一类依托封建势力的商人有着本质的不同，无论是经营方式、聚财手段，还是价值观念，都已经开始跨越封建藩篱，呈现出较为明显的资本主义色彩。

《雅观楼全传》

题檀园主人编，作者的真实姓名和生平不详。四卷十六回。有道光元年(1821)维扬同文堂刊本。事本蔡愚道人《寄蜗残赘》卷五“扬州雅观楼事”条，稍有改动，为扬州实事。书中描摹世态，揭露社会上尔虞我诈之丑行。

小说的主人公扬州商人吴文礼，外号钱是命，积财数千金，开设文盛钱庄，是一个放高利贷的商人。他的对门有一位西商，在扬州多年，以贩盐致富，约积二三十万金，后与吴文礼共营钱粮交易。这位西商背着自己的东家将私下赚得的十万余金密寄吴处，意欲隐瞒独得。他膝地恳求，暂时寄存吴家，事平来取。后来吴文礼与妻昧心图财，否认其事。因当时未立字据，亦无见证，西商口说无凭，其财即为吴文礼吞没。西商最终抑郁而死，吴文礼遂得暴富，并造雅观楼一座。后西商投胎为吴子，稍长，即吃喝嫖赌，无所不为，竟然将吴文礼家产荡尽。吴文礼愤极，气结而死。吴子则沦为乞丐，同其老母流落异地。结尾处叙亡父托梦讲述因果，吴子由此醒悟。正细加思索，忽竟失足落水，不知所终。

小说反映唯利是图的商人如何不择手段地谋取不正当利益，结果都是竹篮打水一场空。

《俗话倾谈》

邵彬儒撰，初集有同治九年(1870)广东坊刊本。

《闪山风》

小说描写山西关姓富商，在金陵放债，讨债时每每持刀相向，逼人卖妻卖子，往往致人忿气自尽，因此得到一个绰号叫“闪山风”。一日闪山风向朱大宽索债，朱大宽答应等自己卖了幼女，将本利一并清还，闪山风仍然喝骂不休，并且持刀柄于朱大宽，说：“有刀在此，你唔杀我，我要杀你，即刻了此事罢。”朱大宽心一横，接住刀柄刺入其腹。闪山风掩住伤口，走至街上，米铺东家王其勉请其入内饮茶。闪山风坐椅未定，血从腹中冲出，须臾气绝。

官府以街上并无血痕，断为王其勉所杀，屈打成招。王其勉的儿子王亚勤写一长条贴于当众之处，谓如凶手实认，愿奉银五百。朱大宽本甘心偿命，因家有老母，是以隐缩。见到王家的告示之后，朱大宽便到官府自首。官府以闪山风该死有余，判朱大宽减等充军，后遇赦归家养母。而开米铺的商人王其勉之所以有此报应，是因为他不怜寡嫂、不顾亲侄。

小说中两位商人的"活法"都有自己的特色。"放赈客"闪山风"因平日结交衙门，差役系伊心腹，故能以声势吓人，人皆畏惧"，借助"衙门""差役"的势力来获取不正当的商业利润。开米铺的商人王其勉"你忘兄之恩而不顾其侄，不怜嫂之寡而薄待其亲"，重财轻情。

第五节　清代文言商贾小说

一、中国文言商贾小说的顶峰——蒲松龄和他的《聊斋志异》

蒲松龄生于明崇祯十三年(1640)，卒于清康熙五十四年(1715)。他的父亲本来是一个读书人，后来因为久困于科场，为了生计，不得不弃儒经商。蒲松龄出身于这样一个儒商结合的家庭，早年应试科举，不能如愿，为了生计，只得设帐授徒，开始自己近四十年的坐馆生涯。

《聊斋志异》成书的年代，正是中国最后一个封建王朝——满清王朝的鼎盛时期。在康乾盛世，由于社会相对稳定和繁荣，也由于受到当时国外资本主义发展的影响，致使我国在明代已肇始的资本主义萌芽又重新破土而生，向着比明代更高的形势发展。《聊斋志异》全书四百三十一篇有近五十篇是以商人生活为题材的，描写中国古代商人精神面貌、思想品德以及经商的酸甜苦辣。在一本文言小说集中，能以这么多笔墨来反映商人商业活动是绝无仅有的。《聊斋志异》在文学领域为我们提供了一幅活生生的萌芽状态的资本主义社会生活的画面，达到了中国文言商贾小说的顶峰。

《聊斋志异》以说神道鬼为特色，在反映商贾生活时仍然不脱志怪之风，塑造了一批特色鲜明的神仙鬼怪商人。这些神仙鬼怪商人无所不能，无所不晓，因此能够准确预测市场需求。小说通过这些神仙鬼怪表现了中国古代商人的生意理想。

《王成》中王成的狐仙祖母不仅重视经商，认为经商是正当的养生活命之道，而且能够预测市场需求，预测到随着时间变化，市场对葛的需求会有所变化。

> 翌日谓王曰："孙勿惰，宜操小生业，坐食乌可长也!"王告以无资，媪曰："汝祖在时，金帛凭所取，我以世外人无需是物，故未尝多取。积花粉之金四十两，至今犹存。久贮亦无所用，可将去悉以市葛，刻日赴都，可得微息。"王从之，购五十余端以归。媪命趋装，计六七日可达燕都。嘱曰："宜勤勿惰，宜急勿缓，迟之一日，悔之已晚!"王敬诺，囊货就路。中途遇雨，衣履浸濡。王生平未历风霜，委顿不堪，因暂休旅舍。不意淙淙彻暮，檐雨如绳，过宿泞益甚。见往来行人践淖没胫，心畏苦之。待至亭午始渐燥，而阴云复合，雨又滂沱。信宿乃行。将近京，传闻葛价翔贵，心窃喜。入都解装客店，主人深惜其晚。先是，南道初通，葛至绝少。贝勒府购致甚急，价顿昂，较常可三倍。前一日方购足，后来者并皆失望。主人以故告王。王郁郁不乐。越日葛至愈多，价益下，王以无利不肯售。迟十余日，计食耗烦多，倍益忧闷。主人劝令贱卖，改而他图。从之，亏资十余两，悉脱去。

《酒友》中车生喜好喝酒，一狐也喜好喝酒。生活本来并不富裕的车生舍得花钱买酒，经常邀请狐在一起痛饮。狐为了感谢车生，也为了帮助车生筹措酒资，"指导"车生经商求利。"狐曰：'虽然，君贫士，杖头钱大不易。当为君少谋酒资。'明夕来告曰：'去此东南七里道侧有遗金，可早取之。'诘旦而往，果得二金，乃市佳肴，以佐夜饮。狐又告曰：'院后有窖藏宜发之。'如其言，果得钱百余千，喜曰：'囊中已自有，莫漫愁沽矣。'狐曰：'不然。辙中水胡可以久掬？合更谋之。'异日谓生曰：'市上荞价廉，此奇货可居。'从之，收养四十余石，人咸非笑之。未几大旱，禾豆尽枯，惟荞可种；售种息十倍，由此益富，治沃田二百亩。"突出表现了其非同一般的对市场需求的预测能力。

《聊斋志异》中的商贾小说描写最多的是商人受到神鬼、花妖、狐仙等异类的帮助得以经商发财的故事。像《布商》《义犬》《阿纤》《刘夫人》等。蒲松龄出生于仕宦之家，家道中衰，父亲弃文从商，所以他对商人和商业有一定的了解和认识，对商人有一份特殊的感情。他尊重商人，同情商人，运用浪漫主义的手法，调动各方面的力量与压迫商人的种种恶魔展开较量。因而，在他的笔下，对那些重传统商德、正经经商者，他都寄予了同情，常常幻化出超越现实的鬼怪神魔和花妖狐仙来予以帮助。在鬼怪神魔和花妖狐仙的帮助下，那些本分的商人不是获得利息养家活口，就是取得重利迅速发家致富。

与神仙鬼怪商人同样引人注目的是《聊斋志异》塑造了一批女性商人形象。她们聪明、美丽、善经营、会管理，令人刮目相看。

《小二》刻画了一个精明的女商人形象。赵旺的女儿小二善经营，管理能力强，对市场需求有比较强的预测能力。

> 女曰："货殖之来也苟，固宜有散亡。然蛇蝎之乡不可久居。"因贱售其业而去之，止于益都之西鄙。女为人灵巧，善居积，经纪过于男子。尝开琉璃厂，每进工人而指点之。一切棋灯，其奇式幻采，诸肆莫能及，以故直昂得速售。居数年财益称雄。而女督课婢仆严，食指数百无冗口。暇辄与丁烹茗着棋，或观书史为乐。钱谷出入以及婢仆业，凡五日一课，妇自持筹，丁为之点籍唱名数焉。勤者赏赉有差，惰者鞭挞罚膝立。

这位女商人不让须眉，开琉璃厂雇了不少工人，她管理得井井有条；她花在商品上的智慧比较多，效果也比较好，得到了市场的青睐。

《白秋练》叙说江上女子白秋练与商人之子慕蟾宫的恋爱故事。

慕蟾宫是“商人慕小寰之子。聪惠喜读。年十六，翁以文业迂，使去而学贾，从父至楚。每舟中无事，辄便吟诵。抵武昌，父留居逆旅，守其居积”。他弃儒为商，仍然保持着读书人的儒雅。白秋练主动追求慕蟾宫，“言在郡城，得听清吟，于今结念，至绝眠餐。意欲附为婚姻，不得复拒”。但他们的爱情受到了来自家庭的阻碍：“少间父归，善其词以告之，隐冀垂纳。而父以涉远，又薄女子之怀春也，笑置之。”白秋练洞悉商人的心理欲求，对于商人的利欲之心诱之以利，以促成自己幸福爱情的结合。“泊舟处水深没棹。夜忽沙碛拥起，舟滞不得动。湖中每岁客舟必有留住守洲者，至次年桃花水溢，他货未至，舟中物当百倍于原直也，以故翁未甚忧怪。独计明岁南来，尚须揭资，于是留子自归。”“四月行尽，物价失时，诸贾无策，敛资祷湖神之庙。端阳后，雨水大至，舟始通。”“女曰：‘凡商贾之志在于利耳。妾有术知物价。适视舟中物，并无少息。为我告翁：居某物利三之；某物十之。归家，妾言验，则妾为佳妇矣。再来时君十八，妾十七，相欢有日，何忧为！’生以所言物价告父。父颇不信，姑以余资半从其教。既归，所自买货，资本大亏；幸少从女言，得厚息，略相准。以是服秋练之神。生益夸张之，谓妇自夸，能使己富。翁于是益揭资而南。”“女乃使翁益南，所应居货，悉籍付之。”“翁三月而返。物至楚，价已倍蓰。”最后，商人慕小寰之所以同意儿子迎娶白秋练为儿媳，主要是因为她能知晓物价，可以帮助自己囤积居奇发大财。小说形象地表明，在商人群体中，赤裸裸的金钱关系已经开始代替封建的门第纲常观念。

《惠芳》中马二混是一个贩面的商人。他为人诚笃，得到仙女眷顾。“告媪曰：‘妾有两婢，未得母命，不敢进也。’媪曰：‘我母子守穷庐，不解役婢仆。日得蝇头利，仅足自给。今增新妇一人，娇嫩坐食，尚恐不充饱；益之二婢，岂吸风所能活耶？’女笑曰：‘婢来，亦不费母度支，皆能自食。’”“马自得妇，顿更旧业，门户一新。”小说赞美了女商人自强自立的品格，表现了女商人非凡的经商才能。

《鸦头》中王文娶狐女鸦头为妻，因为家徒四壁，王生忧愁万分，鸦头预计到“今市货可居”，“可鬻驴子作资本”，遂于门前设小肆。鸦头助夫生理，发家致富，当上了老板：

> 王略无疑贰，从容曰：“室对芙蓉，家徒四壁，实难自慰，恐终见弃置。”女曰：“何必此虑。今市货皆可居，三数口，淡薄亦可自给。可鬻驴子作资本。”王如言，即门前设小肆，王与仆人躬同操作，卖酒贩浆其中。女作披肩，刺荷囊，日获赢余，顾赡甚优。积年余，渐能蓄婢媪，王自是不着犊鼻，但课督而已。

《云萝公主》中李孝廉夫人善生理，“夫人躬设典肆，垂帘纳物而估其直；左持筹，右握管；老仆供奔走而已。由此居积致富”。她精通商贾之道，指挥若定。《江城》里的江城“且勤俭，又善居积”，在夫家仅“三年，翁媪不问家计，而富称巨万矣”。《柳生》中周生妻“女持家逾于男子，择醇笃者授以资本，而均其息”。因其才能过人，“数年伙商盈百，家数十巨万矣”。《细柳》中的细柳娘是一个“眉细、腰细、凌波细”的美丽女子，却不工于女红，“而于亩之东南，税之多寡，按籍而问，惟恐不详”。她“晨兴夜寐，经纪弥勤”。后助其子怙经商，“货殖累巨万矣”。《农妇》描写一个农妇，凭负贩陶器自食其力，一有盈余，便周济贫穷，“妇自赴颜山，贩陶器为业，有赢余，则施丐者”，可以称之为商人的楷模，巾帼中的英雄。《阿纤》描写鼠精阿纤嫁为人妇的曲折经历。商人奚山巧遇阿纤，为自己的弟弟结了一门亲事，可事非人愿，偶然的缘故使奚家人置阿纤于不齿，结果阿纤被迫出走，夫妻因世俗的偏见而分离。后来三郎又亲自迎回阿纤。几年后家里变得非常富有，于是阖家欢乐。阿纤能使全家致富，其出身虽然微贱，但可以说是全家的财神，所以大家又离不了她。最终为了她不得不抛弃封建门第等级观念。小说赞美了这位女商人的魅力。

在蒲松龄的笔下，小二、白秋练、鸦头这些女性商人不仅美丽、聪明、勤劳、善良、淳朴，而且善于经营，自食其力、赚钱养家，让人耳目一新。

《聊斋志异》表现了时代的新思想、新观念，它重视商业，尊重商人，弘扬着一种具有商人生活特色的价值观念。

《黄英》表现了传统儒家思想与商贾文化的冲突，表现了重义轻利与重财求利的冲突，表现了不同的人生观、价值观的交锋。

小说中陶家姐弟是经营花卉生意的商人，“贩花为业”。陶弟先是种植具有观赏价值的菊花，以此作为商品出售，当积累了一定数额的货币做资本后，便南下贩卖南方异卉。他所种植的菊花已不再是自己的观赏之物，而是用来谋生的商品。“得金益合商贾”，他的生意越做越大，在“村外治膏田二十顷，甲第益壮”，建起了“盆列甚繁，款朵佳胜”的花肆，以增值资本。

自古以来，传统中国人一向认为“农为天下之本”，而手工业和商业则是“末”。有本无末，封建社会可以生存；有末无本，封建社会就会垮台。在这种思想指导下，商业和从事商业活动的商人向来为中国传统社会所轻贱。小说《黄英》的意义就在于它写出了传统的重本抑末思想在商品经济浪潮中所遭受到的巨大冲击。小说详尽地描写了陶家姐弟“贩花为业”、生意不断发展的过程：

> 陶姊小字黄英，雅善谈，辄过吕所，与共纫绩。陶一日谓马曰：“君家固不丰，仆日以口腹累知交，胡可为常！为今计，卖菊亦足谋生。”马素介，闻陶言，甚鄙之，曰：“仆以君风流雅士，当能安贫；今作是论，则以东篱为市井，有辱黄花矣。”陶笑曰：“自食其力不为贪，贩花为业不为俗。人固不可苟求富，然亦不必务求贫也。”马不语，陶起而出。
>
> ……
>
> 自是马所弃残枝劣种，陶悉掇拾而去。由此不复就马寝食，招之始一至。未几菊将开，闻其门嚣喧如市。怪之，过而窥焉，见市人买花者，车载肩负，道相属也。其花皆异种，目所未睹。心厌其贪，欲与绝；而又恨其私秘佳种，遂款其扉，将就诮让。陶出，握手曳入。见荒庭半亩皆菊畦，数椽之外无旷土。劚去者，则折别枝插补之；其蓓蕾在畦者，罔不佳妙，而细认之，尽皆向所拔弃也。陶入室，出酒馔，设席畦侧，

曰："仆贫不能守清戒，连朝幸得微资，颇足供醉。"

过宿又诣之，新插者已盈尺矣。大奇之，苦求其术，陶曰："此固非可言传；且君不以谋生，焉用此?"又数日，门庭略寂，陶乃以蒲席包菊，捆载数车而去。逾岁，春将半，始载南中异卉而归，于都中设花肆，十日尽售，复归艺菊。问之去年买花者，留其根，次年尽变而劣，乃复购于陶。

陶由此日富。一年增舍，二年起夏屋。兴作从心，更不谋诸主人。渐而旧日花畦，尽为廊舍。更于墙外买田一区，筑墉四周，悉种菊。至秋载花去，春尽不归。

……

黄英既适马，于间壁开扉通南第，日过课其仆。马耻以妻富，恒嘱黄英作南北籍，以防淆乱。而家所需，黄英辄取诸南第。不半岁，家中触类皆陶家物。马立遣人一一赍还之，戒勿复取。未浃旬又杂之。凡数更，马不胜烦。

……

经数月，楼舍连垣，两第竟合为一，不分疆界矣。然遵马教，闭门不复业菊，而享用过于世家。

黄英曰："妾非贪鄙，但不少致丰盈，遂令千载下人，谓渊明贫贱骨，百世不能发迹，故聊为我家彭泽解嘲耳。然贫者愿富为难，富者求贫固亦甚易。"

会马以事客金陵，适逢菊秋。早过花肆，见肆中盆列甚繁，款朵佳胜，心动，疑类陶制。少间主人出，果陶也。

坐肆中，使仆代论价，廉其直，数日尽售。

"自食其力不为贪，贩花为业不为俗。"这种思想对中国封建社会长期以来流传的重本抑末思想来说无疑是一个巨大的冲击。陶氏姐弟贩花致富，读书人马子才迎娶黄英后，"家所需，黄英辄取诸南第"。以至于到几个月后，"家中触类皆陶家物"。马子才因受惠于黄英姐弟而"享用过于世家"。从中可以看出，经商在当时人们心目中已不再是什么庸俗之事。

《罗刹海市》在经商求利和寒窗苦读的比较中表现了重商观念。

“马骥字龙媒，贾人子。”“父衰老罢贾而归，谓生曰：‘数卷书，饥不可煮，寒不可衣，吾儿可仍继父贾。’马由是稍稍权子母。”《连城》中连城之父宁可让自己的女儿嫁给与无赖无异的盐贾之子，也不愿将女儿许配给家徒四壁的儒生，主要是因为商人的社会地位已提到儒生以上。《雷曹》中乐云鹤“文章名一世”却屡试屡败，十分贫困，乃叹曰：“人生富贵须及时，戚戚终岁，恐先狗马填沟壑，负此生矣！不如早改图也。”于是去读而贾，操业仅半年，家资小泰。《房文淑》中邓成德以开馆教书为业，却不能谋生，无颜归家，乃思经商，他说，设帐授徒“必无富有之期，今学负贩，庶有归时”。四年后他因经商获大利而归。

《聊斋志异》形象地告诉人们这样一个社会现实：随着商品经济的不断发展，商人的社会地位已明显提高，“重农轻商”“重仕轻商”的封建思想体系正在被打破，代之而起的是“重商轻仕”的思想。小说表现的重视商业、尊重商人、肯定商业和商人的社会作用和价值的思想是符合当时社会发展要求的。

基于对商人生活的深刻理解，《聊斋志异》突破传统的轻商、贱商、鄙商观念，热情赞美和表现商人忠厚善良、诚实守信、乐于助人等具有中国传统文化特色的美德。

《小二》中小二夫妇一家致富后，资助并带动全村人致富：“村中二百余家，凡贫者俱量给资本，乡以此无游惰。”小二夫妇组织村中小孩集荼以防荒年：“每秋日，村中童子不能耕作者，授以钱，使采荼蓟，几二十年，积满楼屋。人窃非笑之。会山左大饥，人相食。女乃出菜杂粟赡饥者，近村赖以全活，无逃亡焉。”小说赞美商人助人为乐的高尚品格和未雨绸缪的远见卓识。

《阿绣》中青年刘子固暗恋开杂货店人家女儿阿绣，借买扇接近她。阿绣并不趁机卖高价。“海州刘子固，十五岁时，至盖省其舅。见杂货肆中一女子，姣丽无双，心爱好之。潜至其肆，托言买扇。女子便呼父，父出，刘意沮，故折阅之而退。遥睹其父他往，又诣之，女将觅父，刘止之曰：‘无须，但言其价，我不靳直耳。’女如言固昂之，刘不忍争，脱贯竟去。明日复往又如之。行数武，女追呼曰：‘返来！适伪言耳，价奢过当。’因以半价返之。刘益感其诚，蹈隙辄往，由是日熟。”小说表现了买卖人诚实不欺的可贵品德。

《钱卜巫》中夏商为人诚朴，“商恪遵治命，诚朴无二，躬耕自给。乡人咸爱敬之”。别人因此乐意借钱给他做生意，屡败不悔。“富人某翁哀其贫，假以资使学负贩，辄亏其母。愧无以偿，请为佣，翁不肯。商瞿然不自安，尽货其田宅，往酬翁。翁诘得情，益直之。强为赎还旧业；又益贷以重金，俾作贾。商辞曰：‘十数金尚不能偿，奈何结来生驴马债耶？’翁乃招他贾与偕。数月而返，仅能不亏；翁不收其息，使复之。年余贷资盈辇，归至江，遭飓，舟几覆，物半丧失。归计所有，略可偿主，遂语贾曰：‘天之所贫，谁能救之？此皆我累君也！’乃稽簿付贾，奉身而退。翁再强之，必不可，躬耕如故。”他们都先为别人着想，都希望别人生活得更好，“商以此信巫，从翁贷资，小权子母，辄小获；或劝作大贾，商不肯。迨五十七岁，偶葺墙垣，掘地得铁釜；揭之，白气如絮，惧不敢发。移时气尽，白镪满瓮。夫妻共运之，称计一千三百二十五两”。小说表现了商人轻财好义，也表现了商人品德的可贵和重要：诚朴的商人能够得到别人的信任和支持。商人之间的经济来往诚实守信，有浓浓的人情味。

《聊斋志异》表现了具有资本主义萌芽性质的生产关系。

在《聊斋志异》中，商人们不同程度地实践着资本主义初期的某些生产方式，萌发着封建社会末期所特有的资本主义思想，显露出比较典型的资本主义因素。资本主义的简单商品生产与封建社会的商品交换有着本质的不同。在封建社会，占统治地位的是自给自足的自然经济，农民生产的产品被封建地主无偿地占有。自古以来，封建经济的特点就是自给自足，即人们所生产的产品，首先是为了满足自己的需要，剩余部分才用以交换自己没有的必需品。可见，生产不是为了供应市场的需要。那时的商品交换，一般来说，只是对生活必需物品剩余部分的出售。而资本主义的简单商品生产则与之不同，它们的一切劳动产品都是供出卖和市场交换的商品，它们的生产不再是为了满足自己生活需要的生产，而是以交换为目的的生产。

简单商品生产是资本主义经济的历史起点。因此，萌芽状态的资本主义首先从商品经济中表现出来。商人在商品经济中起决定作用，他们的言行也就最早、最集中地反映出资本主义的某些特征。《聊斋志异》中的商人形象最突出的特点就是表现了比较完备的资本主义因素。在这些商人的身上集中了资产者的本性和特点。

在《小二》中，商业资本渗入生产领域，商业资本直接支配了生产，表现了商业资本的活跃。小二夫妇投资开设琉璃厂，反映了商业资本与产业资本相结合的历史真实。

在《刘夫人》中，女鬼刘夫人将其前夫骨肉廉生邀到墓中，教他从事商贾活动，使其受种种商业知识的熏陶。笃学的书生在鬼夫人的指导下做买卖，发财致富。“无他烦，薄藏数金，欲倩公子持泛江湖，分其赢余，亦胜案头萤枯死也。”“遣婢运资出，交兑八百余两。生惶恐固辞，妇曰：‘妾亦知公子未惯懋迁，但试为之，当无不利。’生虑重金非一人可任，谋合商侣。妇曰：‘勿须。但觅一朴悫谙练之仆，为公子服役足矣。’”“明日多方觅役，果得伍姓，因厚价招之。伍老于行旅，又为人戆拙不苟，资财悉倚付之。往涉荆襄，岁杪始得归，计利三倍。生以得伍力多，于常格外，另有馈赏，谋同飞洒，不令主知。甫抵家，妇已遣人将迎，遂与俱去。见堂上华筵已设；妇出，备极慰劳。生纳资讫，即呈簿；妇置不顾。”“次日又求稽盘，妇曰：‘后无须尔，妾会计久矣。’乃出册示生，登志甚悉，并给仆者亦载其上。生曰：‘夫人真神人也!’谓生曰：‘明日财星临照，宜可远行。今为主价粗设祖帐，以壮行色。’”“往客淮上，进身为鹾贾，逾年利又数倍。”“乃堆金案上，瓜分为五；自取其二，曰：‘吾无用处，聊贻长孙。’生以过多，辞不受。”刘夫人交给廉生八百两资金以贩运货物，让廉生“持泛江湖，分其赢余”，廉生贩盐获大利，刘夫人取其二，其三归廉生所有。从现代商业角度来看，刘夫人是作为一个投资者形象出现的，她拿出资金叫别人经营具体业务，然后分取红利，她投入的资金在廉生手中是作为资本运营的，赢得数倍之利。

《戏术》描写的是一个手工业工场。陶场主所生产的陶瓮，并非为自己所用，而是作为商品出售。由于当时资本主义在我国还相当弱小，所以陶场主还不是完全脱离产业资本的商业资本家，而是合产业资本与商业资本两者为一的新兴资产阶级和封建地主的“混血儿”，不过他依靠的剥削手段已经不是封建地租，而是陶场的资本，是剥削陶工们所创造的剩余价值。

《富翁》中已出现了初步具有资本主义因素的借贷关系。“富翁某，商贾多贷其资”。小说中所出现的放款对象是一些商人，而商人是将借贷资本转变为商业资本的中介人物。商贾可以用贷款作资本去榨取剩余价值，放款人也就可以从中瓜分。这种瓜分平均利润的形式，正是资本主义的经济关系。借贷资本在清初已经带有资本主义的某些特点，带有与商业资本一同瓜分平均利润的性质。小说中的富翁作为资本所有者，作为一个以放债为生的人，他有一双识人的火眼金睛。“一日出，有少年从马后，问之，亦假本者。翁诺之。至家，适几上有钱数十，少年即以手叠钱，高下堆垒之。翁谢去，竟不与资。或问故，翁曰：‘此人必善博，非端人也，所熟之技，不觉形于手足矣。’访之果然。”有效地保障了自己资本的安全。

商人直接从事商业经营或委派家仆经营仍是当时商业经营的主要形式，但委托经营制也开始出现了。《聊斋志异》中有许多行商都携带自己的子侄、兄弟经商。《白秋练》中商人慕小寰之子慕蟾宫“从父至楚”，“守其居积”。《齐天大圣》中许盛“从兄成，贾于闽”。《任秀》中商人携亲戚经商。任秀“有表叔张某贾京师，劝赴都，愿携与俱，不耗其资。秀喜从之”。《刘夫人》中刘夫人委托廉生外出经商，并为之雇到了仆人伍某。从小说的描写来看，商业资本这种落后的封建乡土性和家族性仍占主导地位。但是，当时也出现了进步的异地、异姓的委托经营制。有些大富翁资本雄厚，而经营力量不足，就委托贷款给中小商人，自己收取利息。《柳生》描写周生妻“择醇笃者授以资本，而均其息。每诸商会计于檐下，女垂帘听之。盘中误下一珠，辄指其讹。内外无敢欺。数年伙商盈百，家数十巨万矣”。清代商业资本在经营管理上已突破了过去的封建家仆经理制，而新出现的这种伙商制是以后商业中广泛存在的东西方制（东家聘任经理代其经营）的先声。这些原来一文不名受雇于人的商人变成了东家的代理人，凭借自己丰富的经商经验和辛勤经营可获得优厚的收入，有可能在积累了一定资本后分离出去独立经营。《阿纤》中阿纤母女第一次粜粟时所委托的“硕腹男子”二泉，就是个典型的代办粮食出售业务的商人。他收购粮食再转手出售，利用交换中的差价牟取利益。

《聊斋志异》在资本主义尚处于萌芽阶段时，便形象地反映了现实生活中一些商人对金钱的迷恋和崇拜，深刻地批判了他们在精神道德上的堕落。小说勾画出他们唯利是图的本质，反映出他们将金钱视为最高追求目标的丑恶灵魂。伴随着物质财富的增长，他们在精神上的贪欲也随之膨胀。

《云翠仙》中商人梁有才初为小负贩，“流寓于济作小负贩，无妻子田产”。后与翠仙结为夫妇，靠女家之力，才有“服食器具，布一室满之”，过着“由此坐温饱”的生活。商人依赖妻子的力量致富，但富后无状，“惟日引里无赖朋饮竞赌，渐盗女郎簪珥佐博。女劝之不听，颇不耐之，惟严守箱奁，如防寇”。梁有才听说将妻子卖与娼家便可得到千金时，顿生卖妻的邪念，与中贵人“立卷八百缗”鬻妻。“一日，博党款门访才，窥见女，适适然惊。戏谓才曰：‘子大富贵，何忧贫耶？’才问故，答曰：‘曩见夫人，真仙人也。适与子家道不相称。货为媵，金可得百；为妓，可得千。千金在室，而听饮博无资耶？’才不言，而心然之。归，辄向女欷觑，时时言贫不可度。女不顾，才频频击桌，抛箸，骂婢，作诸态。一夕女沽酒与饮，忽曰：‘郎以贫故，日焦心。我又不能御贫，分郎忧衷，岂不愧怍？但无长物，止有此婢，鬻之，可稍稍佐经营。’才摇首曰：‘其值几何！’又饮少时，女曰：‘妾于郎，有何不相承？但力竭耳。念一贫如此，便死相从，不过均此百年苦，有何发迹？不如以妾鬻贵家，两所便益，得值或较婢多。’才故愕言：‘何得至此！’女固言之，色作庄。才喜曰：‘容再计之。’遂缘中贵人，货隶乐籍。中贵人亲诣才，见女大悦。恐不能即得，立券八百缗，事滨就矣。”这个忘恩负义的商人最后受到妻子的戏弄：“女怨曰：‘我固道渠不义，今果然。’乃于衣底出黄金二铤，置几上，曰：‘幸不为小人赚脱，今仍以还母。’”梁有才是一个无才缺德的商人，理应受到唾弃。

《金陵乙》中的卖酒人在酒中置毒牟利，“金陵卖酒人某乙，每酿成，投水而置毒焉，即善饮者，不过数盏，便醉如泥。以此得‘中山’之名，富致巨金”。此为以不义的手段致富。

《任秀》塑造了一个吞没朋友钱财的商人形象。商人任建之客死他乡，财为同行商人申竹亭所吞没，任建之之子任秀善赌，赢回巨资，输家即申竹亭也。因果报应，丝毫不爽。“任建之，鱼台人，贩毡裘为业，竭资赴陕。途中逢一人，自言：‘申竹亭，宿迁人。’话言投契，盟为昆弟，行止与俱。至陕，任病不起，申善视之，积十余日，疾大渐。谓申曰：‘吾家故无恒产，八口衣食皆恃一人犯霜露。今不幸殂谢异域。君，我手足也，两千里外，更有谁何！囊金二百余金，一半君自取之，为我小备殓具，剩者可助资斧；其半寄吾妻子，俾辇吾榇而归。如肯携残骸旋故里，则装资勿计矣。’乃扶枕为书付申，至夕而卒。申以五六金为市薄材，殓已。”然后一走了之。他是一个贪图钱财、没有丝毫同情心的商人。

《纫针》描写官裔王心斋，家道衰落，衣食无着，请人作保向富室黄氏贷款作本经商，不想在途中遭寇，被劫去资本。黄氏催逼还债，王心斋无力偿还。“黄窥其女纫针美”，就提出将王心斋的女儿纫针作妾以抵债。此计不成，接着“复助以资本”，用金钱利诱王心斋将纫针嫁给自己的儿子。“黄某亦遣媒来。虞恶其为富不仁，力却之。为择于冯氏。冯，邑名士，子慧而能文。将告于王；王出负贩未归，遂径诺之。黄以不得于虞，亦托作贾，迹王所在，设馔相邀，更复助以资本，渐渍习洽。因自言其子慧以自媒。王感其情，又仰其富，遂与订盟。既归诣虞，则虞昨日已受冯氏婚书。闻王所言不悦，呼女出，告以情。女怫然曰：‘债主，吾仇也！以我事仇，但有一死！’王无颜，托人告黄以冯氏之盟。黄怒曰：‘女姓王，不姓虞。我约在先，彼约在后，何得背盟！’遂控于邑宰，宰意以先约判归黄。冯曰：‘王某以女付虞，固言婚嫁不复预闻，且某有定婚书，彼不过杯酒之谈耳。’宰不能断，将惟女愿从之。黄又以金赂官，求其左袒，以此月余不决。”小说描写一些心术不正的商人倚仗自己的金钱为非作歹。

《霍女》表现了有钱的商人因为好色，受人捉弄。“生平于吝者则破之，于邪者则诳之"的霍女，自投贫士黄生。两人泊舟到扬州，"女适凭窗，有巨商子过，惊其艳，反舟缀之"。霍女顿生一计，要黄生以千金把她卖给巨商之子，从而发家致富，黄生不肯，但霍女自作主张，于是交易成功。一手交钱，一手交人，完全是一副"等价交换"的场面。当千金到手后霍女便施法脱离，又回到黄生身边，捉弄了那些以财谋色的商人一番。

《聊斋志异》从商人生活出发，形象地表现了商人生活的特点。

《贾儿》表现了商人出外经商求利与夫妻相守过日子的矛盾。独守空房的商人妇被狐所迷，"楚客有贾于外者。妇独居，梦与人交"。所幸商人的儿子设计毒死迷人的狐，商人妇病愈，这个商人家庭的生活才得以恢复正常。

商人经商求利无时无刻不与风险相伴，他们需要强有力的保护。《老饕》中写："邢德，泽州人，绿林之杰也，能挽强弩，发连矢，称一时绝技。而生平落拓，不利营谋，出门辄亏其资。两京大贾往往喜与邢俱，途中恃以无恐。"《义犬》描写商人闯荡商海，遭遇无数的风险。为自身安全计，商人往往广结善缘，以备不时之需。"周村有贾某贸易芜湖，获重资，赁舟将归，见堤上有屠人缚犬，倍价赎之，养豢舟上。舟上固积寇也，窥客装，荡舟入莽，操刀欲杀。贾哀赐以全尸，盗乃以毡裹置江中。""复哀舟人载还芜湖，将以伺盗船之归。""衣服与舟皆易，故不得而认之矣。缚而搜之，则裹金犹在，呜呼！一犬也。"商人遇盗，幸得他救助过的义犬为他报警，凶犯才得以被缉拿归案。

《老龙船户》描写众多商人被劫杀。"朱公徽荫巡抚粤东时，往来商旅，多告无头冤状。千里行人，死不见尸，数客同游，全无音信。""盖此等贼以舟渡为名，赚客登舟，或投蒙药，或烧闷香，致客沉迷不醒，而后剖腹纳石以沉水底。"经商求利这碗饭确实不好吃，因为风险太大。

《金和尚》中金和尚被自己无赖的父亲卖到五莲山寺，他后来盗用寺里的资金做生意，发了大财。"金和尚，诸诚人，父无赖，以数百钱鬻于五莲山寺。少顽钝，不能肄清业，牧猪赴市若佣保。后本师死，稍有遗金，卷怀离寺，作负贩去。饮羊、登垄，计最工。数年暴富，买田宅于水坡里。”金和尚靠自己投机经营的本事，得以数年暴富，“绕里膏田千百亩，里中起第数十处”。商业资本流入土地，这在封建社会里是极其普遍的现象，因为在拥有大量土地后出租以收高额地租，这比经商渔利更保险，而且不费力气。这种生活对于长期栉风沐雨、行商在外的商人们来讲具有比较大的诱惑力。

《聊斋志异》表现了中国商人海外经商的见闻。

《罗刹海市》描写商人子马骥海外经商的经历和见闻。马骥“从人浮海，为飓风引去，数昼夜至一都会”。“于是乘传载金宝，复归村。村人膝行以迎。马以金资分给旧所与交好者，欢声雷动。村人曰：‘吾侪小人受大夫赐，明日赴海市，当求珍玩以报。’问：‘海市何地？’曰：‘海中市，四海鲛人，集货珠宝。四方十二国，均来贸易。’马曰：‘我顾沧海客，何畏风涛？’未几，果有踵门寄资者，遂与装资入船。船容数十人，平底高栏。十人摇橹，激水如箭。凡三日，遥见水云幌漾之中，楼阁层叠，贸迁之舟，纷集如蚁。少时抵城下，视墙上砖皆长与人等，敌楼高接云汉。维舟而入，见市上所陈，奇珍异宝，光明射目，多人世所无。”“则见海水中分，屹如壁立。俄睹宫殿，玳瑁为梁，鲂鳞作瓦，四壁晶明，鉴影炫目。”“三日间，遍历诸海。由是‘龙媒’之名，噪于四海。”小说虚构了一个美丽的海外世界，与自己身处的污浊世界形成鲜明对比。

《夜叉国》中交州徐姓商人“泛海为贾，忽被大风吹去”，至夜叉国，娶妻生二子一女，携一子徐彪归交州。徐彪后来又去夜叉国把母亲、兄妹接到交州。这是当时海外贸易的曲折反映。

《夜明》叙贾客泛南海所见异物：“有贾客泛于南海。三更时舟中大亮似晓。起视，见一巨物，半身出水上，俨若山岳；目如两日初升，光明四射，大地皆明。骇问舟人，并无知者。共伏瞻之。移时渐缩入水，乃复晦。后至闽中，俱言某夜明而复昏，相传为异。计其时，则舟中见怪之夜也。”充满神奇色彩。

《聊斋志异》表现了当时官商关系的新特点。

《王十》的主人公是一个“揭锱铢之本，求升斗之息”，为生活所迫而“负盐于博兴”的小贩。新任阎罗专捉三种人：小偷、私铸者、私盐者。捉住他们后便派往地狱挖“奈河”、挖十八狱坑厕。高苑的小商贩王十贩盐被鬼抓去。“高苑民王十，负盐于博兴，夜为二人所获。意为土商之逻卒也，舍盐欲遁；足苦不前，遂被缚。”阎王是非善恶分明，惩罚二鬼错捉人，买盐四斗，连同王十所贩的盐，送回王家。“鬼禀曰：‘捉一私贩王十至。’阎罗视之，怒曰：‘私盐者，上漏国税，下蠹民生者也。若世之暴官奸商所指为私盐者，皆天下之良民。贫人揭锱铢之本，求升斗之息，何为私哉！’罚二鬼市盐四斗，并十所负，代运至家。”阎王留下王十，授予长柄大杖头，让他跟随众鬼监督挖奈河的鬼河工。王十见到高苑的不法肆商也在奈河挖河，便利用这难得的机会苛刻地对待肆商。

《新郑讼》中，商人张某钱财为人所劫，官府主持公道。《钱卜巫》则表现了中国传统社会里有代表性的官商关系：官吏勒索商人。“邻人妻入商家，窥见之，归告夫。夫忌焉，潜告邑宰。宰最贪，拘商索金。妻欲隐其半，商曰：‘非所宜得，留之贾祸。’尽献之。宰得金，恐其漏匿，又追贮器，以金实之，满焉，乃释商。”“妻子将归，货其粗重；有桐油如干篓，商以直贱，买之以归。既抵家，器有渗漏，泻注他器，则内有白金二铤；遍探皆然。兑之，适得前掘镪之数。”“商由此暴富，益赡贫穷，慷慨不吝。妻劝积遗子孙，商曰：‘此即所以遗子孙也。’邻人赤贫至为丐，欲有所求，而心自愧。商闻而告之曰：‘昔日事，乃我时数未至，故鬼神假子手以败之，于汝何尤？’遂周给之。邻人感泣。”以德报怨。这些商人崇尚仁义道德，小说表现了儒家文化已渗透进商贾生活。

二、清代其他文言商贾小说

《聊斋志异》之外，清代还有一些文言小说是以商人生活为题材的。《宝婺生传》《卖酒者传》《书神作祟》《青眉》《仙露》等，数量不多，成就也不高。

《宝婺生传》

见于清代文言小说集《北墅绪言》，作者陆次云。

小说的主人公宝婺生在清初乱离时遭遇战乱，与妻子失散。生活无着时，幸得旅馆老板见他有经营才能，聘请他来经营旅馆。“困乏无聊，坐叹于旅馆之侧。旅馆主人鉴其貌，怜而问之。生告以故。主人曰：‘若识字乎？’曰：‘识。’‘习会计乎？’曰：‘习。’主人曰：‘盍留我馆中，勷若事而徐访尔妻，可乎？’生曰：‘得如是，诚幸甚。’生入馆，悉代主人劳。主人逸甚，而业加盛，利倍入。主人有女，欲妻之而未发也。”

他在经营旅馆时，拾金不昧。“生视其有所遗，启之，灿然白镪五十金也。以告主人，俟其返。日亭午，其人复急遽趋而来，汗渍衣，息喘喘，详视几地，茫然也。生问之，曰：‘觅遗金。’生曰：‘遗几何？’曰：‘金五十。’生曰：‘何用乎？’曰：‘持向营中往娶妇，失之矣，将奈何？’生曰：‘金固在，还之于子，无苦也。’即出金，其人受金拜谢去。”失金者邀请他参加婚宴，宝婺生得以与失散的妻子相遇，因为失金者用宝婺生送还的金钱在军营中买来的妇人恰巧是宝婺生失散的妻子。“娶妇者憬然曰：‘我知之，是妇即君妇矣？君既得金，君之金矣。还金而赎妇，是天命我代君以完其偶也。君无悲，吾感君义，敢不以此为报乎？’生难之，娶妇者请其主人以为主。主人曰：‘还金者，义士也；还妇者，义不在还金下。娶妇而失妇，不可也；吾有女，当妻还妇者。所娶妇，当返还金者。’闻者咸以为善而两从之。”最后，各得其所，各遂其愿，皆大欢喜。

小说对以经商求利为职业的商人明于义利之辨，发扬光大中华民族传统美德进行了赞美。

《卖酒者传》

见于清代张潮所辑的文言小说集《虞初新志》，作者魏禧。

小说旨在表现商人与顾客的理想关系。“以善酿致富”的卖酒商人“平生不欺人”，他善待顾客之心既细腻又巧妙，因此他的生意对顾客有持久的吸引力。小说着重描写这位卖酒商人从自己的生意出发，如何为顾客排忧解难：

> 或遣童婢沽，必问："汝能饮酒乎?"量酌之，曰："毋盗瓶中酒，受主翁笞也。"或倾跌破瓶缶，辄家取瓶，更注酒，使持以归。由是远近称长者。
>
> 里有事醵饮者，必会其肆。里中有数聚饮，平事不得决者，相对咨嗟，多墨色。卖酒者问曰："诸君何为数聚饮，平事不得决，相咨嗟也?"聚饮者曰："吾侪保甲贷乙金，甲逾期不肯偿，将讼，讼则破家，事连吾侪，数姓人不得休矣!"卖酒者曰："几何数?"曰："子母四百金。"卖酒者曰："何忧为?"立出四百金偿之，不责券。乙得金欣然，以为甲终不负己也。四年，甲乃仅偿卖酒者四百金。
>
> 客有橐重资于途，甚雪，不能行。闻卖酒者长者，趋寄宿。雪连日，卖酒者日呼客同博，以赢钱买酒肉相饮啖。客多负，私怏怏曰："卖酒者乃不长者耶？然吾已负，且大饮啖，酬吾金也。"雪霁，客偿博所负行。卖酒者笑曰："主人乃取客钱买酒肉耶？天寒甚，不名博，客将不肯大饮啖。"尽取所偿负还之。

小说塑造了一个善良的商人形象，善良在这位以经商求利为目的的卖酒商人却不汲汲于利；小说塑造了一个聪明的商人形象，聪明在他敏感于顾客的一举一动，为顾客排忧解难，赢得了顾客的心，生意岂有不红火之理？

《书神作祟》

见于清代文言小说集《谐铎》，作者沈起凤。

小说描写读书人弃儒为商，遭书神斥责，表现了业商与业儒的冲突。

> 金陵钞库街某氏子，世业儒，因读书不能致富，弃而为贾。偶独宿肆中，闻床头叹息声，叱之始止。

……

予书神也！自流寓汝家，蒙尔祖尔父，颇加青盼。不意留传至汝，罔修旧好，蒙尔见绝，犹幸两无仇德。乃今为钱奴束缚，使予意气不扬，若不早脱腰缠，则铜臭逼人，斯文沦丧，祸将及汝。

小说表现了传统中国读书人出身的商人有代表性的心理。读书是自己的理想，是自己神圣、崇高的事业，但读书如果不能当官的话，就会连自己都养不活。为了生存，为了赚钱，他们不得不弃儒为商。但是他们当了经商求利的商人之后，却又时时刻刻不能忘怀自己的读书“事业”，时时刻刻处在“业商”与“业儒”的矛盾之中。这是中国古代商人中一种有代表性的心态。

《青眉》

见于清代文言小说集《萤窗异草》，作者长白浩歌子。

小说塑造了一个具有经商头脑和才能的女性形象。她有一种新观念：经商要敢闯敢冒风险，要自己独立当老板，风险虽大，但受益大于受人雇佣。“侬视之，君业虽未能游刃有余，而尚可以进乎技。妾幸有薄资，请与君游于外郡，自立生计，必有以愈于为人佣。君以为何如？”她出资与有制鞋技术的竺合作，“女出白金一锭，觅舟南行”。“舟抵常熟，女犹欲前进，竺不愿，乃僦居邑之北门。女又以金半笏为营肆具，遂开设于市中，其后为居室。女以竺齿尚稚，不令合人生理。凡竺所不能制者，女皆代庖为之。式甚新奇，名乃大噪，邑中之履咸归焉。”“女以竺少不更事，前因多资，致荡其心，遂不复设肆，日令竺荷担入市，所得者仅足糊口。”“女以资授竺，使仍设肆于市，而迎其嫂与兄奉养于家。”“自此竺与女力作，家以日裕。”他们整合资本和技术等生产要素，在客地他乡把生意做得十分红火。

《仙露》

见于清代文言小说集《里乘》，作者许奉恩。

小说描写“高阳某生”经营发家的历史。他年少气盛，视经商发财易如反掌。“高阳某生，旧家子也，少孤。家业素丰，以委托非人，乾没折阅，销耗垂尽。及生长知事，年少负气，奋欲恢扩旧业，遂将存产尽行鬻变，作孤注，得二万金，服贾游吴，计反掌可与陶、猗埒富。”但他还未开始经营，就犯了许多有钱的商人都喜欢犯的错误：沉溺于女色。“生将质衣货马，以供缠头之资。”幸好他喜欢的女人是一个有经营头脑的女人。在此女的帮助和鼓励之下，“高阳某生”的经商事业才走上正轨。“‘君倾产出贾，为欲恢扩前业也，今旧业未恢，产资荡尽，携妾而归，立锥无地，其能免邻里姗诮乎？’生曰：‘奈何？’姬曰：‘妾意小作贸易，较跋涉安逸，或冀少得什一，亦可聊以解嘲，还见故乡父老。君以为何如？’生曰：‘卿言良是，顾何从得资？’姬曰：‘容妾图之。’诘旦，笑脱左履，出球一颗，大如发菽，付生，入市售得三十金，遂税屋三椽，操业来其，作苦半年，食用粗给。”“姬曰：‘固然，但所操太狭，必稍扩充而润色之方可。’”“姬笑脱右履，又出珠一颗，大如前，付生售之，价亦相等。遂兼货米盐醯酱杂物，日有生色，不半年，渐蓄佣媪。”这个女人帮助“高阳某生”在经济上富足起来之后，又支持和帮助他在政治仕途上发展。“曰：‘敢问贾与仕孰优？’曰：‘贾不如仕。又何待言？’曰：‘若然，君何不弃贾而仕。’”“遂罢贾，趣生赴部纳资，铨得粤东太守，指日挈眷之任。”“三年政成，受上考，擢浙东观察使，寻迁浙臬。前后不十年，开藩吴下。”同样取得了成功。

传统中国十分流行的是“学而优则仕”，本小说表现的是“贾而优则仕”，商人做生意发了财，以雄厚的经济实力作后盾，便向官场发展，争取在政治上有所作为。

第五章

中国商贾小说的新变

——近代商贾小说

第一节　近代的商业和小说概貌

1840年的鸦片战争揭开了中国近代社会的序幕。我国近代社会的发展演变，在很大程度上受到了西方国家的影响。首先是中西双方在物质生产、科学技术方面的较量；其次是西方社会的组织形式、政治体制对我国产生一定的影响；最后是体现着社会成员的生活追求、价值尺度的各种观念形态的输入。

鸦片战争前夕，中国的自然经济结构已经开始分解，近代商品经济关系已经出现，商业资本在中国农村日益活跃起来，一部分原来从事农业生产的人口，因商品经济的发展而转变为商人。

自道光二十年(1840)以来，中国频遭外侮，1840年的鸦片战争，1857年至1860年的第二次鸦片战争，1884年至1885年的中法战争，1894年至1895年的中日战争，都以中国的失败而告终。

1900年八国联军攻占北京。随着侵略者的炮火进攻，帝国主义对中国的经济侵略也正式开始，并越来越变本加厉，其结果是中国内部已产生的民族资本主义在萌芽状态便遭到了来自外界力量的摧残，于是中国的封建经济形态便向半殖民地半封建经济形态转化。这种经济形态对社会的影响十分明显，首先是商埠、通商口岸、市镇的数量比鸦片战争前大为增加。其次，由于商品经济发展的需要和天灾、兵祸的原因，大批农民失去佃种土地的机会而流入城市，成为在市镇、码头、口岸居留的雇佣工人或失业人口。最后，相当部分的商人成为洋行的实际经营人和代理人，即所谓"买办"。中国近代经济形态的变化，主要表现在传统的产业结构向近代的产业结构的转型，这次转型完全是工业化西方影响的结果。鸦片战争打开了中国闭关自守的大门，五口通商后，外国资本主义纷纷到中国倾销商品，掠夺廉价原料，控制中国进出口贸易和国内市场。外国洋行为了加紧对中国的贸易掠夺，培植和豢养了一批为它们的侵略活动服务的鹰犬——买办。从此中国商业资本发生了分化，一部分投靠外国侵略者，成为买办商业资本；一部分形成民族商业资本，主要是中小商业资本。

甲午战争后，清政府被迫改变限制国内商业的传统政策，采取了设立商部、制定商律、劝办商会、奖励和保护工商业等措施，推动了商业的发展。由陈炽、郑观应提出的设立商部的倡议在1903年变为现实，1904年1月商律《公司律》和《商人通例》颁布实施。加之第一次世界大战期间外国资本主义暂时放松了对中国的压迫，刺激了中国民族资本主义工业进一步发展，从而促进了为之服务的商业的迅速发展。鸦片战争以来，由于西方资本主义的刺激，也由于我国的有识之士为了富国强兵而大力兴办实业，我国大城市的工商业发展迅猛，市民人数骤增。

我国在近代出现了真正意义上的民族商人。把西方的工业文明与中国传统文化相互结合起来，是民族商人最突出的特点。在中国，自然经济的封闭性和地租剥削的相对稳定性，使地主阶级形成了闭塞、守旧的性格。在经济活动中，他们同样显得缺乏魄力和进取心。地主阶级内部的官僚、绅士阶层，无不带有这样的性格特点。他们在强有力的封建政权下面，只能百依百顺。中国历代的“重农抑商”政策，使他们对工商业的投资望而却步。甲午战争之后，民族商人开始大规模地登上企业经营的舞台，官绅、商人、知识分子构成了中国经济活动中的主体成分。这些来自中国传统社会的企业家，既有缺乏洋务知识的不足之处，又有了解中国的民情、国情的长处；他们既不主张中国完全封闭，又不主张中国完全西化；他们既注重运用传统文化，尤其是儒家的伦理道德观念来经营管理企业，又乐于学习西方的经营管理方法。这些企业家对科学知识的尊重，弥补了自身洋务知识缺乏的缺陷，比较容易地采用了近代新型的经营管理方法。如果以鸦片战争为分界线，可明显地看出，中国商人在此时界之前的经营活动——不管是吕不韦的政治投资，还是子贡的儒商行为——其最根本的目的是牟取私利，以家累千金为目标，其民族观念、国家观念是微乎其微的。而近代以来，商人更自觉地把自己的命运与民族、国家的命运联系起来。

这个时期，在沿海沿江的大城市里，还出现了一些规模较大的近代资本主义商业企业。这些企业采用资本主义股份公司的组织形式，基本上按照资本主义企业的经营管理办法开展经营活动，已完全不同于中国封建社会中的旧式企业。甲午战争后，旧式商业继续向新式商业转化。一种情况是，原有的商店因兼营新的商品和采取新的经营方式等而发生性质的演变；另一种情况是，有一些经营本地产品的旧式商人，因洋货倾销的压迫，改营其他商品。随着市场的扩大、产业的繁荣，商人积累了大量资本，商人资本进一步向产业资本转化。自给自足的小农经济被破坏之后，许多人被迫离开土地进城当学徒和做工，连妇女也进入纱厂或丝厂谋生。

鸦片战争以后，中国沦为殖民地半殖民地国家，西方列强主宰外贸市场，对外贸易只能在不平等的状况下进行。到 19 世纪末，中国被迫对外开放的通商口岸已增至 70 余个，清朝政府自开的口岸也有 20 多个。洋货在中国的倾销更加畅通无阻。除进口洋货日益增加之外，甲午战争以后，西方各国又通过逼迫清朝政府签订《马关条约》，攫取了在中国的直接投资设厂权，从而利用中国廉价的原料和劳动力，就地生产和销售各种商品。

买办的出现是近代社会一个影响非常大的事情。近代中国的买办服务于外商的公司洋行，广泛地接触了外部世界的思想、文化和经营管理方法。在企业活动中，买办率先采用了西方的经营管理方式以及西方先进的技术设备。买办在经营活动中，把追求最大利润看得高于一切，学来了西方资产阶级穷奢极欲的生活方式，投机和享乐成了买办的共性。买办的社会地位和职能决定了他们不仅具有一般中国商人的特点，而且还有半封建半殖民地洋奴的卑劣品质。他们为外商探听行情，搜刮原料，推销洋货，为中饱私囊不惜欺骗民族商业者，挤垮民族商业。

在内外两方面因素的共同推动下，中国近代社会发生了非常大的变化。在上海租界，1862 年即出现了第一条西式马路——静安寺路；1865 年首次安装了煤气路灯，并建立了第一条陆路电报线；1874 年法国商人米拉从日本引进第一批人力车；1882 年英国商人创办的上海电光公司开始设置路灯；次年又架设自来水管首次放水；1908 年有轨电车通车，1914 年无轨电车也开通。

阿英在《晚清小说史》中说过："晚清小说，在中国小说史上是最繁荣的时代。"从鸦片战争前夕到 19 世纪末出现了近代侠义公案小说的高潮；从庚子之变到辛亥革命前夕出现了近代谴责小说的高潮；从辛亥革命前后一直到 20 世纪 30 年代出现了"鸳鸯蝴蝶派"小说的高潮。近代小说的三次高潮，为我们勾画出广大民众思想演变的轨迹：先是对封建统治当局在道义、能力上的怀疑，自我意识的增强。继而是对封建王朝全方位的批判，甚至是否定。然后从更深的层次挣脱封建意识的羁绊，争取个性解放。从大的方向上看，它和中国社会的发展走向基本一致。同时，它又是我国古代小说向现代小说过渡的重要环节。期望祖国摆脱贫弱，走向富强，是近代小说最普遍、最突出的主题。

在中国近代文学中，出现过一个引人注意的现象：小说创作空前繁荣。以梁启超为代表的资产阶级维新志士们在理论上起了有力的推动作用，提高了小说这一文学样式在文学领域中的地位。据粗略统计，这一时期的小说作品数量竟达几百种之多！使诗歌占据文坛的正宗地位受到挑战。

中国近代小说成为商品流通领域中的特殊畅销商品，其商业性质在一定程度上决定了它的审美倾向：功利性、通俗性、消遣性，缺乏深刻的人文精神。近代的小说作家，大都混迹于城市人群，除了文化水平比一般的从商人员和雇佣工人高以外，其他方面大概并无很大区别。

近代商品经济的发展，是造就近代小说繁荣的基本条件，它为这种行业创造了从业者群。寅半生《小说闲评》序中说“昔之肆力于八股者，今则斗心角智，无不以小说家自命。”刊载小说的期刊从无到有到越来越多。自1902年《新小说》创办之后到辛亥革命前近十年间，刊登小说的期刊有17种，影响较大的有《绣像小说》《新小说》《月月小说》《小说月报》等。

近代商业的买办性质，不仅造就了一批卑劣、奴骨的大小商业恶棍，在流通领域及外围更是滋生了形形色色的流氓、泼皮、骗子、拆白党，民众的道德水准空前堕落。近代有些作家响应维新思想家的号召，以小说为武器、为醒世工具，抱着改革社会的目的，以严肃的态度进行小说创作。他们的小说反映了时代的特征和民众共同的愿望，揭示了在社会嬗变中人的精神风貌和生活方式。尤其是那些有一定社会影响或销量较大的小说，或多或少，或深或浅都有近代商业生活的痕迹，反映着在商业生活中所产生的时尚和近代人的心态及价值观。

中国近代商贾小说始于1898年的戊戌变法，止于1911年的辛亥革命。

吴趼人的代表作《二十年目睹之怪现状》第一次在中国小说中形象描写了资本主义商界。他的《发财秘诀》表现中国近代商人如何在来华的外国人身上捕捉经商发财的机会。姬文的《市声》可以说是中国民族商人初登历史舞台的心声。刘省三的《跻春台》描写近代中小商人的生活。《剃头二借妻》等在表现商人生活方面形成了自己的特色。

近代商贾小说中出现了许多新形象、新事物，表现了许多具有时代特色的新思想、新观念。与此前的商贾小说相比较，近代商贾小说最显著的特色是新变。中国近代商贾小说的新变来源于中国近代社会的巨变。

第二节 中国近代最有成就的商贾小说作家
——吴趼人和他的商贾小说

吴趼人生于1866年，广东南海人。因为住在佛山镇，所以别号我佛山人。他三十多岁来到上海，为报纸撰写小品文字。戊戌变法后，梁启超在日本创办《新小说》，他应约创作长篇小说，发表《二十年目睹之怪现状》等。1906年他和周桂笙等创办《月月小说》，自任主笔，发表《发财秘诀》等。1910年9月病卒于上海，时年45岁。他一生创作了30多种小说。他的长篇小说《二十年目睹之怪现状》1903年8月开始发表，形象地表现了中国近代商人向新兴资产阶级转化的过程。

《二十年目睹之怪现状》

小说的时代背景是从1884年中法战争前后到1903年前后这20年间。

小说表现了许多具有时代特色的新思想、新观念。

小说对官、商有异于传统的认识：官不如商。

“重义轻利”是中国传统文化一条具有原则意义的价值取向，“重农抑商”是中国传统社会一条根本性的经济政策，“学而优则仕”是最受传统中国人推崇的人生道路。在这种政治经济文化环境中，商人一直是受贬抑的对象，士、农、工、商，商处于四民之末。小说的主人公吴继之是一个由地主、官僚转化而为富商的人物，这是中国小说中最早出现的处于转化过程中的新兴资产阶级的形象。他涉足官场之时，就在上海开设字号，立一基业，以为退步。继则提取巨资，在长江中下游一带：汉口、九江、芜湖、南京、镇江、苏州、杭州，乃至京、津各地设立分号，专门收购各地土产，贩到天津、牛庄、广州等处发卖，做大宗出口贸易。他被撤任开缺之后，索性弃官经商。这些描写反映了社会价值观念的深刻变化。

中国封建社会历来重官抑商，而本书则表现了一种新的价值取向：轻进学，轻科举、重经商，表现出一种与传统不同的人生选择，表现了人们价值观念的转变。在小说中，经商是一条很值得骄傲的人生道路；这种人生不再是《儒林外史》消极避世的隐士生涯，也不再是《红楼梦》看破红尘的和尚岁月。面对伯父"那么你不回去好好的读书，将来巴个上进，却出来混甚么？"的责备，九死一生的回答显得从容不迫："这也是各人的脾气，侄儿从小就不望这一条路走，不知怎么的，这一路的聪明也没有。先生出了题目，要作'八股'，侄儿先就头大了。"（10 回）"我本来是个读书的，虽说是我生来的无意科名，然而困在家里没事，总不免要走这条路。无端的跑了出来，遇见大哥，就变了个慕友，这几年更是变了个商家了。"（55 回）经商是他们自己主动的自愿的选择，不再是读书不就、当官不成之后的无可奈何。而且，古往今来，传统中国人读书就是为了当官，九死一生却主张学以致用："读书只求明理达用，何必要为了功名才读书呢？"（42 回）表现出与中国传统观念所不同的价值观念。

吴继之和九死一生所经营的商业曾经兴隆一时，他们所开拓的新的人生之路，寄寓着作者朦胧的社会理想。

小说在官与商的比较中，不仅是尊商，而且表现了尊商的理由。小说认为经商比当官轻松得多，安全得多，舒服得多："'继翁此刻居然弃官而商了，其实当商家倒比做官的少耽心些。'继之道：'耽心不耽心且不必说，先免了受那一种龌龊气了。'"（61 回）

小说认为官员的品德不如商人："他们那里是做官，其实也在那里同我此刻一样的做生意，他那牟利之心，比做买卖的还利害呢！"（22 回）"这个官竟然不是人做的！头一件先要学会了卑污苟贱，才可以求得着差使；又要把良心搁过一边，放出那杀人不见血的手段，才弄得着钱。"（50 回）

小说肯定以经商为做官退步的做法："我是要立一个小小基业，以为退步，因为此地的钱不够，所以才叫你汇那一笔来。今年正月里，就在上海开了一间字号，专办客货，统共是二万银子下本。"（28 回）

小说充分地肯定商人的社会价值，热情地赞美商人的品格和追求。这种商人不是封建社会中一向为贵族官僚士大夫所鄙视、自己也很自卑的“市侩”，而是公然以商人的身份自豪，傲视做官，傲视科举，正在通过商业资本的途径向资产阶级转化的地主。

小说表现了官商关系的新发展。在中国过去的商贾小说中，奸商一般是以钱贿官，热衷于权钱交易，拜倒在官权的脚下；近代商贾小说中的奸商却与官府“斗法”，不是被官府欺侮时的反抗，而是为了获得更多的经济利益公然向官府“挑战”。这是过去的商贾小说很少表现的内容：

有个私贩，专门贩土，资本又不大，每次不过贩一两只，装在罐子里面，封了口，粘了茶食店的招纸，当做食物之类，所过关卡，自然不留心了。然而做多了总是要败露的，这一次，被关上知道了，罚他的货充了公。他自然是敢怒不敢言的了。过了几天，他又来了，依然带了这么一罐，被巡丁们看见了，又当是私土，上前取了过来，他就逃走了。这巡丁捧了罐子，到师爷那里去献功。师爷见又有了充公的土了，正好拿来煮烟，欢欢喜喜的亲手来开这罐子，谁知这回不是土了，这一打开，里面跳出了无数的蚱蜢来，却又臭恶异常。原来是一罐子粪水，又装了成千的蚱蜢。登时闹得臭气熏天，大家躲避不及，这蚱蜢又是飞来跳去的，闹到满屋子没有一处不是粪花。

那些贩私货的商人与官府“斗法”的胆子更大：

忽然来了一个眼线，报说有一宗私货，明日过关。这货是一大宗珍珠玉石，却放在棺材里面，装做扶丧模样。

那眼线又一口说定是私货无疑，自家肯把身子押在这里，委员便留住他，明日好做个见证。

……

拿斧子、劈柴刀，把棺材劈开了。一看，吓得大众面无人色，那里是甚么私货，分明是直挺挺的睡着一个死人！

……

急寻那眼线的，不提防被他逃走去了。这里便闹到一个天翻地覆。从这天下午起，足足闹到次日黎明时候，方才说妥当了，同他另外买过上好棺材，重新收殓，委员具了素服祭过，另外又赔了他五千两银子，这才了事。却从这一回之后，一连几天，都有棺材出口，我们是个惊弓之鸟，那里还敢过问。其实我看以后那些多是私货呢。他这法子想得真好，先拿一个真尸首来，叫你开了，闹了事，吃了亏，自然不敢再多事，他这才认真的运起私货来。(12 回)

值得我们注意的是，官府在这些商人的眼中已经不是那么神圣、那么威严、那么可怕了。

官府依然是以权勒索商人，但这时的商人似乎不再是任人宰割的羔羊。小说描写一个开当铺的大商人在受到官府勒索时的反抗：

做到年底下，他那侄少爷嫌出息少，要想法子在外面弄几文，无奈峄县是个苦地方，想遍了城里城外各家店铺，都没有下手的去处。只有一家当铺，资本富足，可以诈得出的。便和稿案门丁商量，拿一个皮箱子，装满了砖头瓦石之类，锁上了，加了本县的封条，叫人抬了，门丁跟着到当铺里去要当八百银子。当铺的人见了，便说道："当是可以当的，只是箱子里是甚么东西，总得要看看。"门丁道："这是本县太爷亲手加封的，那个敢开！"当铺人见不肯开看，也就不肯当。那门丁便叫人抬了回去。当铺里的伙计，大家商量："县太爷来当东西，如何好不应酬他，不过他那箱子封锁住了，不知是甚么东西，怎好胡乱当他的，倒是借给他点银子，也没甚要紧。我们在他治下，总有求他的时候，不如到衙门里探探口气，简直借给他几百银子罢。"商量妥当，等到晚上关门之后。当铺的当事便到衙门里来，先寻见了门丁，说明来意。门丁道："这件事要到账房里和侄少爷商量。"当事的便到账房里去。那侄少爷听见说是当铺里来的，登时翻转脸皮，大骂门上人都到那里

> 去了，“可是瞎了眼睛，黉夜里放人闯到衙门里来！还不快点给我拿下！”左右的人听了这话，便七手八脚，把当事拿了，交给差役，往班房里一送。当铺里的人知道了，着急的了不得，又是年关在即，如何少得了一个当事的人。便连夜打了电报给东家讨主意。这东家是黄县姓丁的，是山东著名的富户，所有阖山东省里的当铺，十居六七是他开的。得了电报，便马上回了个电，说只要设法把人放出来，无论用多少钱都使得。当铺里人得了主意，便寻出两个绅士，去和侄少爷说情，到底被他诈了八百银子，方才把当事的放了出来。等过了年，那当铺的东家，便把这个情形，写了个呈子，到省里去告了。（54回）

中国近代商贾小说中的商人不再是可怜虫，不再拜倒在官权的脚下。

小说中有一个骗子设计骗了钱庄的钱之后逃走了，并且花钱捐了一个道台，给自己撑上官权的保护伞。开钱庄的商人并不畏惧，追讨的过程虽说很艰难，但终于如愿以偿。小说表现在当时的历史条件下，商人凭借自己雄厚的经济实力，有时竟能左右官场，表现了“资本”逐渐控制“政治”的现象的萌芽：

> 上海那些钱庄人家，虽然在公堂上存了案，却寻不出他这个人来，也是没法。到此刻，已经八九年了。直到去年，方才打听得他改了名字，捐了功名，在这里候补。这十几家钱庄，在上海会议定了，要问他索还旧债，公举了一个人，专到这里，同他要账。谁知他这时候摆出了大人的架子来，这讨账的朋友要去寻他，他总给他一个不见：去早了，说没有起来；去迟了，不是说上衙门去了，便说拜客去了；到晚上去寻他时，又说赴宴去了。累得这位讨账的朋友，在客栈里耽搁了大半年，并未见着他一面。没有法想，只得回到上海，又在会审公堂控告。会审官因为他告的是个道台，又且事隔多年，便批驳了不准。又到上海道处上控。上海道批了出来，大致说是控告

职官，本道没有这种权力去移提到案，如果实在系被骗，可到南京去告……云云。那些钱庄帮得了这个批，犹如唤起他的睡梦一般，便大家商量，选派了两个能干事的人，写好了禀帖，到南京去控告。谁知衙门里面的事，难办得很呢，况且告的又是二十多万的倒账，不消说的原告是个富翁了，如何肯轻易同他递进去。闹的这两个干事的人，一点事也不曾干上，白白跑了一趟，就那么着回去了。到得上海，又约齐了各庄家，汇了一万多银子来，里里外外，上上下下，都打点到了，然后把呈子递了上去。这位大帅却也好，并不批示，只交代藩台问他的话，问他有这回事没有："要是有这回事，早些料理清楚；不然，这里批出去，就不好看了。"藩台依言问他，他却赖得一干二净。藩台回了制军，制军就把这件事搁起了，这位钟雷溪得了此信，便天天去结交督署的巡捕、戈什哈，求一个消息灵通。此时那两个钱庄干事的人，等了好久，只等得一个泥牛入海，永无消息，只得写信到上海去通知。过了几天，上海又派了一个人来，又带了多少使费，并且带着了一封信。你道这封是甚么信呢？原来上海各钱庄多是绍兴人开的，给各衙门的刑名师爷是同乡。这回他们不知在那里请出一位给这督署刑名相识的人，写了这封信，央求他照应。各钱庄也联名写了一张公启，把钟雷溪从前在上海如何开土栈，如何通往来，如何设骗局，如何倒账卷逃，并将两年多的往来账目，抄了一张清单，一齐开了个白折子，连这信封在一起，打发人来投递。这人来了，就到督署去求见那位刑名师爷，又递了一纸催呈。那刑名师爷光景是对大帅说明白了。前日上院时，单单传了他进去，叫他好好的出去料理，不然，这个"拐骗巨资"，我批了出去，就要奏参的。吓的他昨日去求藩台设法。(7 回)

小说表现了商人对官权的利用。商人结交官吏有自己的目的，是一桩有利可图的买卖："这位大财东，本来是出身极寒微的，是一个小钱店的学徒，姓古，名叫雨山。他当学徒时，不知怎样认识了一个候补知县，往来得甚是亲密。有一回，那知县太爷要紧要用二百银子，没处张罗，便和雨山商量。雨山便在店里，偷了二百银子给他。过得一天查出了，知道是他偷的。问他偷了给谁，他却不肯说，百般拷问，他也只承认是偷，死也不肯供出交给谁。累得荐保的人，受了赔累。店里把他赶走了，他便流离浪荡了好几年。碰巧那候补知县得了缺，便招呼了他，叫他开个钱庄，把一应公事银子都存在他那里，他就此起了家。他那经营的手段，也实在利害，因此一年好似一年，各码头都有他的商店。”(63 回)

小说塑造了许多具有时代特色的新的商人形象。

买办商人借着洋人的力量，钱似乎赚得很容易。

“那洋货店自归了他之后，他便把门面装璜得金碧辉煌，把些光怪陆离的洋货，罗列在外，内中便惊动了一个专办进口杂货的外国人，看见他外局如此热闹，以为一定是个大商家了，便托出人来，请他做买办。他得了那买办的头衔，又格外阔起来。”(79 回)

“前几年又弄着一个军装买办，走了一回南京，两回湖北，只怕做着了两票买卖。这军装买卖，是最好赚钱的，不知被他捞了多少。”(79 回)

侨商是第一次出现在中国古代小说中。

“这婆娘的丈夫姓李，单名一个壮字，是在新加坡经商的，每年二三月回来一次，历年都是如此的。”

“这李壮本来是一个窃贼出身，飞檐走壁的工(功)夫是很熟的。从前因为犯了案，官府要捉他，才逃走到新加坡，改业经商，居然多了几个钱，后来事情搁冷了，方才回家乡来娶亲的。”(56 回)

小说表现了许多商界的新事物。

彩票具有投机性，它确实能够激起人们的发财欲望。

商人包道守“去年年下的时候，他到上海去，买了一张吕宋彩票回来，被他店里的掌柜、伙计们见了，要分他半张，他也答应了，当即裁下半张来。这半张是五条，那掌柜的要了三条，余下两条，是各小伙计们公派了。当下银票交割清楚。过得几天，电报到了，居然叫他中了头彩，自然是大家欢喜。到上海去取了六万块洋钱回来：他占了三万；掌柜的三条是一万八；其余万二，是众伙计分了”（6回）。

合股经营作为一种商业经营方式在近代已经相当流行。

吴继之与九死一生的合股经营是比较成功的。“前几天他们寄来一笔账，我想我不能分身，所以请你去对一对账。老实对你说：你的二千，我也同你放在里头了，一层做生意的官息比庄上好，二层多少总有点赢余。这字号里面，你也是个东家，所以我不烦别人，要烦你去。”（28回）“这两年字号里的生意也很好，前两天我听继之和伯娘说起，我们的股本，积年将利作本，也上了一万多了。”（64回）合伙者在同利的基础上很容易做到同心，优势互补，迅速发展自己的生意。

开当铺的老板主动要自己雇请的掌柜和伙计在自己的店中参股，这样既可以增加经营资本，又可以从经济利益上把老板和掌柜、伙计紧密联系在一起。“当下这包到手，便要那掌柜合些股分在店里，那掌柜不肯；他又叫那些小伙计合股，谁知那些伙计们，一个个都是要搂着洋钱睡觉，看着洋钱吃饭的，没有一个答应。”（6回）

真假同仁堂未成的官司，是中国小说史上头一次关于商标诉讼的记述。

沈经武“从小就在一家当铺学生意”。后来自己慢慢当起了小老板，“在胡家宅租了一间小小的门面，买了些茶叶，搀上些紫苏、防风之类，贴起一张纸，写的是‘出卖药茶’。两个人终日在店面坐着，每天只怕也有百十来个钱的生意”（28回）。为了把自己的生意做大，“那经武便搬到大马路去，是个一楼一底房子，胡乱弄了几种丸药，挂上一个京都同仁堂的招牌，又在报上登了京都同仁堂的告白。谁知这告白一登，却被京里的真正同仁堂看见了，以为这是假冒招牌，即刻打发人到上海来告他”（28回）。险些惹下一场官司，“京都大栅栏的同仁堂，本来是几百年的老铺，从来没有人敢影射他招牌的”。“那时候，他铺子里只有门外一个横招牌，还是写在纸上，糊在板上的，其余竖招牌，一个没有。他把人家灌醉之后，便连夜把那招牌取下来，连涂带改的，把当中一个‘仁’字另外改了一个别的字。”（29回）这样才化险为夷。

钟雷溪以“倒账”的形式骗钱庄钱款具有近代金融业的时代特点。

钟雷溪是个四川人。“十年头里，在上海开了一家土栈，通了两家钱庄，每家不过通融二三千银子光景，到了年下，他却结清账目，一丝不欠。钱庄上的人眼光最小，只要年下不欠他的钱，他就以为是好主顾了。到了第二年，另外又有别家钱庄来兜搭了。这一年只怕通了三四家钱庄，然而也不过五六千的往来。这年他把门面也改大了，举动也阔绰了。到了年下，非但结清欠账，还些少有点存放在里面。一时钱庄帮里都传遍了，说他这家土栈，是发财得很呢。过了年，来兜搭的钱庄，越发多了。他却一概不要，说是我今年生意大了，三五千往来不济事，最少也要一二万才好商量。那些钱庄是相信他发财的了，都答应了他：有答应一万的，有答应二万的，统共通了十六七家。他老先生到了半年当中，把肯通融的几家，一齐如数提了来，总共有二十多万，到了明天，他却‘少陪’也不说一声，就这么走了。土栈里面，丢下了百十来个空箱，伙计们也走的影儿都没有。”“你晓得他到那里去了？他带了银子，一直进京，平白地就捐上一个大花样的道员，加上一个二品顶戴，引见指省，来到这里候补。”(7回)可以说是现代金融犯罪的祖师爷。

《发财秘诀》

吴趼人的《发财秘诀》又名《黄奴外史》。自1907年11月始载于《月月小说》，到1908年2月全文登载完毕，共计十回。1908年又由上海群学社出版单行本。

小说描写小贩区丙到香港贩“料泡”，数月间竟赚了五万两银子，后又贩“窑货小人儿”，成了富翁。发财后在香港和广州两处开店，结交了一帮逐利之徒，演绎自己的“发财秘诀”。

区丙本是穷乡僻壤的一个小小负贩，发洋财的欲望驱使他闯进香港一试身手。谁料区区的“料泡、泥人”生意，竟使他时来运转，大发横财，由一个穷光蛋一跃而为闻名遐迩的大富翁。区丙大发洋财之后，广置田地房产，于广州开设“丙记”洋货号，于香港开设“丙记”杂货店，来往于广州、香港之间，结交众多亡命之徒。其中有关阿巨者，因劫案潜逃澳门，赌场内将巨款输得罄尽，前来投奔区丙。后关阿巨充当英军探子，并拉区丙入伙，探听广东情报。区丙利用广州店铺作据点，专门探听清军海防军务及两广总督叶名琛的动向，甘当汉奸，逐日为洋人窃取中国官方情报，以此换取丰厚的酬金。“阿巨道：‘每月坐得五十两，其余每件事五十两，看人的本事去探访罢了。’区丙大喜，即与阿巨约定，即日动身，回到省城，住在店里，专意招待衙门的主顾，打听些海防洋务的事情。”(3回)“因为他一向是个老实生意人，衙门里的师爷、大爷们只当和他谈天，便多有告诉他的，他便拿了这个去换银子。于是，几时佛山办团练，几时黄埔修炮台，虎门添了若干兵，四方炮台添了几尊炮，买了一刀竹纸来，真是有闻必录，阿巨果然逐日差人来取。”(3回)“且说当时洋兵进城，吓得众百姓鸡飞狗走，只有丙记洋货店早早得了信息。到了此时，由阿巨给他一个做记号的物件，挂在门首，安然无事，乐得又发了一注洋财。”(3回)终至省城失陷，无辜百姓横遭掳掠。这是汉奸行径，为正派商人所不齿。在逐步发展的商业社会中，金钱成为衡量一切的砝码。小说表现一些唯利是图的商人因为贪图金钱，导致其政治、民族品格的堕落。

小说对区丙等商人的经商艺术有丰富的表现：

做生意要敢想敢干：“义律乃与英国各商，在香港建筑洋房，设行贸易。慢慢的外国人来得更多，一切起造的水木匠，与及细崽、厨子、洗衣匠等，在在须人，不免高出工价，求人应募。”“内中惊动了南海县张槎乡地方的一个人，姓区，名丙，一向只以小负贩糊口。”妻子给他泼冷水：“人家有手艺的，是靠手艺去赚钱；懂外国话的，是靠拥工去受值；有气力的，还可以去扛抬。你既没有手艺，又不懂话，就是气力也输与人，你仗什么可以去得？纵使香港是个铜山金穴，只怕你未必有本事去动得他分毫，我劝你息了此念吧，还是安分点，在家过穷苦日子的好。”(1回)区丙没有听从妻子的劝告，敢到香港去闯市场。

商人要敢冒风险，因为生意上十拿九稳绝对赚钱的买卖毕竟还是少数。区丙第一次准备去香港，不知道贩什么东西好，“忽见一家店铺在那里烧料泡，心中暗忖，把这个贩到香港，或者有利可图，我何妨试他一试？想罢便先去买了一个竹筐，再到那料泡店中，拿出二钱银子，大大小小买了二三百个，也不别妻子，附了船，径到香港来”。“那料泡是一件什么东西呢？原来是用玻璃吹成的一个泡儿，其样式就和馒头一般，那馒头面上正当中，却做出一个小管，那小管的玻璃略厚，那泡儿的玻璃却比纸还薄；靠底一面那块平玻璃，却做得略略有点微凹了进去。如此不停呼吸，那玻璃也不住的凹凸，其凹凸之时，却有声响，作乒乓乒乓之声。广东人就叫他做乒乓，是卖给小孩子玩的，小的不过荸荠大小，零卖只得二三文一个，大的有馒头大小，也不过十来文一个。”(1回)

做生意要有一点主见，有一点顽强执着的精神：区丙贩料泡到香港，“在马路傍边憩下，手中拿着一个，不住的乒乓乒乓呼吸着。这是他们贩这个东西的规矩，叫人家见了，好来买的意思。在香港的广东人见了，都笑道这个人该死，香港地方能有几个小孩子，却带来这个东西来卖，怕不蚀了盘缠也。区丙站了一会，见没人照顾，便掮起竹筐，望热闹所在走去，走了一天，却只没有人请教，不觉心中懊悔。到了明日，又掮起来往外走。行行去去，去去行行，不觉到了一个所在。只见两面都是洋楼，静悄悄的路少行人。他心中暗想，昨日走了一天热闹地方，不层发得利市，今日怎么走到这里来，想是更没有生意的了。但不知走过了这一条路，那边可还有人家？心中想着，信步行去，口中仍是呼吸着那泡儿，乒乓乒乓的作响”(1回)。

生意“变”则久，“变”则活：区丙贩料泡“昨日走了一天热闹地方，不曾发得利市”，第二天就变了一下，走到“两面都是洋楼，静悄悄的路少行人”的地方，果然遇到了好买主。

消费者的困难就是推销者的机会：一个外国人被料泡的新奇所吸引，想买，但不知如何玩，“那外国人低下头，在筐里拣了一个顶小的，对区丙又叽咕了几句。区丙不知是什么意思，接过那泡儿，衔着小管，一阵呼吸”。“区丙此时福至心灵，知道是问他的吹法，他便接在手里，呼吸了一会，又鼓动两腮，以示呼吸之意。”(1回)表演、示范，吸引顾客购买。

抓得住机会才做得好生意：“却说那外国人翻身入内，不多一会，便一轰的跑了二三十个外国人出来。”在这么多目标顾客面前，“区丙拿了一个料泡不住的呼吸”，吸引“那些外国人都站着观看”，然后“于是二三十个外国人争着来买，随买随吹，随吹随破，不多一会，把一筐料泡卖个罄尽”(2回)。

注意装修“门面”，使自己的生意更有吸引力：区丙第一次去香港贩料泡，用的是竹筐，第二次去之前，他“在旧木器店里买了两口轻巧松木玻璃柜，用水洗刷干净，买两张红绿纸，把里面糊裱起来”，“那些料泡都安放在柜内”。他注意装修“门面”，效果是很明显的：“那些外国人看见他挑着玻璃柜，”“便都指点说笑，意思是说他这个担子比竹筐讲究了”(2回)。于是，买的人更多。

做生意要有意识地不断扩大自己的顾客群：外国男人买区丙的料泡买了不少，“也有两个外国人学会呼吸之法了，于是一个教一个，差不多都教会了，这料泡便不大肯破”，购买的外国男人自然少了。这时“有一个外国人把他带到住宅里去，叫那外国女人出来看”，“惊动了隔壁邻居的外国家眷来看，看见了都要买，女人、小孩子嘻嘻哈哈的一阵，早又卖完了”(2回)。外国男人不大买了的时候，区丙又找到了新顾客：外国女人和小孩。

做生意要善于发现和创造商品的新魅力：区丙的料泡贩了三四次，“那些外国人，都学会了那呼吸之法，便不以为奇，不大买了”。“那区丙看见外国人买的少了。他却弄一个玄虚，把那料泡吹作一片觱篥之声，外国人见了，又以为奇怪。原来那种料泡，另有一个吹法，是用嘴唇衔着那管子，轻轻用气吹进去，可以鼓荡起成一片觱篥之声。当时外国人听得，以为另是一种东西，问他讨过去，翻来覆去的细看，却只看不出个道理来。又递过去叫他吹，他又吹了一阵。一时间总会里的外国人都出来看，又纷纷的买。谁知道这种吹法，破的更容易。破的容易，他的生意却又好起来了。如此又贩了两三遍，洋银积了有六七千。”(2回)

做生意要瞄准市场需求，及时调整经营品种：区丙的料泡生意赚了不少钱之后，“他看着这料泡生意将成强弩之末了，便回到省城，在市中闲行，要寻些奇巧东西去贩卖。忽然看见路旁地摊上摆着些窑货小人儿。此种窑货，出在石湾地方，那小人做得才和枣核般大，头便像一颗绿豆，手便像两粒芝麻，却做得须眉欲活，栩栩如生。也有着棋的，也有撑船的，渔、樵、耕、读，无所不有，是人家盆景上假山用做点缀的。还有些房屋、桥梁、木栅、更楼、宝塔之类，花样甚多。若到石湾去贩，不过四五文一个，在省城买起来，都要七八文”(2回)。

商人要有一种超乎平常人的生意敏感：区丙“在市上闲行”，一看到“窑货小人儿”，“便触动了机关，即刻赶到石湾去”，知道贩“窑货小人儿”是一种可以赚钱的生意。“好在只有六七十里路，乡下人跑惯的，不消两三个时辰，早走到了。便到窑户里去拣了一千多个，付了价，仍赶回省城。”(2回)

看准了的生意要大胆地做，不能坐失良机：区丙第一次贩“窑货小人儿”，“过了一夜，便赶到香港。外国人见了果然啧啧称羡。及至问他价时，他却伸出了两个指头，那外国人便拣了十个，给了他二十元洋银。不一会，惊动了总会里的外国人，呼朋引类，争先购买，那消一日工夫，这一千多小人儿，早变了上三千的洋银了”。初战告捷，“区丙一想这个又是好买卖，连忙运了洋银回家，悄悄的安放停当，又赶到石湾，一贩便是五千个”(2回)。

商品选得好，生意就成功了一半：区丙贩“窑货小人儿”，“好在这个东西又轻又小，既不重累，又不占地方，比着料泡儿更容易带”(2回)。

做生意要让人家在你的买卖中有利可图：区丙的“窑货小人儿”受到外国人的喜爱，“这回那些外国人竟有一买二三百、三四百，要寄回外国作货物贩卖的，也有寄去送人的”(2回)。

商人心里要藏得住秘密：区丙贩料泡和窑货小人儿发了大财，对于自己做什么生意发了财，发了好大的财，不仅自己守口如瓶，“区丙又切戒妻子，不要泄漏与人”(3回)。

富而不奢，贵而不骄：区丙发了财，“夫妻两个，依旧是和平常一般度日，不过一切用度，比较前头稍为宽动些罢了”(3回)。

商人要广交朋友，捕捉生意机会：区丙“及至发了迹，就有那一班发财人和他往来，所以他就得了门路”。“然而他还是乡人本色。”“所以上中下三等人，他都交处得来。那上等人，虽然见他穿了短衣，然而人家都知道他是个发财人，就和他招呼，也不失了自己体面。那下等人见他虽是财主，却是打扮朴素，和气迎人，乐得亲近亲近他，不定从中还想叨他点光呢。因此几年之间，区丙交结的朋友实在不少。香港的店里，单备了一间楼面专门接待朋友。”(3回)

做生意若要人帮我，我要先助人：“并且一个人在穷困的时候，所有往来的，无非也是些穷汉，及至发了迹，就有那一班发财人和他往来，所以他就得了门路，把二三万现银，存放在十三行第一家字号‘伍怡和’里生息，顺便就托他带点洋货来。”(3回)

做生意要卖就卖当地人稀罕的东西：“自己却在藩台衙门前开了一家‘丙记’洋货字号，又到香港中环地方开了一家‘丙记’杂货店，自己却往来于两间。”(3回)

商人要注意结交对自己生意有帮助的人：区丙开店想拉外国人的生意，知道陶庆云受外国老板信任，就千方百计结交陶庆云：“陶兄这样精明，东家自然信用，没有事还望常到小店坐坐谈谈。”(4回)

做生意要扬长避短：花雪畦“我不懂洋文洋话，若做洋货生意，便不免处处求人，还是做土货的好”(6回)。

生意不“欢喜”热闹，要“避实就虚”，“避热趋冷”：陶庆云告诉朋友，“你欢喜买地皮，就不应该劝人买了”(6回)。

处处留心皆生意：“庆云道：‘俯臣先是为看霭兰去的，看了两次，把做茶的门径看熟了，所以自己又办起来。’”(8回)

商人要善于把自己的生意建立在别人尚未发现的需求上：乾昌老板“他也会做生意，终日提了个篮子，总拣人家走不到的地方他才去”(8回)。

商人与人方便，就是为自己争生意：乾昌老板做“船上生意”，“雇了一支小船”，“摇到吴淞口，跑到外国兵船上或公司船上去卖。他走得多了，那船上的外国人也认得他了。有时外国人手边银钱不便，叫他记账，他下次去收，久而久之，这记账也成了老例了”(8回)。

做生意不贪不义财，要赚干净钱：“这乾昌老班也是我们浙江人，从小苦得很，几乎饭也没得吃了，幸得一个钱庄上的先生照应他，借给他二千铜钱，叫他做小生意。做做倒也顺手，慢慢积了二三千钱。”“他也会做生意。终日提个篮子，总拣人家走不到的地方他才去，上海各处都被他跑遍了。后来他忽然又想到做船上的生意，雇了一支(只)小船，带了些洋肥皂、小手巾、吕宋烟之类，摇到吴淞口，跑到外国兵船上或公司船上去卖。他走得多了，那船上的外国人也认得他了。有时外国人手边银钱不便，叫他记账，到下次去收，久而久之，这记账也成了老例了。有一只公司船的外国人，不知怎样欠了他十多块洋钱，一回他去讨账，恰好那公司船已经起锚要开行了。那外国人匆匆给了他一卷小洋钱，叫他赶紧走，不然要把他载到外国去，那小洋钱，叫他回去点一点，多少下回再算罢。他便匆匆下了小船回来。打开那小洋钱要点数，谁知不是小洋钱，竟是一包金四开。他吃了一惊。”“若是别人，岂不是就此发财了。谁知他却不想发这个财，把那金四开收藏起来，动也不敢动。直等到下回那公司船来了，他拿了那包金四开，原去还了那外国人。那外国人欢喜的了不得，说他老实，问他有店没有？他回说没有。外国人叫他赶紧开一家店铺，答应荐生意给他。他就自己凑点，和人家借点，开了这家乾昌。那外国人果然到处荐他的生意，又把他送还金钱的事，上在外国新闻纸上，所以外国人都相信他，说他老实。凡买东西，都到他店里去，他店里没有的东西，也叫他代办，所以他生意好的不了得。去年初开店的时候，不过一间门面的小店，今年已经撑到三间门面了。他从此以后，怕不全是发财的日子么。”(8 回)

商人要找对合作伙伴。袁姓商人与花雪畦合伙开米店，被花雪畦借机瞒骗了大笔财产。“且说雪畦自从与那一班人结交以后，每日领略些发财秘诀，便约了一个姓袁的同乡，合出资本，开了一家米店。雪畦罄其所有，只得三千金，姓袁的出了七千，合成万金资本，当下两个订了合同。雪畦不会写字，央人代了笔，念给他听了，姓袁的画了押，雪畦也勉强画了十字。从开了这家米店后，倒也年年顺利，四五年间，无不赚钱。雪畦便把家眷接来上海。只有姓袁的生性孤峭，又且平日视钱如命，恐怕接了家眷来费了开销，所以向来只有一个人在店里。生平又绝少交游，朋友也不多一个。被雪畦看在眼里，早就存了一个不良之心。”“且说雪畦打发姓袁的后事既毕，回到店中，寻着了他的钥匙，把他的箱子打开，先寻着原订的合同，用火烧了，又寻出了好些股份票及钱庄存折之类，一股脑儿都收拾到自己腰里，然后发信到广东给姓袁的儿子。直等到半个月后，那儿子方才赶到。其时那米店已经弄得有岌岌可危之象了。及至查考起数目来，雪畦非但把合股的事赖过，还说姓袁的亏空了数百元。”“雪畦就安安稳稳的干没了这一注巨款，撇下那米店不做，另外开了一家字号，专做客货。”(9回)

商人用人要善于用人之所长：“阿宝和他是在赌场上相识的，是做了买办之后，想他到当案目的人，识的阔老必多，所以叫他来做式拉夫，去拉生意。”(10回)

吴趼人是撰写中国近代商贾小说最有成就的作家。他的商贾小说具有鲜明的时代特色，从商人生活这个角度表现了中国近代社会的新变。

第三节 中国近代民族商人的宣言
——姬文的《市声》

姬文的《市声》1905年开始在《绣像小说》连载。共三十六回。光绪三十四年(1908)商务印书馆铅印单行本上下两卷。小说描写面对外国的商战，中国近代民族商人如何在中国的土地上采用资本主义的生产方式，以振兴民族经济。它是中国民族资产阶级作为一个阶级准备登上历史舞台的充满激情的宣言。

19世纪末20世纪初，甲午之役和庚子事变，把中国逼到了悬崖边上，“工商救国”“工商立国”成为中国近代商人的一致呼声，严重的民族危机成为中国近代商业意识真正觉醒的催化剂，形成了以忧患意识为底蕴，以竞争意识、开放心态、商法观念为辅翼的近代商业意识。

中国近代民族商人具有强烈的忧患意识，力倡“工商立国”，把自己的前途命运与国家的命运更紧密地联结在一起。自1840年鸦片战争以来，特别是1895年中日战争以后，外国商品和资本源源涌入中国，直接威胁到中国民族资产阶级的生存和发展。巨额外债和赔款，使国家财政陷于破产境地。这种巨大的生存危机，进一步激发了中国近代民族商人的忧患意识，使他们认识到国家若不能保全，那么他们自身的生存和发展也难以得到保障。几十年的中西交往，使中国近代民族商人深刻地领悟到凡富强之国，都是由于实业发达，而传统中国重本抑末，工商不振，利源外泄，不仅使国家贫弱受欺，甚至有亡国的危险，由此他们提出：欲救中国，必须放弃以农立国的农本思想，走工商立国之路，把自己的命运与国家的命运更加紧密地联结在一起，进而把抵抗外国侵略、保卫国家主权视作自己义不容辞的责任。

中国近代社会对外交流更为便捷，中国近代商人对外国经济发展状况有了进一步了解，扩大了眼界，从而增强了学习外国的先进生产技术和管理经验，以使自己的祖国进入世界经济强国之列的竞争意识。

《市声》的出现有深厚的思想基础。

鸦片战争这一千古未有之奇变，引发了中国近代知识分子思想观念的大裂变，以魏源等人为代表的经世致用派，包括龚自珍、包世臣、林则徐等，在鸦片战争之后致力于对传统农业经济、重农抑商的批评，并表达了对商品经济、发展对外贸易的向往。

从19世纪60年代洋务运动的发生到19世纪90年代中日甲午战争的爆发这30多年时间里，早期改良思想家冯桂芬、王韬、马建忠、薛福成、陈炽、郑观应等，其中以郑观应为代表，他们第一是明确批判重农抑商；第二是宣传重商、商战；第三是流露出重工思想。

甲午战争对中国社会的影响可谓是创巨痛深，知识界受此刺激，其认识比早期改良思想家更进了一步，强调以工立国，主张推动经济一体化进程，着意于政治体制改革。封建顽固派主张以农立国，早期改良思想家要求以商立国，而甲午战争之后的知识界则倡导以工立国。也就是说，19世纪后半期，在中国早期资产阶级改良派的思想体系里，出现了一种“重商”的经济思潮。这种思潮以对外贸易为立足点，以富国强兵为目的，表达了类似西欧重商主义的观点和主张，其代表人物是郑观应。

这些资产阶级改良派思想家把商业放在了国民经济的首位，提出了“商为国本”的观点。他们认为“稽古之世，民以农为本；越今之时，国以商为本”。认为西方富强“首在通商”。基于中国贫弱的现状和对“中国以农立国，外洋以商立国”现象的对比，他们主张中国“欲图强，必先致富；欲致富，首在兴商”。要求国家重视商业，实行“护商”的经济政策。

他们主张提高商人的政治地位。几千年来，传统的中国人讲究“知足安分”“贵义贱利”，经商谋利为世人所不齿。他们对封建的“贱商”观念提出挑战：“古有四民，商居其末……商足以富国，岂可视为末位。”

他们重视发展生产，主张大力发展工业。既然工业服从于商业的需要，为了更好地在对外贸易中取得利润，就必须大力发展国内工业，以满足出口的需要。面对外国机器大工业，要想夺回失去的市场并开辟新的市场，就必须改良工艺，生产出物美价廉的商品，与外国竞争。

他们主张发展商品性农业，广泛种植经济作物，用以制成工业品以和西方资本主义国家进行“商战”。农业是国民经济中最根本的物质部门，农业不发展，商业的发展将会失去最稳固的基础。他们提倡发展商品性农业，无非是想从中国最基本的生产部门——农业着手，把农业同商品经济联系在一起，同中国产业资本相结合，开拓中国的对外贸易，从而达到同资本主义国家竞争的目的。以织助耕是中国小农经济的特点，也是中国封建统治的基础，由于洋纱洋布的涌入，中国的自然经济开始遭到破坏，农民也日益卷入商品经济之中。

殖民地半殖民地经济的一个重要特点就是对外提供原料和由外输入工业品。中国商业资本的买办性使得它们依附于外国的产业资本，外国资本主义的发展需要中国买办性商业的存在和发展。

小说以清末半殖民地半封建的上海为背景，集中表现工商业者的生活和心态。小说开始就描写浙江宁波商人华达泉，家道素封，有志做个商界伟人，终被洋商斗败，百万资本亏折殆尽，回乡不敢再涉商界。

棉纺厂领班钱伯廉，买卖棉花、煤油，投机得手，再与申张洋行买办周仲和、华发铁厂老板范慕蠡、茶栈老板张老四合股，收购蚕茧。因洋货入侵，丝价行情为洋商操纵，难与竞争，濒于破产。

大豪商李伯正，为盐商之子，家私数千万金。他自恃资本雄厚，开茧行，高价收购蚕茧，成心与外国人做对，替中国小商家吐气。李伯正又创办机器织绸南北二厂，建玻璃厂、造纸厂、制糖公司，终因政府腐败，洋货倾销，连年折本。钱伯廉经营茶叶，亦因印度等地茶产量猛增，机器精制，中国手工制茶难以与其竞争，出口锐减。广东三巨贾，力主挽回茶叶利权，建立公司，“园户商家联合”，也没有取得成功。

工程师刘浩三，留学归国，自制织机，著《汽机述略》，呼吁改手工为机器，上书湖广总督樊云泉。然而总督生成一种奴隶性质，融合着专制手段，称刘浩三为“无业游民”，不予置理。刘浩三穷且益坚，变卖家乡祖屋，到上海拜访范慕蠡、李伯正，为李伯正改造织绸厂，要做出好工艺，和欧洲强国商战。国货工艺落后，难与洋货竞争，所以刘浩三筹办工艺学堂，造就技工；又办尚工学堂，做工、学艺，自产自销。范慕蠡、伍有功等发起组织“负贩团”，联合厂、商两界，订立“负贩团章程”，商界的生货专供厂家，厂家的产品供商界销售，以防银钱流入外洋。上海农民余知化，自造割稻车、舂米机。中国工商两界联合，致使外国来货，几至滞销。

他们热心创办实业，振兴民族工业，抵制洋货，曾使社会震惊，但结果经济耗尽，事业无成。

小说通过这些茧商、茶商、丝商的商业活动以及失败，较好地展示了近代民族商业在外国资本主义进攻下衰落的过程。近代民族商人的两重面貌，在此也得以真实的刻画。一方面，他们中的大多数是爱国的，有民族独立意识，为了自身的利益参与民族抗外潮流；另一方面，他们急功近利，缺乏远大的眼光和胆识，赚钱心理过重，过于追求物欲享受，这正是由农业人员转变而来的商人的固有特点。中国的资本主义是没有充分发育的，浓厚的小农意识是工商业者抹不掉的由出身和环境带来的痕迹。小说在一定程度上向我们展示了，我们的民族资本主义的发展是多么的缓慢和艰难，它始终没有发育成熟，始终脱不掉亚细亚生产方式所带来的局限。

小说表现了中国近代民族商人具有时代特色的新观念：

站在时代的高度，中国近代民族商人发现了中国传统社会的一些弊病和缺陷。

中国传统社会的轻商、贱商、抑商，不仅限制了中国商业的发展，而且阻碍了中国社会的进步。

“富商的经营，办机器，开厂房，都是绝大的事业；财源所聚，关系国本，富商多，国家自富。古人有句话，叫做‘藏富于民’，早见到民富自然国富。只可怪古人既然重民富，为何抑末那等厉害？周法始行征商，汉制更是贱商。”(33 回)

在中国，乡土观念经过几千年的陶冶、锤炼，已经牢牢植根在国人的心中，安土重迁，守望相助，已经成为一种习尚。与悠悠的黄土情结相伴的是广泛的农业经济形态。农业社会的静态环境容易引发人们的永恒意识，一切都是那么的静定、悠久。长此下来，造成农民的性格知足、消极，缺乏进取心。中国文化之所以以农业文明为标识，还与地理环境有关。我国南北平行横亘着两条河流：黄河与长江，这种十分独特的双河农业环境对抵制来自北方的游牧文明的南下起着不可低估的缓冲作用，农业文明在其一次又一次的冲击下底蕴越来越深。

“中国地居黄河、扬子江两大流域，土地实在肥美，因此习惯做了个重农的国度；又从古至今，不喜交通，除了汉武帝、唐太宗、元世祖三位雄主，还喜东征西讨，至如所称仁君圣主，总之不喜用兵，只须保守自己的国度，又都怕农民没饭吃，以致辍耕太息，造成许多乱象，所以重农抑商，是古来不二法门。如今才悟出商人关系的大，工人关系的更大。”(33 回)

“说起来内地的人很可怜哩，长到三四十岁，走的路不过乡下二三十里。眼里认不得字，听人传说皇帝是金龙下降，曾国藩是蟒蛇精转世，这般没对证的话，还印在他们脑筋里。三三五五，茶棚下谈的都是说神道命。穷到彻骨，还不知道营谋本业，倒去烧香祈福，算命求财；眼前许多利益，呆木木的，只觉得取不到手。”(33回)

传统中国人缺乏合作精神，各自为战。它适宜种田，但不适宜经商，特别是大规模的商业经营。

“我们做了中国人，中了社会的习气，凡事都愿独自一人做，利益也愿独自一人享，如何做得出大事业呢？”(36回)

由于轻商，由于对商业的社会价值和作用认识不足，传统中国人对商业的投入不足，使中国工商业发展乏力。

“资本短少，也是一个大弊病。第一办料不讲究，做出来的货色，还不止差了一成，这都是念于发财，误于将就；弄到后来，发财不成，倒反折本。这是我国人的通病。”(36回)

在中国传统社会轻商、贱商、抑商的政治文化环境中，中国商人缺乏敬业精神，缺乏职业的荣誉感、事业心。

“最坏是我们茶户，专能作假：绿茶呢，把颜色染好；红茶呢，搀和些土在里面，甚至把似茶非茶的树叶，混在里面。难怪人家上过一次当，第二次不敢请教了。倘若合了公司，户商一气，好好监视，这种弊病先绝了，茶能畅销外洋，这不是商家的大幸么！”(5回)

“但是中国不讲究工艺，商界上一年不如一年，将来民穷财尽，势必至大家做外国人的奴隶牛马。你想商人赚那几个钱，都是赚本国人的，不过贩运罢了，怎及得来人家工业发达，制造品多，工商互相为用呢？”(14回)

中国近代民族商人忧国忧民，致力于国家的强大、民族的昌盛，不再囿于一己之私利。他们忧国忧民的识见非同一般，对中国传统社会的诊断是比较准确的，这是过去的商人难以达到的境界。

中国近代民族商人放眼看世界，学习外国先进的社会发展经验，认为外国工商业发达、国力强盛的经验值得学习借鉴。

外国人经商干事业敢于冒险的精神对当时中国商人来说显得尤为可贵。

“为什么他们外国人，初创轮船之时，敢冒险驶出大洋，这岂是顽的么？一般也出过乱子，他们不怕，这是什么道理？即如气球初创的时节，坐了上去，死的人也不少，然而外国人还到政府去请，定要上去。政府答应了，他便再上去，视死如归。中国人见了这种奇险的事，还了得吗！”(14 回)

外国商人经商善于分析、研究消费者的心理和需求对中国近代民族商人很有启发。

“要知道工商两界，没什么难懂的秘诀，只消猜得透人家心理。外洋知道我们惯用的东西，他却仿着我们做法，变换了种种式样，来诱我们购买。他又知道我们只贪便宜，他就核算着成本轻的，多中取利。绫罗绸绢，那一样不是仿中法织的。颜色花纹，几乎驾于中国之上，价钱却便宜了一半还不止，难怪其畅销的了。我们想做洋庄的买卖，除了丝、茶、绸、皮、羊毛、草边等类，还没销过什么熟货，赚人家的钱，很觉万难。”(33 回)

中国近代民族商人在对中国传统社会有了一番分析和批判之后，在对外国社会发展的先进经验有了一番了解和借鉴之后，他们结合中国传统文化来研究中国传统的商业经营的特点，对有中国文化特色的商业规律有了自己的认识，他们开出了发展中国工商业、增强中国国力的良方。

中国近代民族商人们认为改造国家、改造政治要从改造读书人着手。民族精英应该致力于工商业，不应该死读书，读死书。为此首先要改造中国的传统教育：

> 凡事都要在源头上做起。我们要开工厂，便须先开工艺学堂。(15 回)
>
> 如今一面开厂，一面开学堂，把新造就的工人换那旧的。不到十年，工人有了学问，那学成专门的，便能悟出新法；那学成普通的，也能得心应手，凑拢来办事，自然工业发达。(15 回)
>
> 所以学工艺必然要在厂里，离了工厂，开不成学堂；不开学堂，又不能改良厂务。工人懂得学问，自然艺事益精，制造品愈出愈奇，才好合欧洲强国商战。(15 回)

学生要横下了心，预备自己一世的大事业，都在这工艺上面，专心研究去，工艺才能精哩！如今学生虽晓得工艺也是件可贵重的事，却还不甚心悦诚服，觉得自己负了国民的资格，如何困于工艺呢？这是我国数千年社会使然，忒把工艺看得轻贱了。(15 回)

报考的学生，须牺牲了他的功名思想，英雄豪杰思想，捺低了自己的身分，一意求习工艺，方有成就。其实做工的人，并不算低微，只为中国几千年习惯，把工人看得轻了，以致富贵家的子弟，都怕做工，弄成一国中的百姓，脑筋里只有个做读书人的思想；读了书，又只有做官的思想，因此把事情闹坏了！(31 回)

中国近代民族商人发现了工与商的联系，商业的繁荣要以工业的繁荣为基础；发现了工商业与国力的关系，把振兴商业与振兴国家结合起来；认识到抑商给社会经济发展造成的阻碍，倡导重商主义和商战，冲击轻工商、轻科技、耻言利的传统观念。

“譬如国家奖工艺，或是优与出身，或是给凭专利，自然学的人多了，就不患没人精工艺；既有人精了工艺，自然制造出新奇品物，大家争胜，外洋人都来采办起来。工人也值钱了，商人也比从前赚得多了，海军也有饷了，兵船也好造了，在地球上，也要算是强国的了！”(14 回)

第一是开工品陈列所：“一面登报告白，不论甚么手工美术，只要做成一种器物，经本所评定价值，就陈列在这所内，听人批买。这么办法，随他内地壅滞的工品，都能畅销。工人见自己手造的器物，都有利益，自然会做工的格外加工做活，不会做工的，见工业里面的人，也会发财，大家情愿做工，不想别的主意了。”

第二是组建工业负贩团：“我说这个工业负贩团，就合工品陈列所相附而行的。负不起的东西，有陈列所替他们销售；负得起的东西，等他们实业界中的人，负着贩买，只不过替他们提倡个结团体的法子。”(33 回)

中国近代民族商人们能够从整个社会发展、进步的全局来看商业的价值：

> 总之，一个人做事，做不成一桩事；一个人想获厚利，获不着分毫的利。农工商贾，就是合成的一个有机动物，斗起笋来，全都活动；拆去一节，登时呆住了。我国的人，悟不到此，大家有个独攘利权的念头，你争我夺，就如自己的手，合自己的脚打架；相残过度，甚至把这一个有机动物毁坏了，方肯罢手。譬如把夺利的心放淡些，人家也获利，自己也获利。这利源永远流来，岂不更好么？(34 回)
>
> 凡人做买卖，且不说于社会上有益，只核算自己的利益，也须设个久长之法。
>
> 惟有研究实业，制出各种新式器物，人人爱买，个个争收，拿稳赚钱，而且可以长久，为什么不去做呢？(36 回)

小说塑造了许多具有时代特色的商人形象：民族商人、实业家、金融家、职业经理人、商帮。

小说中民族商人的形象比较丰满，刘浩三、华达泉、李伯正具有鲜明特色。他们倡导工商业者的联合、劳资的联合，重视工艺，重视工人；他们既不幻想外国帝国主义的帮助，也不依持本国的封建主义，俨然以全民族利益的代表自命；他们是推崇振兴民族工业，以与外国抗衡的爱国的工商业者。中国民族资产阶级是资本主义这种新的生产方式和新的社会生产力的体现者，有着与以往的所有阶级不同的生活方式、价值观念以及社会政治倾向。他们最懂得商品经济的规律。华达泉“浙江宁波府鄞县人氏，世代经商为业，家道素封。只因到得达泉手里，有志做个商界伟人，算计着要合洋商争胜负时，除非亲到上海去经营一番不可。他就挟了重资，乘轮北溯，及至到得上海，同人家合起公司来。做几桩事业，都是极大的成本，就只用人多了，未免忠奸不一，弄到后来年年折阅，日日消耗，看看几个大公司支持不住，只得会齐了各股东，把出入款项账目，通盘结算，幸而平时的生意还好，不至再要拿出银子去赎身。但是生生把百万家私，折去了九十多万，所存五六万银子，想留着做个养命之源，不敢再谈商务了”(1回)。李伯正“本是盐商起家，如今发了洋财”。他做生意更看重国家民族的利益。“我的做买卖，用意合别人不同；别人是赚钱的，我是不怕折本。我这收茧子，难道不吃亏么？原要吃亏才好！我这吃本国人的亏，却教本国人不吃外国人的亏，我就不算吃亏了。但是我一人的资本有限，譬如把来折完了，我们中国人，依然要销到外洋去，把些生货贩出去，等他外国制造好了，再来取我们的重利，一年一年拖去，那有活命!”(6回)他们的身上洋溢着一腔爱国热情。

小说中出现了实业家、金融家、职业经理人等新的商人形象，这是中国近代商贾小说新变的主要内容，表现出了鲜明的时代特色。实业家汪步青经营企业有自己的一套：“原来这时汪步青也开了一个华整烟厂，烟是做得精美可口，价钱极便宜，不但有爱国思想的人，喜吸他家纸烟。连车夫等类，贪图便宜，一般来买着吸；销场极畅，多中取利，倒赚着不少。”(34回)金融家陈秋圃凭着自己的精明和耐心，以钱生钱，效益好得惊人：“内中只一位富商，姓陈名园，表字秋圃的，这人出身寒微，经过一场战乱，拾着一块羊脂白玉的拱璧，回家卖给一个富人，得着两千块钱。他却善于心计，城里几家钱铺，又都认识。他便耐着清苦，把这二千块钱运动；钱价低时，便兑钱；洋价低时，便兑洋。只这么倒换腾挪，几年工夫，已经富有万余。他便贩丝贩米，又贩麻，到东洋去卖，连年赚钱，家私有一百多万。”(34回)这是过去的中国商人没有做过的生意。小说中的职业经理人有很强的敬业精神，有很强的管理能力，还有自己的一班人马：“后来济川管到两个钱铺子的账，一年有几百吊钱的薪俸，而且为人老实，人家把银钱交给了他，就像是自己的银钱一般。只会替他盘出利息来，本钱是一个都少不了他的。”“他何尝天天坐在店中，只消管一笔总账。他手下的伙计，没一个不是精细老到的，所以请他管了账，那一个店里的人都要归他请，他才接办。”(21回)受股东委托管理经营烟厂的子肃有一整套管理经营企业的艺术。“子肃道：‘做买卖的人，总要有耐性，这时停办了，不是净折本么？我想整顿一番，还好翻本。’王道台知子肃是经商好手，就公推他主持。子肃大喜。当即到厂，把同事齐都辞退，找着司空吉人，把厂务全交给他，另用一班伙计。子肃考验过，都是认真做买卖的。把旧料贱价出售，另办新料，工人也都换过。登告白跌价。果然出的纸烟，十分紧密，味儿也纯了。价钱也便宜。几天工夫，已经销到整千包。"(35 回)

在中国近代社会，商帮对中国商业经营产生过十分明显的影响："中国的商家，要算我们宁波最盛的了。你道我们宁波人，有什么本事呢？也不过出门人喜结成帮，彼此联络得来，诸般的事容易做些。外省人都道我们有义气，连外国人都不敢惹怒我们。"(1 回)商人以地域为纽带，紧密地团结起来，形成了一股强大的社会力量。

小说描写了合股经营这种新的经营方式："又听得步青接着说道：'我因掮客的饭，不是正经人吃的，有几位学堂朋友，都劝我改行，都说要为久远之计，除非创办实业。我问他实业是哪几桩呢？他们一口气说了几十种，我觉得都做不到，只纸烟公司合本还轻，我就做了这一种。我把平时开的几爿不相干的店都收歇了，独入了公司的股，算我是第一个大股东。在厂里掌了全权，事情倒也顺手，不但买货的作不来弊，连做工的想要赚料，都被我觉察出来，辞退了几个，挑选本厂里的学生顶缺。因此名誉还好，货也销通了。'"(34 回)股权、资产权的多少决定其经营管理权的大小。

近代社会变化带来了新的需求和新的生意机会，小说描绘了许多具有时代特色的生意，这也是中国近代商贾小说新变的一个主要内容。传统中国人自古以来就有非常浓郁的土地情结，不管从事何种职业，只要发了财、有了钱，首先想到的就是买田置地。而买地不是为了自己耕种，不是为了佃给别人以收取租米，而是完全把土地当作一种商品，在买进卖出中赚取商业利润的描写我们只有在中国近代商贾小说中才能看到："那时黄浦滩上人家不多，店面也甚寥寥，虽然合外国人通商，中国人大家疑忌，不敢放手做买卖，只先君是看得透，所以发了财。""那时上海的地皮，实在便宜，只合上几十吊钱一亩，还没人肯买。和甫却存了个拙见，他想上海来种田，成家立业。看着别的好买卖不做，一味的买地，几乎把黄浦滩上的地，都被他买去。他的地不下二三百亩，都是三四十吊钱买来的。”“谁知他打算种田，还没垦土，就有外国人采买他的地皮。起初不过几百吊一亩，后来地价长大了，弄到几千银子一亩。如今是不上四万银子，也休想买他的一亩地皮，我们才知道地皮这样值钱。他有了这几百亩地，随手卖出，又趁便买进，弄到如今，家私真正不知几百万了！”(15 回)“家叔的意思，宁可把地皮留着，决不肯贱卖的。”(16 回)随着社会的发展和变化，土地已经成为极具升值能力的商品。

随着城市的扩大，城市人口的增加，处理粪便成了一件难事，却又成了一项有利可图的生意：“那时英、法诸国，初到上海来开码头，人烟稠密，只是一桩极不妥当的事，那大家小户出的粪，竟没摆布。当下便出了许多晓谕各乡的告示，召募乡人，到租界来担粪。不但溏干各色，上好粪料，情愿奉送，而且还要重重的给那担粪人一注赏钱。阿大利时来运来，首先挑着粪担，到租界出粪。外国人见他为人诚实，就派他做了个粪头，叫他到各乡招人来挑粪。”“包氏劝丈夫道：‘你有这条好路，为什么让人去做？我们何不开他一个粪厂，专门收粪，贩给乡下，不是大大的利息么？’大利道：‘粪厂如何开法？’包氏道：‘你去租他一个厂篷，打他几十个粪桶，雇人挑来。他们得的酒钱，我们提三成，作为开销之用，其余粪价，赚下来的，都是我们的好处。’大利大喜，于是竭力经营，果然把这粪厂开起来。”“自此赚的钱，一天多似一天。始而小康；继而大富。”(17 回)小说描写近代社会的发展变化带给人们许多原来不曾有过的生意机会。

小说对中国近代社会的发展和变化表现出了异乎寻常的敏感，对中国近代社会里出现的期货的雏形有比较详尽的描写。小说中有人做煤油的期货生意赚了钱。“伯廉既然花上得意，资本充足了，就想做别的营生，得空到茶会上去打听煤油行情。只见小李、阿四报道：‘今天煤油大跌价了。’”“伯廉听了大喜，赶到行里打了三千箱的栈单。不上几日，客帮销路多了，煤油忽然大涨，每箱竟涨到一元光景。伯廉赶紧出脱，登时大发财源，除去佣钱、使费等类，干净弄到二千八百多元。”(3 回)有人做金镑的“露水生意”也赚了钱。“诚心想做点露水生意，天天到茶会上去，听说金镑是上海生意的一大宗。在茶会上结识了一位张过生，一位柳季符，天天同在一处吃花酒碰和。那天，过生对小兴凑着耳朵说道：‘这时镑价极低，只九块零点的光景，要做趁这时做，包你价要抬高，这是拿得稳的。’小兴大喜，就叫他代做了三千个镑。不多几月，果然抬高，小兴得了二千多块，过生得了九扣，大家欢喜。”(10回)有人做煤油的“露水生意”却亏了血本。小说表现了期货生意的风险：“吴叔起有五万家私，跑到上海来做露水，想一朝发财。听说煤油价低，他就抛了十万箱。谁知海里转了一天大西北风，沙船一齐挂帆进口，载的都是煤油。市面上骤添几十万箱，价钱大跌，把自己的本钱折完，还拖累了好几个户头，一气而亡。他妻子到处求告度日。”(10回)“只是做露水的念头，更加上了劲了。找到尔臧、伯讷问起煤油行情，倒还凑巧跌了，小兴便喝了五千厅。谁知愈跌愈甚，小兴把二千块钱，通都用完，就要脱空混日子了，到伯廉那里支钱又支不到。小兴想出一法子，顶了天新的名，在几处庄上，借着一万八千银子，把来做露水。连连折本，已经浮了支借的数。小兴急得没路可走，就打了一个没出息主意，把店里现存的款子，一齐卷了个空，连夜趁船，逃到香港去了。”(11回)整个中国近代社会的商业气息十分浓厚。

《市声》是中国近代市场发展变化的真实声音，是中国近代民族商人思想观念和市场意识的形象展示，是中国近代商贾小说的扛鼎之作。

第四节　近代其他白话商贾小说

中国近代小说多数涉及商业经营和商人生活，但因为它们不完全是以商人为主人公、以商人的经营活动为主要表现内容的作品，所以它们还称不上真正的商贾小说。刘省三的《跻春台》中有完整的商贾短篇小说，《剃头二借妻》《七载繁华梦》对中国商人生活的描写带有明显的近代社会色彩。

《跻春台》

刘省三著。它是近代一部为数不多的拟话本小说集，现存成文堂刊本。

《跻春台》四十篇，大多是公案小说，其基本思想和主要内容是劝善惩恶，宣扬孝子节妇，但它对社会生活的反映仍有一定的现实性，四十篇小说几乎涉及晚清社会生活的各个侧面，其中以商贾生活为题材的作品数量之多、内容之丰富，在近代白话短篇小说集中是不多见的。

《十年鸡》

小说描写佃农之子贝成金外出贩米，米船沉没，他流落为佣。他的雇主米荣兴开杂货店，其妻库氏性淫，与贝成金私通，害死米荣兴。

经商有风险，不如种田那么保险，这种认识有一定的现实依据，在古代中国社会中有比较大的影响。小说的主人公贝成金做米生意，一次“船到青滩，忽有一石闯烂船底，把米船沉了”，“可怜货物钱米一概被水漂去，成金落得妙手空空”。农商在风险上的这种比较，使得有“崇实”“稳重”倾向的中国人喜农畏商。“生意钱财似虚花，运去犹如水推沙。要作儿孙长久计，还须下乡做庄稼。”这种观念在当时中国人的头脑中可以说是根深蒂固的。

贝成金给商人米荣兴当伙计，与米荣兴好色纵欲的妻子库氏私通，配合库氏害米荣兴之命，谋米荣兴之财，这是商业老板与伙计关系的又一类型。

小说描写一个商人妇对出门经商求利的商人丈夫的嘱咐，在商人夫妻中有一定的代表性：“去做买卖是正分，为妻怎敢来阻停”；“一杯鲁酒开怀饮，在外切莫贪邪淫”；“二杯鲁酒将夫敬，同行伙伴结好人”；“赚得银钱早回郡，莫在他乡久留停”。她们对丈夫出门经商赚钱是支持的，但希望丈夫时刻牢记经商赚钱的目的是养家糊口，所以，一不能有了钱就贪图个人享受，在外贪邪淫；二要注意自己人身和财产安全，赚了钱就要早早回家。

《双冤报》

小说描写农家子高秀与表兄魏有仁外出合伙经商，两人“活法”不同，为色为财发生了一连串的不愉快。

当时人在农与商之间的角色转换似乎是很容易的。魏有仁“他父是贸易出身，积钱数百串，弃商归农”。高秀先为农，后经商，再又由商归农。由此可见在传统中国农商之间没有难以逾越的鸿沟。高秀父支持高秀出外做生意，认为“为农为商，原是本等，我家田少人多，不做生意，一家拿来饿死呀?”表现了农商并重的观点。

本篇关于合伙经商的内容是比较丰富的：

魏有仁“总想远方贸易”，“奈无伙伴”，见表弟高秀“言语谦和，身体强健”，便邀他合伙。合伙之前，先定好合伙的规矩：“我二人合伙，我出本钱，你出气力，赚得均分。”口说无凭，还须立字为据：“二人当面写了伙约，言明有仁拿本钱三百串，利息加一五，占六成生意，高秀占四成。”合伙中按规矩办事：“至年底做了两回，清算账目，赚钱百串，拿了十串与高秀回家，余添作本。从此做了两年，除本利外赚三百余串。高秀分一百四十串，回家与父兄商量，添佃田土。”“有仁将钱买了两间铺面。”但是合伙生意容易发生矛盾：“有仁见银钱来得便宜”，“银钱壮人胆”，在外嫖娼。高秀苦劝，有仁不听，导致了生意分手。“高秀恐有仁执迷染深，意欲急归，又有百金下账未曾收清。”“有仁恨高秀阻了他的兴心，想高秀原是沾我的光，欲将下账一人独吞，要想分伙，奈是当着舅爷写约，不好反口，思了多时，未得其计。”回家后，污蔑高秀在外嫖娼，怂恿高秀妻吵闹，不许高秀出门，高秀只得“弃商为农”。散伙也有章法：“遂请有仁至家分伙，将账目算明，银钱付清下账。”但是两人一旦不同利就难以同心，就容易出现经济上的纠纷。“高秀该分银五十两，嘱有仁代收。过后有仁回家，说债主逃走，不知去向。高秀明知是他谋吞，奈不得出门清问，(唯)叹气而已。”

这种经济上的纠纷留下的麻烦不小：“高秀因有仁吞他银子，心中怀恨”，又怀疑妻子与有仁有奸情，与妻子大吵大闹，自己无意中食虾而死。高秀父告官，称是媳妇与魏有仁有奸，合伙谋害儿子，魏有仁辩："高秀与民同伙贸易，他有下账未收，托民代讨，谁知债主逃走，舅爷疑民收来吞了，因此挟忿诬告。"引起一场不小的官司。在传统中国社会，世世代代以种田为生的农民为什么要弃农从商？他们为什么要合伙做生意？和谁合伙做生意？合伙做生意容易产生哪些矛盾和冲突？对这些问题，小说都作了有中国传统文化特色的描写。

《蜂申冤》

小说描写放银子的段老陕饱暖思淫欲，妄想陈卖饼之妻何氏的美色，惹下一场摆不脱的干系。

小说中"放银子，顺便做兑换生意"的商人段老陕"只讲财利"，"平生片善不修，一文不舍"。但到妄想陈卖饼之妻何氏的美色时，他所依仗的只能是自己在财力上的优势。以财茹色，这是好色的富商惯用的伎俩。

商人段老陕蒙冤入狱，官府借机敲诈，"虽知此案有冤，他想银子，故意苦打成招，命人示意"，想利用自己手中政治上的权力在商人身上捞取经济上的好处。"那知段老陕以财为命，宁肯受刑。在卡中百般私刑，俱已受过，只出十两银子，卡犯把他弄得不死不活"。商人在官府的权力面前，不出钱就难以消灾："官见段老陕不肯舍财，把他三日一拷，五日一逼，问要头首，打得两腿稀烂，现出筋骨，还是一文不肯。"这是官商关系中一个有代表性的类型：官强商弱，官吏恃权敲诈欺凌商人。

《川北栈》

小说的主人公张银娃，原来在川北客栈中打杂跑堂。他遵守父训，"去帮人须当要忠心耿耿"。有一个落魄书生，赶考无钱住店。张银娃替他向店主求情，让身无分文的杨姓书生住下。杨姓书生在此大病一场。这些店钱和药费都是张银娃用自己的工钱抵付的。后来杨姓书生科场得意，当了大官，寻来报答自己的救命恩人。小说赞美商人救人急难的善良品格。

《剃头二借妻》

九回。不题撰人。宣统二年(1910)五月羊城觉群小说社再版，初版本未见。

小说描写咸丰年间，广东羊城大盐商潘员外，妻妾成群，周姨太受宠，其弟周贵寻花眠柳，挥霍无度。周姨太给他三百两银子，作为娶妻成家之资。周贵拿到这笔银子后，马上与鸿利店剃头二合伙狂赌，二百两银子输得罄尽。潘员外六十大寿，周贵身无分文，无颜入潘府致贺。踌躇间，心生一计，向剃头二借妻，谎称夫妻，瞒过赌输娶妻银一事。谁知剃头二之妻冯氏假戏真做。她贪图潘府富贵，当夜与周贵做了夫妻。剃头二见冯氏不回，连夜潜入潘府，逼冯氏回店。冯氏高喊捉贼，潘府家人即将剃头二执送南海县衙。县官碍于潘府财多势大，不问情由，当即将剃头二锁禁大牢。当时雉发行中以客家人居多，遂聚集数百人，联行罢市，肩担剃头旗杆，到县衙申说剃头二借妻遭祸真相。县官司怕触众怒，与潘员外商量，一面维持原判，一面释放剃头二。周姨太诘问其弟、了解事情的真相后，痛斥周贵并以潘府婢女送与剃头二为妻，一场风波才得以平息。

小说中对理发业的行会组织发动联行罢市并取得成功的描写，在中国商贾小说中尚不多见。

小说中的官商关系值得我们玩味。商人的经济实力在官吏眼中的分量越来越重。

《七载繁华梦》

十五回。梁纪佩著。有宣统三年(1911)羊城刊本。

小说的主人公苏大阔原名苏警诸，广东英德人。他到省城“舞混”，开始作卖柴经纪人，后来投入赌行，成了山铺票公司经理人。他善于投机，迅速发家，又挥霍奢侈，人们称为苏大阔。七年间，他由酸秀才成为混子，又成为暴发富豪，最后败落被监禁。他与洋行买手勾结，大获其利。拥有强大的经济实力之后，他用钱买来头品顶戴、三品京堂官衔，势焰熏天。后来因为贿选议员被仇家告发而被革除议员，又被追缴欠饷、追查买官恶迹而革去三品京堂、头品顶戴入监，面对欠饷巨款，无法筹纳，自杀又未遂，被发配南海羁押。

小说表现洋行买手与投机商行、赌业公司的关系，描写了带有半殖民地、半封建社会特点的商业现象。

后　记

把中国商贾小说作为一个专门的研究对象来进行研究，这是前人没有系统做过的工作，为此我花费了大量的时间，对中国古代几乎所有的小说进行原始的“第一阅读”，找出所有“以商人为主人公，以商人经商求利活动为主要表现内容”的作品。这些基础性工作的成果便是编成了《中国古代白话商贾小说书目·篇目》和《中国古代文言商贾小说书目·篇目》，据此可以了解中国古代商贾小说的全貌。然后从中选择那些内容有特色、思想有价值的作品，从文化和经济相结合的角度进行评析，编成《中国古代白话商贾小说精选》(广东人民出版社 2000 年版)，《中国古代文言商贾小说精选》(即出)。

从经济的角度研究中国商贾小说，主要是挖掘蕴藏在中国商贾小说中的中国传统的经商管理艺术。经过较为深入的研究，我编著了《中国商贾小说与经商管理艺术》(中国经济出版社 1995 年版)系列丛书。丛书包括《〈金瓶梅〉与经商管理艺术》《“三言”“二拍”与经商管理艺术》《明清商贾小说与经商管理艺术》《近代商贾小说与经商管理艺术》四种。

从文化的角度研究中国商贾小说，主要是分析小说中的“商人行为”所表现出来的有商人生活特色的价值观念和人伦道德，从小说这个角度挖掘、研究中国传统商贾文化。因此，我又先后发表了中国商贾小说研究系列论文：《儒商互补，理欲并重——试论中国商贾小说的特色与价值》《论〈金瓶梅〉中的商人与官吏关系》《论〈金瓶梅〉中的两性关系》《论〈金瓶梅〉中的老板与伙计关系》《论〈金瓶梅〉中的夫妻关系》《买卖——西门庆的灵魂》《论中国古代商贾小说中的“诚信”》等。

在此基础上，我独立完成《中国商贾小说史》。现在正在着手《中国现代商贾小说史》的写作。我的理想是通过我们的不懈努力，创建“中国商贾小说学”。

此书得以问世，得益于余三定、朱仁夫、卢英宏等众多领导、老师和朋友的关心、支持和鼓励。特别是我的妻子汪琳，她在身体好的时候，独自承担了所有家庭杂务，让我潜心学业；她身患重病后，只要有可能，便督促我在她的病榻上修改书稿。当今天此书终于得以问世的时候，我的妻子汪琳已经不在人世，但她鼓励、期盼的目光仍然历历在目。每念及此，痛何以堪！此刻，我最大的心愿便是把这本融合着我们心血的《中国商贾小说史》作为我送往天国的礼物，献给我相濡以沫二十年的妻子汪琳的在天之灵。

再版后记

2004年《中国商贾小说史》出版后，我想把我的中国商贾小说研究从中国古代延伸到现当代来，但为中国现当代商贾小说内容的庞杂而苦恼。这时我一不小心成为了一个股民。因为炒股，我对股市小说产生了特别浓厚的兴趣。股市小说以股市参与者为主人公，以股市生活为主要表现内容，是商贾小说的一个分支、一个部分，于是我决定把我的中国现当代商贾小说研究范围缩小，专门研究中国当代股市小说。它既是我的中国商贾小说研究的延续和开拓，又和我现在的股民生活有密切的联系。从文化的角度研究中国当代股市小说，研究成果《中国当代股市题材小说研究》(26万字)2013年获得国家社科基金后期资助项目立项资助，2016年由北京大学出版社出版；从历史的角度研究中国当代股市小说，研究成果《中国当代股市小说史》(38万字)2015年获得国家社科基金后期资助项目立项资助，2018年由中国社会科学出版社出版；从经济的角度研究中国当代股市小说，完成了《中国当代股市小说中的证券交易艺术》(40万字)。我认为中国当代股市小说的独特价值在于它是中国当代社会从社会主义计划经济向社会主义市场经济转型的文化表现。匿名专家在评审我的中国当代股市小说研究成果时给了我让我感动和激动的鼓励："对于共和国来说，股市是新生事物。""对当代股市小说的研究是当代文学研究中的薄弱环节，而股市小说又是与中国当代经济社会联系最为密切的创作。""该成果敏锐地抓住了'股市小说'这一文学研究的新增长点，由此打开了一扇探讨当代社会、当代人心态的特别窗口。""该成果尤有建树的是通过股市小说来洞见因股市而引致的中国文化嬗变。"因为是匿名评审，我一直到现在也不知道我的这些知音伯乐是谁。我想象，假如我能够有幸和这些学者多当面交流请教，我一定能够获得更多思想上的启迪，我的中国当代股市小说研究一定会有更多新的突破。

在研究中国当代股市小说的同时，我尽自己所能收集现在所有的中国古代商贾小说研究的著作和论文，认真研读，思考着自己的中国古代商贾小说研究如何开拓创新。我在思想上对中国古代商贾小说研究产生了一种新的认识：由农耕社会向商业社会发展、转型是中国社会历时几千年的一个大的发展方向和趋势；与社会政治经济基础的这种变化相联系，作为中国传统主流文化和正统文化的农耕文化对作为非主流文化和异质文化的市场文化的不断接纳、融合以及市场文化的不断成长、强大是中国文化历时几千年的一种发展变化趋势。基于这两个判断，我认为中国古代商贾小说的文化价值是独特的：它是中国古代社会由农耕社会向商业社会转型(一种趋势和方向，并未完成)的文化表现；它表现了作为中国古代主流文化和正统文化的农耕文化与作为非主流文化和异质文化的市场文化的斗争与融合；表现了作为非主流文化和异质文化的市场文化的不断成长；表现了农业文明与市场文明的博弈。在这种思想的指导下，我的中国古代商贾小说研究思路更加清晰。从文化角度研究中国古代商贾小说，完成了《中国古代商贾小说的文化价值研究》(32万字)；从历史和文化相结合的角度研究中国古代商贾小说，完成了《中国古代商贾小说的嬗变轨迹与思想脉络》(40万字)，目前正致力于撰写《中国商贾小说与中国社会和文化变迁》。从经济角度研究中国古代商贾小说，准备在《中国古代商贾小说与经商管理艺术》系列丛书的基础上，撰写《中国古代商贾小说中的经商艺术》。同时尽可能把中国古代或短篇或长篇、或文言或白话的商贾小说收集齐全，《中国古代商贾小说全集》资料工作基本完成。

感谢武汉大学出版社，感谢朱仁夫教授的推荐和陈帆分社长的抬爱，我的《中国商贾小说史》得以收入冯天瑜先生主编的《中国专门史文库》，期望中国商贾小说研究以此为契机产生越来越丰硕的成果，产生越来越大的社会影响。

中国专门史文库

（第一辑）

中国政制史（修订版）

中国俸禄制度史（修订版）

中国家族制度史

中国民族史（上、下册）

汉民族发展史

中国科学技术史纲（修订版）

中国交通史

中国城市史

中国宗教史

中国佛教史

中国帮会史

中国新闻史

中国史学史

中国舞蹈发展史

中国旅游史

中国姓名史

中国丧葬史

中国书院史（增订版）

中国逻辑思想史

中国边疆经略史

中国文化生成史（上、下册）

中国认识论史

中国救荒史

中国私家藏书史（修订版）

中国婚姻史

中国社会福利史

中国法制史（上、下册）

中国土地制度史

中国相声史

中国通俗小说史

中国社会风俗史

中国古代造船史

中国话剧通史

中国火器通史

中国古代气象史稿

中国流民史（古代卷）

中国流民史（近代卷）

中国流民史（现代卷）

中国皇权史

中国性文化史

中国围棋文化史

中国禁忌史

中国乞丐史

中国甲骨学史

中国书法史

中国饮食史（上、下册）

中国典当史

中国商贾小说史